LA PLAGE D'OSTENDE

Jacqueline Harpman est belge. Membre de l'Association psychanalytique internationale, elle a déjà publié neuf romans dont cinq aux Éditions Stock, parmi lesquels *La Fille démantelée* et *La Plage d'Ostende*. Elle a reçu le Prix Médicis 1996 pour *Orlanda* (Grasset).

Paru dans Le Livre de Poche :

MOI QUI N'AI PAS CONNU LES HOMMES.

JACQUELINE HARPMAN

La Plage d'Ostende

ROMAN

STOCK

En souvenir d'Hélène.

Tristan : *Tristan du*
ich Isolde
nicht mehr Tristan !
Isolde : *Du Isolde*
Tristan ich
nicht mehr Isolde !

WAGNER
Tristan et Yseult.

1

L'ANNONCE

Dès que je le vis, je sus que Léopold Wiesbeck m'appartiendrait. J'avais onze ans, il en avait vingt-cinq. Ma mère dit :

– Voici ma fille Émilienne.

Il me fit un sourire distrait. Je pense qu'il n'avait aperçu qu'une brume indistincte, car ma mère captait le regard. Elle était, et fut jusqu'à sa mort, une femme couverte d'ornements : colliers et bracelets, écharpes, chignon architecturé, elle manipulait toujours quelque chose, une cigarette, son sac, une boucle d'oreille, les cheveux de sa fille. Elle avait manqué de peu l'éventail qui passa de mode pendant son adolescence, les ombrelles et le face-à-main, mais elle eut les étoles qui glissent le long des épaules, les plis de la jupe qu'il faut sans cesse disposer avec grâce, les manches à réenrouler, une perpétuelle turbulence de tissus qui flottaient autour d'elle. Tout cela scintillait, étincelait, vibrait, cliquetait, elle était au centre d'un frémissement et je disparaissais parmi les mouvements des mains, les hochements de tête et l'abondance de sa parole. Elle avait une belle voix ronde, aimait à parler et, comme il lui venait peu d'idées, elle se répétait :

– C'est ma fille.

– Certainement, dit Léopold.

Ainsi, la première chose qu'il sut à mon sujet fut que j'étais, certainement, la fille de la belle Anita.

Moi, j'étais foudroyée.

Nous ne sommes plus très nombreux qui aient vu Léopold Wiesbeck à vingt-cinq ans. Il brillait. C'était le soleil sur l'eau, un diamant dans la lumière, la beauté elle-même qui me regardait sans me voir. Je lus ma vie sur son visage. Il avait les yeux gris comme un lac l'hiver, quand tout est glacé, les cheveux noirs et frisés, et ce teint pâle, cette blancheur laiteuse qui n'appartiennent qu'aux héros choisis par le destin. Son sourire me transperça, ce fut l'aurore, quand le premier rayon de soleil traverse soudain la nuit et arrache le paysage à l'ombre. Je sortis de l'enfance. D'un instant à l'autre, je devins une femme à l'expérience millénaire. Un séisme bouleversa mon ventre plat de fille impubère, mon âme fut transformée, je sentis tout mon être se rassembler et aspirer cet homme comme on se remplit les poumons d'air.

– Ma fille, dit Maman, en replaçant derrière mon oreille gauche la mèche qui me retombait toujours sur l'œil. Puis elle leva l'autre main, qui tenait le long fume-cigarette d'ivoire, la cendre de la Players était sur le point de tomber sur le tapis blanc et elle regarda avec inquiétude autour d'elle. Léopold vit qu'il y avait un cendrier sur la table du jardin d'hiver, fit un pas, le prit et le tendit à ma mère. Ce geste est inscrit en moi. Plus tard, je vis les danseurs : mais lui, bien droit, la jambe tendue, puis le buste qui s'incline, le bras qui se déroule en un arrondi parfait, glisse en arrière, s'arrête à peine et revient, dans un mouvement d'abord rapide et qui se ralentit si doucement qu'on croit qu'il dure encore quand il est terminé. J'avais suspendu mon souffle, quand je le repris j'eus l'impression de gémir tellement mon émotion était forte. Déjà son sourire incertain qui étirait à peine les lèvres m'avait transpercée, cette arabesque interrompue m'emprisonna. J'avais vu la beauté, je devins son bien propre et je voulus régner sur elle. La main de Maman pressa mon épaule.

– Viens ! Il faut aller saluer Mme van Aalter.

Je ne m'étais pas encore souciée de comprendre le monde, mais je savais que quand Mme van Aalter arrivait, tout se tournait vers elle. Elle régnait sur les Arts. Le regard de Léopold, qui avait erré de l'enfant perdue parmi les franges et les écharpes à la cigarette de ma mère et au cendrier, se dirigea vers l'entrée du salon. Mme van Aalter portait un tailleur Chanel sur un chemisier de soie parme, elle avait comme toujours des talons plats et le verbe haut, mais sans être hennissante comme on l'a prétendu. Je venais de tout apprendre sur l'amour: je scrutai le bien-aimé pour savoir s'il fallait déjà commencer à souffrir. Rien ne changea dans le regard gris, il resta surface muette et opaque. Ma mère se mit en marche, grand bateau aux voiles déployées, et je la suivis, chaloupe attachée. Jusqu'alors, j'avais été docile, faute d'avoir d'autres projets que ceux qu'on formait pour moi : pour la première fois de ma vie, si mon corps suivit machinalement ma mère, mes yeux restèrent tournés vers l'arrière et j'eus une volonté propre qui aurait pu m'arracher à la main qui m'entraînait. Je vis que Léopold avançait aussi. Il se portait comme tout le monde au-devant de Mme van Aalter pour la saluer, mais je crus pendant une seconde prodigieuse qu'il me suivait. Mon sort acheva de se nouer au délice qui m'inonda, je vécus le paradis absolu et sus qui me l'ouvrait.

Ma mère s'était élancée par réflexe, entraînant avec elle ses colliers, leur cliquettement et sa fille, mais Léopold s'arrêta, débattit s'il irait. Il resta un instant immobile, le regard encore attaché à Maman qui voguait parmi les invités, puis il considéra, ne bougeant que les yeux, pas la tête, la femme puissante et fougueuse qui était apparue. Je ne savais pas encore s'il la connaissait: il me sembla que si quand il décida de s'avancer. Je pouvais donc suivre ma mère sans être trop éloignée de lui. Dès cette première minute de l'amour, je suis sûre que, s'il était resté sur la terrasse couverte, je me serais arrachée à ma mère qui ne pouvait pas faire un pas sans moi. Mme van Aalter tendit les bras vers nous:

– Ah ! Voilà la superbe Anita et sa fille ! Comment vas-tu, fillette ? T'es-tu enfin décidée à devenir belle ? Tu traînes dans l'enfance, il y a mieux à faire.

Elle le vit aussitôt.

– Et le petit Wiesbeck ! Vous le connaissez déjà, Anita ? Ah ! vous êtes toujours où il faut ! Savez-vous qu'il sera un grand peintre ? Que dis-je ? Il sera Peintre, tout simplement, il n'y a pas de grands et de petits peintres, il y a des gens qui font des tableaux, et d'autres qui font la Peinture.

Le vacarme ordinaire se déploya. Mme van Aalter était aussi chargée d'ornements que ma mère, elle aimait également parler et n'avait pas de difficultés à trouver les mots. Maman répétait ses paroles, ce qui lui permettait de faire résonner son contralto velouté malgré le peu de pensées et donnait à Mme van Aalter le sentiment de dire des choses très précieuses puisqu'on les redisait aussitôt. Elles s'engagèrent donc dans un duo qui leur donnait beaucoup de satisfactions. Il n'y fut question que de Léopold, qui avait du génie, cela commençait à se savoir, un peintre célèbre avait déjà dit du mal de lui. Il écouta tranquillement et ne prononça pas un mot.

Parmi le tumulte des voix et le mouvement des bracelets, il s'établit une plage de silence où je pus rejoindre l'amant. Il se laissait louer et moi je le buvais. Je n'avais jamais vu d'homme aussi beau, en vérité, je n'avais jamais vu d'homme et n'en vis désormais aucun autre. Je suppose qu'à cet âge-là je n'avais pas encore de mots précis pour les sentiments : je dirais aujourd'hui que c'est le désir qui définit l'homme et je n'ai désiré que lui. L'humanité se divisa entre des êtres aux contours incertains et Léopold étincelant dans la brume. Son silence et son immobilité me pénétrèrent et me changèrent. Je savais tout de lui, car il m'avait imprégnée. Ma substance corporelle s'était modifiée : j'avais été faite de chair et d'os, il s'y ajouta Léopold, comme le sel se dissout dans l'eau, qui devient eau salée, ou comme le chlore s'unit au sodium et forme un autre corps qui n'a plus les mêmes propriétés que ses constituants. J'étais possédée, et si l'un ou l'autre tenta plus tard de m'exorciser je n'eus même pas à m'en défendre car le possesseur était devenu partie intégrante de moi : une feuille est verte, lui ôte-t-on sa couleur, elle n'est plus qu'une feuille morte. On ne pouvait pas plus retirer Léopold de moi que l'oxygène de l'air et qu'il soit encore de l'air. Seule la mort me disloquera de lui, comme elle disloquera tous mes constituants, le carbone, l'oxygène, l'azote et Léopold se sépareront, mais Émilienne n'existera plus. On a dit de moi que je l'avais aimé au premier regard : peut-être est-ce cela qu'on nomme aimer. Je ne sais pas, je n'ai rien connu d'autre et je n'ai donc pas de raisons d'en douter.

Dans le silence qui nous unissait et nous séparait des autres, je pus le regarder à loisir. Il portait des vêtements d'un gris un peu plus foncé que ses yeux et se tenait droit comme un arbre que le vent ne peut pas ployer. Toute description se réfère à une comparaison et je dois faire un effort pour le dépeindre car il me parut d'emblée incomparable. Il me sembla grand, comme tous les adultes, puissamment bâti puisque j'y rivais sans crainte mon avenir, un peu étranger à la mondanité qui se déroulait autour de lui, mais indulgent. Les mots voletaient en tous sens : ils me parurent ne pas l'atteindre, se cogner à une barrière invisible et tomber inutiles par terre. Léopold restait intouchable. On lui promettait la gloire, la promesse le laissait indifférent, je compris qu'au cœur de lui il était déjà glorieux. Il portait son avenir qui naîtrait jour après jour et ne s'interrogeait pas sur sa nature. Ces femmes ne lui apprenaient rien car il appartenait déjà à la peinture, qui sait qui elle choisit. Moi, je portais notre histoire, dont j'étais lourde depuis quelques minutes. Nous étions voués, et je lui souris. Il ne le vit pas, il ne savait encore rien de moi, ni de nous, l'innocent qui avait croisé son destin humain et ne l'avait pas reconnu.

Ma mère ne restait jamais longtemps dans la même réception. Elle était attendue en trois lieux au même moment et sa hâte dissimulait son absence de conversation. Elle courait en disant : Nous en parlerons la prochaine fois, sûre qu'on oublierait sa promesse. Rentrée, elle s'effondrait épuisée et, si mon père l'interrogeait sur son après-midi :

– Attends que je reprenne mon souffle.

Sachant bien qu'il serait plongé dans la lecture du journal.

– J'ai promis d'être chez Alberte à 6 heures, dit-elle à Mme van Aalter et elle m'arracha par surprise à la présence de Léopold.

Son image était implantée en moi, aucune perception ne pouvait la combattre, je ne voyais que lui, j'étais somnambule.

– Ta fille est dans la lune, dit-on à ma mère.

– Que voulez-vous, elle est Balance, c'est un signe d'air, répondait la belle Anita.

Je ne savais plus où j'étais, mais cela n'avait pas d'importance, car Maman ne me quittait pas du geste, à peine du regard. Elle posait la main sur mon bras, mes épaules ou ma tête, craignant toujours de me perdre. Je n'avais jamais été égarée dans un parc ou un grand magasin : elle ne se sentait pas complète si je n'étais pas là. C'est pour cela qu'elle manipulait sans cesse les choses, son sac, un collier, mes cheveux : elle faisait le décompte de ses biens et s'assurait qu'elle avait tout. Quand, un peu plus tard, elle eut une voiture, ses mains voletaient du changement de vitesse aux commandes des clignotants et des phares. Je crois qu'elle avait peur de perdre les leviers, les boutons, les manivelles et si elle apprit à garder un pied sur l'accélérateur, de l'autre elle ne pouvait s'empêcher de vérifier si la pédale de débrayage était toujours bien où il fallait. Ainsi ne pouvais-je pas être oubliée dans les divers salons où nous allâmes. Je rêvais. J'errais entre des lacs glacés, les cheveux de Léopold étaient une sombre forêt aux arbres si serrés qu'on peut à peine s'y faufiler, sa peau une plaine de neige qui scintille au soleil, j'y courais, je m'y roulais pour me rafraîchir car un feu me brûlait. Puisqu'il aimait les pinceaux, il en avait un à la main, il mélangeait les couleurs et peignait l'air, créant Émilienne. Ainsi je viendrais à la vie comme son œuvre. J'enroulais mon âme à la sienne et nous voguions parmi les galaxies. J'aimais.

– Mais mange donc ! dit mon père, voilà cinq minutes que tu tiens cette cuillerée de soupe devant ta bouche sans l'avaler.

Plus tard, dans ma chambre, je m'assis devant le miroir de la coiffeuse. Ma mère avait mis des dentelles, des coquillages et du tulle partout, en disant que c'était pour éveiller ma féminité. Il y avait des éventails peints accrochés aux murs, de petites boîtes de nacre et d'ivoire sur la commode, des perles montées en épingles de chapeau plantées sur les pelotes de soie, des poupées vêtues de volants et une grande capeline bleu pâle coiffant un mannequin de modiste. Je l'avais regardée faire sans trop y penser, avec, tout au plus, une vague perplexité, me demandant confusément comment le spectacle de ces rubans contribuerait à me former l'âme. Mais devant Léopold, je sus que la féminité entre dans les filles par les yeux et que Maman avait eu raison, ne se trompant que sur ce qu'il faut contempler. Je regardai mon reflet.

– T'es-tu enfin décidée à devenir belle? avait dit Mme van Aalter.

Jusqu'à présent, ces prescriptions m'avaient paru importunes. J'en compris le sens et qu'on n'attrape pas les mouches avec du vinaigre. J'examinai mon visage: que promettait-il?

J'avais déjà perdu les rondeurs de l'enfance dont témoignent les photos que ma mère rangeait avec soin dans un album relié de style Arts déco. Elle regrettait qu'elles fussent encore en noir et blanc, à cause de mes yeux, et je ne prêtais pas grande attention à ce souci: je les regardai, ils étaient gris et, je m'en aperçus avec stupeur et ravissement, exactement du même gris tourterelle que ceux de Léopold. Mais mon teint n'était pas blanc. De lointains ancêtres espagnols, peut-être même mauresques, m'avaient passée à l'ocre clair et j'avais une chevelure lisse, à peine plus foncée que ma peau, qui, dénouée, me glissait sur les épaules avec une belle lourdeur. Les couleurs me parurent bonnes, mais la forme? Le nez était fin, l'œil grand et la bouche bien ourlée: dans ces matières, tout est affaire de proportions, et comment pouvais-je juger des miennes, qui m'étaient si familières? Je ne m'étais pas encore regardée, mais je me voyais tous les jours, mon visage me semblait normal, or il fallait qu'il fût beau. J'avais – comme font tous les enfants, cela je le sus plus tard – joué à répéter un mot jusqu'à ce qu'il perdît tout sens et ne fût plus qu'un bruit. Je tentai de me regarder jusqu'à me devenir étrangère: j'eus bientôt trop sommeil et je faillis m'endormir sur la coiffeuse, renversant les petits vases précieux et les colifichets. Cela aurait inquiété Maman. Je chancelai vers mon lit où j'espérais voir Léopold en rêve.

Quand j'eus décidé d'écrire mon histoire, je pris dans la bibliothèque quelques romans dont la lecture m'avait plu pour voir comment il fallait faire. Comme j'ai l'esprit de méthode, je commençai par relire les premières phrases. Entre « Longtemps, je me suis couché de bonne heure », « La petite ville de Verrières peut passer pour l'une des plus jolies de la Franche-Comté », « Je vais encourir bien des reproches » et « Je venais de finir à vingt-deux ans mes études à l'université de Gottingue », je me sentis déconcertée. Les uns décrivent d'abord un cadre et s'approchent lentement du personnage central, d'autres abordent directement le héros par une de ses particularités les moins significatives. Se coucher de bonne heure ? Mais c'est le propre de tous les enfants ! D'ailleurs, ils ne se couchent pas : on les couche et ce narrateur me parut bien présomptueux qui parle comme s'il avait décidé l'heure d'aller au lit avant l'âge adulte. Un examen plus approfondi me fit voir qu'il ne s'agissait que de jeux de perspective qui conduisent toujours à un portrait moral aussi précis que possible du héros. Il me parut donc adéquat de commencer mon récit par le nœud même de mon histoire, l'instant exact où, sage au côté de ma mère, je vis ma vie se décider. Je parlerai sans cesse de Léopold. Je n'ai pas dit grand-chose de mon père : c'est qu'il n'était pas au thé d'Isabelle André, mais j'ai montré qu'il était attentif à sa fille et qu'il la rappelait gentiment au devoir quand elle oubliait de prendre sa soupe.

Je naquis tard, il fallut quinze ans pour que ce mariage donnât son fruit et mes parents, déjà débordés par ce seul enfant, eurent l'esprit de ne pas s'en infliger d'autres. Ils étaient sûrs qu'ils n'en seraient pas venus à bout et, tels que je les ai connus, je partage leur avis. J'étais sage et tranquille et cependant je les inquiétais. Ils étaient enfants uniques, comme moi : ils avaient oublié leur enfance et n'avaient pas vu celle des autres. Ils avaient des amis pourvus de familles normales, mais c'était un temps où les gens bien élevés n'imposaient pas à leurs relations le bruit de la progéniture. Ils avaient vu des bébés rieurs dans des berceaux, on les écartait au premier pleur, et de jeunes enfants qui venaient faire la révérence au salon. Mes premières larmes les terrifièrent et mes premières désobéissances les jetèrent dans la crainte d'avoir mis un enfant anormal au monde. Ce n'est qu'en ressemblant à une petite fille modèle et en étant première de ma classe que je parvenais à les rassurer. Il n'était pas question de m'endormir sur la coiffeuse, si Maman ne me trouvait pas la tête sur l'oreiller et un sourire d'ange aux lèvres, elle faisait une nuit d'insomnie et trois cheveux blancs.

Petite fille, jeune femme et vieille dame, ma mère fut toujours ravissante. Elle voulait faire du théâtre : ma grand-mère Esther ne s'y opposa pas et emporta le consentement de son mari. Je n'ai pas connu mon grand-père. Esther l'a dépeint comme un homme tendre qui n'avait jamais rien pu refuser à personne et se serait bien ruiné par excès de gentillesse si elle n'était intervenue cent fois dans ses affaires. L'idée d'une fille comédienne l'épouvantait.

– Je l'ai convaincu que nous n'en arriverions pas là, me raconta-t-elle plus tard. Ta mère était bien trop jolie pour ne pas être arrêtée par les épouseurs, il ne s'agissait que de la laisser user selon ses goûts du temps qui la séparait du mariage.

C'était une femme de raison et qui connaissait sa fille. Anita entra donc au Conservatoire, son contralto richement timbré lui en ouvrait largement les portes. Elle rêvait de jouer Phèdre et allait voir à Paris comment font les grandes actrices. Elle rentrait et copiait, ce dont ses professeurs, qui voyageaient aussi, s'apercevaient. Ils la priaient, le plus délicatement du monde, d'inventer son propre jeu. Elle lisait et relisait avec ardeur, et ne voyait rien à faire que ce qu'elle avait vu. Je pense qu'elle voulait être une actrice jouant Phèdre, mais que Phèdre était étrangère à cette âme tranquille, comme Bérénice, Chimène et toutes les autres. Elle ne comprenait rien aux douleurs de l'amour car dès la première fois qu'un homme lui plut, il l'aimait déjà. Mon père eut la grâce de supplier qu'elle renonçât à sa carrière pour l'épouser. Ainsi garda-t-elle son rêve intact. Quand elle me parlait de sa vie, elle me disait qu'elle n'aurait pas voulu d'un homme qui consentît à la partager avec un métier.

Elle partagea mon père avec une usine et ne sut jamais très bien ce qu'on y fabriquait: c'était un homme discret et elle n'était pas curieuse. Parfois il m'emmena voir les grandes cuves où on brassait la pâte à papier. J'étais étonnée par le sapin, le peuplier, la paille, mais surtout par l'idée des chiffons, et, même en ayant entendu expliquer comment on procédait, je me souviens d'avoir manipulé les feuilles de mes cahiers avec perplexité. J'eus parfois envie d'écrire sur le tissu de ma robe, pour voir, mais comme je ne pouvais pas faire de bêtises, je m'en abstins. Aujourd'hui, je me dis, pour la première fois, qu'il aurait peut-être aimé ne pas vendre l'usine et que je la dirige.

Les jours qui suivirent la rencontre furent difficiles. J'avais l'âme en désordre. J'ai dit que j'avais quitté l'enfance d'un coup, mais j'étais enfermée dans ma condition de petite fille requise par les jeux et les gestes anciens. À l'école, je faisais partie des grandes. Nous ne courions plus en tous sens dans la cour de récréation, nous bavardions par petits groupes, à propos de l'institutrice qui attendait un bébé, ou de Thérèse qui avait reçu une lettre d'un garçon, il y avait de petits rires, des rougeurs que je ne comprenais plus car j'habitais l'interdit et je ne parlais plus le langage des enfants. Je ne voyais rien autour de moi puisque je n'étais plus apte qu'à voir Léopold. Il n'était jamais là. J'aimais avant l'âge et je ne savais que faire de ce qui avait pris possession de moi. Il y avait les leçons, les devoirs, Maman et ses exigences habituelles, tout un cadre inchangé où ma place était inscrite: il suffisait de passer somnambule. Je m'éveillai devant Léopold.

– Bonjour Émilienne, disait-il.

Je n'avais plus de voix, c'est la moindre des choses. Il me souriait. Je sentis que j'allais me noyer dans l'eau grise de ses yeux quand il détourna le regard de moi pour répondre à Maman qui l'invitait à venir prendre le thé, le dimanche suivant. C'était une cérémonie à laquelle elle tenait beaucoup, elle conviait tout ce qui lui paraissait fréquentable: au vernissage de ce jeudi-là ce furent Léopold Wiesbeck, ce jeune homme si prometteur, et Albert Delauzier, un autre jeune peintre qui n'est pas devenu célèbre. Avant Léopold, je n'aimais pas les thés, je n'endurais les garden-parties, les petits concerts intimes et le salon d'Isabelle André que pour satisfaire le besoin que ma mère avait de moi. La mondanité tout à coup prit un sens : elle me conduisait aux lieux où voir le bien-aimé. Léopold accepta l'invitation et je devins mondaine. Je ne manquerais plus une réunion, je ne résisterais plus à ma mère, je ne dirais plus que je préférais aller jouer. Ce dimanche-là, Colette fêtait son anniversaire. Je n'irais pas, j'invoquerais les exigences de ma mère. Elle protesterait :

– Sans toi, ce ne sera pas amusant.

Et je prendrais l'air contrit. Ainsi, la passion commença par me rendre hypocrite, ce n'est pas le seul défaut qu'elle développa en moi. Tout en flottant dans le délice de voir Léopold, je m'interrogeais sur la possibilité d'être comprise par Colette. Je lui dirais que l'amour s'était emparé de moi et que je n'étais plus la maîtresse de mes désirs.

– Je suis un fantôme que sa présence incarne. Son regard seul me donne une forme, j'ai perdu les sens, il me les rend, je ne vois et n'entends que s'il est là. Loin de lui, j'ai froid à en mourir, je n'existe qu'à ses côtés, je veux être où il est, ailleurs je m'asphyxie.

Colette n'y entendrait rien : il suffisait que je m'écoute penser, je ne me croyais pas. Il restait quelque chose de l'enfant sage que j'étais huit jours plus tôt : ce langage de folie m'effarait, à peine si j'osais reconnaître ma voix dans ce petit halètement sur quoi je mettais les mots que je pouvais. Quelqu'un naissait en moi, envahissait mon corps et mon âme. À l'âge que j'avais, je n'étais pas armée pour résister à la violence. Quand ma mère posait sa main légère sur mon épaule, une faible pression suffisait à m'indiquer où aller et je l'y précédais. Désormais, une force m'habitait, qui n'allait tenir compte que d'elle-même. La fête de Colette serait manquée : mais qu'était-ce que Colette ? Une ombre, déjà un souvenir, une amie d'enfance oubliée avant la fin de l'enfance. Nous avions partagé tous nos jeux, je ne jouais plus. Dans la nursery, les poupées retombaient délaissées, la dînette se couvrait de poussière et les livres négligés de la Bibliothèque rose se desséchaient. Colette qui était ronde et rieuse resterait seule, ses jouets à la main, et je serais pour elle le premier de ces chagrins incompréhensibles qui, pas à pas, nous mènent à cette dernière minute où c'est sa vie qu'on quitte. J'étais devant Léopold et je regardais ma meilleure amie me perdre : c'est que j'avais renoncé à tout, sauf à lui, qui était à moi.

On ne me distinguait pas vite des accessoires qui prolongeaient ma mère, mais, si les étoles de soie ou de fourrure changeaient de couleur, si les bracelets étaient d'or, puis de perles et d'ivoire, moi, de semaine en semaine, j'avais toujours mes cheveux châtain clair et une robe blanche. Maman y tenait, pour mettre en valeur mon teint dont elle disait merveille. Je me soumettais sans y penser : elle était belle, tout le monde louait son élégance, je me fiais à elle. Je n'avais pas encore d'opinion personnelle sur l'habillement, tout juste si je commençais à concevoir qu'il a de l'importance. Après avoir examiné mon visage, je jetai un coup d'œil sur ma silhouette et je vis les manches bouffantes, la ceinture nouée autour du torse étroit et les fines chaussettes de soie sur les mollets durcis par le vélo et la patinette. C'était une petite fille, mise selon le goût de l'époque, j'avais le temps et je décidai de ne plus y penser. Je pouvais laisser ces soins à ma mère. Il y avait autre chose à faire : Léopold était peintre, de quoi s'agissait-il ? Il y avait toujours eu, accrochés aux murs de la maison, des cadres dorés autour de toiles sombres où étaient figées des formes indistinctes. Je n'y avais jamais fait attention et je m'assis, perplexe, sur les marches de l'escalier pour étudier deux femmes à l'air affligé qui couvraient d'un linge brunâtre le corps d'un homme dévêtu. C'est là que ma grand-mère me trouva.

– Édouard, s'il vous faut des peintures représentant des sujets chrétiens dans votre maison, pourquoi diable n'en achèteriez-vous pas de bonnes ? demanda Esther. Cela va détruire le goût de cette petite.

Nous dînions sous le regard d'une dame en robe dorée qui avait une expression à la fois hautaine et distraite. Deux bouquets de fleurs ornaient les côtés de la cheminée.

– C'est que je n'ai rien choisi, disait mon père, tout vient de ma famille et je crois bien n'avoir jamais rien regardé.

– Vous avez cependant un très acceptable Spilliaert au salon.

– C'est le portrait de ma mère.

Jusqu'alors je n'avais pas prêté attention à ces innombrables conversations que les grandes personnes tenaient autour de moi. J'avais vécu dans un réseau de paroles que j'écartais machinalement comme on fait les mouchettes en été. Cela bourdonnait pendant les repas, les promenades, mais j'y étais si bien habituée que ma concentration d'esprit n'en était pas troublée et j'y avais mené mes devoirs d'arithmétique ou ma rêverie le plus tranquillement du monde. Maintenant, des paroles précises perçaient le brouillard :

– Si ce jeune Wiesbeck a le talent que dit Mme van Aalter, et que sa peinture te plaît, il faudrait lui demander de faire ton portrait. La photo de Marchand est excellente mais ce n'est jamais qu'une photo.

– Mon portrait ! Tu n'y penses pas ! Je ne suis pas assez belle pour demander cela à un peintre !

Esther se mit à rire :

– Ma pauvre petite ! Trouves-tu que Marguerite d'Autriche et Jane Seymour étaient belles ?

– Ta mère a raison. C'est la peinture qui doit être belle, pas le modèle, et tu ne pourrais déranger un peintre qu'en étant trop jolie.

– Tu vois bien que je dérangerais !

J'étais étonnée. Je ne m'étais jamais interrogée sur la beauté de ma mère, mais j'avais toujours tenu pour évident que si elle y consacrait tant de temps, c'est qu'elle croyait en son existence.

– Bernard van Orley et Holbein peignaient pour vivre. Il paraît que ces jeunes gens tirent le diable par la queue. Je ne compte pas, si je passe commande à un peintre, ne pas le payer.

– Mais c'est un artiste, dit Anita avec émotion.

Ma grand-mère haussa les épaules :

– Et Holbein ?

Ce qui parut sans réplique à sa fille.

Je compris plus tard que mon père, qui était plus homme d'affaires qu'amateur d'art, embrouillait les époques et que les jeunes peintres ne tenaient plus à pratiquer le portrait : sur le moment, j'en entendais assez pour être sûre que cela me rapprocherait de Léopold. D'ailleurs :

– Il faudra peut-être que je pose ?

– Tu n'auras qu'à emmener Émilienne.

Spilliaert, Holbein, cette conversation m'avait fait mesurer mon ignorance. L'urgence de m'instruire me jeta sur la bibliothèque de l'école, mieux pourvue en livres d'art que celle de mes parents. J'avalai dans le plus grand désordre Donatello, Michel-Ange, Memling, Seurat, Monet et Manet. Je ne sais comment il se fit que tout cela s'ordonna, mais je mis Michel-Ange au Quattrocento, Canaletto à Venise et les *Mangeurs de pommes de terre* à la campagne. J'appris par cœur le nom des couleurs, de ma vie je ne m'y suis trompée et je sentis que, pour le moment, j'avais fait tout ce que je pouvais pour me préparer à mon destin.

Il n'y eut pas de séances de pose. Léopold répondit qu'il n'était pas portraitiste et ne pensait pas le devenir. Il s'inspirerait volontiers de Mme Balthus, qui était si belle, et mon père achèterait le tableau s'il le trouvait à son goût. Le dimanche, il avait un carnet de croquis sur les genoux et je me tenais auprès de lui. Je ne le quittais que pour aller chercher sa tasse de thé et les petits gâteaux, de sorte que je devins pour lui une silhouette blanche dans les parages de la belle Anita. Longtemps je n'en demandai pas davantage, mais on ne peut pas se défendre, à onze ans, de grandir et d'apprendre. Léopold était beau, jeune, et c'était un artiste : les jeunes femmes qui venaient chez ma mère voltigeaient autour de lui. Il leur souriait. Elles avaient les cheveux relevés et les lèvres rouge vif. Elles portaient des tailleurs à larges épaulettes, avec des jupes courtes et entravées qui mettaient en valeur la finesse de leurs jambes, des chemisiers de soie à écharpe et manipulaient de longs fume-cigarette. Moi, j'avais mes volants de batiste blanche et une grosse tresse dont, quand j'étais absorbée par mes pensées, je suçais le bout. Chaque fois que Maman s'en apercevait, elle se levait, venait vers moi et me donnait une petite tape sur les doigts. Cela m'agaçait. Colette me trouvait injuste :

– Si tu crois que ma mère se donnerait la peine de se déranger ! Elle crie, d'un bout à l'autre du salon : « Colette, ne te ronge pas les ongles ! » alors que je ne fais jamais que mordiller les envies, et j'ai l'air d'un bébé.

Anita poussait la délicatesse jusqu'à adresser quelques mots à Léopold, comme si elle n'était venue que pour lui parler. Même si elle était pleine d'égards, je restais une petite fille et je voyais le regard de Léopold s'attarder sur les femmes. J'étais jalouse et impuissante. Je les haïssais : cela ne me faisait pas pousser les seins. On m'a dit par la suite que les filles qui en ont peur peuvent reculer leur puberté, jamais qu'elles pouvaient l'avancer. J'avais devant moi les années désertiques où j'eus à me contenter de sa présence, heureusement qu'elle resta la manne dont je pouvais me nourrir, je n'y aurais pas survécu. Je tentai d'apprendre à vivre d'oasis en oasis, en ignorant les intervalles ou en cultivant les mirages. Avec une seule idée en tête, je me serais affamé l'esprit. J'eus, dans les premiers temps, une période difficile où rien ne pouvait me retenir. Tout me pesait qui n'était pas lui et je passais de la léthargie à la torture exquise de sa présence. Je fus sans appétit et sans projet, sauf le voir, j'eus un mauvais bulletin car je ne pouvais pas me concentrer sur les leçons. Maman s'alarma, je sentis le danger, je n'étais pas dans une situation où je pouvais risquer qu'on se questionnât sur moi. J'aurais paru folle : et, en vérité, ne l'étais-je pas ? A-t-on de l'amour à onze ans ? Je savais depuis le premier moment qu'il fallait mentir, je découvris que ce devait être à moi-même aussi et je devins un mensonge constant. Il faut m'intéresser à tout, me dis-je, ou je deviendrai stupide, et entrepris de me discipliner, sans quoi je n'aurais fait que haleter d'impatience et me serais desséchée sur place. Il arriva que bientôt je fus prise à ma comédie et que, quand je ne cherchais qu'à me distraire comme je pouvais de mon unique souci, ce que je découvrais sur le monde finit par m'intéresser.

Je pris connaissance de ma position sociale et je compris des choses sur quoi je ne m'étais jamais interrogée. Les réponses venaient avant les questions, je me reconnais bien là, je n'ai jamais été une âme questionneuse, seulement une entêtée. La papeterie avait été fondée par mon arrière-grand-père paternel. Il n'eut qu'un fils, qui n'eut qu'un fils, et mon père n'eut que moi. Il me disait parfois, et son ton était rêveur: « Tout cela t'appartiendra », en me désignant les gros dossiers noirs de son bureau, et longtemps je ne compris pas ce qu'il entendait. Jeune homme, il tomba amoureux d'une fille juive, issue d'une famille d'intellectuels. Chez ma mère, on était avocat ou musicien depuis des générations, un industriel étonna. Anita était belle et n'eut jamais d'autre talent que de mettre en valeur sa beauté, mais là elle confinait au génie. Esther, qui était un excellent professeur de piano, la regardait avec perplexité: que fait de soi une fille qui n'a que la beauté? L'époque lui répondit qu'elle se marie. Ma grand-mère était sceptique quant au mariage comme état de stabilité parce que dans sa famille on n'avait jamais hésité à divorcer. Quand mon père vint faire sa demande, elle lui fit raconter toute sa généalogie et fut rassurée de n'y trouver que des familles fort catholiques où le divorce était inconcevable. Le mariage mixte horrifia la parentèle: il y avait tant de sérieux jeunes hommes juifs à épouser! Je sais ce que je fais, disait Esther. Elle était autoritaire et semblait peu conformiste car elle faisait toujours passer la raison avant les usages. La beauté lui paraissait propre à attirer les hommes, mais elle comptait sur l'intelligence pour les retenir et, toute mère juive qu'elle fût, elle savait bien qu'Anita n'était pas intelligente. Surtout qu'on vieillit, ma petite, songes-y toujours, me disait-elle plus tard, influençant ainsi ma carrière. Elle pensa pouvoir s'appuyer sur les principes de mon père et donna son consentement, dont elle informa mon grand-père ravi de voir la situation satisfaire tout le monde. Les craintes étaient inutiles: mon père était l'homme d'une seule femme, comme j'ai été la femme d'un seul homme, il l'aima toujours.

Ma grand-mère rendait visite à des cousins, en Amérique du Sud, quand la guerre fut déclarée entre la France et l'Allemagne et elle écrivit à mon père de la rejoindre avec son épouse et sa fille juives. Il répondit qu'elle était pessimiste et que tout allait s'arranger, aussi en mai 1940 fut-il terrifié par son imprévoyance. Il regarda défiler les armées allemandes et ne se laissa plus tromper. En juillet, il nous installa à Hofstade, dans une petite maison près du lac, où nous vécûmes quatre ans. Il s'isola de ses relations et vécut en ermite entre l'usine et l'avenue du Haut-Pont. Il avait très peur. Il mit dans des malles toutes les affaires que nous n'avions pas emportées et les descendit à la cave en imaginant l'arrivée des SS cassant tout pour trouver l'épouse juive. Le samedi il se déguisait en ouvrier et prenait des trams pour venir nous voir. Si timide et retiré qu'il feignît d'être, des amis lui demandèrent de cacher des soldats anglais. Il était trop homme de cœur pour refuser, mais tout le temps qu'il eut les soldats chez lui, il ne vint pas nous voir, il craignait d'être suivi et de nous dénoncer par sa visite.

J'allais à l'école flamande, ce qui me rendit les beaux résultats plus difficiles, mais j'y parvins. Mon grand-père juif, mort avant ma naissance, était anversois et Maman parlait flamand. Aux oreilles des habitants de Hofstade elle avait un accent impossible, qui ne l'empêcha pas de m'aider. Dans le village, on résistait : elle cacha un soldat, puis des armes. Ainsi tout le monde cachait quelque chose et je pris des habitudes de dissimulation qui me permirent, Léopold apparu, de ne jamais montrer mes tumultes.

Aux vacances, Colette venait prendre l'air de la campagne et nous nous racontions tout. Je n'appris que bien plus tard que sa famille avait caché des Juifs : c'est que les activités des grandes personnes ne faisaient pas partie des choses intéressantes qui alimentaient nos conversations. Je ne sais plus du tout de quoi nous parlions, seulement que nous n'en finissions jamais et que le soir nous chuchotions longuement en

étouffant nos éclats de rire. Maman n'était pas dupe : elle ouvrait la porte et disait qu'il était temps de cesser de faire semblant de dormir et qu'elle allait se fâcher. L'amour pour Léopold nous désaccorda, mais pendant longtemps Colette n'en sut rien et l'unisson de jadis couvrait les dissonances. Parfois je me souviens avec plus de précision des rires, de l'emmêlement animé de nos voix, c'est une musique légère, un peu grêle, faite de confidences futiles, de petites larmes vite oubliées, des colliers de paroles roses et bleues, chantées par des timbres encore aigus, une harmonie aigrelette qui me traverse brièvement et je reste étonnée : j'ai donc vécu avant lui ? J'ai des souvenirs qui ne le contiennent pas ?
Cela m'agace.

Quand la libération nous ramena avenue du Haut-Pont, j'avais presque oublié Bruxelles. Après quatre ans dans des pièces exiguës, la maison me parut immense. Je parcourais les salons du rez-de-chaussée, les grandes chambres du premier étage, étonnée qu'en plus du lit et de l'armoire on eût de la place pour des fauteuils, de petites tables, et qu'on pût encore y circuler. Je me pris de passion pour la salle de bains. À Hofstade, on faisait chauffer de l'eau sur le poêle et on se lavait dans la cuisine, j'avais oublié les robinets d'eau chaude. Jeune mariée, Maman l'avait fait redécorer à la fin des années vingt. Il y avait des motifs en trapèze, des gravures représentant des dames en robe charleston, une coiffeuse haute sur pieds couverte de flacons oblongs que je trouvais délicieux à manipuler et surtout une immense baignoire, si grande que j'aurais pu m'y noyer. En fin d'après-midi, vers 7 heures, j'y traînais longuement en regardant Maman se préparer pour le soir. La vie silencieuse et solitaire de Hofstade était finie, on sortait, on recevait furieusement, je fus plongée dans l'agitation des grandes personnes pressées de rattraper le temps qui va si vite. Ma mère m'attendait à la sortie de l'école, puis nous courions les thés, elle rentrait épuisée s'habiller pour les soirées. J'étais contente d'avoir retrouvé des classes faites en français, mais je ne me souviens pas de grand-chose. Ma vie commence à la garden-party d'Isabelle André, sur la terrasse couverte, parmi les plantes en pot et les meubles d'osier, dans un paysage de neige et de glace étincelant au soleil.

La jalousie me rendit observatrice. Voilà les femmes, voilà comment elles sont et ce que je peux devenir. On se doute que je les détestais, ces superbes, avec leur vénusté épanouie, leur belle voix profonde, leurs parures, mais j'étudiais attentivement l'adversaire. Il me fallait être belle et je voulais choisir comment je m'y prendrais. Que préférait Léopold? Les exubérantes, les rêveuses qui sourient et se taisent, celles qui disent des choses intelligentes, les tranquilles ou les rieuses? Il était d'une grande discrétion, il fallait toute l'acuité de la passion pour distinguer si son regard s'attardait sur l'une ou l'autre. Isabelle André, ma mère et Mme van Aalter avaient droit à des égards particuliers, mais Patricia Schmidt puis Laurette Olivier me semblèrent susciter un intérêt plus spontané. Elles étaient toutes les deux longues et minces: je ne devais donc pas craindre de grandir. Patricia avait un contralto bien timbré, avec une ombre de zézaiement, et Laurette un soprano flûté. Les chevelures étaient quelconques, la mienne était déjà belle. Je vis que les dents étaient régulières et je me fis emmener par Maman chez un orthodontiste qui ne vit rien à changer mais me félicita pour le soin que je prenais de moi. C'était un soin de maquignon, j'avais une course à gagner, je soignais mon corps comme on fait sa monture parce que je dépendais de lui.

Ombre blanche à côté de ma mère: il devint un habitué de la maison et de ma présence. Il s'asseyait près du piano. Ma mère, qui avait moins besoin de ma proximité immédiate chez nous que dans le monde, s'accoutuma, quand elle me cherchait du regard, à me trouver aux côtés de Léopold, et un glissement s'opéra doucement où elle sut que, chez ses amies aussi, je me tenais là. Parfois on m'appelait:

– Émilienne, veux-tu porter sa tasse à M. Wiesbeck?

Isabelle André qui semblait vivre dans la lune, avait parfois des atterrissages très précis:

– Tu fais donc de toi le page du peintre?

J'étais toujours à sa gauche et un peu en retrait. Il advint qu'il m'adressât la parole pour une petite remarque sur ce qu'il se passait autour de nous. C'était peu de chose : « Mme van Aalter est bien en forme, aujourd'hui », quand elle parlait particulièrement haut, ou : « Ah ! Nunberg est rentré de voyage ! » à propos d'un musicien dont tout le monde savait, mais sans jamais le dire ouvertement, que, s'il passait six mois à donner des concerts, le restant de l'année il vivait entre des murs capitonnés, dans une clinique psychiatrique.

Cela marquait une complicité dont il fallait, évidemment, ne rien lui révéler. Qu'aurait-il pu faire d'une petite fille amoureuse de lui ? J'avais aimé Léopold d'emblée, je sus tout sur lui : il était peintre jusqu'aux moelles et n'avait aucunement le don d'introspection. Ce qui se passait en lui prenait la forme de son dessin ou de son tableau, il n'était pas intéressé par la conversation et ne se souciait ni de l'âme des gens ni de la sienne. En me tenant à ses côtés, je m'inscrivais dans son esprit, mais il n'y pensait pas. Je devins le témoin naturel de certains moments de sa vie. Le premier hiver, j'eus une petite maladie qui me tint un moment au lit. Ma mère me rapporta que, le dimanche, il sembla un peu décontenancé et qu'il demanda soudain : « Mais où est Émilienne ? » Ce qui me plongea dans le bonheur. Il avait senti mon absence. J'existais. Quand je revins au salon, il me regarda attentivement et sourit :

– Tu vas bien ? Tu es rétablie ?

J'ai passé cette année-là à le regarder et à examiner ce qu'il regardait. Je l'ai absorbé par les yeux, je me suis peu à peu imprégnée de lui. Il était, dans ce temps-là de sa vie, un homme paisible qui se promettait un destin tranquille. Il n'avait d'autre vœu que de tenir un crayon ou un pinceau. Il avait commencé à dessiner à cinq ans, comme tous les enfants, mais il n'avait jamais arrêté. Je crois qu'il dessinait en rêve. Dans la première adolescence, il perdit ses parents, à deux ans d'intervalle. Comme il avait déjà de l'huile et des toiles, il passa les veillées funèbres à faire leur portrait, qui ne sont pas encore du Wiesbeck mais déjà de la peinture, puis, hommage rendu, n'en parla jamais plus. Une tante lui assura le gîte et le couvert jusqu'à dix-huit ans, où il entra à l'Académie. Il s'y lia d'amitié avec Albert Delauzier et Gérard Delbecke, et ils louèrent un atelier d'artiste dans une petite rue de Molenbeek. J'y suis allée pour la première fois avec mes parents, quand mon père acheta le portrait de ma mère : je vis une grande salle grise, mal chauffée par un poêle trop petit car les trois jeunes gens gagnaient peu d'argent. Léopold donnait des cours de dessin dans une académie du soir, Albert faisait des étalages quand les nouvelles collections sortaient et Gérard, le moins heureux des trois, avait trouvé un imprimeur qui l'appelait quand il manquait de personnel, mais ainsi ils avaient le temps de peindre. Ils exposaient et vendaient un peu.

L'idée de la visite à l'atelier jeta ma mère dans l'émoi, c'était une mondanité inhabituelle. Elle étudia longuement sa toilette, qui devait être sobre, par délicatesse pour ces peintres sans argent, mais harmonieuse, par respect pour les arts. Elle me fit faire une robe de velours blanc avec un col de dentelle de Bruges et m'adjura de ne pas sucer le bout de ma tresse :

– Tu as presque douze ans. Il est temps que tu te fasses aux manières des jeunes filles.

Léopold fit chauffer de l'eau sur un petit réchaud à alcool et nous offrit le thé dans des tasses de fine porcelaine qui étonnaient à côté des fauteuils usés et du plancher à demi couvert de peinture. Papa regarda attentivement toutes les toiles. C'était un homme délicat : il dit, plus tard, que seul Wiesbeck l'intéressait mais il distribua son attention de façon si égale qu'on n'en pouvait rien deviner. Je crois qu'Albert et Gérard savaient déjà que Léopold les dépasserait, mais ils aimaient trop l'amitié pour en prendre ombrage et ils expliquèrent avec ardeur leurs œuvres et leurs projets. Léopold fut, naturellement, le moins disert. Maman écoutait tout et ne retiendrait rien. Moi, je me tenais à la gauche de Léopold et je ne vis que lui jusqu'à l'arrivée de Laurette.

Je n'avais pas remarqué, au fond de l'atelier, une porte à demi cachée par une armoire perpendiculaire au mur. J'ai su plus tard qu'elle donnait sur une sorte de petit appartement fait de trois mansardes et d'une cuisine. Les trois jeunes hommes logeaient là. Nous étions arrivés depuis une demi-heure quand Laurette Olivier en sortit, gantée et chapeautée comme si elle venait de la rue, et nous rejoignit. Léopold ne parut pas surpris par son arrivée, il prit une tasse de plus et me demanda d'aller chercher une cuillère dans le buffet. Il n'avait jamais l'air étonné ni inquiet, tout semblait toujours aller de soi : c'est qu'il ne tentait jamais de comprendre ni de prévoir les gens et leurs façons d'être, de sorte qu'il n'était jamais pris au dépourvu. Il n'avait rien imaginé, les événements ne le déroutaient pas. Il n'essayait pas d'interpréter les paroles ni les attitudes et même quand plus tard il comprit que le monde va ainsi, interprétant, devinant, supputant, il ne changea pas.

Je ne fis pas attention à mes parents et ne vis pas le trouble de ma mère devant cette femme mariée qui surgissait de la chambre d'un jeune homme : je compris immédiatement des choses dont en principe j'ignorais tout et sus que Laurette était la maîtresse de Léopold. Je l'examinai.

Elle bavardait avec animation. De petits gestes gracieux accompagnaient ses paroles. Elle était charmante, avec un air de moineau ébouriffé qui lisse tout le temps ses plumes : elle roulait une boucle autour du doigt, retendait sa jupe, vérifiait le boutonnage de son chemisier et jetait de rapides regards vers un miroir placé en biais sur le mur de droite. Cette agitation ressemblait confusément à celle de ma mère et m'agaça. Léopold bougeait peu, je compris devant ces deux femmes animées d'un incessant frémissement que c'était son immobilité elle-même qui donnait de la grâce à ses gestes. Je ne sais quelle intuition me dicta alors que je serais comme lui et que j'aurais un geste rare qui se déploierait largement. En me tenant à ses côtés et en ne regardant que lui, je m'étais déjà accoutumée à la tranquillité. Laurette avait le visage mobile, l'expression changeante, on lisait toute une petite tempête de sentiments dans les moues, les moues, les froncements de sourcils, les sourires rapides. Depuis près d'un an je m'étais attachée à masquer mes secrets. Devant Laurette agitée, je découvris à quel point le visage de Léopold était peu mobile. Son rare sourire ne montait pas jusqu'à ses yeux et son regard ne changeait pas vite d'objet. Je n'eus pas peur de Laurette, elle était trop différente de lui et ne l'attacherait pas longtemps. Mais les autres ? C'est là que je commençai à être consciente du chemin où je m'étais engagée : je n'avais pas douze ans, Léopold était déjà homme et je n'étais pas encore femme. Je sentis qu'il y aurait des batailles, des obstacles et que je n'avais pas choisi un destin facile.

Choisi ?

Il est clair que je n'ai jamais eu le choix. J'ai été prise en embuscade à la fin de l'enfance. L'amour n'a pas été pour moi l'enfant potelé au sourire espiègle qu'on a nommé Cupidon : j'étais sauvagement agrippée, j'avais un couteau sur la gorge et ma vie à défendre. Il fallait être aimée par un homme qui ne me verrait pas avant des années et pour cela empêcher qu'il fût aveuglé par d'autres femmes. Comment détourner son regard d'elles si je ne pouvais pas le diriger vers moi ? La règle que je connaissais intuitivement est qu'une lumière plus forte efface les autres et que, par les nuits lumineuses, l'éclat de la lune masque celui des étoiles proches. Mais je n'avais pas cela. Il me fallait occulter les Laurette, je ne pouvais pas leur donner d'autre rivale que moi-même, et j'étais contrainte à l'attente. Si l'amour m'apprit d'abord l'hypocrisie, il m'obligea ensuite à endurer l'impuissance sans faiblir. Je commençais par les désagréments.

Le mari arriva sur le coup de 6 heures. C'était un bel homme, bien habillé, tranquille. Soupçonnait-il ? Il demanda où en était le portrait et Léopold désigna une toile sur un chevalet, à l'écart des autres. Je ne l'ai jamais vue terminée, ce qui confirme l'opinion de mon père : il y avait très peu de portrait et beaucoup de prétexte. Le seul portrait que Léopold déclara achevé est celui de ma mère, et elle ne l'aima pas. Elle ne s'y reconnaissait pas, sans doute est-ce parce qu'elle s'y voyait immobile et, Léopold n'ayant peint ni les colliers ni les franges, qu'elle y était sans ornements. Je ne le possède pas, il a été revendu en Amérique et je ne sais pas sur quels murs règne la belle Mme Balthus.

Jacques Olivier fit quelques commentaires, Laurette gazouilla et ils partirent. Quelque chose avait changé en moi, j'étais descendue de l'Olympe où, comme les dieux sont éternels, ils n'ont pas d'âge et les filles ne sont jamais impubères et n'ont pas à se soucier d'attendre. Si Laurette était mariée, si je la jugeais trop mobile pour arrêter longuement Léopold, le monde était plein de femmes libres capables de rester tranquilles. Je les voyais toutes languissant pour Léopold et ce n'était pas seulement leur prêter mes propres sentiments : il était beau, on lui promettait la gloire, il y avait du bon sens dans mes craintes. Dans le grand atelier triste où j'oubliais de boire mon thé, mais Maman me le rappela, je me vis les tuant toutes, il en renaissait toujours. Mon avenir m'apparut comme ces tableaux de bataille où les jeunes héros tombent par vagues, des armées entières de combattants pressés de donner leur vie jaillissent du fond du paysage et s'élancent vers la victoire en piétinant les morts avec indifférence.

– À quoi rêves-tu, Émilienne ? me demanda soudain mon père.

Les tambours de la guerre me résonnaient encore aux oreilles.

– À ma vie, lui dis-je.

Il me caressa les cheveux.

– Ne t'y prends-tu pas un peu tôt ? Tu es très jeune.

Je lui souris, je savais comment le charmer.

– À l'école, on m'explique que les grands événements de l'Histoire ont des origines très lointaines : si je suis encore loin, je suis au bon endroit pour établir mes projets.

Il rit. Ainsi, en ne disant que la vérité, je l'avais détourné de voir clair en moi. Il me sembla que cet instant était important et je me promis d'y revenir. L'âme des filles est surchargée de préoccupations. Je revois avec une netteté déchirante mon père qui me sourit, son air de tendresse étonnée dès que je parlais, encore surpris, peut-être, que je sois sortie des langes ou que la fille de la belle Anita pense. Cet homme-là, quand il avait vu ma mère, il avait aimé une fois pour toutes et voilà que l'amour unique, en lui donnant une fille, lui donnait à aimer davantage. Il ne cessa jamais d'en être surpris et reconnaissant.

Mais je n'étais que la deuxième. Était-ce un destin? Pendant que je riais avec lui, un vent de peur me traversa. De terribles résolutions se formaient en moi, qui portaient toutes le nom de Léopold. Il était debout, en face de mon père, il nous regardait et Papa lui dit:

– Quelle enfant terrible, n'est-ce pas?

Il hocha calmement la tête. J'étais sûre qu'il ne me voyait pas et que les paroles de mon père le laissaient indifférent. Qu'est-ce qu'un homme de vingt-cinq ans pense des petites filles? Je préférais rester invisible et qu'on ne lui parlât pas de moi. Je reculai et fus me cacher parmi les accessoires de Maman. Un jour, je sortirais de là, je ne savais pas encore comment cela se passerait, seulement que ce jour-là je serais prête et apparaîtrais tout armée, comme Athéna, ou parée de grâce, comme Vénus sortant des ondes, qu'il ne pourrait plus détacher les yeux de moi et que je ne voulais pas être, pour lui, une petite fille dont le père parle avec attendrissement.

2

GENVAL

La guerre finissant, il y eut une grande exubérance et une extrême avidité de plaisirs. Maman aimait la vie mondaine et s'y remit avec ardeur, mais elle évoquait souvent Hofstade et les promenades que nous faisions le long de l'eau, parmi les joncs. Un jour d'avril, mon père nous emmena visiter une grande maison au bord du lac de Genval. Elle était assez délabrée car elle n'avait pas été occupée pendant quatre ans. Nous dûmes écarter des broussailles pour traverser le jardin et accéder au perron de bois dont certaines marches manquaient. La porte grinça. Tout était fermé et nous nous aventurâmes dans la pénombre.

– Vous pouvez aller sans crainte, dit mon père, le plancher est bon.

Il ouvrit les fenêtres, écarta les volets et la lumière entra à flots dans une vaste pièce rectangulaire qui longeait la façade. Le papier peint tombait des murs, un vieux linoléum à demi arraché avait été entassé dans un coin, mais à travers la verdure on voyait tout le lac. Je retins mon souffle, je sentais que je tombais de nouveau amoureuse.

– Eh bien ? demanda-t-il.

– Voyons le reste, dit Maman souriante.

Nous passâmes dans une petite salle d'angle entièrement lambrissée de bois clair. Un arbre en fleur pressait ses branches contre les vitres ternies, plus tard je sus que c'était un pommier. Nous traversâmes ensuite la salle à manger où se trouvait une longue table de chêne, sans doute avait-elle été assemblée sur place, on pouvait s'y tenir à dix et il n'était pas possible de la sortir sans abîmer les murs. Après, il y avait la cuisine, avec ses éviers de faïence jaunie, des armoires murales peintes en vert pâle, et un énorme poêle où traînait une casserole à confiture en cuivre, puis une petite resserre très sombre. Nous revînmes dans le vestibule, des portières de velours grenat en masquaient une partie. Mon père les ouvrit, lentement pour éviter les nuages de poussière, découvrant le bel escalier de bois ouvragé qui allait à l'étage. Il y avait six chambres, des balcons partout et des portes-fenêtres qui, devant, donnaient sur le lac et derrière sur trois vieux magnolias en fleur. Je choisis aussitôt la mienne, j'avais l'impression de la reconnaître, le matin elle serait pleine de soleil et le soir je verrais la nuit s'emparer lentement des eaux grises.

– Il faudra installer des salles de bains et d'ailleurs refaire toute la plomberie qui ne vaut plus rien. Mais on la vend pour une bouchée de pain. Je suis venu hier avec Louis de Koninck, qui dit qu'elle est saine.

Je les laissai discuter et refis le tour des chambres, puis trouvai l'escalier des mansardes : il y en avait trois, immenses, lumineuses. Je redescendis. Quelque chose se passait entre cette maison et moi, je sentis que j'y marchais comme si elle m'appartenait et qu'elle m'accueillait affectueusement. Nous nous connaissions depuis longtemps et, si nous nous étions perdues de vue un moment, nous nous retrouvions. Je retournai au jardin. Une pente douce menait au lac, un canot brisé s'enfonçait dans la vase près d'un petit embarcadère en ruine. Je refis jusqu'à la route le chemin par lequel nous étions arrivés, chaque pas m'était déjà familier. Puis je revins et courus vers mon père :

– Je la veux, dis-je.

Il rit.

– Tu l'auras.

Donc, je l'avais. J'allai dans la grande pièce :

– Ce sera le salon.

Et, comme il faisait un temps médiocre :

– Il faudra peindre les murs en gris, de la même couleur que l'eau, et on aura toujours l'impression d'être dehors.

– Mais il fait parfois beau, et l'eau est bleue, dit ma mère amusée.

Les murs furent blancs mais Papa concéda, pour les portes, que je choisisse le gris qui me plaisait.

Je n'avais jamais regardé le décor où je vivais, ni à Hofstade, ni avenue du Haut-Pont, il me sembla que la maison de Genval imposait quelque chose que je pouvais déchiffrer et dicter. Maman avait tendance à meubler ses maisons comme elle s'habillait: accessoires, franges, breloques. Je demandai que les grandes pièces claires restassent dénudées, avec des planchers nus bien cirés, des rideaux de voile blanc et des tables de bois sombre. J'avais tout à coup des idées très précises et mes parents furent sans doute si étonnés de me voir me mêler de leurs affaires de grandes personnes qu'ils me suivirent sans y penser. Je les incitai à acheter des armoires de noyer, je ne voulus ni tapis, ni lustres de cristal, ni bibelots, mais du velours et du cuir. Maman déconcertée se retrouva devant une demeure pleine de lumière où les voix et les pas résonnaient. Nous prîmes l'habitude d'y aller dès le vendredi soir et bientôt c'est là qu'eut lieu la cérémonie du thé. Dès le premier dimanche ce fut un succès, Mme van Aalter poussa des cris émerveillés et ma mère, qui croyait qu'on lui demanderait pourquoi elle recevait dans une maison inachevée, fut stupéfaite par le concert d'approbations. Je sentis qu'elle était sur le point de dire que tout était mon œuvre et lui fis signe de se taire. Léopold était là, et je ne voulais pas qu'on mît en évidence la petite fille si douée pour son âge. Les invités visitèrent toute la maison, partout les fenêtres étaient ouvertes sur le lac gris et les voiles flottaient doucement. Entre les nuages, le ciel était d'un bleu très pâle. Le regard de Léopold errait entre l'eau et les murs blancs, il était distrait et restait en arrière quand on changeait de pièce. Je me tenais comme toujours à côté de lui, un peu en retrait, pour qu'il sentît ma présence sans me voir.

– Je voudrais passer quelques jours ici, dit-il tout à coup à mon père.

Je retins ma respiration. J'étais prise d'une sorte de

vertige et je me sentis pâlir. Je reculai encore, pour qu'on ne me remarquât pas.

– Vous me faites un grand honneur, répondit mon père. Ma femme vous donnera les clefs.

Léopold hocha la tête comme devant l'évidence, puis il retrouva les manières ordinaires de la politesse et produisit ce qui, chez lui, correspondait à des remerciements pleins d'effusion, c'est-à-dire deux ou trois phrases courtes qui parlaient de reconnaissance et d'enthousiasme.

– C'est à cause de la lumière, dit-il. Il y a quelque chose dans la lumière de cette maison.

Mon père avait l'air si intéressé que même Léopold ne pouvait pas ne pas s'en apercevoir. Il fronça les sourcils, ce qui lui arrivait rarement, et chercha ses mots, ce qui ne lui arrivait jamais car il se souciait peu de parler.

– Elle est plus claire que le jour.

Puis je vis qu'il réécoutait ce qu'il avait dit et n'y entendait rien.

– Je vois, dit mon père.

Son regard se porta sur moi. Je pris l'air fermé et stupide d'une petite fille grognon et il ne dit rien. Ni lui ni ma mère ne me questionnèrent sur mon refus qu'on publiât mon œuvre. Peut-être étaient-ils troublés de s'être laissé guider par une gamine et craignaient-ils les moqueries, ou bien le succès les distrayait.

Mme van Aalter fut ravie et dit qu'il ferait des chefs-d'œuvre, ici.

– On dirait que cette maison est pensée pour la peinture. Elle est si sobre, on ne voit que le lac. Je viendrai vous voir, mon petit Léopold, je vous critiquerai très sévèrement et nous exposerons à la rentrée.

Elle décida qu'il s'installerait dans la chambre d'angle, au premier étage, où elle trouvait que la lumière était particulièrement bonne et d'où on voyait tout le lac.

– Pour vos repas, il y a un café à cent mètres, on vous y donnera pour pas cher une nourriture plus saine que celle qu'Albert, Gérard et vous préparez, et cela vous fera prendre un peu d'exercice. Comme je vous connais, vous resteriez planté devant votre chevalet du matin au soir.

– Je viendrai en juillet, dit-il.

Nous passions toujours le mois de juillet à la mer.

Je fus déchirée entre le désir d'être auprès de Léopold et la sagesse qui m'avait fait comprendre que je devais rester à l'écart et préparer dans l'ombre la femme qu'il aimerait. Il était temps de m'occuper à devenir belle. Avec Genval, j'avais réussi une maison : je m'attaquai à moi-même. Mes parents avaient loué un appartement près du parc et Maman me demanda si je voulais une pelle et des seaux : je lui demandai un grand miroir pour ma chambre. J'y passai de longs moments à me regarder. J'avais à m'inventer, cela exige réflexion.

Je crois que je fis venir ma beauté par volonté. Si j'avais laissé faire la nature, je ne pense pas que j'aurais eu ce maintien calme, cette voix basse et ce regard ferme. Il me semble que j'étais une petite fille pleine de vivacité, plus remuante qu'il n'était utile pour plaire à Léopold. Il peignait : j'avais compris qu'il voyait un monde immobile, arrêté entre deux lumières. Devant mon miroir, je ne bougeais pas, je m'étudiais et j'ordonnais sa forme à mon visage. Colette me rejoignait toujours pendant la deuxième quinzaine de juillet, elle fut saisie d'étonnement :

– Comme tu as changé !

Mais j'étais si jeune ! Nous courions dans les dunes, nous nous éclaboussions dans les vagues, j'étais distraite, je riais aux éclats.

– Ah ! Je te retrouve !

Ce qui m'inquiétait. Je risquais donc, si je n'étais pas sans cesse attentive, de ne pas maintenir ce beau visage tranquille que je me construisais ?

Je découvris la posture qui convenait à celle que je voulais devenir : droite, le cou tendu, mais le visage un rien détourné, à peine, pour que le regard, qui devait être bien direct, soit comme accentué par la position de la tête, l'épaule souple avec une très légère supination du bras qui mette la main en valeur, le pied droit toujours posé un ou deux centimètres en avant du gauche. De la sorte j'avais, immobile, l'air d'être en plein mouvement, on attendait que le visage s'aligne, que la main retombe et je créais l'idée d'un mouvement qui n'avait jamais lieu. Cette attitude devint l'image que j'avais de moi, chacun de mes gestes en serait issu, ainsi je serais accompagnée par mon portrait et je me mettrais à lui ressembler.

Colette me confia ses premiers émois amoureux : son cousin, qui avait trois mois de plus que nous, lui avait longuement tenu la main et lui avait dit qu'elle était jolie.

– Mais je ne pourrai jamais l'épouser. L'Église l'interdit.

Épouser ? Je n'avais jamais pensé à cela, moi. Je ne pensais qu'à me faire choisir.

– Ne t'inquiète pas, va ! D'ici que nous soyons en âge, tu verras, on ne se mariera plus.

Je croyais l'évolution des mœurs plus rapide qu'elle ne fut, on mit quarante ans à cesser de se marier, et il paraît qu'on recommence, mais depuis que j'aimais, j'écoutais les conversations des grandes personnes et mon père prédisait de grands changements dans la moralité.

– L'union libre l'emportera, dis-je à Colette.

– Et alors qu'est-ce qui empêchera un homme de partir et de laisser la femme seule pour élever les enfants ?

Je prenais feu. Reste-t-on avec un homme pour des raisons de ce genre et, d'ailleurs, pourquoi ferait-on des enfants ? J'avais entendu Mme van Aalter :

– La reproduction de l'espèce ! Il y a toujours des gens pour assurer ça, moi, je n'ai pas eu le temps, je me suis occupée des arts.

Je sentais confusément que cela était une sottise, mais qui avait un ton d'audace propre à soutenir mes projets. Je ne me voyais pas en épouse : fût-elle pourvue de servantes comme ma mère, elle doit toujours régler l'ordonnance des repas et surveiller les nettoyages. Moi, je voulais ne m'occuper jamais que de ma passion. Le lycée qui allait commencer n'était qu'une concession parmi les autres à la nécessité de dissimuler la seule chose sérieuse de ma vie : la captation de Léopold.

– Je ne me marierai pas. Je vivrai seule, en travaillant, et j'aurai un amant, dis-je à Colette dans un instant de sincérité dont je me repentis vite car elle me fit la morale pendant trois jours.

À force d'étudier mon image, je vis mes habits. Certes Maman s'en préoccupait et sa coquetterie s'étendait à sa fille, mais, pendant ces jours où j'élaborais ma beauté, je m'aperçus que, si j'étais joliment mise, je n'avais pas de style. Les jours de beau temps, j'étais en short. J'avais des jupes à fronces de toutes les couleurs et des socquettes blanches, je ressemblais à toutes les filles de mon âge, ce qui convenait au projet de rester en retrait, la réflexion me fit comprendre qu'un ton personnel ne s'improvise pas. Il fallait une dominante dans les couleurs, qui serait le gris de mes yeux et des siens, et dans les formes, ce qui me sembla plus difficile. Ma mère donnait dans le flou, mousseline, soies aériennes, surah, elle traversait les modes en y trouvant toujours ce qui lui ressemblait. Je me dis que, si je ne voulais pas tourner au mouvement perpétuel, comme elle et comme Laurette, mes vêtements devaient ne jamais amplifier mes gestes : tricots, jersey, velours et, l'été, ces cotons un peu raides qu'on nomme coutil.

– Je voudrais un chandail et une jupe droite, dis-je à ma mère.

Nous fîmes les boutiques d'Ostende.

– C'est que nous n'avons pas encore rentré les nouvelles collections.

À mon extrême étonnement ce que je désirais se porterait à la saison suivante. Maman fut ravie :

– Tu as le sens de la mode !

Moi, je ne faisais que me rendre conforme à l'image que Léopold allait avoir de moi. On a dit beaucoup de sottises à mon sujet et notamment que j'étais folle de la toilette et amoureuse de ma beauté. Il est vrai que je n'ai pas eu une minute de laisser-aller, mais il ne s'agissait pas de me flatter à mes propres yeux. Je ne me suis jamais souciée d'être belle ou de plaire pour mon propre compte, seulement de devenir celle qu'il choisirait, et de le rester toujours. Les femmes croient souvent, quand elles se trouvent jolies, que la partie est gagnée et attendent de n'importe quel homme qu'il se rende à leur charme. Ma beauté n'eut qu'une cible, un homme au geste rare dont les yeux avaient la même couleur que les miens. Je fus toujours étonnée que d'autres hommes me regardent car je ne faisais rien qui fût dirigé vers eux.

Je dus donc attendre Bruxelles pour mes nouveaux vêtements. Les robes roses, les chemisiers à petits volants et les jupes froncées allèrent au rancart. Colette n'y comprenait rien :

– Tu n'auras plus rien à mettre !

Maman regardait la féminité éclore chez sa fille.

Naturellement, en août, Léopold n'était plus à Genval.

On lui avait laissé la maison pour qu'il puisse y peindre à l'aise et il l'avait quittée pour ne pas nous déranger. Tant de délicatesse était difficile à endurer, je m'accrochai fermement à ma sagesse.

Il avait laissé une toile en remerciement : je l'ai toujours détestée. Je ne crois pas qu'elle soit moins bonne que les autres, mais Léopold dans ma maison et moi loin de lui ! On a souvent voulu l'acheter, je ne peux pas m'en défaire, à cause du gris du lac, qui est pour moi la couleur même de ma vie, ce gris absolument pur, sans nuance, cette glace terrible qui s'est emparée de moi dès le premier instant où j'ai vu Léopold, qui a fermé ma vie sur lui et n'a laissé en moi que le désir et la volonté. J'appartiens à ce tableau. Où que j'habite, il est accroché dans la maison en un endroit choisi pour que je lui tourne le dos. Il est mon ombre et mon assujettissement.

J'étais mieux sur l'Olympe. Cet hiver-là, j'ai commencé à souffrir et j'ai compris qu'on n'aime pas impunément trop tôt. Qu'y puis-je si j'avais vu Léopold ? Je ne pouvais pas éviter de le rencontrer et, puisqu'il existait, de l'aimer, mais avant moi, il a donc croisé des femmes qui n'en sont pas restées pour toujours asservies ? Comment ont-elles fait ? On pouvait donc le voir et en réchapper ? Moi, l'amour m'avait désignée, j'ai été ravagée par la tornade et je n'ai plus cessé de demander au vent qu'il me ploie. J'ai vu vieillir ces femmes, lentement effritées par le temps, ravinées par la vie comme ces falaises qui ont l'air si fermes et que l'eau creuse, et ce n'est pas lui qui les a usées ? Il me semble que j'étais vieille à douze ans car je connaissais déjà tout de mon histoire. Elle ne contenait qu'un événement : le regard de Léopold et le reste serait accessoires, colifichets, pacotille.

Je n'avais pas choisi, pour l'amour, un séducteur de petites filles, je devais attendre, et si chaque minute me rapprochait de lui, elle était aussi allongée par l'impatience.

Georgette était si belle que je crus en mourir.

Elle resplendissait. Elle apparut dans le salon d'Isabelle André comme le soleil dans une journée terne, toutes les têtes se tournèrent vers elle et moi je me tournai vers lui : il eut ce maigre sourire que je lui connaissais quand ce qu'il voyait lui plaisait.

En vérité, il ne l'aima pas plus que les autres et, je l'ai compris beaucoup plus tard, c'est moi qui ai failli l'aimer. J'ai entendu parler de ces amours de fillettes pour de belles jeunes femmes : on dit qu'elles y construisent leurs façons d'être. Je ne pouvais rien faire de semblable, aucune femme ne pouvait me pourvoir d'elle-même, je devais me puiser dans l'âme de Léopold. Georgette me donna un instant de vertige, je crois que j'hésitai entre le désir et la jalousie. J'étais trop innocente pour me comprendre, je n'imaginais rien à lui demander, mais je ne la quittais pas des yeux, sûre que c'était pour deviner si elle était sensible à celui qui ne devait aimer que moi et j'avais le cœur déchiré par la grâce de ses gestes. Laurette m'avait désigné ce qu'il ne me convenait pas de devenir, Georgette me mit devant la profusion. Elle avait la voix pleine, le mouvement ample, elle faisait tout avec ardeur, on sentait qu'elle écoutait, parlait et regardait sans réserve. Elle ne lésinait pas, et je compris que la petite agitation de Laurette n'était qu'une retenue maladroite, une digue fragile qui ne pouvait contenir que de faibles marées. Quand Georgette s'immobilisait, plus rien ne bougeait en elle. Respirait-elle ? On était suspendu, attendant son souffle. Si elle écoutait, je n'écoutais plus ce qu'on disait, je n'écoutais qu'elle et je me perdais dans cette présence prodigieuse qu'elle conférait aux choses. À la fois je m'abîmais en elle, jouissant de son pouvoir d'attention, et j'étais épouvantée car j'y reconnaissais la puissance de concentration qui me fascinait chez Léopold. Lui aussi pouvait être totalement possédé par ce qui se passait en lui et rompre avec l'extérieur. Mais si elle était semblable à lui, n'allait-il pas l'aimer ? Il est clair que je ne comprenais rien à ce qui produit l'amour, en quoi je n'ai pas changé, puisque malgré toutes mes craintes, c'est moi que Léopold a aimée et que, tout en sachant que je n'ai jamais rien voulu d'autre, je ne sais toujours pas comment j'y suis arrivée.

Ces pensées-là peuvent venir quarante ans après, sur le moment je fus comme on décrit les brûlés : j'eus mal sans cesse et partout. Rien ne m'échappa de ce qui se passait entre eux, ni le premier regard tout de suite ébloui, ni la brève parade amoureuse, et je vis Léopold adorné par le désir. Pour moi il brillait toujours : je dus détourner mes yeux de lui, il me semblait que j'aurais été aveuglée. Quand elle apparut, il faisait un pas en arrière pour déposer un verre vide sur une table : il s'arrêta, immobilisé en plein vol, et je vis son regard changer, le soleil fit scintiller l'eau grise. Je fus frappée par le désir comme il l'était et je sentis de nouveau l'orage me traverser. Georgette se dressait, rieuse, dans l'embrasure de la porte : elle portait une robe vert Véronèse et elle avait ce teint olivâtre des Bohémiens que tout embellit. Elle leva les deux mains pour saluer Isabelle, dans un geste qui semblait la livrer en entier, que je lui revis cent fois et que j'essayai cent fois de refaire dans la solitude de ma chambre, devant mon miroir, mauvais complice qui ne me disait jamais que j'étais la plus belle. Je n'y arrivai pas, mais, à force de l'imiter, je compris : elle ne pouvait pas ne lever qu'une main, elle aurait eu le sentiment d'économiser son élan, qui lui eût paru mesquin. Il lui fallait se proposer entièrement et être tout à fait reçue.

Elle parcourut le salon du regard, elle souriait, mais quand elle vit Léopold son sourire faiblit, il y eut le passage d'une ombre, un instant de suspens, une gravité brusque et brève, l'écho sourd de l'orage et je la vis frémir. Je connaissais cela, je l'avais vécu avant elle et je fus d'un coup sa sœur et son ennemie. Puis elle avança, et comme j'étais près d'Isabelle qui parlait à Léopold, je crus qu'elle venait à lui. Je voulus sa mort.

Les deux femmes s'embrassèrent. Isabelle dit :

– Je crois que tu ne connais pas encore Léopold Wiesbeck.

Et comme c'était une femme d'une grande délicatesse, elle ajouta :

– Et Émilienne Balthus.

Et c'est ainsi que pour la première fois de ma vie j'entendis accoupler nos deux noms, ce qui jeta le trouble en moi.

Je vis que Georgette, même secouée par l'orage, n'était pas femme à perdre ses manières car je fus la première à être saluée, puis elle tourna les yeux vers lui, et ce fut leur premier regard déclaré, celui qu'ils avaient échangé une minute plus tôt ne comptait pas, il avait eu lieu dans le monde non civilisé des passions. Même ainsi, sous l'égide aimable d'Isabelle André, ils ne purent, ni l'un ni l'autre, contrôler un bref vacillement.

– Je connais déjà un de vos tableaux, qui est chez mon amie Denise Geilfus. Elle m'a dit que vous l'avez peint devant le lac de Genval.

Je ne sais pas ce qu'il répondit car j'étais partagée entre la rage – le lac, mon lac, nommé par ma rivale ! – et l'admiration pour une femme qui n'avait pas dit que le tableau représentait le lac, mais qu'il avait été peint devant le lac. J'étais bien jeune pour comprendre qu'on peut estimer ce qu'on hait, que même cela donne plus de grandeur à la haine, et les mouvements contraires où était jeté mon esprit m'étourdissaient. Je regardai Léopold, cela refit l'ordre en moi en balayant tout ce qui n'était pas lui.

– Oui, poursuivait-il, elle a la bonté d'aimer ce que je fais.

Et Georgette :

– Alors je dois être aussi bonne qu'elle, car j'aime également.

Ils étaient dans un salon et ne pouvaient pas se jeter l'un vers l'autre, ils avaient à échanger des paroles. Je n'étais plus innocente et j'entendis, derrière les propos anodins, résonner d'autres mots : « *Comme vous êtes belle ! – Comme vous êtes beau ! – Qu'il me baise des baisers de sa bouche ! – Je suis malade d'amour. – Entraîne-moi après toi ! nous courrons ! – Tes yeux sont des colombes.* » Ils se conviaient l'un l'autre à l'amour, j'assistais à la parade. Je ne connaissais pas encore cela, mais la première fois qu'un garçon me demanda, avec un regard particulièrement attentif, si j'avais vu tel film ou entendu telle musique, je revis Georgette et Léopold parlant de choses dont ils se moquaient bien, je réentendis le *Cantique des cantiques*, je fus déchirée de douleur et remballai avec colère le soupirant surpris.

J'aurais dû m'écarter, l'idée ne m'en vint même pas. Je regardais le désir les accorder, ils hésitaient, cherchaient, puis trouvaient la note exacte, résonnaient ensemble, charmés par leur unisson. Clouée au côté de Léopold, j'assistais avec désespoir à ce qui m'excluait. Ma mère me sauva. Tout à coup, je sentis sa main effleurer mon épaule, selon le geste familier, j'entendis sa belle voix ronde qui disait :

– Il ne faut pas être en retard chez Mme van Aalter.

Et pour la seule fois de ma vie ce fut une délivrance d'être arrachée à la présence du bien-aimé.

Cette nuit-là, je compris les mots suffoquer de douleur. Il me semblait que je ne pouvais plus respirer, que je mourrais si l'étau qui me tenait ne se desserrait pas. Je cherchais mon souffle, je fus tentée de penser que j'étais malade, qu'une fièvre dangereuse me terrassait, quel espoir délicieux ! on me donnerait des médicaments et je n'aurais plus mal. Mais j'étais privée de ce recours, je ne pouvais plus appeler Maman, me plaindre, recevoir la consolation des caresses et des soins car j'avais, depuis si longtemps déjà ! cessé d'être un enfant. Il me fallut minute après minute endurer ce mal taraudant qui me poignardait toujours plus loin, toujours plus profond, toujours plus aigu.

Avant Georgette, mon plus grand chagrin avait été une poupée cassée ou une amie déloyale. Mes parents me traitaient avec courtoisie et j'ignorais tout du délaissement. Dans mon lit à dentelles, je haletais, j'aurais voulu pleurer, espérant qu'avec les larmes la souffrance aurait coulé hors de moi. J'attendais le matin : le sommeil me prit, puis me quitta, au réveil c'était toujours l'horreur. Cela dura tout l'automne et jusqu'en janvier, je finis par craindre pour ma santé car si je savais bien que mon mal était dans l'âme, je me demandais, puisque le mal physique cause de la douleur, si la douleur ne pouvait pas produire un mal physique. Je ne pouvais poser cette question à personne mais je trouvai le moyen de me faire conduire chez le médecin de famille qui affirma que je me portais bien.

Pendant quatre mois, être au seul lieu où je respirais, la proximité de Léopold, fut être auprès de Georgette mais là je ne respirais plus. Depuis le portrait de ma mère, il avait pris l'habitude de n'aller dans le monde qu'avec un carnet de croquis, ainsi il ne s'y ennuyait pas. Chez Mme van Aalter, il s'asseyait dans un coin qu'on lui réservait, chez Isabelle, il se tenait debout près du piano. Georgette allait et venait, vive, menant trois conversations de front, revenant auprès de lui comme la chèvre au piquet, belle et joyeuse, j'étais là, mais elle ne me vit pas.

Émilienne derrière Léopold : il y a deux manières de regarder cette image. Si c'est du point de vue de Georgette, on n'aperçoit que lui, qui éblouit. Si je veux ma propre vision, je peux, dans le halo de lumière qui émane de lui, distinguer à sa gauche, en retrait, une silhouette à peine esquissée, une ombre grise et blanche qui toujours l'accompagne. Si c'est moi que je veux voir, je dois me reporter par l'esprit à ma chambre, au miroir rapporté d'Ostende : s'il est là, je suis effacée par lui. Comment Georgette m'eût-elle vue si je ne me voyais pas ? Je ne parlais pas, je ne bougeais pas, sauf pour prolonger un geste de Léopold. Quand il dessinait, je savais quel crayon lui tendre, s'il avait soif, le verre venait vers sa main, je voulais, si je n'étais pas là, qu'il ne sût plus comment se procurer à boire et, de Laurette en Georgette, tracer ma voie en lui. Pourquoi me serais-je donnée à voir par elles ? Je mis au rancart la rivalité qui ne pouvait servir à rien tant que je n'étais pas nubile : il me resta la douleur.

Georgette avait vingt-trois ans. Elle enseignait le dessin et rêvait d'être modéliste. Je ne sais pas si elle avait du talent, la suite de sa vie n'en a rien fait connaître. Pendant sa liaison avec Léopold on l'entendit souvent argumenter contre le mariage qui ôte la liberté aux femmes. Elle discutait avec ardeur d'émancipation, quand on lança le pantalon pour dames elle fut la première à en porter et Mme van Aalter sourit avec indulgence. Léopold la regardait et je crois qu'il ne se souciait pas du tout de ce qu'elle disait. Il n'avait pas d'idées particulières à propos de la liberté, du moment qu'on le laissait peindre autant qu'il voulait. J'écoutais : le vote des femmes, l'égalité des sexes, le racisme, l'indépendance des peuples et le socialisme, elle prenait feu et je découvrais l'existence des grandes idées. Elle s'exaltait, son teint s'animait, je me serais bien enflammée, mais elle devenait encore plus belle et j'étais détournée des causes nobles par le sourire de Léopold qui l'admirait. Parfois, je reprenais certaines discussions avec ma grand-mère.

– Cette jeune femme semble bien généreuse, disait-elle. Souhaitons-lui de ne rien rencontrer qui la change.

En janvier, Georgette apprit qu'une bourse d'études qu'elle avait demandée lui était accordée, il fallait partir dans la quinzaine.

Parfois, quand les nuits sont trop longues, mon esprit indocile rôde en des lieux dangereux. J'essaie de le retenir, il se moque de mes craintes. Georgette aurait pu ne pas partir et, à l'époque, je crus que l'Amérique l'attirait plus que Léopold ne la retenait. Elle sembla radieuse : elle travaillerait à Detroit, mais elle irait à New York, elle visiterait San Francisco, Boston, Los Angeles et le Grand Canyon. Partir quand elle pouvait rester avec lui ? Et si elle le lui avait proposé ? Quand mes nuits commencent mal, elles sont interminables.

Le jardin de Genval longeait le lac. Dès la première fois, nous avions remarqué une masse de végétation apparemment sauvage : quand le jardinier eut ôté les orties et les ronces, nous vîmes apparaître un petit cabinet de verdure pourvu d'une table et d'un banc de marbre blanc. Au moindre soleil je m'y retirais pour lire et dessiner. Personne n'a jamais vu ces dessins, car je les jetais aussitôt achevés.

C'est que je n'ai pas dessiné par talent ou par goût du dessin, mais pour devenir Léopold dessinant. Je prenais n'importe quoi, c'était souvent une branche de troène, comme Léopold lorsqu'on lui avait montré cette retraite tranquille au milieu du dimanche agité de ma mère. J'ai toujours ce dessin, je le lui avais demandé. Mon père était là. Cet homme délicat aurait inventé la politesse, il fut choqué par ma demande.

– Voyons Émilienne, cela ne se fait pas. On ne demande pas à un artiste d'offrir son travail.

– Pourquoi ? dit Léopold. Cela me fait plaisir, puisque cela veut dire qu'on aime ce que je fais.

Mais Papa ne pouvait pas compléter sa pensée, que je devinais : ces dessins, ces œuvres, c'était son gagne-pain et je lui demandais de m'offrir ce qu'il devait vendre pour vivre.

Je prenais une branche à la haie, je la dessinais avec un soin extrême, en suivant les enseignements que j'avais reçus : on trace d'abord sur la feuille un trait léger, qui est la composition de départ et qu'il faut placer de manière juste et équilibrée. Léopold ne faisait pas comme cela. Il commençait son dessin sans paraître avoir calculé comment le poursuivre, on aurait pu croire qu'il allait au hasard. La première fois, quand il fut à la troisième feuille de sa branche, il s'arrêta, arracha la page du bloc, la chiffonna et la jeta. Puis il recommença et cette fois fut satisfait. Je pris la feuille jetée, la défroissai.

– Pourquoi celui-là n'était-il pas bon ?

Il me désigna un point précis du trait.

– Ici, vois-tu ? j'avais perdu la courbe, je ne pouvais plus la reprendre.

Je comparai les deux dessins. Il me fallut longtemps pour comprendre.

– Mais oui, disait-il, prolonge cette courbe par la pensée et regarde ce qui vient : c'est mauvais.

Du doigt, je suivis sur la feuille le tracé imaginaire.

– Non, dit-il. Plus à droite.

Et pour finir il traça en pointillé ce que je ne parvenais pas à voir.

– On aurait eu cela. Tu vois bien que ce n'est pas beau.

C'est là seulement que je compris. À mon extrême étonnement, le dessin abandonné ressemblait davantage à la branche qui lui servait de modèle. Donc, ce qui se passait c'est que, en regardant la branche, Léopold en inventait une autre et c'est l'autre qu'il voulait représenter ?

– Je ne sais pas, dit-il. Peut-être.

J'ai les deux dessins et maintenant je sens, moi aussi, pourquoi le premier est moins bon que l'autre, mais je ne peux pas plus que Léopold le justifier rationnellement. J'ai cent fois refait le bon dessin et je peux désormais le tracer sans consulter le modèle. Je le connais par cœur. Je le reproduis, mais je suis alors comme une machine qui enregistre et imprime, je ne suis pas Léopold dessinant. Je me suis acharnée et un jour l'événement s'est produit : mon crayon glissait doucement sur la page, pendant une seconde et trois centimètres j'ai été Léopold. J'ai senti comme lui, il était en moi, il m'habitait, c'est lui qui dessinait avec ma main. Ce fut un instant d'une puissance et d'une satisfaction incroyables. Cela ne dura pas, je crois que c'est la recherche de ce moment qui fait que toute ma vie j'ai continué à dessiner, si mal que je le fasse. Il y a, rarement, mais cela vaut dix ans de concentration, cette seconde où il est en moi, je baigne en lui, il anime ma main et mon âme. Je peux encore, parfois, vivre cela. C'est pourquoi personne n'a jamais vu mes dessins : on ne se montre pas faisant l'amour.

– Mon petit Léopold, disait Mme van Aalter, il va falloir être sérieux. Vous ne pouvez pas continuer à donner des leçons de dessin aux enfants sous-doués de la bourgeoisie uccloise en habitant un atelier qui prend la pluie et en vendant trois tableaux tous les deux ans. Vous avez besoin de temps et vous devez cesser de courir le cachet. À gagner votre vie comme vous le faites, un billet de cinquante francs à la fois, vous allez tourner peintre du dimanche.

C'était en avril. Il faisait encore assez froid, mais, dans le cabinet de verdure, j'étais abritée du vent. On ne me voyait pas derrière l'épais feuillage persistant. Moi, je pouvais voir à travers la haie. Mme van Aalter allait d'un pas vif, suivie par Léopold qui arrivait, naturellement, à la suivre sans paraître se hâter. Elle s'arrêta, le regarda. Visiblement, elle attendait une réponse. Il laissa passer quelques secondes, puis, quand il sentit que son silence pourrait sembler impoli :

– Je le veux bien. Mais que puis-je faire ?

– Vous marier.

Il haussa les sourcils. J'ai toujours admiré chez lui la parfaite économie de moyens, dans sa peinture comme dans sa physionomie.

– Il me faudrait donner encore plus de leçons, si je veux nourrir une femme !

Une réponse si rapide ? Y avait-il déjà pensé ?

– Ne soyez pas naïf. Je ne parle pas de ce genre de mariage-là. Vous m'avez fait peur avec Georgette, mais enfin, elle est partie. Si je vous trouve une fille jolie, qui soit riche et qui vous aime, vous n'aurez plus qu'à l'aimer en retour.

– Je crois que vous vous trompez d'époque. Les mariages de raison sont tout à fait démodés.

– Je ne demande qu'à vous d'avoir de la raison. La fille n'en aura pas, car il faudra être folle pour aimer un homme comme vous, qui ne sera jamais amoureux que de ses tubes de couleur. Deux des tableaux de votre dernière exposition étaient bâclés, vous le savez aussi bien que moi, vous les avez faits à la hâte pour avoir quelque chose à accrocher. Vous avez vingt-sept ans : à votre âge, on ne bâcle pas. On hésite, on cherche, on efface ou on jette et vous ne jetez pas à cause du prix des toiles. Ces deux-là, vous les avez faites pour les vendre. À ce régime, dans trois ans vous êtes perdu.

Je le vis détourner le visage et je compris qu'il pensait comme elle et qu'il avait peur.

– Vous êtes à un tournant. Il y a deux ans vous étiez une promesse, dans deux ans vous pouvez être une déception.

– Je n'ai presque pas le temps de travailler, dit-il d'une voix sourde. Je ne savais pas que cela se voyait déjà.

– Je suis encore seule à l'avoir vu. Si vous suivez mes conseils, vous restez cinq ans sans exposer et personne ne se souviendra de ces deux tableaux-là.

Et elle reprit sa marche. Léopold marqua un temps d'arrêt puis il la suivit.

Le soir, au dîner, je demandai à mon père si j'avais de l'argent.

– Tu veux dire une fortune personnelle ?

– Je suppose.

– Non. Tu hériteras de ta mère et de moi mais tu ne possèdes rien en propre. Tu t'inquiètes de ton avenir ?

Comment lui dire qu'il ne s'agissait pas seulement du mien ? Si Mme van Aalter avait raison, Léopold se soumettrait à son projet et il serait marié avant que je sois nubile. Mais je ne fus pas terrifiée comme par Georgette : sans doute tenais-je de ma grand-mère le peu de respect pour le mariage. Tant qu'il n'aimait pas, je ne me sentais pas en danger.

C'est pourquoi j'endurai patiemment Josette et Lucienne. Si belles ou intelligentes qu'elles fussent – et elles l'étaient moins que Georgette – elles n'étaient pas riches et j'eus pour elles la même indulgence que Mme van Aalter. C'est aussi que je m'instruisais et comprenais qu'un homme ne peut pas rester sans maîtresse. De toute évidence, le cours des événements montrait qu'il était un amant satisfaisant, par qui on n'était quittée qu'à regret : cela augurait bien de mon avenir et la sagesse commandait de m'en féliciter. Les très beaux raisonnements satisfont d'habitude plus le raisonneur que le raisonné. J'occupais les deux positions et je me trouvais, Jean qui rit et Jean qui pleure, contentée par mes excellents arguments et mortifiée par la ténacité de mes douleurs.

Mme van Aalter cherchait : on verrait bien ce qu'elle allait trouver.

3

LE MARIAGE

Blandine fut précédée par un récit tragique : ses parents avaient été tués dans un accident de voiture lors d'un voyage en Autriche et elle se trouvait seule, à vingt ans, dans une auberge du Tyrol, pâle et terrifiée, quand Isabelle André, qui était sa seule parente, alla la chercher. Elle tremblait encore à son retour et on ne la vit pas avant six mois. Dès qu'elle apparut dans le jardin d'hiver aux meubles cannelés, Mme van Aalter fut intéressée.

C'était une aimable jeune fille blonde qui valait encore dix millions, tous frais de succession payés. Elle aurait donc pu se passer d'être jolie, mais Mme van Aalter y tenait, par délicatesse. Elle la mena chez les couturiers et l'instruisit sur la coquetterie. Léopold fut conduit chez un tailleur réputé pour habiller les artistes avec le mélange de désinvolture et de bon ton qui inspire confiance aux acheteurs. Je croyais tout savoir de lui, mais quand je le vis paraître en costume de velours côtelé du même gris que ses yeux, je retins ma respiration. Il était beau à fendre l'âme, pâle et déterminé. Il s'inclina devant Blandine qui devint toute rose, comme on attendait d'elle.

Elle ignora toujours qu'elle avait été désignée. Je ne le lui ai pas dit. Même au plus fort de ma fureur, c'est un coup que je n'ai pas voulu lui porter, ce dont je me sais gré. À ce moment-là elle était innocente et ne devint coupable à mes yeux que plus tard.

Elle aurait dû être vêtue de lin blanc, les cheveux dénoués, et marcher d'un pas lent, comme on représentait les victimes sacrificielles dans les livres d'images, puisqu'elle allait être offerte à l'accomplissement de Léopold. Il me semble que sa mise n'avait pas tant de noblesse. Nous n'étions que trois à savoir et quand Blandine fut conduite à l'autel, on vit seulement une jeune fille recevoir des mains d'un beau jeune homme un verre d'orangeade. Les trompettes ne résonnèrent pas, les hérauts ne clamèrent rien. Ce jour-là, j'eus presque pitié d'elle.

Il mit à faire sa cour une discrétion de bon aloi. Avec Josette et Lucienne, il avait été affable, subtilement distrait, il fallait une attention aussi sauvage et scrutatrice que la mienne pour deviner qu'elles avaient, dans sa vie, un autre rôle que celui qui était déclaré. Devant Blandine, il fut comme devant mon père lui offrant les clefs de Genval : il eut les manières de la politesse ordinaire. Il ne se contentait pas de l'écouter parler : il répondait. Quand elle disait : « Quelle ravissante robe porte Mme Chaumont ! » ou : « Avez-vous vu *Les Enfants du paradis* ? », il regardait la robe et assurait que la couleur était fort belle, ou qu'il irait bientôt au cinéma, alors que sa réponse habituelle à ce qu'on lui disait ne dépassait pas un « oui, oui... » dont je connaissais qu'il signifiait : « Continuez, je vous en prie, à me parler comme il vous sied, vous ne me dérangez pas, simplement je n'ai rien à en dire. » Quand je l'avais interrogé sur la branche qu'il voyait et celle qu'il avait dans la tête, il avait réfléchi et dit un : « Je ne sais pas » qui m'avait garanti avoir été entendue. Je suis sûre qu'il n'entendait pas Blandine et ne l'entendit jamais, mais il s'efforçait de produire des paroles en rapport étroit avec celles qu'elle prononçait. Il modifiait pour elle ses façons d'être par honnêteté. Cela ne me faisait pas peur, puisque, quand elle apparaissait, il ne devenait pas encore plus beau que d'habitude.

Elle était jolie, c'était un devoir d'État auquel une personne docile ne pouvait pas se dérober. Une blondeur sans éclat, le visage rond, un air de personne bien élevée qui ne la quitta qu'une fois, dans un moment qu'on m'a relaté car je n'y étais pas. Elle avait les yeux vaguement bleus et un teint quelconque. Le mariage fut tout de suite évident pour tout le monde : Blandine avait un tel air de virginité qu'on ne pouvait rien concevoir d'autre. Elle sentait la fleur d'oranger, et Guerlain, Caron ni Chanel ne vinrent jamais à bout de son odeur d'innocence.

Je regardais les choses se faire. Avec Georgette, je l'avais vu porté par le désir, ici, il organisait son avenir, je n'en pris pas ombrage. Même, puisque je n'avançais que si lentement en âge, condamnée à attendre jour après jour pendant des années, il me sembla que ce mariage me servirait en mettant Léopold à l'écart des passions. Je craignais une autre Georgette, je ne craignis pas Blandine. Elle serait une épouse : je sentais déjà confusément que j'étais de la race des maîtresses, que les épouses peuvent agacer, jamais entraver. Je sentis s'apaiser cette inutile course contre le temps que je menais depuis deux ans. J'affermis ma présence à ses côtés.

Je découvris qu'un tram qui s'arrêtait en face du lycée pouvait me conduire en dix minutes à deux pas de l'atelier : j'hésitai trois secondes, puis j'y montai. J'arrivai à 4 heures et demie. Il était seul devant son chevalet et ne se retourna pas mais bougonna un vague bonjour. Je vis sa main gauche errer vers la table où il rangeait les tubes de peinture et jetai un coup d'œil à la toile et à la palette. Je sus tout de suite ce qu'il cherchait et mis dans sa main le vert Véronèse. Il palpa le tube, étonné, puis le regarda et, voyant que c'était la couleur qu'il voulait, sut qui était là.

– Ah ! c'est toi, Émilienne ! dit-il, et il continua de peindre.

Qu'avais-je à craindre d'une Blandine ?

Il ne marqua pas d'autre étonnement. Je restai là un moment, le regardant chercher la couleur, ronchonner quand elle lui résistait, puis, dès qu'il l'avait, travailler de ce pinceau à la fois prudent et assuré qui lui appartenait. Il s'accompagnait alors d'une sorte de grognement content qu'on entendait à peine et qui cessait si on lui parlait.

Bientôt, sa main tâtonna de nouveau, et cette fois-ci j'y mis le verre de thé froid qui attendait parmi les tubes, car je connaissais bien le langage de ses gestes.

Désormais je me rendis là-bas deux ou trois fois par semaine. Albert Delauzier rentrait à 5 heures et demie de son imprimerie. Je pris l'habitude de partir assez tôt pour qu'il ne me vît pas. Je ne voulais pas qu'on se questionnât : si Laurette était mariée, moi j'avais treize ans, ce qui ne vaut pas mieux pour une réputation.

Mais, bien sûr, le temps passant on allait s'apercevoir que si j'étais dans le même lieu que lui, j'étais à ses côtés. Ce ne fut pas rapide, les gens ont d'autres soucis que les petites filles, surtout si elles sont discrètes. Les ragots portent sur les métiers, les partenaires : on disait que Léopold faisait la cour à Blandine, ce qui était faux, moi qui savais le regarder j'aurais pu corriger. Il laissait Blandine s'éprendre de lui. Telle que je devinais cette fille, il aurait pu l'arrêter, elle était parfaitement conventionnelle et ne se serait pas attachée à un homme qui la décourageait. Elle n'était pas construite à aimer toute seule. Si elle avançait d'un pas, il la suivait, et même l'accueillait au pas suivant. Cela intéressait : Wiesbeck, le jeune peintre plein d'avenir, allait donc faire un mariage si favorable à sa carrière ? On cancanait un peu sur l'heureux hasard qui le faisait rencontrer une épouse si propice au déploiement de son talent. Mais elle était jolie, jeune, rien n'interdisait de penser que l'inclination le portait vers elle. Ces événements ne captaient pas terriblement l'imagination. N'empêche ! que ce fût pour la qualité de sa peinture ou par l'heureux hasard qui régissait son cœur, les regards étaient tournés vers lui, et là on devait bien finir par me voir. Silencieuse, tranquille, constante.

Maman me regarda droit dans les yeux :

– Es-tu amoureuse de Léopold Wiesbeck ?

Voilà que j'émergeais des accessoires, tout à coup distinguée de l'étole, du changement de vitesse et du mouvement des colliers, mais aussitôt inquiétante.

Je soutins fermement son regard. La stupeur devait me donner un air ahuri.

– Amoureuse ?

– C'est pourtant vrai que tu es toujours à côté de lui.

– Moi ? dis-je.

Eh ! que pouvais-je dire d'autre ?

Je me creusais éperdument la tête. Comment calmer le soupçon naissant ? Le reconnaître, je le sentais bien, c'était déjà le nourrir. Je me rabattis sur le ton cruche, qui me paraissait approprié à mon âge.

– Pourquoi serais-je amoureuse de lui ?

Quand j'y pense, je ne suis pas mécontente de ma réplique. D'abord, elle avait un style nigaud qui ne pouvait que rassurer : la nigauderie ne va pas avec la passion qui, me semble-t-il, donne toujours de l'esprit. Même, on dit que c'est par là qu'il vient aux filles. Ma mère pouvait se contenter de l'assurance donnée indirectement que j'étais encore parfaitement niaise. Ou bien elle pouvait prendre la question au pied de la lettre et tenter d'y répondre, c'est-à-dire argumenter pour qu'on aimât ce dangereux jeune homme si proche du mariage. Bien entendu, elle ne le fit pas. Mais je me sentis menacée. J'aimais depuis deux ans et la seule satisfaction que je pouvais tirer de mon amour était de me tenir au côté de l'aimé une heure ou une demi-heure, selon l'emploi du temps de ma mère, une ou deux fois par semaine. Certes, il y avait mes visites secrètes à l'atelier. Mais renoncer au reste ? Je sentis que je n'en aurais pas la force. J'inventai pour moi-même de subtils arguments : si, après cette question, je m'écartais de Léopold, ne faisais-je pas à ma mère un aveu qui démentait mes allures d'innocence ? J'aurais l'air d'une coupable. Elle serait convaincue. Et que pouvait-elle faire ? Renoncer à la vie mondaine ? Fermer sa porte à Léopold ? L'idée ne lui en viendrait pas, je lui gâcherais ses plaisirs, elle passerait son temps à me surveiller et à ne rien voir que ce qu'elle avait vu depuis deux ans : sa fille docile, sise à côté du peintre, certes, mais prompte à la suivre quand elle partait. Je devais donc achever de la rassurer.

Je ne dis rien. Je sentais bien que dans cette partie difficile tout pouvait être faux pas et qu'il fallait laisser chaque initiative à l'adversaire.

– Il est beau garçon, dit-elle en me regardant attentivement.

Je ne devais pas discuter l'évidence, mais détourner l'attaque.

– Oh oui ! et il est si gentil : quand il dessine, il me donne à tenir ses crayons.

C'était le chef-d'œuvre ou l'échec. C'est que j'avais treize ans et cela faisait peut-être un peu plus enfantin qu'il n'était vraisemblable. Mais, je l'ai déjà dit, j'étais la dernière-née de deux familles et ma mère, qui n'observait pas beaucoup les enfants, fut facile à tromper. Je parus ce qu'il fallait paraître : une petite fille émerveillée qu'on lui confiât un rôle si important. Elle aurait pu se souvenir de Genval et que mes interventions n'avaient pas été jugées puériles. Elle n'y pensa pas, je la vis se raffermir, s'apprêter à répondre – mais à qui ? – « Oh ! ce n'est encore qu'une gamine tout heureuse de fréquenter un artiste ! ». En vérité, je n'ai jamais su si on lui avait suggéré ses soupçons et peut-être les avait-elle conçus toute seule et ne rendit-elle compte qu'à soi-même. Après tout, amoureuse de mon père comme elle l'était depuis qu'elle le connaissait, rien n'interdisait de penser qu'elle fût capable de reconnaître la passion chez une autre. Même si le bruit de nos propres passions nous assourdit, ma mère avait vingt ans d'amour heureux derrière elle, elle avait eu le temps de se refaire l'oreille.

Je résolus donc de ne rien changer à mes façons d'être.

Cependant, un peu plus tard, Mme van Aalter me regarda, fronça les sourcils et dit :

– Tu sais ce qu'est une flamme ?

– Oui, madame, répondis-je poliment, c'est quand on est amoureuse d'un professeur.

– Ça t'est déjà arrivé ?

– Non. Mais il y a une fille, en classe, qui est amoureuse du professeur de français.

– Ce n'est pas ton amie Colette, j'espère ?

Le souvenir du cousin me traversa l'esprit et j'eus une lueur de génie. Je commençai :

– Oh non ! vous pensez bien, Colette est amour…

Et suspendis ma phrase au milieu du mot. Je vis la curiosité allumer le regard de Mme van Aalter, elle me pressa de poursuivre. Mais je rougis, je me tus, je fus embarrassée avec tant de naturel que Léopold vint à ma défense.

– Mais laissez-la, voyons ! Vous allez l'effrayer.

Léopold ! À ma défense ! J'aurais enduré la torture pour ça !

Mme van Aalter sourit à son protégé, dit :

– Ces enfants ! Quels mystères pour ce que tout le monde peut deviner !

Et m'oublia sur-le-champ.

Ce ne fut pas tout. Il semble que les femmes se questionnaient. Isabelle André, dans son salon de rotin, me tendant une tasse de thé :

– Porte-la à Léopold. C'est toujours toi qui prends soin de lui, n'est-ce pas ?

Avec cette personne délicate, il n'était pas nécessaire de se donner beaucoup de peine. Un sourire et un acquiescement ingénus suffirent. Je dus me faire, au moins pour un moment, une réputation de retardée. Sauf auprès de Laurette, qui n'était pas retournée de son plein gré à la fidélité conjugale, je le compris brusquement.

Je traversais le salon d'un pas prudent, car la tasse était un peu trop remplie, quand elle se posta devant moi.

– Qu'est-ce que tu lui veux ? dit-elle.

Elle parlait de ce ton bas et pressant qui donne une voix sifflante. J'avais grandi ces derniers temps, j'étais presque de sa taille, je ne devais plus lever les yeux pour la voir de face. Elle ne plaisantait pas. Elle avait l'air dur et mauvais d'une rivale furieuse. Je compris qu'elle n'était pas dupe de la cour à Blandine et que cette femme-ci ne serait pas facile à tromper. Et je fus tentée un instant par la vérité.

Depuis deux ans, je mentais à tout le monde, la vérité fut comme un vertige, une vague de désir, une oasis, le repos et le calme. Un instant, je tremblai de convoitise : redevenir enfant, me laisser aller, me blottir, gémir un peu et être réconfortée par une femme qui pourrait me comprendre. Mais : Laurette ? Ce fut bref, comme un rêve extravagant qu'on ne peut pas faire durer plus d'une seconde.

– Attention, dis-je, je ne dois pas renverser la tasse.

– Qu'est-ce que tu lui veux ? répéta-t-elle sauvagement. Qu'est-ce que tu fais avec lui ?

Je m'en tins sagement à mon personnage, fis un sourire

enfantin et la contournai pour porter la tasse à Léopold. Elle ne pouvait pas insister : j'avais une mine à la faire passer pour bourreau d'enfant. Elle me laissa aller et me détesta définitivement.

Elle fut la première d'une série de femmes qui m'ont détestée. Parfois cela me navre et parfois j'en tire gloire, mais tout m'était ennemi qui se mettait sur ma route et j'écartai Laurette d'un sourire niais. Il me fallut souvent être plus subtile, je me moquai toujours de la qualité des armes, je ne voulais que vaincre et tous les moyens me furent bons. Le seul lieu de mon âme où j'ai été honnête et loyale, c'est Léopold, et je suis sans remords car je n'ai pas choisi.

Je ne sais pas pourquoi, après ces petits affrontements, je me sentis plus tranquille. Ce fut comme si j'avais franchi un cap, j'eus moins peur d'apparaître comme un enfant à Léopold. Peut-être ces femmes en me soupçonnant m'avaient instituée rivale et que j'avais passé un rite de puberté. Je fus moins attentive à rester inaperçue, à n'être que son prolongement naturel. Il y avait entre nous une complicité dont je voulais qu'il ne sût rien, je compris pourquoi plus tard, quand le personnage de Lolita devint célèbre. Elle me fit horreur. À onze ans j'aimais définitivement Léopold, mais je pense que je serais morte d'effroi s'il m'avait touchée et qu'il aurait été épouvanté s'il avait vu clair en moi.

Après avoir trompé ma mère, Mme van Aalter et Laurette, protégée par les épousailles qui se dressaient à l'horizon, je sentis que nous étions à l'abri. Des rôles étaient définis. Il peignait et je lui tendais les tubes et le verre de thé, page ou écuyer, ni fille ni garçon, rien n'était trouble dans l'eau tranquille où nous flottions.

Cet hiver-là, il fit si froid que la mer du Nord gela. Cela n'arrive qu'une ou deux fois par siècle, c'est un spectacle à ne pas manquer, disait-on, et il fut décidé que, le dimanche suivant on irait à Ostende. À 9 heures la société habituelle de mes parents était réunie sur un quai de la gare du Midi, agitée, joyeuse et grelottante.

C'est une journée qui a laissé des traces dans les esprits.

Il est constant que les grands événements de la nature exaltent, et la vue des vagues figées en plein mouvement était aussi prodigieuse qu'on l'attendait. Il y avait presque autant de monde sur la plage qu'en été, mais un curieux silence régnait comme si une sorte de respect effrayé tenait le bavardage en laisse. Les gens se promenaient lentement sur la grève et s'avançaient un peu sur la glace. Peu, car la mer gelée faisait peur : arrêtée, suspendue, immobile, fauve au milieu d'un saut et qui peut à tout instant retomber et détruire. Des enfants s'élançaient parfois, mais les mères les rappelaient d'une voix contenue qui les faisait reculer. Il y avait grand vent et si emmitouflé qu'on fût, on était pris à la gorge par le froid. Nous parcourûmes la plage de l'Estacade à l'Horloge, puis nous fîmes demi-tour et remontâmes sur la digue pour trouver abri dans les grands cafés pleins de chaleur et de lumière. Là, ce furent des exclamations, la joyeuse agitation d'ôter les fourrures, de se bousculer en riant pour être au plus près du gros poêle. Mais Léopold restait à la porte, regardant dehors.

– Entrez, fermez la porte, vous allez tout refroidir !

– Non, dit-il, je veux encore regarder.

Et il ressortit.

Je m'y attendais tellement que je n'avais pas ouvert mon manteau. Il traversa la digue, alla jusqu'au garde-fou et ne bougea plus. Son teint toujours clair était pâli par le froid, le vent agitait ses cheveux noirs, et ses yeux agrandis par l'intensité de son regard avaient le même gris aux reflets d'argent que l'eau gelée. Son profil se découpait sur le ciel blême, il avait la bouche légèrement ouverte, comme s'il buvait les couleurs. La plage était presque blanche sous le faible soleil, le sable et la neige se confondaient.

– Il me faut ces couleurs, dit-il, il me faut ces couleurs.

Je connaissais parfaitement Ostende. À cent mètres se trouvait une boutique où on vendait des journaux, des cigarettes et des jouets, nous y trouverions de la gouache. Mais de l'huile ? Je me souvins du droguiste, un peu plus loin, qui avait un rayon de papeterie. Serait-il ouvert un dimanche ? En été, j'en étais sûre, mais en hiver ? Cependant je me dis que les trains déversaient du monde comme au 15 août.

– Venez, dis-je, je crois que je sais où trouver ce qu'il vous faut.

On vendait des tubes de peinture par série de douze, mais il n'y avait pas de palette. Il acheta deux planches à pain et un mauvais pinceau.

– Ça ne fait rien, dit-il, ce n'est que pour mélanger.

Puis nous retournâmes à la digue et il mélangea.

– Tu comprends, je ne peux pas être sûr que je m'en souviendrai. Il me faut ces couleurs, exactement celles-là. Peut-être que je ne les utiliserai pas, mais il me les faut.

Il ne prononçait jamais autant de paroles d'affilée. Je tenais les tubes, la petite bouteille de térébenthine et le chiffon dont le droguiste étonné mais compréhensif nous avait pourvus. Je le vis peiner pour obtenir la nuance exacte d'un nuage.

– Mettez juste un peu de noir dans le blanc.

Il grogna.

– Ça ne sert à rien. Un gris n'est jamais comme ça.

– Celui-là l'est. Essayez.

Il fut surpris.

– Comment le savais-tu ?

Je ne pouvais pas répondre. « À force de vous voir faire » eût été dire les choses trop clairement. Il ne se souciait pas de ma réponse. Si un questionnement l'avait traversé, cela avait été comme un éclair de chaleur, sans tonnerre et sans pluie.

Bientôt les autres nous rejoignirent et s'exclamèrent devant les planches barbouillées.

Qu'est-ce qui fait que quelqu'un devient intouchable ? J'avais vu Léopold et je lui avais appartenu sans hésiter : d'une certaine manière, il en fut ainsi pour tous ceux qui l'approchèrent. Un autre eût peut-être été ridicule, verdissant de froid à mélanger des couleurs devant la plage gelée, et même si on fit deux mots de plaisanterie, aussitôt regardées les palettes le silence s'imposa. Léopold suscitait le respect. On était devant des gribouillis, des couleurs dont certaines n'étaient pas reconnues bonnes par lui, ce n'était pas un tableau, ce n'en était même pas le projet, et on se taisait, pris par l'émotion. J'ai toujours ces planches.

Je les regarde parfois et je vois bien que les tableaux qu'il fit plus tard y sont, mais je ne comprends pas comment.

C'est peut-être cette sorte de révérence qu'il inspirait qui fit, après Ostende, accepter ma présence à ses côtés et qui coupa l'élan aux ragots. Se disait-on obscurément que je ressentais en plus fort ce qui faisait reculer les commentaires moqueurs devant cet homme possédé par quelques nuances de gris et de sable pâle ?

Ma mère dit timidement :

– Tu ne dois pas rester là. Tu vas prendre la mort.

Admirable expression, quand j'y songe, mais la mort ne pouvait rien sur moi, seul Léopold avait prise.

– Ne craignez rien pour cette petite, elle est solide comme un chêne, et lui, il est tenu au chaud par la folie de peindre, dit Mme van Aalter qui, puisque Léopold avait besoin d'un servant, trouvait bon que je me misse à son service. Mais il faut aller déjeuner. Nous serons à l'hôtel du Parc, rejoignez-nous dans une petite heure, je vous commanderai votre repas. Que voulez-vous manger ?

– Ça m'est égal, du moment qu'il y en a beaucoup, dit-il en riant.

– Et toi, Émilienne ?

– Moi, la même chose que lui, dis-je tout à coup sûre du sol sous mes pieds.

Et ce fut tout. Seule Laurette garda un légitime soupçon. mais qui l'eût écoutée, maîtresse répudiée dont il était facile d'imaginer qu'elle était plus jalouse que sagace ? Elle me regarda d'un air méchant mais ne prononça pas un mot. Elle parlait d'ailleurs peu ces temps-ci, et, sur la digue, je fus frappée par une immobilité presque figée. Je me dis que c'était le froid.

Si la moindre inquiétude a traversé Blandine ce jour-là, elle n'a pas duré, car c'est dans le train du retour que Léopold fit la demande en mariage.

Oh ! je ne dirai pas que j'ai enduré cela d'une âme tout à fait égale ! Même si j'étais sûre de la supplanter le moment venu, il était désagréable de la voir radieuse au bras du fiancé. Elle était si contente que pendant une minute elle fut presque belle. Pas plus d'une minute : elle redevint aussitôt moyennement jolie comme c'était son lot. Sans moi, elle serait restée une femme dont on ne parle pas. Elle eut peut-être ses soucis : comment s'habiller, qui inviter, quel menu choisir et quelle bonne engager ? Ce sont des préoccupations qui ne troublèrent qu'elle-même. J'ai introduit la violence dans sa vie, j'ai fait d'elle une héroïne malheureuse : dans le train du retour elle n'était encore qu'une promise et croyait que c'était à l'époux, alors que c'était au drame. Elle pourrait provoquer la commisération : elle ne dut son destin qu'à son argent, dont elle n'était même pas responsable. Mariée à un autre, elle ne me croisait pas et vivait en paix. Nous ne sommes pas maîtres de notre histoire : moi j'ai décidé et elle a subi.

Jeune, rosie par le froid – sur le moment, ma mauvaise humeur dirait bien rougie, mais ce serait faux, elle avait encore une bonne circulation –, les yeux brillants, elle regardait son avenir et ne m'y voyait pas. Je savais depuis plusieurs mois ce qui semblait tellement la surprendre et je gardais les paupières baissées pour qu'on ne vît pas mon inutile colère. Je me reprochais de ne pas être calme. Si j'avais parfois douté – c'est une chose dont il ne me plaît pas de parler – de gagner Léopold, depuis cet après-midi sur la digue je me sentais tout à fait sûre de moi. Blandine allait l'épouser, mais il m'aimerait.

Comment savais-tu cela ? et puis, l'évidence. Il tendait la main et ne vérifiait pas quelle couleur j'y déposais. Il avait admis cette réponse exacte que je pouvais lui donner. Je fis effort pour me détourner de ce que je voyais et n'entendre que cet unisson entre lui et moi, dont la première note avait eu lieu. Je m'isolai du monde, entrai en moi, là où aucun doute n'avait jamais pénétré, dans ce lieu prodigieux où mon bien-aimé et moi ne formions qu'un seul être. J'y écoutais mon avenir et, comme j'étais très jeune, fatiguée par les émotions et par le froid, je m'endormis sur l'épaule de ma mère.

Le mariage eut lieu en mars. Ma longanimité avait des limites : je déclarai une grippe, trente-neuf de fièvre et la gorge en feu. Je convainquis sans trop de difficulté ma mère de ne pas se priver de la réception pour un mal qui ne demandait que deux jours de lit et du thé chaud. Les époux prirent le train de Venise, comme il était d'usage, et j'eus vraiment de la fièvre. Pendant toute la nuit je fis des cauchemars, dont mes cris m'arrachaient. À l'aube, je me dis : « Maintenant, sans doute, ils dorment » et je me calmai.

À leur retour, ils s'installèrent dans la maison que les parents de Blandine avaient fait construire par Louis de Koninck dans les années trente : grandes baies vitrées, angles arrondis, les salons descendaient par paliers successifs vers les pelouses qui se fondaient peu à peu avec les prairies. Mme van Aalter supervisa la nouvelle décoration. Elle garda ce qui venait du Bauhaus, fit disparaître les Arts déco dans les greniers, d'où ma fille les ressort ces temps-ci, dosa savamment quelques meubles anciens et du fonctionnel. Les murs furent peints coquille d'œuf, on mit des moquettes de la même couleur. La lumière m'y parut sans nuance, il faisait clair partout, mais je ne crois pas pouvoir penser que je n'avais pas de parti pris. Léopold garda son atelier avec Albert et Gérard et continua de se cuire des œufs au plat sur le réchaud à alcool le midi, ce qui me permit de ne pas interrompre mes visites de 4 heures et demie. Cependant je fus contrainte à les compter : le grec et l'algèbre me prenaient du temps, je devais rester bonne élève et préserver l'image d'une petite fille sage qui ne pose aucun problème à ses parents.

Quand j'y songe, je menais bel et bien une double vie, lycéenne assidue et amante clandestine d'un homme qui ne savait pas encore son rôle. J'apprenais l'aoriste, le carré de l'hypoténuse et je reçus ma première lettre d'amour : c'était un garçon du lycée voisin. Il parlait de mes yeux bleus.

– Que fait-on de cela ? dis-je en montrant la lettre à Maman.

Elle hocha la tête. Papa suggéra l'oculiste.

Si le moindre doute traînait encore dans leurs esprits, la candeur dont j'avais témoigné dut les rassurer tout à fait.

4

LA PLAGE D'OSTENDE

Léopold aimait toujours Genval où il venait tous les dimanches. En décembre 1950, il fit de nouveau très froid et le lac gela. Les hôtes de mes parents se serraient autour des petits poêles noirs qui ronflaient partout dans la maison, mais Léopold ne pouvait pas quitter les fenêtres, on voyait qu'il était fasciné.

– Vous aimez le froid, je crois ? lui dit mon père.

– Pas le froid, répondit-il en riant, mais ce qu'il fait. Tout ce blanc et tout ce gris : je veux peindre cela.

– Ma maison vous est ouverte. Vous y avez déjà séjourné, vous la connaissez, revenez-y.

– Oui, dit-il, tout de suite.

Puis il se souvint des bonnes manières et fit une tentative qui manquait visiblement de sincérité :

– Mais je ne voudrais pas vous déranger.

– Ma femme et ma fille passeront les vacances de Noël ici, je ne viendrai que le week-end : c'est peut-être nous qui vous dérangerons. Vous me ferez honneur en venant peindre chez moi.

Naturellement, Blandine prit de petits airs confus :

– Mais enfin, Léopold, tu ne peux pas...

– J'espère que vous ne nous priverez pas de votre présence, lui dit gracieusement mon père. Cette maison est pleine de chambres et ma femme aime la compagnie.

J'étais auprès d'eux. Depuis quelque temps, j'avais quitté mon poste de petite fille à la gauche de Léopold, mais je restais toujours soigneusement en retrait. C'est que j'avais quinze ans et que ma beauté commençait à se déployer: je ne voulais pas que Léopold s'y habituât mais qu'il en fût assailli au moment que je choisirais. Je parlais peu, j'avais toujours ma grosse tresse d'enfant et je me vêtais aussi banalement que je le pouvais, au grand regret de ma mère qui avait cru, trois ans plus tôt à Ostende, que j'allais devenir coquette.

– Ah ! C'est très gentil ! Mais, Léopold, si tu m'avais dit, nous aurions pu aller en montagne ou à Genève, minauda Blandine avec un parfait manque de tact.

– Je ne veux pas la montagne, je veux ce lac, dit-il calmement.

Mon père sourit et j'évitai de croiser son regard. Il aimait cette détermination.

– J'admire ce garçon, dit-il le soir à ma mère. Il prend ce qu'il lui faut là où ça se trouve.

Je projetais que ce soit bientôt sa fille.

Nous étions rentrés en ville. Les vacances ne commenceraient que dans une semaine, mais Léopold et Blandine logeraient à Genval dès le lendemain, il craignait que le froid ne dure pas. On installerait son chevalet dans la chambre d'angle, au premier étage, comme à son autre séjour. Blandine et ma mère y avaient déjà disposé un vieux tapis pour qu'il n'eût pas à se soucier du plancher ciré et j'avais allumé le poêle. Une femme du village assurerait le service comme elle le faisait pendant nos séjours: ma mère discutait encore d'intendance avec mon père quand je montai dans ma chambre.

J'allai droit à la psyché, dénouai rapidement ma tresse, ôtai le chandail bleu marine choisi parce qu'il m'allait mal au teint. Je m'assis devant mon reflet. Quinze jours dans la même maison que lui ! Il fallait décider si j'étais prête ou m'arranger pour ne pas être là.

Mais l'impatience ! la fièvre ! Depuis l'après-midi, je tremblais au milieu d'une tempête. Des images terribles se disputaient mon esprit: Léopold et Blandine seuls dans leur chambre, moi seule avec lui. J'avais peur comme un soldat à la veille de la bataille. Ah ! ne rien tenter ! dire à ma mère que je voulais aller à la montagne avec Colette, sucer le bout de ma tresse, m'attarder dans l'enfance et ne pas livrer le combat qui déciderait de ma vie ! À demi nue je grelottais devant le miroir, j'étais pâle comme une morte, la morte que je serais bientôt si Léopold ne commençait pas à m'aimer. Je pris le couvre-lit de crochet blanc et m'en enveloppai. Il était très vieux, assoupli par cent lessives qui lui avaient donné la couleur de l'ivoire, il m'apaisa un peu comme font les choses très familières. Je croyais que j'avais à prendre une décision : je compris qu'elle était prise et que je ne pouvais plus attendre.

Il suffisait de me regarder attentivement comme j'avais appris à le faire pendant ces années de préparation : j'avais grandi, j'étais mince, gracile, j'avais cet air frêle des bouleaux que le moindre vent plie et qui ne s'abattent jamais. Recroquevillée par la peur dans ce coton jauni, je me donnais la mine d'une enfant en loques, bonne à demander l'aumône. J'eus un salutaire mouvement d'orgueil, je me redressai, je m'ordonnai de retrouver le calme, d'avoir le léger sourire que je destinais à mon visage de femme. Je secouai la tête et mes cheveux reprirent du volume, je redevins belle. Je régnais sur moi-même. Je ne pouvais plus attendre : l'amante de Léopold devait sortir de la chrysalide et paraître à ses yeux.

Je m'étais déguisée, portant des couleurs qui écrasaient la gamme subtile du gris et de l'ocre pâle, pour qu'il ne me vît pas. J'avais imaginé une scène qui n'eut jamais lieu et qui m'épouvantait : le dimanche après-midi, ou bien un mercredi soir, au petit concert d'Isabelle André, j'avais une distraction, je laissais surgir la fille immobile aux yeux d'argent créée pour son regard, il rencontrait celle qu'il devait aimer parmi le petit tumulte du monde, assis au côté de sa femme, emprisonné dans son rôle d'époux. Tout l'aurait défendu de moi : il aurait senti le désir, oui, mais pour la fille de M. et Mme Balthus, ces gens si charmants qui lui prêtaient leur maison, à côté de l'épouse confiante qui lui consacrait sa fortune, sous l'œil de Mme van Aalter qui le dirigeait vers la gloire. Adultère et séducteur : il aurait lutté, et je savais que cet homme avait du pouvoir sur lui-même, j'aurais perdu. Je devais le prendre par surprise, isolé de ce qui m'interdisait à lui. Ma mère et Blandine avaient déjà parlé d'expéditions dans les boutiques de Louvain, peut-être de pousser jusqu'à Namur qu'elles ne connaissaient pas, et je ferais valoir un retard en grec pour ne pas les accompagner. C'était donc ma veillée d'armes.

Je tremblais. J'allais entrer dans les *terrae incognitae* où le fleuve Amour est dangereux, des courants inconnus peuvent faire chavirer la barque de l'explorateur imprudent. Je quittais la Carte du Tendre et les soins attentifs mais invisibles dont j'avais entouré Léopold sans qu'il en prît conscience. *Comment sais-tu cela ?* Cent fois, j'avais mis dans sa main tendue le tube de couleur qu'il cherchait : le moment était venu où c'est sur moi qu'il refermerait la main. Une exaltation sauvage m'envahit, j'eus une sorte de suffocation et fus sur le point de perdre connaissance. L'enfant mourut en moi.

Nous partîmes le samedi. Maman était épuisée car tous les jours de la semaine je l'avais traînée dans les magasins après le lycée. J'y avais acheté les habits de ma nouvelle condition, qui seraient beiges, gris pâle et blanc cassé. Elle s'étonna de me voir partir dans le vieux chandail bleu marine.

– Je croyais que tu ne porterais plus tout cela.

J'inventai je ne sais plus quoi qui parût insignifiant. Elle hocha la tête, sceptique.

– Quelqu'un a dit que les femmes sont le continent noir, auquel on ne comprend rien. Sans doute, si tu ne comprends plus ta fille, c'est qu'elle grandit, dit mon père en riant.

Blandine nous attendait pour le déjeuner. La table était ornée d'un très joli surtout d'argent auquel l'austérité des murs blancs et du plancher sombre allait bien.

– C'est pour vous remercier, dit-elle timidement quand ma mère s'émerveilla.

Plus, comme c'était une femme sans fard, elle ajouta :

– J'ai demandé conseil à Mme van Aalter. Elle a le goût si sûr.

Nous mangeâmes du saumon fumé et du gibier, toujours selon les ordonnances de Mme van Aalter qui présidait à la vie de Mme Wiesbeck. Avant de prendre le café, nous montâmes à la chambre d'angle. Léopold avait commencé une grande toile et je sus tout de suite que ce serait celle qui était née sur la digue, à Ostende, deux ans plus tôt.

– C'est la plage d'Ostende, dit-il.

– Comme c'est étrange, dit ma mère, vous vous mettez devant le lac gelé à Genval pour y peindre la plage gelée à Ostende !

Il rit doucement. Je crois que je n'ai jamais vu Léopold Wiesbeck rire aux éclats. Le cœur me battait.

– J'ai dit la même chose ! s'exclama Blandine. Mme van Aalter trouve que ce n'est pas étonnant, les artistes ne fonctionnent pas comme nous.

Elle ne pouvait donc pas prononcer une parole sans nommer son maître à penser ?

Après le café, Blandine et ma mère se retirèrent pour se reposer et mon père ouvrit des dossiers sur la table de travail du grand salon. Je m'étais appliquée depuis des années à m'effacer : on ne fit pas attention à moi et je me rendis sans être remarquée auprès de Léopold qui peignait. Il était habitué à ma présence tranquille derrière lui. Quand il eut soif je le sus avant lui et allai chercher la carafe de thé froid très sucré qu'on lui avait préparé le matin. Parfois il tournait la tête vers moi avec le petit sourire que lui donnait un coup de pinceau particulièrement réussi, vers moi mais sans se détourner assez du tableau pour me voir, comme s'il savait que je recevrais le sourire silencieux qui m'était destiné. À 3 heures, on entendit des voix dans le couloir. Je reculai. Blandine ouvrit la porte, annonça qu'elle partait se promener avec ma mère et ne m'aperçut pas. Bientôt la lumière baissa et je vis qu'il allait déposer ses pinceaux. Je sortis silencieusement. Je fis la même chose le dimanche jusqu'au moment du thé où les invités arrivèrent, et le lundi matin. Mon père repartit le matin pour Bruxelles, à 2 heures ma mère et Blandine se mirent en route vers les boutiques.

– Tu es sûre que tu ne veux pas nous accompagner, Émilienne ?

De ma fenêtre, je les regardais monter en voiture.

– Travaille bien ! dit ma mère en me faisant de grands signes d'adieu.

J'étais pâle. J'ôtai le chandail bleu marine et la jupe plissée pour passer mes nouveaux vêtements. Je m'habillais pour une terrible cérémonie : dans l'heure qui venait, ma vie allait se jouer. La tresse dénouée, je brossai rapidement mes cheveux et je fus prête. Je ne reviendrais dans cette chambre qu'en vainqueur ou pour mourir.

J'entrai silencieusement dans la chambre d'angle. Il marqua mon arrivée par un hochement de tête et un petit grognement approbateur. Depuis le samedi je m'étais inscrite encore plus profondément en lui, le chevalet, les tubes et moi formions un tout, nous étions son prolongement naturel, ce avec quoi il peignait et quand il tendait la main vers la gauche, il était sûr que j'y poserais le bleu céruléen ou le vert émeraude dont il avait besoin. Il n'y pensait pas, il ne savait pas que j'étais devenue une partie de son âme, son double exact, un instrument qui le servait aussi bien que sa propre main. Il ne sentait pas plus ma présence qu'on ne sent celle de ses doigts : on prend. Je savais qu'il éprouverait mon absence et que je ne devais me signaler à lui que par elle. Il travaillait à retrouver une nuance de gris : en regardant les planches d'Ostende, je vis que c'était celle dont j'avais dit : « Mettez juste un peu de noir dans le blanc » et je me mis à trembler car le moment était venu. Il ne se souvenait pas de mes paroles, mais il les contenait et, dans ce moment exact, il avait besoin de moi. Je reculai vers le fond de la pièce sans faire le moindre bruit. Je vis sa main tâtonner, vers la gauche, ouverte, il attendait que j'y pose le tube, connaissant obscurément que je l'avais déjà fait. Je me mordis les lèvres, je désirais tellement le prendre, le lui tendre, il était si difficile de ne pas bondir vers lui pour le satisfaire. Sa main s'agita un peu, puis il dit :

– Tu n'es pas là, Émilienne ?

Il n'y avait encore dans sa voix qu'un étonnement léger, un frisson sur l'eau claire de la sérénité. Je ne bougeai pas.

– Émilienne ?

Le vent de l'incertitude soufflait un peu plus fort. J'entendais dans sa voix un faible frémissement, l'ombre du doute. Je serrai les bras autour de moi pour m'empêcher de m'élancer – ah ! courir vers sa demande ! lui donner ce qu'il voulait ! – mais je devais le faire changer de désir. Il voulait le noir et ne le savait pas, il fallait le conduire à me vouloir et qu'il le sût, et cette fois-ci je ne pouvais pas l'exaucer avant qu'il connût son besoin. Je me retenais étroitement, je n'osais plus respirer, de peur, si je relâchais un instant mon emprise, de m'élancer.

– Où es-tu ? dit-il.

Il restait en suspens. Dans cette seconde je pouvais mourir, car s'il découvrait qu'il voulait le noir, j'avais perdu, il n'avait qu'à le prendre. Il fallait que la confusion naquît dans son âme, qu'il sût que quelque chose lui manquait, mais sans l'identifier. Alors seulement, je lui ferais connaître que c'était moi. Je fis un léger mouvement, qu'il me fallait calculer avec la plus extrême prudence car je savais que si je donnais trop de jeu aux rênes qui me gardaient captive je risquais d'être emportée : ce fut un mouvement discret, qui ne donnerait qu'un froissement subtil, le son presque imperceptible des tissus qui bougent. Un soupir ténu traversa la pièce avec une lenteur infinie, voyageant doucement dans l'air, retenu, un élan à peine sensible qui glissa jusqu'à lui et l'atteignit avec délicatesse, une brise fine qui fait à peine vibrer le feuillage. Je vis bien qu'il en fut tout décontenancé, il vacilla. Je devais être à ses côtés, comme il était naturel, et voilà que c'est du bout de la pièce, à des lieues de lui, que venait le faible signal de ma présence. Alors, la main toujours tendue, mais sentant déjà que c'était inutile, il tourna la tête et me chercha du regard.

J'étais debout devant la porte grise, je portais une jupe beige pâle et un chandail couleur de perle éteinte : j'avais les couleurs mêmes de son tableau, de son âme, de sa vie. Il me vit.

Pour la première fois, il me regarda et me vit. Je savais que mes yeux étaient du même gris argent que l'eau gelée, que j'avais un teint de sable au soleil. Il s'immobilisa, comme à Ostende, comme il ne le faisait qu'à l'extrême de l'émotion. Je fis mon entrée en lui par effraction, je fus, au-dehors, dans ce que son regard captait, la réplique exacte d'une image qu'il portait en lui sans l'avoir jamais vue. C'est ainsi que depuis quatre ans je m'étais construite, telle que, lorsqu'il me verrait, je serais devenue la représentation même de sa rêverie la plus secrète, celle dont il ne savait rien et dont il aurait la révélation en posant le regard sur moi. Il resta figé, regardant un rêve qu'il n'avait pas encore fait et qui se dressait devant lui, bouleversé par l'évidence qui m'avait transpercée quatre ans plus tôt, ses yeux gris fixés sur mes yeux gris, reconnaissant sans le savoir son image dans l'eau, Narcisse émerveillé qui ne sait pas que ce visage incroyable qui fait jaillir ses larmes est le sien, son propre reflet qu'il n'avait jamais vu et que c'est son âme qui le regarde dans les yeux. Je ne bougeais pas, laissant le moment se déployer en lui, je me regardais devenir présente, je me voyais prendre forme en lui et j'admirais, éblouie, l'amour en train de naître.

– Émilienne ? dit-il.

À peine si l'interrogation nuançait sa voix tant l'évidence s'imposait vite. Il ne lutta pas un instant. Je pénétrais en lui comme l'eau quand les digues cèdent et que les terres basses sont envahies. Je me répandis dans son âme, je me glissai partout, j'emplis chaque faille, chaque anfractuosité, j'inondai, je le submergeai, je le noyai. Il m'appartint dans l'instant même où il découvrit mon existence, exactement comme je lui avais appartenu. Je sentis qu'un sourire montait en moi et aussi que je devais le retenir, car pour l'instant je ne pouvais être qu'une image immobile, le reflet silencieux où il ne voyait que lui-même. Il fallait encore ne pas bouger, ne pas dire la moindre parole pour ne pas l'effrayer, dans cette seconde-là il était comme un animal sauvage qui voit pour la première fois un être humain, vite effarouché, qui pourrait encore prendre la fuite, il n'avait plus qu'un instant de liberté et la moindre imprudence risquait d'empêcher que se noue le lien terrible qui allait désormais nous enchaîner, que plus rien ne briserait, qui nous attacherait irrémédiablement l'un à l'autre, jumeaux définitifs, siamois emmêlés que rien ne séparerait. Je me retins par un terrible effort, mais c'était le dernier avant le déferlement de l'amour, le rire heureux qui montait en moi, l'éclat de joie, l'explosion délirante de l'enfance exaucée. C'est sur ces traits que le sourire naquit, libérant mon visage de l'immobilité, ses yeux brillèrent, le soleil se leva sur la neige. Il laissa retomber la main toujours tendue vers le tube que je n'y déposerais jamais et acheva le mouvement qu'il avait entamé. Il me fit face et je fus aveuglée. Il était ébloui, à peine si je pus supporter la lumière qui émanait de lui. Désormais il m'aimait, mais il ne le savait pas encore.

– Tu étais là !

Je répondis comme je pus car je n'avais plus de souffle, et je ne pouvais dire que : « Oui. »

J'entendis ma voix : un feulement. J'eus peur de l'effrayer, mais il avait passé une frontière, car il me dit :

– Comme tu es belle !

Il ne craignait rien et ne fut pas entravé. Il n'eut peur que bien plus tard. Dans ce moment il fut tel que j'avais toujours su qu'il serait : totalement livré à ce qu'il voyait, oublieux de tout, ne sachant plus qui j'étais ni qui il était, possédé par moi et par l'amour.

– C'est pour vous, dis-je.

Il déposa le pinceau à tâtons derrière lui et se mit en marche vers moi. Y avait-il six pas ? Ce fut l'éternité, l'instant prodigieux que j'attendais depuis le début de ma vie, la gloire. Léopold venait à moi. Ce moment-là, c'est toute mon existence, je l'ai payé des milliers de fois avant et après. Six pas, cela fait-il trois secondes ? Je n'ai rien vécu d'autre. C'est l'avènement, l'éternité rassemblée, l'univers tout entier resserré en un point. Il allait lentement puisque tout lui était acquis, le temps lui appartenait comme la fille dressée devant lui. Je ne tremblais plus. Le moment que j'avais conçu quatre ans plus tôt, auquel j'avais travaillé, le moment qui était mon vœu s'accomplissait. Je crois que je me sentis moi aussi un artiste regardant mon œuvre aboutir et Léopold s'approcher. Il leva la main, effleura ma joue et je cessai d'être moi.

Il parcourut mon visage des doigts. Il avait l'air incrédule, étonné, bientôt ravi. Il sourit, posa l'autre main sur mon épaule et serra un peu. J'avais le sentiment qu'il cherchait à s'assurer que j'étais bien réelle. Puis il pressa la paume sur ma joue, légèrement, je sentais plus sa chaleur que son contact. Nous restâmes longtemps ainsi, immobiles, laissant l'évidence le pénétrer. Je ne bougeais pas, j'avais désormais tout le temps, je le regardais arriver dans l'amour, voyageur surpris qui s'oriente encore mal, il découvrait le paysage où il allait vivre, les yeux gris comme les siens, la pente douce des joues, la forêt soyeuse de la chevelure où il ne se perdrait pas, la tiédeur où il se coucherait doucement.

– Je ne savais pas, dit-il.

Il me prit par la taille, m'écarta à bout de bras, me rapprocha, maître de moi comme de lui-même, répéta qu'il ne savait pas et rit car c'était incroyable.

– Et toi ? Tu savais ?

Je fis signe que oui, je n'étais pas capable de parler. Il me serra contre lui, de plus en plus étroitement, et je crus défaillir, je n'avais pas pensé qu'il aurait une odeur, une forte senteur de terre chaude qui me monta tout de suite à la tête. Puis il m'écarta de nouveau, me prit les deux mains et recula. Je le suivis, il me regardait marcher. Nous arrivâmes près du chevalet.

– Il faut ranger les pinceaux, dis-je.

– Fais-le.

Il lâcha mes mains, prit ma taille et me fit pivoter en riant. J'eus quelque peine à me concentrer, mais on ne peut pas laisser des pinceaux traîner. Quand tout fut en ordre, je me retournai vers lui, libre et captive dans l'anneau que formaient ses bras, il me souriait, toujours stupéfait et ravi. J'élevai la main vers sa joue, faisant enfin le geste auquel pendant des années je m'étais sauvagement défendu de penser, il me laissa venir sans bouger et je frôlai cette peau un peu râpeuse que je ne connaissais pas encore. Je suivis du doigt la courbe de ses lèvres.

Il me semble que nous fûmes ainsi à nous effleurer, nous regarder, pendant des heures, pendant des jours, et puis je sentis quelque chose changer en lui, il devint plus grave, ses mains pesèrent plus fort sur moi.

– Venez, lui dis-je.

Nous montâmes vers les combles et traversâmes les mansardes. Dans la dernière, la plus ensoleillée, on avait rangé les meubles inutiles et la literie de réserve. Il y avait un grand lit où nous nous étendîmes parmi les oreillers jetés en désordre et les courtepointes repliées, et nous prîmes possession de l'amour.

Je crois que je l'ai accueilli comme un jardin accueille l'aube ou la pluie en été. Plus tard, j'ai entendu parler de timidités, de craintes ou de pudeurs. Je lui appartenais déjà, il s'installait dans ses terres et tout l'y reconnaissait. Il n'y eut pas d'hésitation, pas de questions, juste le déploiement tranquille de la certitude et j'entrai d'un pas égal dans sa vie.

Puis nous fûmes couchés sur le côté, face à face, et je fus, paisible, devant Léopold me regardant. Jusqu'alors, je l'avais aimé regardant ailleurs. Maintenant, j'étais l'objet de son attention et cela nous transformait tous les deux. Il avait la même intensité que devant le lac ou la plage gelée et je devenais immuable. Il me touchait des doigts, il me peignait et me faisait naître sous sa main, comme je l'avais rêvé. J'étais entièrement contenue dans son regard qui était le lieu même de mon existence. De temps en temps, il répétait :

– Je ne savais pas. Je ne savais pas.

Et il riait de contentement à ras de mes yeux, j'étais presque obligée de fermer les paupières, il y avait quelque chose de quasiment insoutenable dans l'éclat de son regard.

Quand j'eus soif il le sut avant moi, comme j'avais toujours su qu'il avait soif avant lui. Il se leva pour aller chercher un verre d'eau et tout le temps où il ne fut pas là, je me sentis amputée.

Il revint, s'assit, me regarda attentivement en fronçant les sourcils :

– Mais tu es encore presque une enfant ! Quel âge as-tu ?

– Quinze ans, dis-je.

Il eut l'air perplexe.

– Tu es mineure ?

– Oui. Je crois que vous venez de pratiquer la débauche de mineur, qui est sévèrement punie par le Code civil.

Je pris le verre et je bus, puis le lui tendis, il le vida machinalement.

– Et, en plus, je suis marié, dit-il.

Il souriait, car ni son mariage ni ma jeunesse n'avaient d'importance. Nous étions ailleurs, là où les amants vivent hors du temps, dans le regard l'un de l'autre.

– Je ne suis pas un homme infidèle, dit-il étonné. En vérité, je pensais ne jamais me soucier d'autre chose que de peinture.

– Et maintenant ?

– On dirait que je vais me soucier de toi.

– J'y compte bien, dis-je gaiement.

Il s'allongea à mon côté et je vins me serrer contre lui.

– Tout ceci est de la folie, Émilienne.

Il avait le ton calme de celui qui définit avec objectivité une situation à laquelle il ne participe pas, et j'étais d'accord avec lui. Le délire était devenu réalité. Nous étions entrés de plain-pied dans un domaine interdit, et le monde du dehors, le monde lointain dont pour l'instant nous ne faisions pas partie, ne pourrait avoir pour nous que blâme et refus – *n'avait* pour nous que blâme et refus mais ne le savait pas : c'était notre tâche de le laisser dans l'ignorance. Il se tut, et je voyais qu'il réfléchissait. J'attendis silencieusement qu'il se rendît à l'inéluctable comme je l'avais déjà fait. Il ne voulait être ni déloyal, ni infidèle, mais je venais de surgir dans sa vie et il ne pouvait pas plus discuter que je n'avais pu, il le comprit et regarda s'éloigner le mirage d'une existence simple.

La nuit précoce de décembre vint assombrir la mansarde et j'eus peur qu'elle assombrît mon âme. Il faudrait reprendre la vie ordinaire. Il me sembla qu'il faisait froid, je ramenai sur nous un édredon et comme ce n'était pas assez, je voulus être ce qui le réchauffait, je m'étendis sur lui, le torse sur son torse, le ventre sur son ventre, les jambes sur les siennes et il m'entoura étroitement de ses bras comme pour sentir encore plus fort mon poids. Nous restâmes longtemps ainsi, je m'étais un peu soulevée pour bien le voir, j'étais bien, j'étais chez moi. Alors, je compris que ce que j'avais nommé la vie ordinaire n'existait plus. Nous ne pouvions plus être séparés, j'étais lui, il était moi. Il est vrai qu'il n'y eut jamais de différend entre nous car il nous fut impossible de désirer une chose qui nous opposât. J'ai eu à vouloir des choses que Léopold détestait, mais ce fut toujours contre mon gré et au nom de ma raison. Je sais que cela peut briser des couples, et je ne comprends pas bien pourquoi. Les deux faces de la même médaille ne sont jamais qu'une seule médaille, n'est-ce pas? Quand j'étais étendue sur Léopold, nous n'étions plus qu'une entité qui se contemplait et tournait le dos à tout ce qui n'était pas elle, androgyne, être idéal dont Platon a dit que les dieux furent jaloux.

À 6 heures, il faisait nuit et nous étions assis au salon. Je tenais ma grammaire grecque, lui un livre de Herbert Read et nous nous regardions. Ma mère n'aimait pas conduire dans l'obscurité, mais je savais qu'elle ne pouvait pas suivre un horaire et qu'elle serait en retard. Néanmoins, nous avions quitté la mansarde et commencé à mentir.

Nous parlions peu. Nous tentions de nous familiariser avec notre nouvelle condition. Nous étions amants et adultères, nous allions vivre dans la clandestinité, craignant la lumière, menacés, complices dans un crime que nous ne reconnaissions pas pour tel, mais inévitablement soumis au jugement qui s'abattrait sur nous si on nous découvrait : Émilienne et Léopold, souriants, calmes. Le poêle ronflait doucement, j'entendis arriver la servante qui venait préparer le dîner. Dehors, le vent se levait.

– Il va faire très froid, dis-je.

– Le lac ne dégèlera pas.

Ma mère et Blandine arrivèrent un peu avant 7 heures, bavardes et rieuses. Elles avaient fait toutes les boutiques, résisté à mille tentations et succombé à dix. Elles déballèrent, le salon fut jonché de papiers, Maman m'avait acheté un chandail gris perle et je poussai les exclamations qu'on attendait de moi. Mais Blandine était fatiguée et quand le dîner fut servi, elle ne toucha pas au potage.

– Je ne tiens plus debout.

– Je vais demander à Madeleine de vous faire du café, ça vous remontera, dit ma mère qui considérait le café fort comme le plus efficace des médicaments.

– Non, je n'en prends jamais, il me donne des palpitations.

– Du thé ?

– Pas davantage. La théobromine est un poison pour les nerveux.

Elle était donc nerveuse ?

Elle était assez rouge, ce qui n'arrange jamais une femme. Elle prit une infusion de verveine et monta se coucher. Ma mère dîna avec appétit mais ne resta pas longtemps au salon.

– Nous avons mangé trop de petits gâteaux et bu trop de chocolat. La pauvre Blandine digère mal, moi, cela me donne sommeil. Ne te couche pas trop tard, Émilienne.

Ainsi, dès ce soir-là, la mauvaise santé de Blandine nous ménagea un tête-à-tête. Nous reprîmes nos livres et nous continuâmes à nous regarder en silence. Il n'en finissait pas de me découvrir – ces mots-là me déchirent, il m'a regardée ainsi jusqu'à son dernier souffle – et moi, c'était la première fois que je pouvais me gorger de lui bien en face, tout mon soûl, sans que la prudence m'oblige à détourner les yeux. Je comprenais ce qui se passait en lui : il apprenait que pendant toutes ces années je lui avais appartenu ; héritier de plein droit d'un royaume inconnu, il explorait son bien. Je connus cela beaucoup plus tard, à la mort de ma grand-mère, quand je pris possession de sa maison à la Cogelslei. Je l'avais toujours connue, mais elle devint autre en devenant mienne. J'ouvris tous les tiroirs, toutes les portes, toutes les armoires, inlassablement étonnée par ces choses qui m'étaient si familières : ainsi Léopold qui, depuis quatre ans, recevait ma présence à ses côtés comme une évidence et qui, ce soir, n'en finissait pas de me découvrir. Je me laissais parcourir du regard, comme un paysage ou un tableau, comblée par cette prise de possession que j'avais attendue.

Plus tard, on a dit tellement de mal de moi que parfois une incertitude m'a ébranlée ; ai-je vraiment été cette mauvaise femme qui a brisé des vies ? Il suffit que je pense à cette soirée-là et je sais ce que j'ai été : le lieu où se posait le regard de Léopold Wiesbeck. Qu'y puis-je si cela me droguait ? Dès l'instant où il m'a vue debout devant la porte grise, il m'a regardée comme on se soûle, et nous sommes devenus ce ménage d'ivrognes où chacun boit à l'autre. On a dit que la reine, mère d'Yseult, avait préparé un philtre qui excuse les amants : je n'y crois pas. C'est une pensée de timide ou une invention de servante effrayée. Tristan enchaîne Yseult en apparaissant et la dépossède de soi. Je n'ai rien décidé : une fois vouée, je me suis rendue à l'appel de la vocation, et Léopold n'a pas choisi. Il se serait défendu s'il l'avait pu, c'était un homme calme, il n'était pas destiné aux passions. Tout le portait à être fidèle et loyal, mais ce ne devait pas être à Blandine.

Je ne crois pas que seuls les petits gâteaux et l'excès de boutiques furent responsables du malaise qui prit Blandine ce soir-là. Le lendemain matin, elle était pâle et dolente, en fin d'après-midi elle avait de la fièvre. Le médecin appelé ne lui trouva rien, elle n'avait pas assez de symptômes pour qu'on désigne une maladie. Elle inaugurait cette longue série de maux incertains, de faiblesse sans cause, ce malaise perpétuel qui fit d'elle *cette pauvre Blandine*. Moi, je pense que sa maladie portait mon nom et que sans moi elle aurait fort bien digéré ses tasses de chocolat. Oh ! elle ne savait rien, bien sûr ! Mes parents ne se sont disputés que deux fois dans leur vie, avec la plus parfaite discrétion, à mi-voix et la porte de leur chambre bien fermée, après avoir vérifié que j'étais endormie : la première fois, j'avais quatre ans et je les ai interrompus par des appels affolés, je commençais la varicelle, la deuxième fois ce fut la scarlatine. Il est certain que Léopold et moi fûmes sûrs de n'avoir rien laissé paraître, mais il n'y a pas que ce que l'on peut voir.

Ma mère se rua aux soins. Elle prépara des tisanes et des cataplasmes et quand Mme Wiesbeck parla de dérangement et de rentrer être malade chez soi, elle poussa les hauts cris. Mais avec une épouse au lit et une mère qui présidait au cheminement des plateaux et des compte-gouttes à travers la maison, allions-nous être réduits à nous contempler de loin dans le grand salon ?

– Tu ne peux pas passer quinze jours plongée dans tes livres comme tu le fais, tu dois prendre l'air, me dit ma mère.

Et Blandine à Léopold :

– Il te faut un peu d'exercice, Mme van Aalter dit qu'il est mauvais que tu passes toute la journée devant ton chevalet.

En fait, pour citer Mme van Aalter avec exactitude :

– Ainsi planté, vous ferez des varices comme une vieille femme, marchez une heure par jour ou vous aurez une descente de matrice !

Qui était plus vif que ce que Blandine se permettait de répéter.

Je dis que je n'aimais pas me promener seule et ma mère eut une idée :

– Mais promenez-vous à deux, Léopold et toi !

Nous partions à 4 heures, quand la lumière avait faibli. Ma mère en bas, Blandine au premier étage, chacune surveillait notre harnachement, on nous emmitouflait comme des Esquimaux. Dès la première promenade je le conduisis de l'autre côté du petit bois, à l'endroit que les gens du pays nommaient le Coin de la pendue. Je n'ai jamais su quelle désespérée y attenta à ses jours. Là, nous traversions des ronces aussi serrées que celles qui, dans les contes de fées, s'opposent au passage du Prince charmant et le voyage initiatique nous amenait au Temple de l'Amour : une petite maison à demi effondrée, à laquelle on avait arraché les portes et les châssis. Nous y ôtions les écharpes, les mitaines, les capuches et les galoches et nous nous chauffions au feu qui nous brûlait.

Heureusement que Léopold avait déjà acquis sa réputation d'homme peu bavard: au dîner, je racontais par le menu les promenades que nous n'avions pas faites et dont il n'aurait rien su dire. Je connaissais bien la région, j'improvisais avec aisance sur les sentiers battus d'autres années et je décrivais comment le vent avait mis de travers, sur la tête de la petite Vénus en pierre du jardin Cordier, un chapeau de neige qui lui donnait l'air d'une cocotte en goguette ou qu'il avait fallu escalader des congères pour suivre le chemin des Filles. Ma mère qui avait peu de mémoire ne reconnaissait pas ses propres souvenirs dans mes récits, mais ils avaient un air de familiarité qui assurait leur vraisemblance. Léopold inspiré confirma le chapeau par un croquis qui fit pousser des exclamations:

– Comment! Vous pouvez faire des dessins amusants!

– Mais je ne savais pas que tu...

Il rit, chiffonna la feuille et la jeta. Ma foi, celle-là, je ne l'ai pas ramassée.

La maison était bien bonne d'exister et de nous accueillir, mais elle était glaciale et je rêvais d'un rendez-vous dans la mansarde ensoleillée par où passaient les cheminées bien chaudes: entre ma mère qui ne me surveillait jamais mais qui ne pouvait pas vivre une heure sans se nourrir à ma présence, et Blandine qui ne garda le lit que deux jours, c'était impossible. Heureusement, le mercredi, Mme Wiesbeck fut prise de bronchite et le médecin lui prescrivit de la codéine qui la plongeait dans un sommeil si lourd qu'elle toussait toute la nuit sans se réveiller. Léopold alla dormir sur le canapé de la chambre d'angle. Comme ma mère prenait des somnifères les soirs où mon père n'était pas là, je ne craignis pas de rejoindre Léopold une heure toutes les nuits. Quelle que fût mon âme, mon corps avait encore des habitudes d'enfance: après l'amour, je tombais endormie dans les bras du bien-aimé qui me réveillait en riant et m'envoyait au lit. J'aurais aimé refuser de le quitter mais la raison régnait sur moi et je regagnais ma chambre.

Il ouvrait la porte, vérifiait que la voie était libre, je me glissais hors de la pièce et il refermait rapidement derrière moi. C'était la pleine lune, le vent agitait doucement les branches du sapin devant la fenêtre du couloir, autour de moi les ombres bougeaient, j'allais à pas prudents pour ne rien cogner et maintenir en moi le rythme calme des caresses et de l'amour. Il faisait froid, mais j'étais encore enveloppée par la chaleur de Léopold. L'obscurité dessinait des formes étranges, je ne reconnaissais pas la grande armoire de noyer mais je savais qu'elle était là et je lui souriais comme à une amie qui joue à se cacher. Je l'ai gardée. Le temps a passé, la maison a été détruite, le sapin abattu, cependant une fille amoureuse marche toujours dans les corridors de la mémoire, à quelques pas de l'amant, les mains tendues en aveugle, les yeux trompés par les jeux d'ombres. Elle se faufile parmi les reflets incertains, elle est sûre de sa route, elle glisse entre les obstacles et la nuit ne lui fait pas peur.

Mon père arriva le vendredi soir et le dimanche vit venir les invités habituels. Mme van Aalter monta tout de suite à la chambre d'angle avec Léopold, où personne ne les suivit car elle avait des privilèges particuliers. Quand ils reparurent, elle rayonnait. Elle alla s'asseoir à côté de mon père.

– Ça y est, lui dit-elle, il a fait son premier chef-d'œuvre. Il me l'a montré. Ça y est. Oh ! que je suis heureuse ! Je le savais, il y a dix ans que je le savais, mais quelle émotion !

Je vis des larmes jaillir de ses yeux.

– Il peint. Maintenant, il peint. Avant, il faisait des tableaux. Bons, oui, mais maintenant, il peint.

Tous les regards étaient tournés vers elle. Elle chercha quelque chose dans son sac, ne trouva pas et mon père la devinant lui tendit son mouchoir. Elle se tamponna vigoureusement les yeux.

– Je suis si fière de lui ! Achetez tout ce qu'il voudra bien vous vendre et vous pouvez doubler le prix qu'il demande. Il peint.

– Quelle est la différence ? demanda mon père.

– Oh ! je ne peux pas vous dire. Vous le verrez vous-même, cela saute aux yeux. Il appelle le tableau *La Plage d'Ostende*.

– Vous allez l'exposer ?

– Pas encore. Il me faut une pleine salle de ce niveau-là. Dans deux ans. Ce sera le choc, on viendra de partout, il aura la gloire d'un coup.

Ce que Mme van Aalter ne comprit jamais, c'est que Léopold ne se souciait pas de la gloire : il voulait peindre. Je crois qu'il aurait chaulé des murs. Son premier bonheur était de voir la peinture s'étaler sous le pinceau, puis, s'il trouvait que le trait était beau, il était content. Il en serait bien resté là, mais il fallait continuer, peut-être que cela deviendrait encore plus beau ? Mais être couronné de lauriers avait l'intérêt de lui garantir qu'il pourrait continuer à peindre sans arrêt. Aussi, quand il descendit, qu'elle l'accueillit avec de grands cris et le serra dans ses bras, il se laissa faire sans réticence. Elle avait son génie, il aurait éternellement des tubes de peinture à l'huile et des pinceaux dans les mains. Moi, j'avais mon amant.

Blandine avait la grippe.

5

LA CHAMBRE MAUVE

La mémoire est une chose étrange : je sais que pendant les deux années qui suivirent je ne fus presque jamais seule avec Léopold et cependant elles ont pour moi l'éclat continu du bonheur.

Dès le vendredi le temps s'était réchauffé et Blandine souhaitait achever sa convalescence chez elle. Le lac dégela, on n'eut rien à lui opposer. Ils partirent le lundi. Elle fit envoyer des fleurs à empester toute la maison. L'idée d'une semaine en tête-à-tête avec ma mère dans les lieux mêmes de l'amour me parut insupportable, par bonheur Colette m'écrivait tous les jours de Chamonix où elle s'ennuyait à mourir avec ses parents, loin du cousin ; je déclarai que j'étais enfin à jour en grec et j'obtins de la rejoindre.

– Tout de même, Édouard, songes-y, à son âge, toute seule dans le train !

Mon père me sourit avec indulgence et je partis. La rentrée des classes me rendit Léopold : dès le lundi, j'étais à l'atelier. Il m'attendait. Nous restâmes une demi-heure debout l'un devant l'autre, nous regardant avidement, mais il fallait partir avant le retour d'Albert. Ce fut le modèle de nos rencontres. Je découvris que, entre le lycée et la famille, ma vie était complètement chronométrée, je devais dépenser des trésors d'invention pour libérer deux heures sans provoquer de questionnement et quand Albert n'allait pas chez son imprimeur, nous ne savions pas où les passer. Nous marchions dans les rues de Molenbeek, quartier pauvre où nous ne risquions pas d'être vus par la société élégante. Un dimanche, mes parents allèrent fêter une bar-mitzva à Anvers, je feignis la grippe et je pus faire savoir à Léopold que je serais seule chez moi, il trouva un prétexte pour ne pas accompagner sa femme je ne sais où et vint me rejoindre dans ma chambre à colifichets. Une autre fois nous nous promenâmes dans la forêt de Soignes et nous fîmes l'amour dans les taillis. J'ai effacé les longues heures de classe, la galopade derrière ma mère, ses colliers et ses écharpes, les interminables vacances dans des pays vides puisqu'il n'y était pas, les nuits où il dormait à côté d'une autre, il ne reste que son sourire ébloui quand son visage approchait du mien. Je ne sais pas combien d'heures j'ai réellement passées dans ses bras car mon esprit ne le quittait jamais. Il fallait vivre au jour le jour : j'ai écarté les jours où il n'était pas là.

Gérard partit faire des décors de théâtre à Paris et Albert Delauzier se maria avec une jeune institutrice qui ne souhaitait pas vivre sous les toits. Il déménagea. Léopold fut seul. Pendant un mois, nos amours furent logées. Blandine voulait faire construire une annexe à sa maison, un atelier dans le jardin : il dit très calmement qu'il ne quitterait pas Molenbeek et Mme van Aalter l'approuva : « Un artiste doit pouvoir s'isoler. »

Louis de Koninck remballa son projet en bougonnant et je repris mon souffle. Quand j'arrivais à escroquer mes deux heures au grec ou à l'algèbre, je me trouvais fort bien dans les petites pièces mansardées que j'avais enfin découvertes. Elles étaient meublées aussi misérablement qu'il se peut de quelques tables branlantes et de sommiers mis à même le sol avec des matelas de crin. Léopold me raconta qu'il avait dû vendre les tapis d'Orient et les buffets Henri II hérités de son oncle pour se nourrir durant les années d'Académie. Blandine, choquée que son mari travaillât dans un lieu si pauvre voulait au moins lui acheter des meubles, il n'y consentit jamais. Elle se consola en faisant refaire, à ses frais, la toiture de l'immeuble, de sorte qu'il ne pleuvait plus dans la cuisine. Je ne passai pas beaucoup de temps dans cette bohème dépenaillée : un jour où j'étais sur le point d'entrer dans l'atelier je reconnus, à travers la porte, la voix claire de Mme Wiesbeck. Si discrète que fût cette épouse, elle faisait parfois une visite imprévue. C'était un jeudi, je n'étais pas encore venue cette semaine-là, il m'attendait certainement. Je reculai à pas de loup. Nous ne nous vîmes que le dimanche, à Genval, où nous ne pouvions pas nous parler. J'allais et venais, distribuant le thé et les gâteaux.

– Mais c'est fait ! Elle est devenue jolie ! dit tout à coup Isabelle André à Mme van Aalter.

– C'est le devoir des jeunes filles. Montre-moi cela, petite.

Elle m'examina longuement. La mode venait de s'adjoindre les blue-jeans, qui m'allaient bien, et je portais un chandail bleu nattier. J'avais abandonné les tresses, on pouvait voir ma chevelure et j'avais commencé à farder légèrement mes yeux. Je vis un nuage passer sur le front de Mme van Aalter : elle connaissait bien les couleurs de Léopold.

– Pas mal. Pas mal. Je suppose que le vêtement bizarre que tu portes est le dernier cri de l'élégance ?

À mon grand regret, je ne rougis pas. Je pense que cela l'aurait rassurée. Je fis de mon mieux pour rendre mon maintien bien modeste. Mon père se porta à mon secours.

– Vous allez l'effrayer. Ce n'est encore qu'une enfant, je suis sûr qu'elle n'est pas prête à ce que tous les regards se tournent vers elle.

Mme van Aalter garda son air de maquignon :

– Elle le sera bientôt, dit-elle.

Et elle se détourna. Je vis que Léopold était blême et lui portai sa tasse de thé :

– Ce n'est rien, chuchotai-je.

Nous n'osions jamais nous parler quand nous étions en public car nous savions que les amants se trahissent vite. Je m'écartai rapidement de lui. Je passai devant Blandine qui me fit un sourire.

– Elle est terrible, n'est-ce pas ? J'ai cru vingt fois qu'elle me ferait mourir de peur, mais elle est, en définitive, si gentille !

Je m'abstins de lui dire que je ne mourrais pas si vite de peur – quels que fussent ses vœux – et qu'elle prenait le goût de régner pour de la gentillesse car elle avait joui des faveurs du pouvoir. Quand tout le monde fut pourvu de thé, je m'assis à côté de Colette et j'entrepris de me plonger dans le petit bavardage des jeunes filles, mais j'étais troublée. Quel moyen Léopold trouverait-il pour que nous puissions nous revoir ? Je détestais d'être assise à trois mètres de lui, au milieu d'un salon, et j'aurais aimé m'en aller mais je ne pouvais pas, ma mère avait toujours autant besoin de moi. Elle me cherchait du regard et du geste, et elle avait, tant qu'elle ne m'avait pas trouvée, l'air de quelqu'un qui craint le vertige. Ma présence était le parapet qui protège de la chute. Plus elle avait de monde autour d'elle et plus je lui étais nécessaire, comme si chacun était un gouffre où elle risquait de tomber. Elle s'approcha de Colette :

– Verrons-nous tes parents aujourd'hui ?

– Oui, madame, vers 5 heures.

C'était la troisième fois qu'elle posait la question, car elle ne se souciait pas du tout de la réponse. Elle avait besoin d'un prétexte pour s'approcher de moi. Elle lissa mes cheveux, dégagea une mèche que je glissais toujours machinalement derrière l'oreille :

– Laisse-les bien libres. Ils sont si beaux.

Puis elle s'éloigna, apaisée pour quelques minutes.

J'observais par instants Léopold. Il fit un petit signe de tête vers le haut de la maison : il me désignait la chambre d'angle qui lui avait servi d'atelier. Comme ma mère venait de se réapprovisionner à ma présence, je pouvais risquer une brève absence sans être remarquée.

Il arriva une minute après moi.

– Tu ne peux plus venir rue Ransfort, dit-il, je ne vois pas comment je lui interdirais l'atelier. Mais je t'attendrai demain rue de l'Éléphant, c'est à deux pas, il y a un petit café avec une arrière-salle où personne ne nous verra.

– À 4 heures et demie.

Il resta un instant immobile, me regardant, et je vis le sourire monter dans ses yeux.

– Ne m'approche pas. Je supporte de moins en moins de te voir comme ça. Il faut que je trouve quelque chose.

Il sortit rapidement.

– J'en perds le sommeil, me dit-il le lendemain. Il faudrait que je loue une chambre. Dans ces quartiers, ça se trouve, mais je n'ai pas du tout d'argent. J'ai pris l'habitude, quand je vends quelque chose, de tout donner à Blandine qui fait mille manières pour l'accepter mais qui finit toujours par admettre que, puisqu'elle m'entretient, j'ai le droit d'exiger qu'elle prenne le peu que je gagne. Je ne peux pas changer cela. Je suis ligoté.

Ainsi nous fûmes, pendant des années, des amants sans lit. Nous prenions de mauvais cafés de part et d'autre de la petite table de marbre blanc ébréché, rue de l'Éléphant, et nous évitions attentivement de nous regarder quand nous n'étions pas seuls. J'avais cessé depuis longtemps de me tenir à ses côtés quand il dessinait, car je n'avais plus l'air d'une enfant. Nous nous rencontrions partout où nous allions et nous vécûmes un supplice permanent. Dès le petit café qui sentait la bière, je compris que je devrais me marier tôt, c'était la seule manière pour une fille de trouver du temps pour la clandestinité et je serais moins dangereuse pour Léopold en femme adultère qu'en mineure séduite. J'avais dix-sept ans quand il fit sa première grande exposition. Ce fut le succès que Mme van Aalter s'était promis, il vendit tout, sauf *La Plage d'Ostende* qui appartenait déjà à mon père, garda un peu d'argent et nous eûmes une chambre.

L'éclat continu du bonheur, c'était son regard sur moi et cet étrange silence intérieur où il me plongeait. Je devenais étale, océan paisible, je nageais dans ses yeux et je le contenais tout entier, nous étions si étroitement emmêlés que nous n'avions plus de limites. *Tristan du, ich Isolde*. Ce qui n'était pas nous n'existait pas et cependant, dans la chambre tapissée d'un papier vert à grandes fleurs mauves, où le lit n'était pas trop étroit tellement nous nous serrions, je ne sais quel gardien de la raison ne laissait jamais nos yeux quitter tout à fait la montre, car je ne pouvais pas alarmer ma mère par un retard, et il ne fallait pas que Blandine s'interrogeât. Elle ne semblait pas portée au doute et prenait pour certitude tout ce qu'il lui disait, mais il mentait mal, s'en doutait, et mentait peu. Certes, elle n'avait comme expérience de l'amour que la courtoisie d'un époux bien élevé : reste-t-on toujours crédule et innocente ? Je craignais que ses propres sentiments vinssent peu à peu corriger sa naïveté. J'avais peur des soupçons. Mon mariage obligerait ma mère à se sevrer de moi, ce qui me donnerait de la liberté, et rangerait l'adultère de Léopold parmi les infractions ordinaires de la bonne compagnie.

Je commençai donc à regarder les jeunes hommes. Léopold ne s'en aperçut pas, mais le soupçon se réveilla bientôt chez Mme van Aalter.

On ne regarde utilement les garçons qu'en ayant un miroir à la main. C'est au retour d'Amérique que ma beauté fut à son apogée, elle se maintint jusqu'à la mort de Léopold où je l'ai perdue comme on égare une chose dont on n'a plus l'usage. La mode me convenait, et, comme l'avait montré ma mère, je la soumis toujours à mes goûts. De new look en ligne haricot, je ne quittai jamais le ton préraphaélite qui convenait à mes yeux gris et à mes cheveux cendrés. J'acquis la maîtrise de mon corps. Le travail commencé à Ostende devant la grande psyché encadrée de palissandre pour trouver mes attitudes fut poursuivi et achevé. Je me construisis une santé parfaite qui me garantît un teint égal, une peau sans défaut, une minceur gracieuse. Je n'étais affligée d'aucun défaut important, il ne tenait donc qu'à moi d'être belle. J'ai dit que je m'étais modelée semblable au rêve de Léopold : pour me marier, et vite, comme je le projetais, il fallait plaire à d'autres. Colette et ma mère m'avaient fait connaître, chacune à sa manière, que la beauté est affaire d'état d'âme.

C'était avant les vacances de Noël à Genval, j'allais avoir quinze ans. Colette et son cousin se regardaient en tremblant depuis deux ans. La distance que le secret avait créée entre mon amie et moi ne s'était pas modifiée, mais je m'y étais habituée et j'avais pu lui laisser ignorer que je lui mentais. Je ne parlais jamais des garçons, sujet habituel aux filles de notre âge, donnant ainsi à penser que je ne m'intéressais pas à l'éveil des sens. Elle crut que j'étais timide, et comme elle voulait respecter la pudeur qu'elle supposait, elle me parlait peu de Julien. Cependant je savais qu'elle s'était informée sur le mariage entre cousins, qui ne semblait plus aussi prohibé que jadis, et que l'attente et l'éclosion de l'amour l'occupaient désormais plus que la crainte. Julien et elle ne manquèrent aucune des rougeurs ni des hésitations que le ton de l'époque imposait aux adolescents, à peine s'ils osaient se promener la main dans la main et ils n'avaient pas la hardiesse de se regarder. S'ils se regardaient, ils ne se touchaient plus et ne pouvaient pas se parler. Je me souviens que je les trouvais un peu absurdes, ce n'est que plus tard, quand je fus dans cette période terrible où Léopold et moi nous fuyions du regard et du geste quand nous n'étions pas seuls que je les compris, quand je sus qu'un regard qui se prolonge peut jeter les amants dans les bras l'un de l'autre. Parfois, écoutant les rares récits entrecoupés de soupirs que me faisait Colette, je me demandais comment, à ce pas-là, ils arriveraient à l'autel. J'étais bien présomptueuse, moi qui n'avais pas laissé Léopold me regarder, et je suivais le cheminement malhabile de ces deux amoureux avec la maturité sagace d'une femme avertie et indulgente, oubliant tout à fait qu'aucun homme n'avait encore touché le bout de mes doigts.

Colette ne fut jamais belle. Passé la fraîcheur joliment acide de l'enfance, elle donna dans la jupe plissée, le pull en laine de Shetland et prit un ton de jeune fille de bonne famille que le mariage ne modifia pas. Il n'apporta d'autre changement à sa mise que l'alliance en or, ce qui ne transforme, d'une femme, que l'âme. Elle avait le teint clair et le cheveu brun. Œil noisette, sourire gentil, cela peut être bon à émouvoir un cousin mais une simple amie n'en attend pas de révélation.

Puis Julien se déclara, à la sauvette, mort de timidité, entre deux portes, ce qui laissa la pauvre Colette déconcertée et sans interlocuteur. Elle courut vers l'avenue du Haut-Pont, s'abattit tremblante et essoufflée sur le couvre-lit de crochet blanc.

– Il m'aime, dit-elle.

Comme j'en étais sûre depuis un moment, je ne perdis pas mon sang-froid. Elle leva les yeux vers moi : elle était transfigurée. Nimbée de gloire, elle irradiait, son regard était la source même de toute lumière, sa chevelure avait la profondeur de la nuit quand le jour ne se lèvera plus et que l'amour sera éternel, son visage était tourné vers moi selon un mouvement si gracieux et si souple que j'en eus les larmes aux yeux. Pendant cinq minutes, elle fut une femme admirable, elle coupait le souffle et je compris que, dans la beauté, les traits ne sont que pâte modelée par l'esprit. Je serai donc belle, me dis-je avec assurance.

Ma mère me confirma dans ma confiance. On dit d'une couleur qu'elle craint le soleil : Anita craignait la pluie et le vent. Elle était de ces femmes qui ne se peignent jamais et qu'on coiffe, les intempéries compromettaient tout. Elle avait peur du rimmel, qui coule, et m'inspira de la méfiance envers le maquillage, mais elle se fardait les yeux tous les matins. Je la vis, pendant des années, consacrer des heures à sa toilette, faisant de soi, avec la poudre, le mascara et les crayons gras, une œuvre d'art : on n'admire, chez ces femmes-là, que leur beauté, on ignore le travail. Sa patience, son imagination, son ingéniosité, l'application quotidienne et l'effort soutenu auraient pourtant mérité des éloges autant que le résultat. Dès les trente-cinq ans elle avait perdu sa beauté naturelle, son teint avait terni, ses cheveux noirs avaient mal grisonné, elle se fit faire un lifting à quarante ans. Je fus seule à le savoir, car aux premières flétrissures elle cessa de partager la chambre de mon père. Il ne la vit plus que parée. Elle se levait une demi-heure avant lui, se pommadait, se poudrait, se coiffait, puis allait se glisser auprès de lui qui se réveillait à côté d'une femme radieuse comme si elle était encore sûre d'elle. Quand elle se préparait à sortir, elle m'appelait et me faisait juge de son œuvre : était-ce un jour où elle pouvait mettre du bleu sur les paupières ou bien cela accuserait-il les cernes que les fatigues de la soirée précédente avaient laissés sous ses yeux ? La petite rougeur de la joue droite était-elle bien masquée par le fard et avait-elle crêpé également ses cheveux ? Parfois, je la vis pleurer.

– C'est si fatigant ! Je voudrais bien avoir soixante ans et que ce soit fini !

Mais, à soixante ans, elle eût considéré comme une lâcheté d'abandonner et mourut la houppette à la main.

Ainsi instruite, je fus prête pour Genval et, deux ans plus tard, pour le choix d'un époux.

Il y eut une grande fête pour les fiançailles de Colette et je pus examiner ce que la société où je vivais me proposait. Je suis sûre que nombre de ces jeunes gens ont rendu mes contemporaines fort contentes et certains que je croise encore aujourd'hui sont d'agréables compagnons de table, ils ont acquis, avec l'âge, de l'assurance, de la culture et de la conversation. Mais ils me firent bâiller. Il en était que les jeunes filles se disputaient : Lucien m'aurait paru beau avant Léopold, Marcel avait l'esprit de repartie et faisait rire : moi, j'aimais un homme qui parlait peu et qui ne m'avait pas donné le goût du bavardage. Gilbert était féministe, chose rare chez un garçon. Didier tenait beaucoup à ce qu'on souffre pour lui et menait toujours trois intrigues de front. Il n'apparaissait pas dans une soirée sans qu'on retrouvât une fille sanglotant quelque part. Il me fit sentir que j'étais remarquée.

– Les affaires de cœur ne m'intéressent pas, lui dis-je. J'ai le projet de me marier tôt.

J'avais déjà tellement menti que je prenais un vif plaisir à dire la vérité chaque fois que je le pouvais.

Henri Chaumont et Claude ne se laissèrent pas si vite démonter. Tous deux faisaient leur droit. Ils courtisaient avec sérieux, ils allaient occuper des positions sociales qui exigeaient le mariage. J'étais jolie, je venais d'une excellente famille qui s'était fort bien comportée pendant la guerre, tout me désignait aux épouseurs. Je ne pus obtenir de moi que je les encourage. Il semble que je trouvais mille prétextes pour écarter les maris, car, si j'avais raisonné que je devais me marier au plus vite, l'idée de me laisser approcher par un autre homme que Léopold m'était insupportable. Mais, avec tous ces Lucien et ces Didier, je me fis, sans y prendre garde, une réputation de coquette qui ne tarda pas à agacer les oreilles de Mme van Aalter. Cela aurait dû la rassurer : si je jouais à enflammer les garçons, c'est que je ne me souciais pas de Léopold.

– Ou que vous cherchiez à tromper votre monde, me dit-elle vingt ans plus tard. Vous n'aviez pas encore lu Choderlos de Laclos, moi bien, on y montre comment une femme d'esprit cache un amant réel sous trois amants supposés. Et je ne vous ai jamais prise pour une sotte.

Elle m'accorda donc une attention ravivée et remarqua que deux ou trois ans auparavant on me trouvait toujours dans l'ombre de Léopold et que désormais j'étais à l'autre bout de la pièce. Cette erreur de stratégie ne pouvait pas lui échapper – ni, d'ailleurs, être évitée. Elle ne l'attribua pas à l'extinction d'une flamme enfantine et surveilla attentivement Léopold : il était toujours parfaitement aimable, avec ce côté discrètement distant qui lui venait de son indifférence à tout ce qui n'était pas sa peinture, mais il lui sembla que j'étais traitée avec plus de politesse mondaine qu'on n'en accorderait à une jeune fille qu'on a connue enfant. Elle se souvint de la digue à Ostende, du chiffon imprégné de térébenthine et comprit que nous mentions. Cela sautait aux yeux, il ne fallait que se donner la peine d'y penser. Elle n'attendit pas, ne chercha pas de preuves et m'entraîna dans la salle de verdure le premier dimanche où elle vint à Genval.

Elle participa à me faire connaître qui j'étais, car il est évident qu'elle chercha à m'intimider et ne me fit pas peur, ce dont je me sus gré. Elle me toisa mais nous étions de taille égale et je lui rendis regard pour regard.

– Cela se nomme l'adultère, ma petite, et Blandine pourrait divorcer en laissant Léopold sans un sou.

L'attaque était si vive que, pendant une seconde, elle me

décontenança. Puis j'eus comme un mouvement de plaisir, le même, j'imagine, qu'un bon duelliste devant un adversaire à sa hauteur.

– Il faudrait réunir deux conditions, dis-je froidement, qu'elle ne l'aime pas, et la pauvre est piégée, et qu'elle ait de la force d'âme, chose dont vous savez aussi bien que moi qu'elle est démunie. D'ailleurs, elle n'a rien deviné et, si votre sollicitude ne s'en mêle pas, elle a encore un moment devant elle.

Elle s'attendait à des dénégations et resta un instant immobile. Mais elle ne marqua pas qu'elle était étonnée par l'aveu. Elle était trop intelligente pour ne pas reconnaître la vérité dans mes paroles. Elle avait pensé me faire trembler et je contre-attaquais. Cela dut lui paraître estimable, malgré quoi elle ne pouvait que détester que j'eusse pris de la place auprès de Léopold.

– Pourquoi avez-vous fait cela? demanda-t-elle.

Pour une fois, je pouvais céder à la tentation de la vérité.

– Je n'ai rien fait, madame. On ne décide pas de tout, dans sa vie. Je ne pouvais pas éviter de le croiser, et dès lors, tout était dit.

– Vous auriez pu fuir. Résister.

– Au nom de quoi? De Blandine, dont je me moque, ou de l'enfer auquel on ne croit plus? J'entends bien que vous craignez que j'interfère dans vos plans, mais vous concevrez que pour moi ce n'était pas une raison.

Elle eut un haut-le-corps.

– Que savez-vous de mes plans?

– Tout. Ne restons pas ici. Il y a trois ans, vous vous êtes arrêtée avec Léopold de l'autre côté de la haie. J'étais assise à cette table et je vous ai entendue lui dire que vous lui trouveriez une femme à épouser. Allons marcher bien en vue sur la pelouse, on ne pourra pas nous entendre sans que nous le sachions.

– Je ne vois pas de quoi vous parlez.

Elle fronçait les sourcils, je vis qu'elle ne feignait pas. Je lui rappelai quelques détails.

– Ah ! c'était donc ici ? Je me souviens de cette conversation.

Elle resta un instant rêveuse, elle se remémorait. Il y eut un peu d'embarras, je sentis qu'elle allait passer à la défensive.

– Je ne voulais que son bien, dit-elle.

Je pouvais la blesser. Après tout, eût-elle été assez jeune, je me doutais qu'elle n'eût pas rêvé que d'avenir pour Léopold. Mais cette bataille-là ne me plaisait pas. J'avais à ma disposition la douleur des femmes qui ont vieilli et qui tentent de s'en accommoder, je voyais ma mère lutter tous les jours. J'appris là que je n'aimais pas les coups bas. La bataille m'a convenu, mais pas de me baisser pour frapper. Et puis : me battre ? Obtenir sa reddition ? En faire mon ennemie ? J'avais Léopold.

– Je ne suis pas un obstacle à vos projets, lui dis-je. Vous voulez la gloire de Léopold, moi, je ne veux que lui.

– Tout de même ! Blandine n'est pas sotte. Elle comprendra. Elle souffrira.

– Je pense qu'elle souffre déjà. Aucune femme n'est sotte quand il s'agit de ces choses. Avec le plus parfait manque d'expérience, on sent bien qu'on aime plus que l'on est aimé. Elle souffrirait sans moi et sans aucune maîtresse. Ne tentez pas de me faire porter une responsabilité : c'est vous, madame, qui avez décidé de son mariage.

Elle se troubla. Elle voulait m'attaquer avec des principes qu'elle-même n'avait pas observés, il n'était que trop facile de lui renvoyer les coups.

– Vous êtes intelligente, me dit-elle.

Puis elle fut silencieuse. Nous marchions à pas lents autour du petit massif de rosiers. Je vis arriver Laurette et son mari. Elle avait mauvaise mine, comme toujours ces temps-ci, et me fit un petit signe de tête distrait. Jacques lui tenait le coude et semblait la guider, il nous fit un sourire contraint.

– Il ne devrait pas la montrer, dans l'état où elle est, grommela Mme van Aalter.

– Qu'a-t-elle ?

– Vous ne savez pas ? Elle passe la moitié de son temps à l'asile où on la bourre de drogues et le reste à errer dans sa maison comme une somnambule.

Elle s'arrêta brusquement, me tira par le bras de façon à me voir de face et me regarda d'un air méchant.

– Léopold n'est pas sans danger, dit-elle.

Je voyais Laurette trébucher sur les marches du perron.

– Que voulez-vous dire ?

– C'est vrai, vous sortez à peine de l'enfance, ce genre de ragots ne passe sans doute pas encore par vous. On dit qu'elle ne s'est jamais rétablie de sa rupture avec lui. Je sais qu'elle a harcelé Georgette et j'ai dû lui faire peur pour qu'elle ne touche pas à Blandine.

Elle fit une petite grimace.

– Peut-être ai-je été trop efficace ?

Laurette était donc devenue folle ? Je fus parcourue d'un frisson. La porte de la maison se referma sur elle, je repris mon souffle.

– Moi, je ne serai pas quittée, dis-je.

Elle hocha la tête et, quand elle reprit la parole, ce fut d'un ton si pensif qu'elle m'émut presque.

– Vous vous êtes engagée dans une voie impossible et peut-être devrais-je plus vous plaindre que me laisser choquer par votre cynisme. Vous vous êtes attachée à un homme que vous n'aurez jamais, car Léopold ne quittera pas Blandine. Vous ne porterez ni son nom ni ses enfants. L'Histoire, qui le connaîtra, ne saura rien de vous et vous n'aurez été qu'une passante anonyme. Vous vivrez dans l'ombre. Vous avez dix-huit ans et vous êtes dans une impasse.

– Ne croyez pas cela. J'ai Léopold, il ne me fallait rien d'autre. Que Blandine joue avec le titre d'épouse et vous avec la qualité de mécène, soyez à vous deux son avenir et sa sécurité si cela vous plaît : moi, je suis lui. Je ne me soucie pas de ma position aux yeux du public, je ne veux pas être une des femmes de sa vie. Je n'entre dans vos projets ni pour m'y opposer ni pour les soutenir et je compte bien construire ma propre existence. Il ne me conviendra pas de jouer les seconds rôles. Etre la maîtresse n'est pas la position qu'il me faut. Je ne suis pas faite pour l'effacement et je ne vais pas me consacrer à une liaison clandestine. Je me marierai.

Elle me regarda attentivement.

– Avec qui ?

– Je ne sais pas encore. J'y pense.

– En aimant Léopold et à un autre ?

Décidément, cette femme avait des principes !

– Voyez-vous une autre solution ? Mon père pense que le mariage va se démoder, mais il est encore nécessaire d'en passer par là. Une fille qui ne se marie pas reste dans l'ombre, où le teint se gâte. Sans doute il y aura un divorce plus tard, quand ma situation me le permettra.

– Pour épouser Léopold ?

– Si sa situation le permet, ça n'a pas d'importance. Certes, j'aurai envie de vivre avec lui : je prendrai ce que je pourrai.

Mme van Aalter me dévisageait. J'avais pour habitude de me tenir droite : je me tendis, déployant toute ma taille.

– Et vous avez dix-huit ans ? dit-elle.

Et soudain je fus inondée par la certitude de la victoire. J'exultai. Ma vie s'étendit sous mes yeux, claire, bien tracée comme un parc à la française. J'y marchais d'un pas égal au milieu d'une nature disciplinée à mes vœux. Rien ne s'opposait à mon parcours et si j'avais des ennemis, ils ne survivraient pas à mon approche. Je pris une profonde inspiration qui me soûla et je souris à Mme van Aalter.

– Rentrons, lui dis-je, notre tête-à-tête pourrait étonner.

Et, comme ce n'était pas une femme à se dire battue, elle ajouta :

– Ne craignez rien, petite. Je donnerai à entendre que nous avons parlé de votre mariage.

Cette conversation ne fit pas de nous des ennemies, peut-être même que j'y gagnai son estime. Elle protégeait Blandine, mais elle la méprisait, comme on fait toujours avec ceux qu'on manipule. Il m'arriva souvent de sentir son regard me suivre. Je savais qu'elle ne m'aimait pas : qu'aurais-je fait de son affection? Trop de gens m'ont aimée, qui m'étaient indifférents et qui m'ont fait des reproches. Elle fut très utile à Léopold et brisa la vie de la pauvre Blandine. Oh! elle fut souvent prête à m'en donner les gants, même si c'est elle qui avait fait ce mariage – où elle fut plus puissante que moi, qui n'ai pas su le défaire. Quand elle voulut livrer une femme riche à Léopold, elle ne chercha pas une fille capable de se défendre et de le quitter, ce qui aurait convenu à tout le monde, mais ne se soucia que de lui, aucunement de l'épousée. Elle était parfaitement phallocrate. Je devinais confusément qu'elle m'enviait et je la comprenais, puisque j'avais dix-huit ans et l'homme que, sans nul doute, seule la différence d'âge avait empêché qu'elle eût. Elle devait, me regardant, rêver à une vie différente de celle qu'elle s'était faite en épousant, jeune, un homme riche, comme elle avait fait Léopold épouser Blandine, pour se retrouver veuve tôt, comme il m'eût bien plu que Léopold le devînt, maîtresse d'une fortune que sa sagacité lui permît d'accroître, mais, la vénusté passée, ne pouvant plus espérer un amour. Elle avait été courtisée très normalement et je crois qu'elle eut des liaisons pendant les quelques années où elle osa croire qu'elle pouvait plaire. Cependant, elle n'aima pas. La rencontre avec la peinture de Léopold fut son premier grand événement amoureux: elle avait soixante-cinq ans. Elle frôla les émois délicieux des premiers élans, tels que je les ai vus chez Colette et ne les ai pas vécus moi-même, car il n'y a rien eu de candide en moi devant Léopold. Mais les rougeurs, trembler et pâlir, le cœur qui faut, le souffle qui se suspend et les tempêtes noires du désir avec ce corps épaissi par l'âge, ces cheveux teints et le flétrissement? Elle n'était pas femme à s'en conter et ne s'autorisa à aimer, de ce peintre, que le génie. Là, elle se voua, comme je le fis aussi. Nous n'avons pas été rivales: elle a eu le peintre, elle ne pouvait plus avoir l'homme.

Même, je m'aperçus peu à peu que ces lents tours de pelouse dans le jardin de Genval avaient créé un lien entre nous. Dix ans plus tard, après mon retour d'Amérique, Mme van Aalter me téléphonait pour discuter avec moi de la liste d'invités aux vernissages. Parfois, nous nous retrouvions devant une table pour l'étudier. C'étaient de savantes concertations auxquelles je me prêtais plus pour lui complaire que pour m'amuser. Elle tenait à penser qu'elle faisait toujours la gloire de Léopold, je savais qu'il en était devenu le seul auteur mais je ne voulais pas ôter ses derniers jouets à cette vieille femme. Comme elle voyait mal, elle me faisait recopier les noms qui ne lui étaient pas familiers. Puis la liste était remise à Blandine qui désignait certaines lignes.

– Mais à qui appartient cette écriture ?

– Elle manque de tact, me dit Mme van Aalter, marquant ainsi qu'une épouse vraiment délicate ne reconnaît pas la main de la maîtresse.

Ayant ainsi déclaré mon projet de mariage, je vis que, si agacée que je fusse par la foule des petits jeunes gens, j'allais être acculée à choisir l'élu. Je ne pouvais pas continuer à me laisser courtiser par les garçons sans que ma réputation naissante d'allumeuse arrivât aux oreilles de Léopold. J'avais construit des raisonnements qui me semblaient très sages, je me doutais qu'ils ne pouvaient pas plaire à un amant. Même avec la chambre aux fleurs mauves, nous n'avions pas beaucoup le loisir de nous voir et les premiers remords l'avaient assailli.

– Tu n'auras jamais grand-chose de moi, et Blandine n'a rien.

– J'ai tout, disais-je.

Quand j'étais à ses côtés dans le lit trop étroit, je ne savais plus rien des moments où je n'étais pas auprès de lui.

– Tu as une heure les bonnes semaines.

Cela me faisait rire. Il ne savait donc pas qu'il habitait en moi ? Il croyait loger dans cette maison blanche, avec cette femme dont il ne connaissait même pas bien le visage ? Il vivait dans mon corps, dans mes veines où il faisait sombre et silencieux et où il était seul. Je lui disais cela comme je pouvais, il me serrait contre lui et :

– Tu parles comme une folle.

– C'est parce que je suis possédée. Vous vous êtes introduit en moi par fraude, il y a sept ans. Tout à coup j'ai parlé des langues que je n'avais jamais apprises, j'ai eu des pensées obscènes et aucun exorcisme ne m'a délivrée.

Il riait. Comme il lui était aussi difficile qu'à moi de se souvenir de la réalité quand nous étions ensemble, il se laissait divertir, mais ensuite je le voyais s'assombrir.

– Que va-t-il advenir de toi ?

– Je ne changerai jamais. Je serai éternellement étendue ici. Quand vous arrivez, je ris, je chante et je joue. Dès que vous passez la porte, je m'immobilise jusqu'à votre retour.

Il ne se laissait pas toujours faire.

– Cesse. Tu sais bien…

Il n'achevait jamais cette phrase, parce que le désespoir le gagnait aussitôt. Nous étions drogués l'un par l'autre et nous faisions comme font les drogués : nous nous réintoxiquions pour apaiser le manque. Mais il commença à souffrir. A Genval, dans le monde, il me regardait et il me voyait changer. L'été où je finissais mes années de lycée, il eut peur :

– Tu es si belle. Bientôt je ne serai plus seul à le voir. Tu vas être sollicitée.

Je compris brusquement qu'il s'égarait.

– Mais je le suis déjà ! lui dis-je. Je n'ai pas pu devenir belle pour vous sans l'être pour les autres.

– Et ils te plaisent ?

Il avait l'air si mauvais que je ne pus empêcher que j'éclate de rire.

– Est-ce que vous croyez que je vous aime par hasard, parce que j'avais un amour à placer et que vous passiez par là ?

– Ils sont jeunes, dit-il sombrement. Et libres.

Il avait trente-deux ans et il était emprisonné dans la passion de peindre. Il venait d'avoir son premier grand succès, cela signifiait, je ne le compris que quand je connus mieux le monde, qu'il était au moment le plus difficile de sa vie : on pouvait encore l'oublier, une toile médiocre ferait penser qu'on avait eu trop d'espoir, qu'il fallait hausser les épaules et regarder ailleurs. Il était pauvre, donc la gloire lui était indispensable, qui procure l'indépendance et, en attendant, Blandine. Elle fit sa première grande crise d'arthrite. Depuis les tisanes de Genval, ma mère se sentait le devoir de soigner cette orpheline, elle lui rendait visite tous les jours et revenait avec des récits pathétiques où on voyait la malheureuse abattue par la fièvre souffrir en souriant et dire à son époux :

– Va à l'atelier. Va peindre. Je ne veux pas être une charge pour toi.

D'un ton angélique. Il mesurait qu'il était ligoté.

– Je ne peux vivre ni sans la peinture ni sans toi, et vous êtes incompatibles, disait-il, affermissant ainsi mes projets.

J'avais peur de lui dire quelle solution j'avais trouvée. Nous vivions dans deux mondes différents et qui ne communiquaient pas, lui parmi les gens mariés, moi chez les adolescents. Aujourd'hui, je me dis que ma réputation ne serait pas arrivée jusqu'à lui avant des années, que je ne mesurais pas bien les cloisonnements qui nous séparaient, et ce n'est pas Mme van Aalter me devinant qui pouvait corriger mon erreur. En me mariant, j'entrerais dans l'univers charmant des couples qui s'invitent. Me voir mariée, c'était m'imaginer debout dans mon salon, regardant Léopold s'avancer vers moi. Le mari était une ombre grâce à laquelle je ne devrais plus attendre le petit concert intime d'Isabelle André ou le hasard des vernissages auxquels j'accompagnais toujours ma mère. Je dirais aux Wiesbeck : « Venez dîner jeudi. » J'étais jeune et un peu sotte car j'oubliais que Blandine serait là, je ne voyais que lui, content, qui venait vers moi de ce pas calme que j'aimais, fortement appuyé sur le sol, stature puissante d'arbre que rien n'abat, avec ce sourire aveuglant dans lequel je plongeais sans délai. J'étais si affamée de lui que je crois que je me suis mariée pour le voir une ou deux fois de plus par semaine, oubliant tout à fait que ce serait dans un salon et sous l'œil de nos époux. Je n'osais pas lui avouer que je ne vivais que de son regard et que tout m'était supplice qui n'était pas lui – mais je ne suis pas sûre que je l'avouais à moi-même – car je sentais bien que j'aurais aggravé ce remords qui parfois le traversait et nous faisait perdre quelques minutes de bonheur. Et cependant, comment lui faire admettre mon mariage s'il n'était pas absolument sûr que je ne pouvais aimer que lui ? Quand il regardait mon avenir et qu'il s'y voyait l'occupant tout entier, il était effrayé pour moi.

– Je vais gâcher ta vie.

Je finis par lui dire que je la construirais semblable à celle de mes contemporaines :

– J'aurai ce qu'elles ont, et vous en plus, mais il n'y a que vous qui comptiez.

Nous voir peu, quand j'y pense, eut l'avantage de nous empêcher de parler beaucoup. Je ne sais pas, si j'avais eu le temps d'être plus claire, comment il aurait réagi et je ne vois pas comment il aurait pu agréer mes projets. Je me mis en campagne.

La première chose à faire était de quitter le ton moqueur que j'avais eu avec les garçons. On épouse les filles qu'on croit qu'on peut soumettre : je devins un peu rêveuse et achetai des jupes plissées. J'avais, durant mes années de préparation, acquis assez d'emprise sur moi pour faire comprendre rapidement ma position, les jeunes gens qui avaient failli se décourager pendant l'hiver virent que j'avais l'air sérieuse, que je plaisantais moins et ne taquinais plus. Ils devinrent attentifs et j'eus vite plus de soupirants qu'il ne convient à une jeune fille convenable – on ne fait pas impunément de soi ce que j'en avais fait. Ma mère était ravie. Ma grand-mère me regarda d'un œil soupçonneux :

– N'y a-t-il pas un peu trop de garçons autour de toi ?

– Il faudra bien que j'en épouse un, ne crois-tu pas ?

– Il faudra ! Il faudra ! Il me semble que tu as bien le temps et tu n'es amoureuse d'aucun, cela saute aux yeux. Avec un métier et, plus tard, ce qui restera de ma fortune, tu auras assez d'argent pour vivre : je ne vois pas pourquoi tu te marierais. Les amants suffisent bien.

– Voyons ! Maman ! dit la belle Anita.

Puis, comme nos regards se tournaient vers elle et que,

de toute évidence, nous attendions la suite, elle répéta : « Voyons, Maman », et soupira, désolée par la brièveté de son inspiration.

– Seule une passion justifierait ton mariage, reprit ma grand-mère, ou le désir ardent de fonder une famille et de faire des enfants, toutes choses dont tu n'as pas donné le moindre signe, et je t'observe. Apprends un métier.

– J'y compte bien, dis-je.

Nous étions au Bois, mangeant de la crème glacée sur l'île Robinson, à l'heure où les dames font voir leur toilette, le moment préféré de ma mère. Elle était vêtue de mousseline claire, ma grand-mère de surah gris pâle et moi de coton écru, nous étions assises à l'ombre mais la table était recouverte d'une nappe blanche qui renvoyait la lumière dorée sur les visages, nous formions certainement un tableau ravissant dont le spectacle occupait plus l'esprit d'Anita que la conversation.

– Je commence mes études en octobre, et j'y mettrai tout le sérieux du monde, mais je veux aussi mener la vie ordinaire d'une femme. Je veux une maison, un époux, et donner des dîners où les gens aiment aller.

– Voilà ce que donne cette mondanité où tu l'as traînée avant l'âge, dit ma grand-mère à sa fille.

J'avais en tête l'image de Blandine vêtue d'une de ces robes à fleurs qu'elle affectionnait, installant ses hôtes autour de la grande table joliment ornée. Une large baie vitrée séparait les dîneurs du jardin toujours éclairé le soir, on y voyait des fleurs jusqu'en janvier. La cuisine était bonne, la conversation souvent très animée, car Mme van Aalter réglait la compagnie avec soin. Blandine mit dix ans à se rendre compte qu'elle n'avait jamais choisi ses invités et cela aggrava sa maladie. Léopold était peu disert, elle n'avait rien à dire hors les lieux communs des personnes bien élevées, on se serait ennuyé chez eux si les convives n'avaient été assemblés selon des affinités finement étudiées. Moi, je régnerais chez moi. J'eus un mouvement d'orgueil : je voulais être vue par Léopold recevant dans ma maison. Je me redressai, je sentais que je souriais.

– À quoi penses-tu ? demanda ma grand-mère qui avait le regard perçant.

– Tu les connais. Lequel me conseilles-tu d'épouser ? Je veux être libre et riche.

– Je croyais que les mariages de raison étaient passés de mode ?

– Je ne me soumets pas aux modes.

Je savais que ce genre de paroles lui plairait.

– Tu es donc bien pressée ?

– Grand-mère ! Tu vas bientôt m'accuser de brûler ! J'ai dix-huit ans, se marier prend un an : il est temps que je choisisse.

– Mais les études ? dit ma mère. Tu auras un ménage.

– C'est pour cela qu'il faut qu'il ait de l'argent : j'aurai besoin de domestiques.

– Tu as pensé à tout ! s'exclama Esther.

– Et si tu as des enfants ?

– Maman ! Seulement quand je voudrai !

Elle rougit. Je savais qu'elle n'avait pas eu l'occasion de penser à ces questions : la pauvre avait mis quinze ans à me concevoir, elle aurait voulu un deuxième enfant et j'étais restée seule. Ma grand-mère qui n'avait pas de pudibonderie continua de m'étudier du regard sans se soucier des rougeurs.

– Je ne comprends pas pourquoi tu es si pressée. Enfin, puisque tu y tiens, j'y ai songé. Prends Charles Badureau.

– Le polytechnicien ? C'est le moins brillant.

– Justement. De toute façon, tu as de l'éclat pour deux. Si tu veux le mariage, tu dois choisir un mari : c'en est un. Je reconnais cette race-là à cent mètres, ce sont des hommes qu'on ne remarque pas, ils sont toujours à l'heure, ils ont des manières parfaites et ne laissent jamais une femme les précéder dans un escalier ou un restaurant. De plus, il a déjà une excellente situation dans je ne sais quelle grosse firme internationale.

C'était un jeune homme toujours bien mis, souriant.

– Je crois qu'il fait la cour à Henriette Carlier.

– Il te faut donc des batailles toutes gagnées ? Fais-le changer.

Henriette était une jolie brune, joyeuse et déterminée. Il ne me vint pas à l'esprit de me demander si elle était amoureuse de Charles, car je n'ai jamais conçu qu'on puisse être amoureuse d'un autre homme que Léopold.

– Mais, Maman, s'il aime cette jeune fille ? demanda ma mère un peu affolée.

– Alors il ne se souciera pas d'Émilienne et nous en choisirons un autre, rétorqua ma grand-mère, scellant ainsi le destin de Charles.

Elle restait troublée et m'observa. Blandine soignait son arthrite à Plombières où Léopold l'avait conduite et où il irait la rechercher, j'étais censée passer beaucoup de temps à la Bibliothèque royale, me consacrant à des lectures préparatoires à ma première année d'Histoire. Aujourd'hui, je me demande bien ce que j'aurais pu lire, mais on ne me le demanda pas et je voyais tranquillement Léopold, de sorte que l'œil attentif de ma grand-mère me trouva toujours calme et contente. Les parents de Colette donnèrent une de leurs habituelles grandes réceptions pour les fiançailles de leur fils aîné, où vint Charles Badureau, mais pas Léopold, ce qui me convenait.

Les hommes qui me courtisaient me semblaient toujours un peu incongrus. Ma beauté était destinée à Léopold, elle lui appartenait, et voilà que d'autres s'en éprenaient. C'était curieux et un peu agaçant. Quand je souris à Charles et qu'il en resta surpris et enchanté, j'admis que c'était bien utile.

Qu'est-ce qui nimbe tout à coup si puissamment une femme qu'elle règne sur ceux qui la voient ? Je n'aime pas ce pouvoir étrange dont j'ai parfois usé, il a quelque chose de corrupteur, dans le temps même où je m'en servais il me faisait peur. À Genval, quand j'ai reculé vers le fond de la pièce, Léopold pouvait ne pas tourner la tête vers moi : Charles me regardait innocemment, pensant qu'il disait bonjour, comme il l'avait déjà fait vingt fois, à la petite Balthus, mais je m'étais armée d'un sourire particulier qui le cloua, papillon capturé qui n'a plus qu'à mourir. Il chancela et, hypocrite, je me hâtai de lui porter secours, pansant les blessures que je venais de faire en les renouvelant par des paroles anodines où chantait la voix ancienne des sirènes. Il les reçut comme le coup de grâce, je le vis lutter un instant, battre des ailes, diriger un regard incertain vers Henriette Carlier, puis il fut condamné, il n'eut plus autour de lui que les ombres incertaines de ce qui n'est pas l'amour, et tout fut dit. Quand Léopold avait paru, il ne me regardait même pas et, si je fus asservie, il en fut innocent : devant Charles je ne le fus pas et, même si je le reconnais, je n'ai pas de repentir car j'étais sous une loi sans merci. Charles donna mes traits à l'espoir d'être heureux. Il entra dans l'univers des promesses jamais tenues. Quel palais est plus beau que celui que le rêve construit, quelle eau aussi désaltérante que celle de l'illusion ?

Je ne sais pas comment Charles se raconta cet après-midi : il parlait peu et médiocrement, surtout s'il était question de lui. Il est étrange que ce mari qui me fut désigné par ma grand-mère ait été aussi peu homme du verbe que Léopold dont je ne sais pas ce qui l'avait choisi pour moi. Apparemment, je n'étais pas destinée aux hommes diserts.

Je portais une de ces robes qui firent ma réputation. J'avais trouvé une soie lourde qui avait exactement la couleur de mes cheveux et qui me descendait droit des épaules aux chevilles. Charles voulut me faire un compliment :

– Vous avez l'air d'un tableau, me dit-il.

Certes.

Il ne me quitta pas. Je pensais à ma grand-mère : quelle bataille ? Henriette Carlier regardait les choses avec stupeur et Colette vint m'interroger :

– Mais que fais-tu là ?

– Je me marie, dis-je en riant.

Nous étions amies depuis l'école primaire, sans quoi je crois qu'elle m'aurait tourné le dos.

– Voyons ! Il est presque fiancé !

– Avoue qu'il n'y paraît guère.

– Tu te conduis de façon inacceptable. Tu es scandaleuse.

Elle ne savait pas que ce n'était pas la première fois que je prenais l'homme d'une autre femme.

Je vis qu'on faisait la grimace et qu'on me saluait froidement. J'y pense comme à des histoires de petites jeunes filles : Colette choquée, moi qui scandalise, Henriette en rivale vaincue, les demoiselles s'agitent, chicanent et grincent des dents. Je me dis que les grandes personnes qui entraient si volontiers dans ces querelles étaient un peu sottes, mais je sens vite que j'ai tort : les filles qui se disputent un garçon, le spectacle dérisoire d'un jeune homme ébloui par un sourire, on croit qu'on joue quand les destins dévient. Henriette épousa un autre homme et le suivit au Congo où elle fut veuve lors de l'indépendance, Charles alla en Amérique à cause de moi alors qu'il eût peut-être été heureux avec elle. Seuls Léopold et moi fûmes immuables.

C'est ainsi que Charles commença à m'aimer. Il resta toujours du mauvais côté de la mer Rouge. Quand nous fûmes mariés et qu'il me tenait dans ses bras, si proche qu'il fût de mon corps, je voyais dans ses yeux le désespoir et la distance infranchissable. Il m'inspira parfois de la pitié, mais que fait-on avec ce sentiment-là ? Je ne voulais pas me sentir son bourreau. Dès les fiançailles Lacombe il se mit à languir, il ne pouvait pas détacher le regard de moi, le moindre de mes sourires le plongeait dans la joie, un air de distraction l'atterrait, il avait des transports de bonheur pour un geste courtois et cela me semblait insensé, mais je n'en fis rien paraître car je savais qu'on m'eût prise pour folle, puisque tout cela était ce que j'avais voulu. Il eut vite rang de prétendant déclaré et je fis voir que je recevais ses hommages sans les solliciter.

– Je ne veux pas, dit Léopold.

Nous étions dans le petit café de la rue de l'Éléphant. Les cours avaient commencé et réduisaient encore le temps que nous pouvions passer ensemble.

– Et que dois-je faire ?

J'avais tellement réfléchi qu'il m'était difficile de ne pas me lancer dans d'immenses explications. Je me mordis les lèvres.

– Vous savez bien que je consentirai à tout ce que vous voulez. Je peux prendre le rôle de maîtresse déclarée.

– Tais-toi.

Il était pâle et furieux car il savait que nous étions dans une impasse ; il avait épousé Blandine qui était riche et qui était malade. Il prit son verre, le porta à ses lèvres, je sentis qu'il avait envie de le jeter par terre.

– Tu peux attendre. Tu es jeune.

Mais il n'y croyait pas. Que pouvais-je attendre ?

– Oui. Cependant, il faudra que je me marie. Lui ou un autre, je veux bien que vous le choisissiez vous-même, je ne mènerai pas la vie d'une vieille fille.

Il tenait toujours le verre. Il eut un petit sourire mauvais et l'envoya se fracasser sur le sol. Je me demandai si c'était au mari qu'il souhaitait ce sort, ou à ma future condition d'épouse : ce n'était pas à moi, cela j'en étais sûre. Le garçon de café se précipita.

– Excusez-moi, dit Léopold.

Le verre brisé ne supprimait pas Blandine. Il leva vers moi le regard désolé de l'impuissance. Dès que nous fûmes de nouveau seuls :

– Je vous appartiens, lui dis-je. N'importe quel homme peut passer par mon lit, aucun ne peut me posséder, même si j'ai les jambes ouvertes et les bras en croix. Je suis hors d'atteinte. Vous ne divorcerez pas, nous le savons bien, il faut que je me marie. Je veux jouer le premier rôle dans ma propre vie, en ne me mariant pas, je serai le second dans la vôtre.

– Je peux tout quitter, dit-il d'une voix sourde. Nous partirions.

Il devait le dire, n'est-ce pas ? Il devait le dire.

– Vous savez bien que non. Une chambre meublée quelque part, des cours de dessin, j'irais faire la lessive au lavoir. Nous tiendrions six mois, et puis vous retourneriez auprès de Blandine qui vous pardonnerait sans un mot de reproche à cause de sa générosité. Moi, je me cacherais un moment à Paris ou à Londres, une jeune fille ne reparaît pas tout de suite après un tel éclat. Et puis nous recommencerions à nous voir en cachette, une heure par semaine.

Nous aurions perdu un an à faire des sottises que mon mariage nous épargnera.

Comment eût-il divorcé ? Il avait passé un contrat où Blandine acquérait le titre d'épouse et lui le loisir de peindre. Il n'avait pas été fixé de délai.

– Je ne me suis pas loué pour un temps déterminé, je me suis vendu, et je suis bon payeur, je ne chicanerai pas sur les années. D'ailleurs, elle ne survivrait pas à un divorce.

Je n'étais pas en position de lui dire qu'en restant il la tuait aussi. Quand il rentrait et se penchait pour baiser son front toujours un peu moite, j'étais sûre que Blandine avait de plus en plus de difficulté à ne pas savoir qu'il venait de chez une autre femme, qui ne sentait pas la fièvre mais la sueur fraîche et salée des filles à la santé vigoureuse. Elle recevait les baisers qu'on donne par compassion, chacun aggravait son état, mais pourquoi aurais-je empêché Léopold de la tuer doucement ? Je ne tenais pas à ce qu'elle vive.

– Je ne veux pas te perdre, tu es ma vie. Je ne veux pas qu'un autre te touche.

Il était blanc, ses mains tremblaient, il souffrait. Je savais depuis des années que nous étions pris au piège, il le découvrait et rejoignait le petit désespoir discret que je cachais bien loin en moi, dans une région de ténèbres où je n'allais jamais. Jusqu'ici, il n'avait connu du pays où nous vivions que les abords charmants, les collines aux pentes douces, les vallées ombreuses et les tendres flots du plaisir, je ne lui avais pas parlé des courants dangereux où l'on peut se noyer. Charles était la réalité : j'avais dix-huit ans, Léopold était indémariable.

– Vous ne me perdriez que si je mourais. Laissez-moi me marier. Si ce n'est pas maintenant, ce sera plus tard et j'ai peur d'attendre trop longtemps. Un jour, il se passera quelque chose, tout se saura, on n'évite pas cela. Je veux me marier avant d'être compromise et choisir qui j'épouse.

– Tu seras dans ses bras, dans son lit. Il te regardera, il te touchera.

Je ne sais pas pourquoi je n'ai jamais voulu lui dire que, la nuit de son mariage, je n'avais pas dormi avant l'aube.

– Cela me rend fou. Je ne m'étais pas rendu compte. Tu es la seule chose qui compte pour moi.

– Non, lui dis-je. Souvenez-vous : je passe après la peinture.

Il broncha sous le coup.

– Je partirai, je la quitterai. Elle est jeune. Elle se remariera.

Sa pâleur s'accentua, je vis l'entour de ses yeux se creuser et je compris qu'il n'en croyait rien, qu'il pensait qu'elle mourrait. Il avait les narines pincées, il respirait mal, il porta machinalement les mains à son cœur.

– Je la quitterai, répéta-t-il, comme pour entendre ses paroles résonner en lui. Et moi, il me semblait lire dans ses pensées, y voir Blandine s'affaisser de douleur.

– Je ne peux pas, dit-il.

Il haletait.

– Je ne peux même pas y penser. Cela me tue.

Il avait les yeux agrandis par l'étonnement. Je tendis les mains vers lui.

– Je ne me marierai pas, lui dis-je. Oublions tout cela.

– Non. Tu te marieras. Tu as raison. Je ne veux pas t'enfermer dans...

Il fronçait les sourcils, cherchant les mots qui désigneraient sa propre prison, l'assujettissement à sa peinture et au remords, et renonça, secoua la tête, poursuivit :

– Et je ne peux pas te donner ce que je veux. Je suis arrivé dans ta vie comme une catastrophe.

– Oui, dis-je en riant. Il n'aurait rien pu m'arriver de pire. Sans vous, c'est peut-être quand même Charles Badureau que j'épouserais et je me demanderais pourquoi la vie est si ennuyeuse. Vous êtes le poison. Que voulez-vous ! Je suis comme les toxicomanes : vous êtes ce qui me tue, mais sans vous je mourrais.

Alors nous nous regardâmes et nous fûmes comme chaque fois chacun noyé dans le regard de l'autre. Charles et Blandine reculèrent dans la brume, là où se tiennent les comparses qui ont des mains inconsistantes, des désirs qu'on n'entend pas, on les traverse comme des fantômes sans éprouver leur passage.

– Tu es à moi, dit-il.

Ces mots dépossédaient Blandine, Charles et les autres, le petit cortège déçu de ceux qui voudraient être aimés par nous et à qui, courtois et indifférents, nous ne donnerions jamais ce à quoi ils aspiraient, nous passerions entre eux qui tendraient inutilement les bras, sans les voir, sans les écouter, rivés, égarés, habitants d'une autre terre qui marchions sur celle-ci sans nous soucier de son étrangeté puisque nous étions chacun le lieu d'origine de l'autre. Je lui dis qu'il était à moi, puis il fut temps que je parte reprendre mon rôle d'étudiante sérieuse et de fille sage.

Charles fit sa demande en tremblant. Ma grand-mère l'avait admirablement choisi, il eût été un mari parfait pour toute autre que moi. Fidèle, attentif et aimant comme mon père, il n'avait qu'un défaut : j'avais connu Léopold avant lui, et il n'y pouvait rien, le pauvre ! Mais quand je le prévins, il ne partit pas, ce qu'eût fait tout homme de bon sens.

– Je vous aimerai tant que vous finirez par m'aimer, me dit-il.

Il confondait l'amour avec l'entêtement.

– Tout ce que je demande, c'est que vous vous laissiez aimer.

Les bras en croix et les jambes ouvertes ?

– Je vous aimerai pour deux.

Il y a des sottises qui traversent le temps sans en être altérées.

– Je vous épouserai et je remplirai tous mes devoirs d'état, mais je ne vous aimerai pas, puisque j'aime ailleurs. S'il vous convient de m'aimer, ce sera votre affaire.

Il voulut savoir. Il me semblait en avoir assez fait en le prévenant contre moi. Je lui avais dit que je n'étais pas bonne à épouser, que je ne ferais pas son bonheur, mais il répondait opiniâtrement qu'il ne demandait qu'à faire le mien.

– Mon bonheur est fait.

– Qui est-ce ? Je serai fou de jalousie, je soupçonnerai tout homme qui vous approche.

– Sans doute, et je vous répète que je vous déconseille de m'épouser.

Il n'en démordit pas.

– Comprenez-vous bien ce que vous faites ? Vous avez vingt-sept ans, vous êtes suffisamment beau, je suis sûre que dans l'année qui vient vous trouveriez dix filles prêtes à vous épouser par amour.

Il m'expliqua que la passion s'éteint toujours – je suppose qu'il le croyait – qu'en deux ans on arrive à l'amitié et que si je commençais par où les autres finissent, sans doute je finirais par où les autres commencent. À force d'obstination, il touchait au madrigal. Je me rendis et le mariage fut annoncé. Ma première apparition à ses côtés eut lieu à l'anniversaire de Colette, tous les Gilbert, les Lucien et les Didier étaient là.

– Qui était-ce ? me demanda-t-il.

Cet imparfait me stupéfia. N'avais-je pas été claire ? Ou croyait-il que l'état de fiancée me transformait ?

– Je vous ai dit tout ce que je consentais à vous faire savoir. Vous pouvez changer d'avis, je prendrai quelqu'un d'autre.

Il me semble que j'étais assez garce, et que je manipulais sans me soucier de lui un homme qui n'était pas en état de résister. Je me souviens fort bien de mes intentions : je voulais ne pas le duper et, en somme, qu'il fît son malheur les yeux bien ouverts. J'avais un peu de naïveté, aucune méchanceté consciente et une parfaite méconnaissance des sentiments ordinaires.

– Au fond, me dit Léopold couché sur le dos, les bras croisés sous la nuque, l'air content d'un amant satisfait, je devrais t'arrêter par pure humanité. Cet homme-là sera très malheureux.

– Vous n'y pensez pas ! Il aura la plus jolie femme du monde, puisque c'est celle que vous aimez, et ma mère m'a acheté un excellent livre de cuisine que j'étudie attentivement. Que faut-il de plus ?

Je pensais : « Qu'est-ce que Blandine a ? »

Charles vivait dans la maison de son père, un homme

aimable et insignifiant qui trouvait fort bon que son fils se mariât et ne parvint jamais à retenir le prénom de la belle-fille. Mme Badureau était morte depuis assez longtemps pour qu'on n'en parlât plus beaucoup, on me montra sa photo prise en 1945. Je ne sais quel hasard fait que je la possède toujours : elle était blonde, mince, avec cet air de jeune fille que les femmes de sa génération gardaient jusqu'à quarante ans. Je dis d'un ton convaincu qu'elle était charmante, M. Badureau poussa un soupir et on ne parla plus de la belle-mère. Charles occupait la même chambre depuis son enfance, on avait relégué les jouets au grenier, mais il avait gardé le grand tableau noir sur lequel il faisait des mathématiques depuis l'école primaire. Je vis un couvre-lit de tissu écossais, un grand abat-jour vert sur pied tourné qui confirmait la salle à manger en chêne sculpté et les fauteuils de salon en faux Louis XIV : il y avait peu de chances pour que mon futur époux eût les mêmes goûts que moi. Comme je ne me mariais pas pour être heureuse mais pour être maîtresse de mon temps, cela n'avait pas grande importance. Le père me disait avec générosité de prendre ce qui me convenait dans la maison : Charles marié, il louerait un petit appartement où il n'aurait que faire de tout cela. Ma mimique ne fut sans doute pas aussi neutre que mon sens des convenances le souhaitait car Charles se hâta de dire qu'il ne tienne pas compte de nous, que nous désirions un ameublement plus moderne et j'eus de l'appréhension car la mode était aux meubles suédois. M. Badureau hocha la tête d'un air entendu, et la question fut réglée.

Tout cela me faisait froid dans le dos : il était donc vrai que je me mariais ? Ma mère m'emmena acheter des casseroles – passe encore de cuisiner, mais un lit et des draps ? Vingt fois il me sembla que je n'aurais pas le courage d'aller jusqu'au bout.

– Mais nous sommes fiancés, nous pouvons nous embrasser ! s'exclama Charles perplexe.

J'avais eu, pour l'écarter, le geste si rapide et si naturel que je m'étais à peine aperçue que je le repoussais. J'arguai la surprise.

– Je suis naturellement pudibonde.

Il parut étonné. Il n'insista pas.

De tels moments me faisaient douter de ma fermeté. Pendant trois mois, Blandine se porta bien, elle avait le teint frais et honora l'atelier de deux visites imprévues qui forcèrent Léopold à manquer nos rendez-vous. Je fis les cent pas dans la chambre mauve qui n'avait pas trois mètres de long en grondant de fureur. Quand trouverions-nous le moyen de nous revoir ? Il ne pouvait pas téléphoner chez mes parents, il fallait me marier et avoir mon propre téléphone, il n'y avait pas à hésiter. J'accordai donc mes lèvres au fiancé : ce fut en serrant les poings, mais on n'a rien sans peine, m'avait-on enseigné. Il parut si heureux que c'en était gênant. Devais-je encore lui rappeler que je ne l'aimais pas ? Il me prit les deux mains, ses yeux se remplissaient de larmes, il répéta qu'il ne me demandait que de me laisser aimer.

– Je vous épouse, dis-je.

Il est certain que j'étais parfaitement monstrueuse et que je ne m'en rendais pas du tout compte : j'avais dit la vérité, il avait librement choisi, n'est-ce pas ? Peut-être ne voulais-je pas me souvenir de la douleur, du regard de l'amant quand il se porte ailleurs, des nuits où Georgette était la maîtresse de Léopold. J'avançais les yeux bandés, frappant sans y penser, indifférente, et je croyais qu'il suffisait de ne pas me cacher du crime pour être dispensée de culpabilité. Je ne concevais pas du tout que Charles souffrait, comme si je ne savais rien de l'amour ou comme si je ne l'estimais pas assez pour l'en croire capable. Peut-être avait-il l'air trop bien élevé, je donnais dans des clichés selon quoi la passion rend hagard et s'accommode mal des cravates correctement nouées. J'imagine de dire à la fille que j'étais : « Pourtant, Léopold et toi étiez toujours décemment mis ? » et je l'entends me répondre : « Ce n'était pas la même chose », l'éternelle réponse des gens embarrassés. Si j'épousais sans aimer, pourquoi fallait-il qu'il m'aime ? J'étais certainement de fort mauvaise foi et je crois que j'espérais qu'il oublierait le sentiment encombrant qui lui faisait venir les larmes aux yeux et que, après quelques années, il s'apercevrait à peine que je le quittais. J'avais besoin d'un mari : le rôle avait été distribué à un jeune homme que ma grand-mère estimait apte à le remplir, je fus longue à me rendre compte que ce n'était pas un mannequin, ce qui n'est pas à ma louange. Je n'étais pas sensible à Charles car seul Léopold m'habitait et je ne me suis jamais beaucoup souciée de ce qu'il se passe dans l'âme des gens. Peut-être cela tient-il à ce que j'ai eu tellement peur qu'on me perce à jour qu'il m'a semblé décent de ne pas aller outre ce que les apparences proposent.

Mais j'écris ceci cent siècles plus tard...

Le pauvre Charles servait de paratonnerre à ma colère. Je refusais d'en vouloir à Léopold d'être marié ou de ne pas quitter Blandine par scrupule de conscience : il me fallait faire souffrir quelqu'un. Quand il y a un amant, il est de règle que ce soit le mari. J'eus de mauvaises nuits. Je me tournais et me retournais dans mon lit tendu de dentelle. Léopold ne dormait pas mieux que moi, il quitta la chambre de Blandine sous prétexte qu'il la dérangeait.

– Le pauvre est agité par New York, dit-elle devant moi à Mme van Aalter qui me lança un bref regard.

Il exposait au musée d'Art moderne, mais cela ne le rendait pas nerveux.

– Pourquoi voulez-vous qu'il s'inquiète ? répondit Mme van Aalter, il est sûr du succès.

Il souriait calmement, se prêtant sans protester aux opinions qu'il leur plaisait d'avoir. Les transporteurs vinrent emballer *La Plage d'Ostende* et le portrait de ma mère. Un camion faisait le tour de la ville pour rassembler les œuvres. Les tableaux prirent la mer et Mme van Aalter eut peur des tempêtes.

– Supposez un naufrage. Tous ces chefs-d'œuvre noyés.

– J'en ferais d'autres, disait-il gaiement.

Dès novembre, il sut la date exacte du vernissage et la garda secrète pendant quelques jours, le temps que je cède à l'impatience de Charles et que le mariage fût fixé au 14 mars. Léopold prenait l'avion le 10, il ne serait donc pas là. C'était tout ce que je pouvais faire pour lui.

De casseroles en service de table, de linge de jour en linge de nuit, je regardais ma mère participer joyeusement aux préparatifs de la séparation. Le père de Charles quitta sa maison, le chêne sculpté fut expédié en salle des ventes, la belle Anita présidait aux travaux des peintres et à l'arrivée des nouveaux meubles rue Rodenbach, où elle se passait fort bien de moi, car j'allais aux cours et ne pouvais plus la suivre dans le monde. Il arriva souvent qu'à mon retour je la trouve assise dans le salon, toute déconfite : un malaise l'avait prise, la tête lui tournait, elle n'était pas sortie ou était revenue à la maison après dix mètres pensant appeler un médecin, mais sitôt rentrée l'étourdissement s'était dissipé. Il n'y avait jamais de malaise quand je pouvais l'accompagner. Je me disais qu'elle endurerait mal que j'habite ailleurs et je voyais qu'elle ne s'en doutait pas. Elle avait toujours eu besoin d'une présence familière pour s'aventurer dans cette mondanité qu'elle aimait tant : je résolus de lui offrir un petit chien de salon, de la sorte qui exige des soins constants, une chose à coiffer et à pomponner pour remplacer la fille docile qui avait toujours une mèche en désordre. Quand je vis dans quelle agitation la jetaient les mille apprêts des noces, il m'apparut qu'un seul chien ne suffirait pas et, la veille du mariage, j'achetai deux chiots de six semaines qui captèrent si bien son attention qu'elle oublia de pleurer pendant la messe tant elle était préoccupée qu'ils ne se sentissent pas trop seuls dans le panier tendu de satin où elle les avait laissés.

Mme van Aalter vint à la maison, où ma mère lui montra les chiots, le menu du buffet froid et ma robe de mariée. Léopold était parti depuis quatre jours, et je ne le reverrais pas avant la fin du mois.

– Vous avez mauvaise mine, me dit Mme van Aalter.

– C'est la fatigue, dit ma mère. Elle m'a promis de mettre du fond de teint demain. Mais, dites-moi, comment va cette pauvre Blandine ?

Mme van Aalter qui savait quand il faut s'effacer n'avait

pas formé le projet d'aller à New York. Blandine était tombée malade deux jours avant le départ.

– Mieux. Je lui fais des tisanes. Elle sera rétablie quand il sera trop tard pour le vernissage.

Pour la première fois, je lui vis l'air d'être agacée par Mme Wiesbeck.

– Mais alors ! Elle pourra venir au mariage ! dit ma mère enchantée.

Le matin des noces, j'étais si pâle que ma grand-mère me regarda de nouveau très attentivement.

– Rien n'est encore fait, dit-elle. On peut tout arrêter.

Ah ! Etre faible ! Me jeter dans ses bras ! Tout confesser !

– Voyons, Maman ! C'est l'émotion, protesta ma mère.

Esther ne me quittait pas des yeux.

– Tu as encore deux heures pour réfléchir.

Je n'avais jamais eu une minute !

Je souris et je dis que oui, que c'était l'émotion.

– Tu as plutôt l'air d'aller à l'échafaud qu'à l'église.

– C'est l'émotion, répéta ma mère.

À 9 heures et demie, nous nous rendîmes à l'hôtel de ville pour conclure le mariage civil, puis je revins me parer avenue du Haut-Pont. Anita enduisit mon visage d'une belle couleur ocre qui palliât l'absence d'enthousiasme.

– Regarde, me dit ma grand-mère.

Elle retira les boucles d'oreilles en diamants qu'elle ne quittait jamais et me les mit.

– C'est ainsi que j'ai donné le collier de ma mère à ta mère. Les bijoux doivent passer d'une femme à l'autre. Il faut qu'on les porte. Les goyim les mettent dans des coffres-forts et ils portent l'imitation : ça ôte l'âme aux pierres. Un jour, tu retireras une bague de ton doigt et tu la passeras au doigt de ta fille, toute chaude encore de toi. On ne donne pas un objet : on se donne.

Là, j'avais de l'émotion et je crois que le fond de teint devint inutile.

– Personne ne connaît personne, continua-t-elle, et je suis sûre que tu as des secrets. Garde-les bien. C'est la seule chose qu'on puisse réellement posséder, les objets sont des illusions. Si tu as besoin d'argent dans ta vie, n'hésite jamais à vendre un diamant, rachètes-en un autre dès que tu pourras. L'éclat des pierres détourne le regard du visage, on est distrait de l'expression, elles aident à dissimuler.

Puis nous partîmes pour la cathédrale.

J'eus grand soleil pour mon mariage, mais il me sembla que les rues étaient peuplées de gens en deuil. Nous roulions lentement dans les voitures de cérémonie ornées de tulle blanc, je faisais ce que la raison m'avait dicté et ne m'en écartai pas d'un pouce : j'avais l'imagination en détresse, j'avançais dans un corbillard chargé de couronnes funéraires, les passants se découvraient pieusement devant le cercueil blanc d'une petite fille, les femmes s'agenouillaient et c'est le glas qui sonnait au clocher de Sainte-Gudule. À New York, Léopold sombre et furieux présidait à l'accrochage des toiles aux cimaises. Bruxelles l'avait reconnu, New York l'imposerait, on verrait sa photo sur la couverture du *New York Times Magazine* : il recevrait la gloire avec calme et la tendrait en hommage à Mme van Aalter et Blandine pour services rendus et puis, porté par les ailes de la Victoire, il traverserait l'Atlantique, se poserait sur le parvis de la cathédrale à l'instant où j'arrivais et là il me prenait dans ses bras et nous nous envolions en riant, nous faisions des acrobaties autour des larges tours carrées et nous disparaissions en plein ciel sous les regards étonnés de la foule.

– Tiens ! c'est ton premier sourire depuis ce matin, dit mon père.

C'est un lourd fardeau que d'être raisonnable et j'aurais volontiers secoué les épaules pour m'en débarrasser.

– C'est l'émotion, dis-je.

Charles m'attendait. Il était aussi beau que possible, blond comme sa mère, radieux, un peu tremblant. Je l'aurais bien envié, car il épousait celle qu'il voulait, il croyait réaliser son rêve et, même s'il se trompait, il avait un instant d'illusion où il pourrait revenir plus tard, quand je l'aurais quitté et qu'il aurait du chagrin, il pourrait revoir la fiancée qui montait vers lui et ranimer l'émerveillement en soi. J'étais jalouse et je le détestais, en cette minute-là, je n'eus pas Genval, je fus sans Léopold, nue et déshabitée devant un destin dont je ne voulais pas, mon âme fut sans soutien, la haine déferla en moi. J'avançais à travers la cathédrale, les femmes me regardaient passer, pâle et parée, roidie, je pense qu'on ne pouvait pas voir que je m'appuyais durement au bras de mon père qui ne comprenait sans doute pas pourquoi j'étais si lourde mais qui ne soutenait vigoureusement et je sentis que, quoi que je veuille, continuer vers l'autel ou tout rompre et m'enfuir, il m'accompagnerait, parce qu'il m'aimait et qu'il s'en remettait à moi pour la direction de ma vie. Cela me fit chanceler mais mon regard rencontra Blandine qui était venue s'assurer que je me mariais. J'étais sûre qu'elle était tombée malade parce qu'elle préférait entendre le « oui » qui me lierait à un autre à la fierté d'être, à New York, l'épouse d'une nouvelle étoile. Ainsi poursuivait-elle cette longue maladie indistincte commencée à Genval et qui ne la tua qu'après la mort de Léopold. Elle fut, à sa façon, aussi acharnée que moi, mais elle c'était à ignorer la vérité et moi à triompher. Nous avons échoué toutes les deux. La rage me fit me redresser encore et me renforça. Je ne pus obtenir de moi d'être tout à fait polie avec elle, qui me souriait, et ne changeai pas d'expression. Automate adorné de tulle et de fleurs d'oranger, j'allai d'un pas lent, parmi les grands accords de l'orgue qui jouait la cantate *Ich hatte viel Bekummernis*, un choix qui avait troublé mon père et fait rire ma grand-mère.

– Que voulez-vous que la petite-fille d'une juive qui se marie à l'église choisisse d'autre ?

J'avançais entre les sourires et les fleurs, qui m'écorchaient. Blandine avait le cheveu encore terni par les journées de lit, elle était nimbée de candeur, elle s'était mise au service de mon amant et c'est pour la préserver que j'épousais ce charmant jeune homme en frac dont je n'avais que faire et qui me regardait, ébloui, m'approcher de lui, belle comme il ne m'avait pas encore vue car il n'avait pas connu la robe blanche de mes onze ans, le jour où j'avais vu Léopold et où je m'étais perdue pour toujours dans l'eau grise de ses yeux, ce beau jeune homme qui allait livrer son bonheur à une femme qui ne l'aimerait pas et qui le lui avait dit, l'imprudent aux côtés de qui je me rendais pour lui faire manquer sa vie, à qui Blandine aurait mieux convenu que moi et qui regardait avancer son malheur vêtu de satin, des diamants aux oreilles et le cœur sourd au tumulte imminent du chagrin, pendant que moi je regardais Blandine, et si ma volonté avait eu du pouvoir elle serait tombée morte, menu tas de fourrures, perles et sang mêlés, seuls témoins de son passage que Léopold aurait pu revendre puisqu'il était son héritier légitime. J'y aurais donné un petit coup de pied qui les éparpille, fouillant vite pour m'assurer qu'il n'y restait rien de vivant, puis j'aurais souri à Charles épouvanté et j'aurais fait demi-tour, belle et joyeuse dans ma robe de mariée, pour sortir en courant de l'église, dévaler légère les grands escaliers anciens qu'on gravit fiancée et qu'on descend épouse, appeler un taxi, monter en avion, rejoindre Léopold et m'abattre essoufflée dans ses bras, accueillie par son sourire triomphant, mais mon père me conduisait calmement vers l'autel, je dépassai Blandine et mon regard la quitta, je vis le prêtre qui croirait unir la promise à son destin et qui marierait la fiancée adultère, il me souriait mais sans doute on lisait la fureur sur mes traits car il détourna les yeux vers Charles comme pour me le désigner et il ne me fut pas possible de regarder l'homme qui ce soir feindrait de ne pas se rendre compte que je n'étais plus vierge et qui maintenant croyait qu'il était heureux alors que j'étais en train de détruire l'avenir paisible auquel il avait droit. Je pris, debout à ses côtés, la place qui convenait mais, avant que commence l'extravagante cérémonie du mensonge, je me tournai vers ma grand-mère : elle me fit sa grimace de juive agacée par le rituel chrétien et je la lui rendis, car pour moi, quoiqu'elle ne sût rien, elle était la seule personne qui aurait pu savoir et, sinon admettre, du moins comprendre. Puis je regardai le prêtre et murmurai, trop bas pour qu'on m'entende : « Vas-y, fais ton métier. » Ma foi, c'était bien grandiloquent, mais je n'avais pas vingt ans et j'étais enragée. Il demanda à Charles s'il voulait m'épouser, à quoi

Charles répondit que oui d'un ton vibrant, et à moi si je voulais épouser Charles et je dis que je voulais avoir l'état de femme mariée pour y dissimuler l'amour, que j'avais convié le plus de gens possible pour assister à mon changement de statut, que j'avais voulu la célébration la plus ostentatoire pour que la chose s'inscrive bien dans les esprits, mais que je n'aspirais qu'au divorce. Après quoi il déclara que Charles et Émilienne étaient unis pour le meilleur et pour le pire, mais le meilleur était fini pour Charles. La marche nuptiale résonna et ce n'était sans doute pas la première fraude qui se déroulait sous les belles voûtes gothiques, je sortis au bras de l'époux et les passants charmés s'arrêtèrent pour regarder la mariée menteuse et le mari trompé.

La fête fut parfaite. Quelqu'un observa que c'était justement le jour du vernissage pour Léopold et qu'il était bien dommage qu'on ne pût être à deux endroits à la fois. Sitôt revenue avenue du Haut-Pont, ma mère avait couru vers ses petits chiens, elle en avait un dans chaque main et circulait parmi les invités, suivie d'un serveur qui offrait les verres de champagne. On donnait une caresse à chaque chiot avant d'être abreuvé.

– Vous pensez à tout, me dit Mme van Aalter.

J'avais tout le temps senti son regard peser sur moi. Je lui souris. J'étais désormais hors d'atteinte.

– Etes-vous contente ? lui demandai-je. Tout est-il à votre goût ?

– Tout. J'approuve tous vos choix.

Je vis qu'elle était sincère. Elle pensait comme moi que j'étais moins dangereuse pour Léopold en étant mariée, ses craintes les plus vives étaient apaisées. Brusquement, la puissante Mme van Aalter m'apparut autre : le tailleur Chanel, les doigts couverts de brillants, la voix forte, le visage raviné, c'était une vieille dame qui jouait à ses derniers jeux et qui mourrait avant ses marionnettes, avant Blandine, avant moi, et qui laisserait derrière elle son ouvrage inachevé. Elle ne connaîtrait pas la fin de l'histoire car on ne la connaît jamais, il y a toujours, au moment où la mort ferme le livre, des récits commencés qui resteront en suspens. J'eus pitié d'elle et, dans cette journée détestable, un mouvement de tendresse ne pouvait que me faire monter les larmes aux yeux.

– Soyons amies, lui dis-je, vous savez bien qu'il n'a jamais rien eu à craindre de moi.

– Je n'en suis sûre que depuis ce matin.

Elle n'allait pas si vite déposer les armes ! Je ne pus m'empêcher de rire.

– Vous êtes une dure combattante ! Au pire, Blandine n'apprendra que ce qu'elle travaille depuis des années à ne pas savoir. Elle n'est pas allée à New York pour les mêmes raisons que vous : s'assurer que je me marie. Sans doute croit-elle au mariage.

– Vous êtes un monstre, cela est sûr. Pauvre Charles !

– Je l'ai averti de ma fausseté. Il croit qu'il se fera aimer de moi.

Elle le regarda, à quelques pas de nous, grand et mince, qui souriait aux félicitations. Une longue mèche lisse s'était détachée de sa chevelure et barrait son front toujours un peu penché. Il avait l'air tendre, peut-être était-il charmant, mais nous pensions toutes les deux à un homme lourd au sol qui le portait, dont le visage carré était inscrit en nous de façon indélébile, qui avait le geste rare et le sourire aveuglant.

– L'innocent, murmura-t-elle.

Ma grand-mère s'approcha de nous. Elle était de ces femmes qui n'ont jamais été belles mais à qui l'âge donne de la grâce, et Mme van Aalter de celles dont la beauté s'évanouit : elles se retrouvaient à égalité.

– Comprenez-vous quoi que ce soit aux jeunes filles ? demanda-t-elle à Mme van Aalter. En voilà une qui veut à toute force se marier quand le temps des femmes libres va commencer.

– Les femmes libres ? Je voudrais y croire. Moi, j'ai toujours été enchaînée par quelque chose alors que je n'ai jamais dépendu de personne.

Ma grand-mère éclata de rire.

– Il faudra que nous comparions nos vies car, moi, je dis que je n'ai jamais été enchaînée en ayant dépendu de tout le monde.

– Prenez un dictionnaire ou vous n'en sortirez pas, dis-je.

Je les quittai qui commençaient une conversation animée pour aller de groupe en groupe remplir mes premiers devoirs d'épouse. Charles me rejoignit. À New York, l'heure approchait où les premiers invités arriveraient au musée d'Art moderne. Léopold porterait le costume gris foncé dont Mme van Aalter avait surveillé la coupe chez le tailleur van Geluwe gémissant de n'avoir pas pu acheter *La Plage d'Ostende*, je pensais à lui, droit, beau à faire pleurer, avec le maigre sourire que la mondanité impose, il regardait de l'autre côté de la terre Émilienne accomplir ce qu'elle croyait devoir faire, triste, mais confiant car il savait que les femmes qui l'approchaient ne vivaient que pour lui.

6

GEORGETTE

Le voyage de noces était obligatoire. Je n'avais pas voulu de Venise, où les usages du temps avaient conduit Léopold, ma grand-mère avait proposé Nice, il fallait toujours passer la nuit en train. Arguant qu'on y trouve aussi des canaux, j'avais exigé Amsterdam où nous arrivâmes à 11 heures du soir, et y restai le moins possible, ce qui fit malgré tout la semaine. Je fus parfaitement polie au lit. Charles avait trop peu d'expérience pour distinguer la part des bonnes manières dans mes façons d'être, il consomma son mariage sans commentaires. Léopold ne fut pas aussi discret. À mon retour, il me regarda d'un air mauvais :

– Et alors ? dit-il.

Je haussai les épaules. Nous étions au lit dans la chambre mauve, il était couché sur moi et suspendait méchamment la retrouvaille.

– J'ai acquis le statut qu'il me fallait. La semaine prochaine, je donne mon premier dîner, auquel vous êtes convié avec votre femme. C'est ce que je voulais. Je ne risque plus de devenir la pauvre petite Balthus dévoyée par le jeune génie, à la rigueur une femme qui a l'adultère hâtif.

– Je ne suis plus si jeune, dit-il. Regarde : j'ai mes premiers cheveux gris.

Je fus étonnée, sans plus. Mais je m'en souviens.

– Il est beau, ajouta-t-il.

– Il a couché avec moi, mais je n'ai pas fait l'amour avec lui, dis-je rageusement, alors que je le ferais volontiers avec vous si vous consentiez à vous consacrer aux choses qui en valent la peine, et vous le savez bien. Un jour, je serai furieuse de vous être ainsi ligotée. Pourquoi ne serait-il pas beau ? Il le serait dix fois plus que cela me serait égal, et d'ailleurs comment m'en apercevrais-je ? Je n'ai jamais vu que vous.

– Je sais, dit-il, je sais.

Il posa son front contre le mien. Nous restâmes longtemps immobiles.

– Tu as raison. Nous n'y pouvons rien.

Il me parla ainsi, front à front. Nous avions les yeux ouverts et nous nous regardions, à ras l'un de l'autre, sa bouche était presque sur ma bouche.

– Nous habiterions ensemble. Aucun homme ne te regarderait, car je serais comme un rempart qui te cache. Nous ne sortirions jamais, nous n'irions nulle part, je ferais des tableaux en ne regardant que toi, mais ce ne serait jamais ton portrait, je peindrais la même chose en ne voyant que toi et il y aurait l'univers sur la toile. Au fond, ça ne changerait rien, c'est déjà comme ça. Ce jour-là, à Genval, je t'avais déjà vue dans chacun de mes tableaux. Ce n'est pas notre faute. Nous n'avons pas eu le choix, nous n'avons rien décidé.

Et nous entrâmes doucement dans la prison que nous étions l'un pour l'autre. Nous n'avions pas eu le choix : pendant ces années-là, ces paroles furent le lieu de l'apaisement, l'œil du typhon. Là, nous reprenions notre souffle, la colère, le remords ou la rancune retombaient et nous nous serrions étroitement, enfants perdus dans une forêt où nul chemin n'est tracé, ils ne voient qu'un ciel noir sans étoiles, ils avancent, ils marchent, ils continuent parmi les buissons épineux, les branches qui griffent le visage, sans savoir où ils vont, portés par un irrépressible élan vers les clairières, la chambre aux fleurs impossibles où s'abattre, haletants encore de la course, ivres dès le premier instant, et tout prenait sens, j'étais Léopold, il était Émilienne et nous respirions enfin librement dans notre identité complétée. Au-dehors, la réalité allait son train, nous y retournions toujours à l'heure, chacun sur sa barque et je n'entendais pas que les courants me portent au hasard, mais la tempête régnait et nous y étions pris. La seule paix était de se souvenir que nous y avions été jetés, que nous n'avions pas choisi, j'étais trop jeune, il était trop pauvre, ni lui ni moi ne consentions au moindre renoncement. Il voulait peindre et je ne voulais pas vivre dans l'ombre, il voulait épargner Blandine et je n'avais pas le pouvoir de la faire mourir.

Après, il me raconta New York, les critiques contents et les femmes disponibles, et je fus sûre que je n'étais pas jalouse. À l'automne, il exposerait à Paris, il n'y aurait que des tableaux déjà vendus, et puis :

– Trois ans dans votre atelier, mon petit Léopold, je me charge de les empêcher de vous oublier, avait dit Mme van Aalter. Vous refusez Londres et Copenhague, sans quoi vous n'auriez plus le temps de jeter des toiles. Je veux que vous soyez très sévère envers vous-même, il faut jeter. Vous pourriez passer l'hiver à Genval, chez les Balthus, cela vous réussit bien.

Mon premier dîner fut un succès. Ma mère me rapporta que Mme van Aalter lui avait demandé qui j'invitais et qu'elle avait approuvé mon choix.

– Excellent début. Cette petite a le sens du monde.

Peut-être aurait-elle aimé, n'ayant pas contrôlé mes amours, régir ma table. Ou bien prévoyait-elle que je serais un jour la maîtresse déclarée de Léopold et, à travers moi, continuait son souci de lui ?

Très vite, je fus plongée dans la préparation des examens. Charles me regarda étudier, il semblait étonné, je compris qu'il avait considéré les études comme une lubie que le mariage dissiperait.

– Mais je vous avais dit que j'y tenais.

– Oh ! cesse de me vouvoyer s'il te plaît ! Nous sommes mariés !

Je découvris que lorsqu'il était embarrassé il changeait de sujet de conversation. Mes tentatives de tutoiement furent honnêtes, mais, à la première incongruité, le vous revenait. Tous les mois, au moment où je profitais de mes règles pour lui fermer ma porte, il avait l'air déçu :

– Tu n'irais pas voir un gynécologue ?

– Mais non ! Vous savez bien que je prends des précautions. Je vous ai dit que je ne veux pas d'enfant avant la fin de mes études.

J'étais fermement décidée à n'en avoir jamais. Il m'apparut bientôt qu'il avait aussi oublié que j'aimais ailleurs. Je pensais que la délicatesse empêchait que je le lui rappelle. Au bout de deux mois, un soir où il était particulièrement content de je ne sais plus quoi, mais certes pas de mes façons au lit, il me demanda de lui dire que je l'aimais et je me sentis fort ennuyée. J'avais le choix entre la cruauté et le mensonge : après dix ans de dissimulation, cela aurait dû devenir banal, je ne pus m'y résoudre.

– Je ne suis pas une femme changeante, Charles.

Il ne m'était pas toujours facile de me souvenir que, de nous deux, j'étais la seule à avoir fait un mariage de raison. Il voulait être heureux, il dut passer par l'hypocrisie envers soi-même. Il usa de vieux subterfuges et commença à penser que les femmes sont de petits êtres mystérieux, qu'elles font des caprices auxquels il faut se soumettre sans chercher à comprendre et qu'il est sage de ne pas les contrecarrer. À ce prix, il maintenait la paix dans son ménage, sinon dans son esprit. Il se concentra sur sa carrière, où il était assez doué pour trouver les satisfactions que le mariage n'accordait pas, et galopa à travers les promotions. Moi, je courais de l'université à la rue de l'Éléphant, en restant attentive à la belle Anita qui allait partout avec ses petits chiens qu'elle avait nommés Philémon et Baucis. Ils étaient nerveux, craintifs, on devait tout le temps les rassurer et les faire taire car leurs voix aiguës pouvaient couvrir toute conversation et, comme ils ne supportaient pas qu'elle les quittât d'une semelle, ils étaient encore plus apaisants que moi, qu'il fallait parfois chercher jusqu'à l'autre bout d'un salon. Le jeudi et le vendredi, grands jours des thés et des orangeades, j'empruntais la voiture de Charles et je faisais le tour des mondanités pour vérifier que ma mère s'y trouvait, donc qu'elle allait bien. Un jeudi, je fus empêchée et le vendredi elle n'était pas chez Isabelle André.

– Et hier, elle n'est pas venue chez moi, me dit Mme van Aalter.

Je l'imaginai haletant sur le trottoir, tentant en vain de plonger seule dans la jungle terrible des salons en rotin et des petits fours, colliers et écharpes en détresse, les chiots devenus inutiles gémissant à ses côtés. Je me précipitai avenue du Haut-Pont: elle était à genoux devant le panier garni de satin à volants où Baucis couchée sur le flanc haletait. À quelques pas, Philémon dormait paisiblement sur le tapis chinois.

– Je crois qu'elle est très malade, dit ma mère désemparée, et le vétérinaire n'arrive pas. Voilà trois heures qu'elle ne retrouve pas son souffle, elle ne veut pas manger, rien ne la distrait. J'avais remarqué depuis quelques jours qu'elle avait le ventre gonflé, déjà hier je ne suis pas sortie pour rester avec elle. Mais je ne m'étais pas rendu compte que c'était grave.

Elle avait les larmes aux yeux.

– Moi qui suis pourtant si attentive ! Comment ai-je pu ?

L'émotion et l'inquiétude l'inspiraient, elle n'arrivait pas, d'habitude, à parler si longtemps sans se répéter. J'examinai Baucis, elle avait le nez frais, elle était très occupée à se lécher constamment le derrière. Un soupçon me vint et je lui soulevai la queue: je vis, parmi les poils mouillés, apparaître une très petite tête.

– Tu es grand-mère, dis-je gaiement à Anita en aidant le chiot à sortir.

Cette parole fut rapportée comme une drôlerie à Charles, je ne suis pas sûre qu'il en fut aussi charmé que ma mère. Elle poussa de grandes exclamations et courut chercher une serviette-éponge, puis elle sécha le nouveau-né et présenta le fils au père.

– Comment n'ai-je pas compris ! disait-elle, et le répéta plusieurs fois.

Désormais pourvue de trois chiens, elle était si affairée que je ne craignis plus de lui manquer.

On fit une hystérectomie à Baucis.

Georgette revint d'Amérique.

Elle est la seule femme dont j'aie jamais consenti à être jalouse. Son retour fut superbement mis en scène : elle avait prié Isabelle André de ne pas l'annoncer et entra dans le salon un soir de petit concert, à 10 heures, à l'entracte, quand tout le monde était là. Il n'y avait pas de marches à descendre d'un pas étudié, on n'apparaissait pas de façon à dominer l'assemblée, elle attira néanmoins tous les regards. Elle passa la porte puis s'arrêta, les bras à demi tendus : elle portait un manteau de fourrure blanche si légère qu'elle avait l'air d'être entourée d'un plumage lumineux et une toque assortie qui enserrait son visage ; on ne voyait, dans le teint de Bohémienne, que les yeux d'un vert profond et les pendants d'émeraude qui étincelaient le long de son cou. Elle coupait le souffle, on était ébloui avant de la reconnaître.

– Mais c'est Georgette ! s'écria-t-on de toute part.

Alors elle ôta la toque, secoua sa chevelure sombre qui se répandit sur ses épaules et déposa le léger fardeau de plumes dans les bras d'une servante. C'était remplacer un émerveillement par un autre. Elle était vêtue d'un flot de velours blanc souple comme une soie qui se mit aussitôt à danser autour d'elle. Quand elle avança, ce fut un nuage où crépitent les étincelles, Blandine y vit des éclairs et elle eut peur de l'orage. Pendant un moment, j'admirai impartialement sa beauté : le temps que, de saluts en embrassades, elle arrivât devant Léopold. Il fut tout de suite évident qu'elle comptait reprendre les choses là où elles en étaient restées et que la présence d'une épouse ne la troublait pas, elle le regardait en souriant, le visage un peu incliné, frémissante et radieuse. Je vis trembler Blandine, elle aurait fait pitié, on sentait la fièvre monter, ses joues rougissaient et ses gestes devinrent maladroits. Elle frissonnait en recevant la tasse de thé de mes mains.

– C'est mon arthrite qui se réveille, dit-elle.

C'était le vent de la défaite. Elle savait que Georgette avait été la maîtresse de Léopold et, l'eût-elle ignoré, dix regards s'étaient tournés vers elle, sonnant l'alarme. Elle s'était vouée à la méconnaissance, dans ce moment elle me traita comme une alliée.

– Il ne faut pas qu'on voie que je ne me sens pas bien, ne dites rien, je ne veux pas gâcher la soirée.

Au fond, elle fut peut-être courageuse ? Ou, calculant les dangers, elle me craignit moins que Georgette et, démunie, s'en remit à une ennemie pour la sauver de l'autre ? Mais elle ne comprenait rien à Léopold. On voyait bien qu'il était charmé. La beauté de Georgette l'avait toujours enchanté aussi puissamment que celle d'un de ces tableaux qui le faisaient jubiler de plaisir et, certainement, si la Fornarina avait sorti la main du cadre pour l'attirer à elle, il n'aurait pas hésité un instant à se laisser séduire. Il y avait de l'innocence en Léopold, aucune en Georgette ni en moi, et pour une fois il n'y en eut pas chez Blandine. Je le vis sourire et je sentis poindre la fureur.

En principe, je ne me souciais pas de savoir s'il remplissait les devoirs de l'époux, il n'en fut jamais question entre nous. Peut-être feignais-je une élévation d'âme qui ne m'appartenait pas vraiment ? Je fus attentive et méfiante comme une paranoïaque.

– J'ai vu ton exposition à New York, lui disait-elle et j'entendais de nouveau résonner le *Cantique des cantiques*. Là-bas, on n'a parlé que de toi pendant six mois, c'est beaucoup pour l'Amérique. Bien sûr, je savais que c'était toi, mais j'y serais allée ne te connaissant pas, on y était forcé.

– Excuse-moi, dit-il en riant.

Elle lui prit les deux mains de la façon la plus caressante du monde, le conduisit auprès de son mari, fit les présentations. Il fut très vite question d'une visite à l'atelier et de l'achat d'un tableau.

– Un Wiesbeck acheté dans l'atelier ! Tout Detroit sera à mes pieds !

Et plus tard, le peintre, sans doute ?

Si j'avais failli trembler, la terreur de Blandine me rendit à moi-même. Elle vacillait. Je ne voulais pas ressembler à cette femme vaincue avant la bataille, Georgette était dangereuse, moi aussi. Mais dans ce salon, ce soir, elle était gardée par son mari. Je tournai le dos à Blandine, à Léopold et à la rivale et me dirigeai vers Henri Chaumont qui jurait, chaque fois qu'il me voyait, qu'il ne survivrait pas à mon mariage.

Je fus exquise et Henri perplexe. Il ne manquait pas de finesse.

– Ça, ce n'est pas pour moi, me dit-il. C'est contre qui ?

Au retour, Charles me fit la tête.

Le dimanche, je ne parus pas à Genval tout en sachant que Léopold ne pouvait pas s'enquérir de moi auprès de mes parents, et je ne me rendis pas rue de l'Éléphant le lundi. J'avais calculé qu'il faudrait plus de trois jours à Georgette pour dresser le siège et je voulais qu'il fût plus troublé par mon absence que par sa présence. Je pris soin de n'être pas chez moi aux heures où il pouvait m'y appeler. Le mardi, en fin d'après-midi, il était à la sortie du cours que je manquais parfois pour le voir.

– Où étais-tu ? dit-il, blanc de colère.

Je lui souris le plus gracieusement du monde. Le flot des étudiants s'écoulait autour de nous.

– Voulez-vous déjà détruire ma réputation ? Ce sera à votre guise, mais rappelez-vous qu'ici on peut vous reconnaître, tous ces gens-là vont aux expositions.

Il essaya de se maîtriser.

– Je suis fou d'inquiétude depuis lundi. J'ai cru que tu étais morte.

– Vous ne vous trompiez presque pas. J'ai failli mourir devant votre façon de regarder Georgette, l'autre soir.

– Georgette ?

Comme si ce mot n'avait pas de sens. Certes, je venais d'émettre un vocable qu'aucune langue ne contenait. Puis il éclata de rire :

– Tu n'en crois pas le premier mot !

– Mais j'ai peut-être tort.

Il jura qu'il était prêt à me prouver sur-le-champ et sur le sol dallé de ce couloir mal tenu que j'avais raison et je sentis se dissiper la petite folie qui s'était emparée de moi.

J'allais reconnaître mes torts quand Albert Lechat, le professeur qui venait de donner cours, sortit de l'auditoire. C'était un assidu des petits concerts, il fut tout surpris de voir Léopold Wiesbeck sur ses terres.

– Tiens ! Vous vous intéressez à la paléographie ?

Léopold resta un instant décontenancé.

– Ces écritures sont très belles, dit-il.

– Je ne savais pas que vous veniez à mon cours. Je suis très flatté.

– C'est la première fois.

Je n'entendis pas la suite. Albert Lechat n'avait pas vu que j'étais en conversation avec Léopold et je m'écartai doucement.

– Tu aurais dû rester, dit-il d'une voix sourde quelques jours plus tard. C'était l'occasion.

– Et Blandine ?

Il ne répondit pas. Il avait les yeux fermés, l'air têtu et méchant. J'étais couchée à ses côtés, aux aguets.

– Ce dimanche où tu n'étais pas à Genval. Et lundi. Ne fais plus cela. Ce n'est pas supportable.

Là, je compris que je pouvais le faire quitter Blandine, infléchir sa carrière et soulever en lui une culpabilité qu'il ne dominerait pas. Au point où il en était, après New York et Paris, Londres étant fixé, Rome demandant à le recevoir, il pouvait se passer de l'argent de sa femme, mais il dépendrait de ses pinceaux et j'avais suffisamment entendu Mme van Aalter démontrer les dangers d'une telle situation : « Regardez Gérard à Paris, il fait de jolis décors de cinéma et plus personne ne se souvient qu'il peignait, ni comment. La vie est devenue trop chère, un homme ne peut pas passer trois mois à faire le portrait d'une grande dame en mangeant tous les jours dans une maison chauffée. » Albert Delauzier avait pris un poste à l'Académie : « Il garde tout ce qu'il peint », disait-elle avec mépris. Quant à Blandine, elle se ferait mourir de grippes et d'arthrite : il y faut du talent, c'est celui qu'elle avait. Il ne l'endurerait pas. J'avais le pouvoir de créer entre nous les rancœurs silencieuses, le poids de l'imprononçable, la mort. En cet instant, je sais qu'il pensait me laisser maîtresse de la décision, mais nous n'étions pas à la croisée des chemins car il n'y avait pas d'autre chemin, il n'y avait que cette chambre étroite, les heures volées, le secret.

– Ne le fais plus, répéta-t-il.

Je m'étendis sur lui, corps sur corps, mes jambes sur ses jambes, mes bras sur ses bras, comme il aimait, lui donnant à porter le poids de ma vie.

– Jamais plus, dis-je.

C'est sans son mari que Georgette était venue à l'atelier. Elle avait longuement regardé les tableaux. Léopold me dit qu'elle semblait émue, je pense qu'elle y voyait les années d'éloignement. Peut-être s'interrogeait-elle sur la direction qu'elle avait donnée à sa vie. J'imagine qu'elle soupira, haussa les épaules, je sais qu'elle se logea dans les bras de Léopold et s'attendait à un baiser.

– J'ai été tout à fait ridicule, me dit-il, je me suis figé en disant que j'étais marié.

Elle sembla d'abord déconcertée puis éclata de rire :

– N'espère pas me faire croire que cette petite blonde a de l'importance pour toi ! Si tu es fidèle, ce n'est pas à elle.

Puis elle fut étonnée par ce qu'elle avait dit et le regarda attentivement.

– Il y a quelqu'un ?

Il essaya de mentir mais il manquait d'entraînement. La prudente Blandine ne l'interrogeait jamais et il s'était fait, avec ses pinceaux, une vie si simple qu'il ne devait rien cacher, sauf moi, qui l'aidais. De sorte qu'il eut l'air emprunté, il se sentait pataud comme un mauvais acteur dans une pièce de boulevard.

Je n'ai pas bredouillé car je me suis tu, mais il est clair qu'elle a entendu ce que je ne disais pas. Elle m'a demandé qui c'était.

Je me souvins de Mme van Aalter remarquant soudain qu'on ne me voyait plus aux côtés de Léopold et ne se laissant pas duper. Georgette devinerait-elle ? Où nous trahissions-nous ? Que savais-je d'elle ? Elle était partie pour l'Amérique en espérant jusqu'à la dernière minute que Léopold la retiendrait et, en montant dans l'avion, elle se retournait : sans doute il allait accourir ? Les premiers temps de son séjour à Detroit, elle frôla le désespoir et s'en défendit comme elle put, c'est-à-dire en faisant souffrir d'autres hommes. Les douleurs qu'elle infligea furent proportionnelles à la sienne, elle regardait les amants dépérir et reprenait des forces. William était beau, riche, doué. Je ne retournerai pas en Europe, se dit Georgette, je n'y retrouverais pas un mariage comme celui-ci. Là-bas, je peux être professeur de dessin dans un lycée, à cinq mille francs par mois, ici, je peux devenir la plus brillante jeune femme de mon suburb. Elle se décida vite et Léopold provoqua ce mariage-là comme le mien. Mme van Aalter avait raison en me disant qu'il n'était pas sans danger. Elle eut tout le succès qu'elle prévoyait mais s'ennuya plus vite qu'elle n'aurait cru, découvrant une chose qui ne se révèle que largement passé les cinq mille francs, c'est que l'argent ne fait pas le bonheur. À Bruxelles, elle avait tellement tiré le diable par la queue, rêvé devant les robes des autres femmes, fait d'incroyables prouesses d'imagination pour être élégante avec des tissus à vingt francs le mètre et bonne cuisinière avec des pommes de terre et du fromage râpé, qu'elle fut stupéfaite de se rendre compte que la haute couture et une cave de première qualité laissaient une insatisfaction dans son esprit. C'est un restant de chagrin d'amour, se dit-elle, et chercha à se refaire une passion. Mais les femmes qui ont aimé Léopold furent toutes, après son passage, comme les terres basses après que les digues ont cédé, le sel les a gâtées pour longtemps, sinon pour toujours, le blé n'y repousse pas, tout au plus si, après des années, on peut y voir quelque mauvaise herbe, maigre et qui s'étiole. Elle essaya l'adultère dans les motels et, après quelques halètements sur des lits de passage, s'en tint à la chambre conjugale où les choses ne se passaient pas plus mal qu'ailleurs. William souhaitait des enfants, elle n'imaginait rien à opposer à ce vœu puisqu'elle avait une grande maison, de l'argent et une excellente santé. Pourtant elle gardait un obscur espoir et ne se résigna pas à se laisser engrosser avant d'avoir revu Léopold. On n'avait pas encore la pilule qui allait changer la vie des femmes, il était difficile de masquer des précautions à un mari qui voulait être père. Malgré une grande attention au calendrier et les bizarres comprimés dont on se servait à l'époque, elle eut des accidents qui la conduisirent chez les faiseuses d'anges américains, privant ainsi les futurs champs de bataille de combattants prêts à mourir pour la bonne cause. C'est aussi qu'elle les avait regardés rentrer éclopés de Corée et comme elle avait fait de la résistance pendant la guerre, elle estimait avoir déjà donné. William la fit courir les gynécologues, ils répétaient tous qu'elle se portait à ravir, convoquaient le mari et, après les examens nécessaires, l'assuraient qu'il était propre à engendrer une nombreuse descendance. Elle n'avait qu'un désir, retourner en Europe, idée qui laissait William indifférent. Il n'appartenait pas à une certaine bourgeoisie américaine nostalgique de ses origines et il ne voyait pas l'intérêt d'aller visiter un continent dont ses grands-parents étaient sans doute issus, à en juger par la couleur de sa peau et son type suffisamment aryen.

– La terre de mes ancêtres ? Si ça se trouve, c'est le ghetto de Varsovie ou les bas quartiers crapuleux d'Amsterdam, restons en Amérique.

Georgette sut le mariage de Léopold, mais elle ignora les détails de l'affaire et ne s'en soucia pas. Elle se regardait dans les miroirs et riait à son reflet, sûre que sa beauté épanouie par l'argent vaincrait toutes les épouses du monde. Elle eût aimé aller à New York le jour du vernissage : William recevait des gens d'affaires, elle avait à gagner sa vie en jouant son rôle comme une travailleuse honnête. Elle se dit que la cohue d'une réception n'était pas le lieu où renouer une affaire de cœur, mais je crois qu'elle avait peur, la petite correspondance qu'elle entretenait soigneusement avec Bruxelles laissait trop de choses dans l'ombre. Elle inventa que la gynécologie européenne viendrait à bout de sa stérilité, elle accabla William d'arguments et, en bon époux américain, il finit par prendre plaisir à se laisser persuader. Elle invita tout son suburb à un cocktail pour fêter son départ, elle allait de groupe en groupe, souriante et haineuse, elle espérait ne revoir jamais ces gens qui lui avaient fait grand accueil. Quand elle monta enfin dans l'avion, elle tremblait.

– Comme tu es pâle, lui dit William.

Et si Georgette avait été riche ? Le sort est tellement injuste que, parfois, il accorde à une femme non seulement la beauté, mais l'argent. J'ai été belle autant qu'il m'était nécessaire : étrangement, je sens souvent que, d'une façon obscure et qui me trouble, je suis prête à me ranger du côté des laides, de celles qu'on néglige et qui ont une âme comme les autres. Peut-être est-ce parce que j'ai si violemment voulu ma beauté : Georgette fut belle sans avoir à y penser, il lui fallut vingt ans d'alcool pour gâter son teint et abîmer son corps. Heureuse, elle eût été de ces femmes qui séduisent encore à soixante-dix ans. Aurais-je aussi aisément distrait Léopold d'elle que je l'ai fait de Blandine ? Parfois, la nuit, je m'éveille en sursaut, arrachée au cauchemar par l'épouvante : j'ai quinze ans, Léopold passe et ne me voit pas. Un chagrin meurtrier me dévore, je sens ma vie s'écouler hors de moi, hémorragie définitive dont seule la douleur qui m'éveille peut me sauver. Je ne sais plus où est ma véritable histoire, celle où il m'a aimée, les années se dérobent à moi, ce n'est qu'en allumant que je rctrouve, soulagée, mon visage de vieille femme dans le miroir, mes souvenirs et mes certitudes. Alors je peux faire taire en moi une petite fille désespérée, une fille qui n'a encore rien vécu, qui ne sait rien de l'exaucement et qui crie pour l'éternité, exilée au cœur de ma mémoire, figée pour toujours devant Léopold ébloui par Georgette dans le salon d'Isabelle André, une enfant qui meurt de soif à côté des sources car elle ne peut pas s'abreuver à mes souvenirs dont elle ne saura jamais rien, et je combats sauvagement pour la faire reculer jusqu'à mes frontières les plus lointaines. Je regagne le pouvoir sur mes terres intérieures, elle se rencogne et se tait en attendant le rêve suivant. C'est elle, je suppose, qui eut peur devant Georgette revenue et se tourna vers Henri

Chaumont qui crut dix minutes qu'il serait aimé. Mais Léopold furieux le mardi suivant la renvoya dans l'ombre, d'où elle ne sort que la nuit.

Georgette fut sûre qu'il aimait ailleurs et haït la maîtresse qu'elle ne connaissait pas. Moi, elle me trouvait tout à fait charmante, menant des études et la vie mondaine de front comme elle pensait qu'une femme intelligente doit le faire. Elle dépensait beaucoup d'amabilité pour se refaire une position : après dix ans, elle n'avait plus sa place dans les habitudes et, passé le premier éblouissement, elle eut à endurer quelque négligence. Mais il fallait d'abord s'occuper du faux problème médical. William avait pris un mois de congé, il rentrerait avant elle, elle espérait rester, c'est-à-dire reprendre Léopold. Elle feignait de courir les médecins. Étant pudique, William ne l'accompagnait pas, ce qui la laissa libre d'aller retrouver un ancien amant devenu gynécologue à qui elle expliqua son problème :

– Je me porte à la perfection, mais le thème est que je suis stérile. Il faut qu'il existe un traitement qui dure quelques mois, on ne peut me l'appliquer qu'ici, après quoi j'aurai tous les enfants que je voudrai.

L'honnêteté le fit hésiter dans le cabinet de consultation, cependant elle était si belle qu'il se laissa corrompre sur l'oreiller. Il inventa un syndrome, auquel il donna son nom, ainsi qu'un traitement progressif et fort délicat qui demandait une surveillance constante. Il usa pour le décrire d'un grand nombre de termes techniques propres à semer la confusion dans l'esprit d'un mari ingénieur qui n'entendait pas le français. William fut subjugué.

Elle resterait donc. Cette question-là réglée, elle entreprit de rétablir sa situation mondaine. William trouvait tout naturel de loger à l'hôtel, elle comprit qu'il ne convenait pas d'habiter au Métropole. Quand elle invitait à dîner et qu'on lui demandait son adresse, elle voyait passer sur les visages un discret étonnement. Elle n'avait aucune famille chez qui elle aurait pu descendre et vit qu'elle en était déconsidérée. Je n'y peux rien, s'ils sont tous morts, pensait-elle, furieuse. La pauvre en pouvait d'autant moins que c'était au champ d'honneur, ou en déportation, pour faits de résistance. Henriette Carlier partait pour le Congo avec son mari et lui loua sa maison, William l'y installa puis partit. Il devait revenir trois mois plus tard pour la ramener en Amérique. Elle le regarda s'envoler en composant la lettre de rupture qu'elle espérait pouvoir lui envoyer.

Elle avait toujours la petite pension de guerre grâce à laquelle elle avait fait ses études de dessin, en étant maigre comme un clou mais libre. Les usages américains lui garantissaient une deuxième source de revenus si elle quittait habilement son mari et, à Bruxelles, elle pourrait trouver un poste de professeur de dessin dans un lycée, la crise qui allait rendre rare ce genre d'emploi ne commença que bien plus tard. Avec tout cela elle aurait de quoi vivre, mais sans faste. Elle était inquiète et s'en ouvrit à Mme van Aalter qui l'avait protégée avant de connaître Léopold.

– Je voudrais rester. Mais...

– Ne lâchez pas la proie pour l'ombre, ma petite, lui répondit-on.

La conversation fut certainement plus nuancée que cela: Georgette avait beaucoup de charme et Mme van Aalter ne reniait jamais ses sympathies car elle pensait que c'est se renier soi-même.

– Si je ne peux pas avoir confiance en moi et être sûre de soutenir dans dix ans ce que je fais aujourd'hui, sur qui voulez-vous que je compte?

C'est que tout le charme du monde n'empêchait pas qu'elle devinât qu'on en voulait à son œuvre, le mariage Wiesbeck. Elle trouvait qu'avec moi Blandine avait assez à faire et ne souhaitait pas voir Léopold soumis à de trop fortes tentations. J'aurais pu la rassurer, c'eût été indiscret, de plus il ne me paraissait pas nécessaire d'aider ma rivale, même si j'étais sûre qu'elle ne m'évincerait pas.

Je recevais autant que je pouvais: avec mes études, cela faisait un ou deux petits dîners par semaine. Elle vint chez moi, alla le dimanche à Genval et le mercredi soir chez Isabelle André, mais Blandine fit son acte de courage et ne l'invita pas. Elle donna là toutes ses ressources, plus jamais on ne la vit quitter l'état d'impuissance, mais elle se trompa d'adversaire. Peut-être n'osa-t-elle pas m'affronter parce que j'étais sa seule véritable ennemie. Pas une fois elle ne lutta contre moi avec d'autres armes que la maladie : c'est que Léopold voulait bien la plaindre, quand il le fallait, mais elle eut toujours peur de l'acculer. Elle savait bien qui il eût choisi et ne savait pas qu'il ne voulait pas choisir, pour préserver l'illusion qu'il ne la détruisait pas.

Georgette ne renonça pas. Elle alla à l'atelier et regarda Léopold peindre en lui racontant l'Amérique. Il écoutait, attentif et silencieux. La beauté de cette femme le toucha comme elle l'avait déjà touché : plusieurs fois il s'installa devant elle pour jeter sur le papier trois traits qui la racontaient tout entière ou, méticuleux comme un homme qui a l'éternité devant lui, entreprendre un de ces minutieux portraits au crayon qui lui prenaient des heures et qu'il ne montrait jamais. La pauvre croyait alors qu'il retrouvait son amour, elle ignorait qu'il était parfois assailli par la même passion patiente pour un buisson ou une botte d'asperges et leur donnait toute une journée de sa vie. Elle n'avait connu Léopold que quelques mois, dix fois elle pensa l'avoir reconquis et se mit à fleurir pour retomber le lendemain brûlée par un excès de soleil. Je fus presque tentée de l'avertir.

– Tu l'aimes donc si fort ? finit-elle par lui dire.

– Aimer ?

Pour une fois il essaya de parler, car il avait pitié d'elle.

– L'amour ? Que met-on dans ce mot-là ? Ma femme dit qu'elle m'aime, toi aussi, il paraît que Laurette Olivier est devenue tout à fait folle, qu'elle nomme par mon nom tout homme qui paraît devant elle, elle lui saute au cou ou essaie de le tuer, sans qu'on sache pourquoi son humeur change. Son mari l'aime toujours, c'est-à-dire qu'il se ruine à lui payer une belle chambre avec des barreaux et des murs capitonnés dans la clinique psychiatrique la plus chère de la ville où il va la voir deux fois par jour. Mme van Aalter m'aime, j'ai donné un sens à sa vie. Tout le monde aime tout le monde, ou personne n'aime personne, je n'y entends rien.

– Tu ne veux plus de moi.

Il se sentait bousculé. Il était sans cruauté et ne savait pas ce qui la ferait le plus souffrir, qu'il lui ôtât tout espoir ou la laissât dans l'incertitude.

– J'appartiens à quelqu'un, dit-il.

– Mais il y a dix ans, c'était à moi ? cria-t-elle.

Qu'en est-il d'Yseult si Tristan se détourne ? À la fin du *Crépuscule des dieux*, Gutrune croit que Siegfried l'aime encore, nous savons qu'il a été délivré du philtre et qu'il a retrouvé en soi Brunehilde avant de mourir. À l'aube, la reine désespérée attend un amant deux fois perdu : il est mort et il ne l'aimait plus. Je n'entends jamais son cri terrible sans être glacée de peur. C'est ainsi que fut Georgette. Léopold hocha doucement la tête puis il dit qu'il n'en savait plus rien. Il faudrait alors qu'on puisse commander à sa vie, qu'elle nous quitte doucement, ruisseau silencieux qui disparaît dans les sables, qu'elle coule hors de nous pendant que nous sourions à l'image du bien-aimé, de l'amour ressuscité où s'abîmer pour toujours. C'est ce jour-là, sous le regard calme de Léopold inaccessible, que Georgette aurait dû mourir, comprenant que pour elle tout était achevé, son sang aurait pâli dans ses veines, elle se serait doucement affaissée, faible et blanche, au lieu que la fureur s'emparât d'elle pour lui faire ce destin de haine et d'alcool où elle allait tout perdre et mourir bouffie, désespérée, seule. Elle resta debout, la pauvre, et jura vengeance.

Comment me reconnut-elle ? Nous étions vingt à être jolies, élégantes, à orner les soirées et les vernissages de notre gracieuse présence. Nous faisions le charme de la vie mondaine, nos maris travaillaient durement pour nous parer et nous donner à voir aux autres époux afin que chacun pût convoiter les biens qui ne lui appartenaient pas. Nous étions toutes aussi cultivées qu'il seyait, nous savions avoir de l'esprit, pas trop, afin de ne pas effrayer, nous avions même des opinions personnelles dans les domaines agréés. Certaines avaient des amants, pas toutes : qu'on ne m'en connût pas ne faisait pas de moi une exception, ni même que j'achève une licence d'Histoire en étant mariée parce que les mœurs commençaient à changer et que les fiancés ne voulaient plus attendre. Comme les enfants logeaient encore chez les parents, les amants n'avaient pas de lit, il fallait en passer par le mariage qui se décidait plus vite mais durait moins longtemps. Mes compagnes d'études couraient à la mairie en juillet, après les examens, allaient en voyage de noces et revenaient aux cours en octobre. On ne nous voyait pas l'après-midi dans les salons, le soir nous quittions la mise discrète de l'étudiante, nous dénudions nos épaules, nous portions le collier de diamants que la mère de l'époux nous avait donné en disant qu'après nous il irait à notre fille aînée. Rien ne me distinguait. En public je traitais Léopold comme un autre que j'aurais connu depuis l'enfance. Je ne l'évitais pas plus que je ne le cherchais. Lut-elle en Blandine ce que Blandine ne savait pas encore ? Léopold avait-il une autre voix pour me parler ou Mme van Aalter me surveillait-elle de trop près ? Ce fut un soir, chez moi, je lui tendais en souriant la tasse de café qui suit le dîner. Elle me regarda droit dans les yeux, figée. Il ne me semble pas que mon sourire aimable me trahît. Elle restait immobile et j'attendais, tranquille, qu'elle reprît ses esprits.

– Vous ne prenez pas de café ? demandai-je, sentant que si j'accueillais sa trop longue immobilité comme un événement naturel je confirmerais ce que je n'étais pas censée comprendre.

Elle ne bougeait toujours pas. Je ris. William revenu d'Amérique était assis à côté d'elle.

– Je crois que votre femme est dans la lune, lui dis-je.

– C'est une bonne épouse américaine. Elle veut y arriver avant les Russes.

On avait décidé, je ne sais pourquoi, qu'il convenait de se plaire aux tentatives de plaisanterie que faisait William. Celle-ci parut donc charmante. Un petit friselis de rire passa sur l'assemblée.

– Vous autres, Américains, vous êtes incroyablement patriotes, dit Henri Chaumont qui avait de la sensibilité et l'art de détourner la conversation.

Quelques années plus tard, il me dit qu'il avait deviné que j'étais en difficulté et que, comme il m'aimait, il souhaitait m'aider.

Georgette prit enfin son café. Je vis qu'elle était pâle et m'écartai rapidement d'elle pendant que l'Europe et l'Amérique engageaient une discussion sur la course au satellite.

– Un homme comme vous se gaspille en Europe, dit tout à coup Georgette à mon mari. Vous devriez venir chez nous. On y construira bientôt des fusées spatiales. Ici, ça piétine.

– Je ne suis encore qu'au début de ma carrière. Je n'ai pas eu le temps de piétiner.

– Quand on a commencé, il est trop tard, dit William. Les Européens ne se remettront pas de ce que nous ayons gagné leur guerre.

Cela parut assez vif et jeta un froid. Plus tard, j'eus souvent l'occasion de l'entendre développer cette idée à laquelle il tenait, que nous étions condamnés parce que nous ne reconnaissions pas notre défaite, que cela nous avait jetés dans l'irréalité, que ce n'était pas une poignée de résistants qui avait repris l'Europe, mais l'armée américaine et les dollars ou, pire, que si l'Allemagne avait été renvoyée chez elle nous étions quand même terre conquise, mais par l'Amérique, la nation la plus hypocrite du monde. Maintenant, j'en sais assez sur les façons d'inventer l'Histoire à travers les histoires pour être sûre qu'on peut démontrer cette thèse comme son contraire, mais là, j'étais responsable de l'harmonie entre mes hôtes et quand Henri Chaumont eut rétorqué que, dans quelques années, avoir sauvé l'Europe, c'est-à-dire leur père et leur mère, du désastre, leur aurait tellement monté à la tête qu'ils tourneraient mégalomanes et ne vaudraient pas mieux que nous, je fis dériver la conversation avant que William ne devienne déplaisant. Georgette avait écouté cela en souriant, sans brandir ses parents : peut-être était-elle occupée par ce qu'elle venait de comprendre ou, blasée, laissait-elle son mari jouer à son gré.

Le soir, Charles rêvait :
– L'Amérique ? Pourquoi pas ?
– Qu'irais-tu faire là-bas ?
– Eh bien ! des fusées !

Je sentis que j'étais en danger. Je sus que Charles rencontra deux ou trois fois William avant son départ. Quand je l'interrogeais, il restait évasif et je n'étais pas assez intime avec cet homme pour insister. Georgette se montrait fort aimable avec moi : elle réussissait le tour de force d'avoir en même temps l'air méchant. J'étais dans ma quatrième année d'Histoire : je devins une excellente étudiante, distinguée pour son zèle par les professeurs qui, après Léopold, me paraissaient gens faciles à charmer. Je me construisais un avenir académique et je travaillais à convaincre Charles que mes études me passionnaient. On ne feint pas impunément l'intérêt et je me retrouvai à croupetons sur le lit de la chambre mauve, expliquant à Léopold étonné les problèmes que comportait l'étude de la fondation de Charleroi au XVIIIe siècle. Il me donna une incontestable preuve d'amour en écoutant attentivement.

Georgette et William repartirent. Un mois plus tard, Charles recevait l'offre d'un emploi prestigieux à Detroit.

J'en tremble encore de rage.

Il a passé plus de trente ans, j'ai connu mille nuits d'exaucement dans les bras du bien-aimé, lorsque je m'éveillais son visage était proche du mien, il me souriait dans les yeux mais quand j'essaie de retrouver le souvenir vivant du bonheur, toujours le désespoir fait obstacle, je suis poignardée par le regret, alors que la mémoire, détestable compagne de la solitude, me rend intact Charles en robe de chambre à la table du petit déjeuner, il ouvre la lettre de la °°° Company, je revois son visage qui s'éclaire en la lisant, j'entends son exclamation de contentement et le meurtre se réveille en moi, j'ai le goût du sang en bouche, le carnage se précipite sur lui et le déchiquette. Naturellement, je l'écoutai sans broncher lire à haute voix : à cette époque, je n'entendais pas encore bien l'anglais, pas un mot, pas une nuance n'échappèrent à ma fureur. La colère m'aiguisait l'esprit. Je lui dis que non et je vis que, irrémédiablement, ce serait oui.

Il avait vingt-huit ans et une femme qui ouvrait les jambes, jamais les bras. Voilà que l'Amérique charmée s'offrait à lui corps et âme. On était intéressé par les qualités qu'il avait déjà déployées, on était sûr qu'il en possédait d'autres encore inconnues de lui dont on ne pourrait pas se passer. On l'aimait d'avance : il avait fini par comprendre que je serais toujours courtoise et jamais amoureuse. J'avais tenté de lui préparer des remords avec ma passion pour l'Histoire, mais en amour il avait été le premier offensé et ne se laissa pas faire. Il me tint des discours raisonnables : on pouvait se faire une carrière en Amérique comme ailleurs, il en donnait la preuve, si j'y tenais tellement, j'y arriverais là aussi bien qu'ici. Avec le salaire qu'on lui offrait, je n'aurais pas besoin de travailler, j'aurais des enfants et je les élèverais, ce qui me rendrait fort heureuse. À la rigueur, il comprenait volontiers que je n'étais pas de ces femmes pour qui le mariage remplit la vie, etc., il ne disait évidemment pas qu'il m'éloignerait de l'homme dont il prétendait croire que j'avais cessé de l'aimer et Georgette, au bas d'une autre lettre envoyée par William, avait écrit qu'elle serait ravie de nous voir vivre dans son voisinage à Detroit, et n'avait rien mis sur la vengeance et la joie de m'arracher à Léopold. Charles ne disait que des choses prévisibles, il n'était pas nécessaire d'être très attentive pour suivre le cours limpide de sa pensée. Je passai en revue mes alliés et vis bien que je n'en avais pas. Je demanderais à mes parents de me retenir, de supplier qu'on n'éloigne pas d'eux leur unique enfant : ils seraient effarouchés à l'idée d'intervenir dans un ménage. Ma grand-mère hocherait la tête, tous soupçons confirmés, elle me demanderait qui je ne voulais pas quitter. Et j'entendais Colette : « Voyons ! Tu devrais être enchantée ! C'est une grande carrière qui s'ouvre à ton mari. » Mme van Aalter serait ravie de me voir aller à l'autre bout du monde, mieux encore en Australie qu'à Detroit.

Mais Léopold ?

Charles expliquait, argumentait, raisonnait, il était frénétique de bon sens et d'irréfutabilité. La compagnie qui voulait se l'attacher avait bien choisi, il déployait tant de zèle et d'imagination pour la défendre qu'il aurait soulevé l'enthousiasme chez les hérétiques, ils auraient couru au bûcher en se bousculant pour arriver premiers. Il mangea sa tartine, prit son bain, se rasa et s'habilla sans déparler un instant. J'aurais dû en venir à : « Pars si tu veux, moi je reste », c'est-à-dire rompre, être professeur d'Histoire à cinq mille francs par mois – ces cinq mille francs ! je les voyais dans mes cauchemars ! –, ma mère me paierait des robes et des vacances. Il y avait dix femmes dans ma classe qui allaient mener cette vie-là, elles en seraient fort contentes, mais je m'étais donné la peine d'épouser Charles, j'endurais son amour depuis trois ans, je n'étais pas d'humeur à renoncer avant d'atteindre mon but.

J'avais une idée très nette de ce but : je voulais mener exactement la même vie, sans Charles. En fait, je n'en concevais pas les conditions de façon précise, je pouvais seulement reconnaître qu'elles n'étaient pas remplies et laisser l'obstination me conduire à l'impuissance. Je fis ce que je pus pour le dissuader, sauf une crise de nerfs, et j'en serais bien passée par là mais pendant des années j'avais travaillé à acquérir la maîtrise de moi-même, il s'avéra que je n'avais plus les moyens de la perdre, je restais, à contrecœur, déraisonnable et parfaitement calme.

Selon son habitude, il ne manqua pas un cliché :

– Tu verras que tu me remercieras.

Et :

– Tu auras un succès fou. Ils adorent les Européennes.

Puis :

– Je te promets le manteau de vison dans les trois ans.

Je courus terrifiée vers la chambre mauve : il savait déjà. Georgette avait écrit à Blandine par le même courrier, elle y parlait du bonheur, pour une exilée, d'envisager l'arrivée de gens aussi charmants que les Badureau. Mme Wiesbeck avait lu la lettre à haute voix, sans le regarder. Sans doute ne voulait-elle pas le voir pâlir. Quand j'arrivai rue de l'Éléphant, il se hâta de me prendre dans ses bras, voulut m'empêcher de parler en me faisant l'amour mais j'étais tellement en colère que je ne parvenais pas à oublier le reste du monde et à ne voir que lui, la chose pourtant la plus facile qui fût. Je tentai de l'accueillir, j'avais en tête Charles et son air radieux. Il renonça. Je dis des horreurs sur mon mari et Georgette pendant quelques minutes, puis je fondis en larmes.

Plus tard, il me dit que j'avais pleuré comme un enfant, à gros sanglots irrépressibles, et que c'est là qu'il s'était rendu compte que, à Genval, j'étais encore presque une petite fille. Il est vrai qu'il ne m'avait jamais vue que composée pour la vie mondaine ou amante heureuse. Il me semblait me noyer, je m'accrochais à lui, sentant que je n'avais rien d'autre. Il abandonna toute jalousie pour ne se soucier que de me consoler et Léopold, l'amant, l'homme qui avait pris possession de moi quand j'avais onze ans, Léopold devint comme une mère, il me berça, il murmura des paroles indistinctes et apaisantes, il tenta de me faire oublier les batailles, la solitude et la peur. J'abandonnai le travail d'être belle, je laissai reculer cette obscure crainte de ne pas être choisie qui, en vérité, rôdait toujours en moi, j'eus les yeux rouges et gonflés, le nez qui coulait, le visage crispé, les cheveux trempés de larmes, mais il ne me repoussa pas. Sur le moment je ne me rendis pas compte que je n'étais pas encore tout à fait sûre de lui, que je ne l'avais jamais approché qu'armée de ma beauté telle que je la concevais : j'étais enchifrenée, je hoquetais, je perdais le souffle sous l'assaut des sanglots, mais il aimait Émilienne, qu'elle régnât sur soi-même ou fût livrée, enfant, à un chagrin qu'elle ne dominait pas. Il mouilla un coin de serviette-éponge, essuya doucement mes yeux, nettoya mon visage et attendit, pour sa propre peine, que le plus tumultueux de la mienne fût passé.

Parfois je ne comprends plus pourquoi je ne suis pas restée, je me souviens toujours que j'avais choisi le plus difficile et il arrive que j'admire mon courage. Peu à peu, ma colère se dilua dans les larmes. Mais, quand je cessai de pleurer et que je vis vers quelle douleur aride j'allais, je fus figée de terreur. Léopold me prit dans ses bras, il me caressa longuement les cheveux pendant que je regardais le désert que je ne croyais pas pouvoir éviter.

– Tu n'y arriveras pas, ce sera trop dur, me dit-il.

Ce n'était pas pour m'empêcher mais pour me préserver.

– Et vous ?

– Je peindrai en t'attendant.

Il pensait que ce serait moins difficile pour lui car il n'était pas celui qui partait.

Je ne sais trop comment raconter cette période, elle se dérobe, elle s'efface comme un mauvais rêve, il ne me reste que cette fureur qui se réveillait tout le temps, une envie de me battre et le défaut d'adversaire, Charles ravi et moi qui ne pouvais pas montrer toute ma rage, ma mère troublée par l'idée de mon départ et, toujours démunie d'imagination, incapable de prévoir si je lui manquerais, se hâtant d'enfouir son incertitude dans les soins aux petits chiens, mon père calme, que je surprenais parfois me regardant attentivement sans rien dire. Chaque échange de lettres avec l'Amérique augmentait la satisfaction de Charles. Quand il m'expliquait qu'il coordonnerait plusieurs réseaux commerciaux, il me venait une humeur aigre et des pensées grincheuses comme : « Tiens ! je croyais qu'il s'agissait de dessiner des astronefs ? », mais je les gardais pour moi car, même si j'en étais à le détester, je m'aimais trop pour me supporter en épouse grignoteuse d'amour-propre. Je fis un énorme effort pour me concentrer sur Charleroi au XVIIIe siècle. J'emportais mon dossier et un stylo et j'allais rédiger dans la chambre mauve où Léopold me trouvait assise à la table évidemment bancale, décrivant avec précision les querelles des charbons et des forges. Il m'ôtait la plume des mains pour me culbuter gaiement sur le lit. Je me retrouvais aussitôt dans l'univers de l'amour, où le temps ne s'écoule plus, chaque seconde contient une éternité immuable, l'Amérique redevient l'Eldorado, l'or des caresses et la splendeur du plaisir.

J'eus mon diplôme, Charles alla à Detroit, il revint avec son contrat, il me décrivit la maison que nous habiterions là-bas, il avait même trouvé un locataire pour la rue Rodenbach, nous n'emporterions que nos vêtements. Il me demanda d'aller chez les couturiers. Blandine partit pour sa cure à Plombières, à son retour je serais à Detroit. Je n'avais plus de cours, Léopold n'était pas pressé par une exposition, nous passâmes de longues heures dans la chambre aux fleurs mauves, silencieux et désespérés. Je disais que je reviendrais et lui qu'il le savait, mais combien de temps resterions-nous exilés l'un de l'autre ? Comment vivrions-nous ? J'avais eu peur, rue de l'Éléphant, quand il avait perdu le souffle à l'idée de tuer Blandine en la quittant : je ne pouvais que me soumettre à sa terreur, mais je me voyais suffoquant, me desséchant. Vingt fois, sans lui en parler, j'imaginai rester : mais il dormirait toutes les nuits avec Blandine ! Je serais une jolie jeune femme qui a quitté son mari, un homme si charmant, comme c'est étrange ! Mme van Aalter veillerait à ce qu'on oublie rapidement de m'inviter, il me resterait les thés de ma mère et Léopold regarderait ma vie se faner, coupable non seulement du malheur de sa femme mais du mien. Il ne me demanda pas de rester, je ne lui ai jamais demandé de quitter Blandine.

7

REYKJAVIK

Je vidai les valises dans la maison où j'allais vivre, soupirai devant le salon recouvert de cretonne, puis haussai les épaules et suivis mon mari dans les cocktails où les femmes, non contentes de me nommer par mon prénom dès la présentation, firent de moi, en un tournemain, Emmy, Milly et même Lily. Charles qui connaissait mon peu de goût pour la familiarité eut l'air inquiet, mais je n'étais pas venue là pour m'y plaire et me contentai de prendre bonne note des usages locaux, où il fut surpris par ma politesse et ma longanimité. Il est évident qu'en trois ans de mariage j'avais trouvé le moyen de rester parfaitement inconnue de cet homme, justifiant sans y penser le mythe du continent noir. J'eus le succès qu'il m'avait promis, ma façon de m'habiller fut déclarée élégante, mon accent ravissant, et on me fit, dans la société où j'arrivais, une place exactement proportionnelle à celle que mon mari occupait dans son entreprise. Je n'avais, jusqu'alors, pas spécialement cultivé la compagnie des femmes : je découvris que, entre 9 heures du matin et 6 heures du soir, pendant que les maris travaillent, toute une vie sociale m'était proposée. La première fois que je vis deux jeunes femmes en short, les cheveux enroulés sur des bigoudis comme dans les dessins de Dave Berg, sonner chez moi pour me convier à des activités culturelles, je fus saisie de terreur et me jetai sur le téléphone pour demander où était l'université la plus proche. J'obtins un rendez-vous avec le doyen à qui je montrai mon mémoire de licence sur Charleroi en lui disant que je voulais étudier les origines d'une petite ville voisine que j'avais pris soin de visiter la veille. Il m'envoya au doyen d'Histoire, bientôt tellement charmé d'apprendre que j'étais prête à travailler bénévolement qu'il me trouva trois bourses à solliciter et un cours honnêtement rémunéré à donner. En trois semaines je me fis une position. Charles fut interloqué :

– Mais, ici, les femmes ne travaillent pas, me dit-il – cet homme qui oubliait toujours tout, oubliait qu'il m'avait promis une carrière pour me convaincre de le suivre.

– Moi, je travaille.

Il y eut quelques perfidies : « Vous trouvez que votre mari ne gagne pas assez ? », que j'accueillis avec une feinte naïveté. Le féminisme couvait, les premières éruptions n'allaient pas tarder, *Le Deuxième Sexe* avait déjà déplu en Europe, Betty Friedan déplairait bientôt ici, je pris mes précautions et donnai mes premiers dîners en robe longue à dos nu, je servis des viandes en sauce et des œufs à la neige qui me lavèrent de tout soupçon. Je fréquentai les gens qu'il fallait, parmi lesquels on comptait William Smithson et Georgette, qu'on nommait Georgie ou Jo. J'eus des élèves à mon cours : c'était la copie exacte d'un cours que j'avais eu et qui ne m'avait pas beaucoup amusée, mais je le disais avec l'accent français et des fautes d'anglais qui le rendaient exotique. En trois mois, j'étais installée et le manque fondit sur moi.

Dans ce pays où j'étais venue contre mon gré, tout m'agaçait, heureusement je trouvais de grandes ressources dans mon mauvais caractère. Je m'étais servie de Charles : il me sembla honnête de le servir et, sûre que je le quitterais, de l'aider d'abord à bien établir sa position. Ma grand-mère avait souvent reproché à ma mère de faire une mondaine de sa fille à tant se faire suivre partout : il est certain que j'étais devenue habile au jeu social et je ne peux pas nier que j'y prenais de l'agrément. Le divertissement de charmer une société amoureuse de tout ce qui est neuf n'est pas de très haute qualité, mais je n'avais rien d'autre et j'en fis grand usage, en espérant que l'exaspération ne monterait pas trop vite. Charles pouvait montrer une femme qui le flattât et il n'était pas nécessaire de faire connaître que la séduisante Mme Badureau avait, la plupart du temps, ses règles ou la migraine. En public, j'avais si bien les façons d'une épouse parfaite que parfois lui-même s'y piégeait et, rentré à la maison, il me félicitait, me remerciait du concours que je lui apportais, jusque-là tout allait bien, puis voulait me serrer contre lui et ses bras se refermaient sur le vide. Le pauvre ne s'y habituait pas. Il lui devint de plus en plus difficile de ne pas souffrir, il fut de nouveau jaloux.

Quand Gustave Henderson entra chez moi je fus saisie d'étonnement car, pour la première fois depuis Léopold, je *voyais* un homme. Je ne fus pas troublée : on ne trompe pas un toxicomane sur la drogue qu'il lui faut, mais je fus frappée par sa beauté. Georgette m'observait.

– Ça, c'est toute l'Amérique, me dit-elle.

Il était grand, les épaules larges, les hanches étroites, blond et souriant, un jeune dieu vêtu de nylon blanc et odorant la savonnette à l'eau de Cologne car il venait de prendre une douche après le tennis mais je sus plus tard – autant le dire tout de suite, cela me fait tellement enrager que je me méfie de ma sincérité – qu'il pouvait avoir l'odeur forte et salée de la sueur fraîche. Il parcourut le salon du regard : on y trouvait les cadres supérieurs de la °°° Company où il était entré en même temps que Charles. Il passa du rêve dans le regard des épouses. De toute évidence, il était fait pour l'adultère, le savait et ne reculait pas devant son destin. Certainement, ma grand-mère n'eût pas dit que c'était un mari.

– Il y aura des larmes, mais pas de divorces, prophétisa Georgette.

On peut admettre que les passions agitent les âmes, elles doivent épargner les institutions.

Mr. Bross, le plus directeur de tous les directeurs qui étaient là, s'immobilisa un instant, donnant à deviner plus qu'il ne souhaitait, sa femme ne s'en aperçut pas car elle était fascinée comme les autres. Gustave reconnut en moi la maîtresse de maison et s'approcha. Sur les quelques mètres qu'il avait à parcourir entre les gens debout et les guéridons, il trouva le moyen d'avoir le pas long et fluide, on pensait à la jungle, au combattant vainqueur et au David de Donatello. J'étais si peu en danger que, quand Charles me le présenta, je dis, émerveillée et sans arrière-pensée :

– Mon Dieu ! Comme vous êtes beau !

En français, que personne ne comprenait, sauf mon mari.

– Plaît-il ? dit-il, mais en américain.

Je traduisis : il faillit rougir puis se souvint que j'étais européenne et pensa que je suivais d'autres usages que les femmes auxquelles il était habitué.

Beaucoup de femmes furent plus belles que moi mais je fus, de toutes celles que je connus, celle qui portait au plus haut point la certitude de sa beauté. Entre le premier regard de Léopold à Genval et le dernier, quand il mourut les yeux grands ouverts et fixés sur moi, j'ai été la plus belle puisqu'il n'a voulu que moi. Son choix ne me laissa pas libre de douter. Je l'avais élu comme unique objet d'amour, je ne pouvais que me soumettre à son jugement. Gustave vit ce que Léopold avait fait de moi : la Gloire et les Trônes, et me dit plus tard qu'il s'était senti foudroyé.

– Vous aussi, vous êtes bien belle, me dit-il poliment.

– Oh ! je suis moins saisissante que vous ! Et puis, pour les femmes, c'est un devoir. On ne leur en sait pas gré, on se contente de leur faire des reproches quand elles ne le remplissent pas.

– Je vois que vous êtes une femme dévouée et irréprochable.

Là, Charles posa le bras sur mon épaule, se désignant ainsi comme l'objet du dévouement. Il y eut un bref éclair dans les yeux de Gustave. À n'habiter, comme j'avais fait, que le regard de Léopold, je n'étais pas bien au fait des rivalités entre hommes, je reconnus quand même le défi. Ma foi, Charles m'agaçait tellement que je n'en fus pas accablée d'inquiétude. Je crois que, s'il n'avait pas fait la sottise de m'ôter à Bruxelles, je ne l'aurais jamais trompé – j'avais encore la plume dans le mot « trompé » que je riais déjà, tant il est évident pour moi qu'avec Léopold je n'ai pas trompé Charles : autant dire qu'il l'épousait en même temps que moi ! Il m'avait exilée de la seule terre qui pût me nourrir, écartée de l'amant, réduite au manque. Je ne fus, j'en suis sûre, jamais amoureuse de Gustave, mais je sais bien que j'étais enragée contre Charles. Je me dérobai souplement à son bras et entraînai mon hôte vers le buffet où il choisit un verre de lait.

Georgette nous y suivit. La vie qu'elle menait l'ennuyait à bâiller, elle allait avoir à donner un enfant à William et n'y voyait qu'une corvée, Gustave tombait à ravir pour égayer son entrée prochaine dans la maternité.

– Que prendrez-vous ? lui demandai-je.

Elle laissa son regard s'attarder un instant sur Gustave.

– Je commencerai par un whisky, dit-elle.

Elle était parfaitement belle, comme d'habitude, et Gustave n'était pas homme à ne pas remarquer une invitation.

– Il semble que vous soyez également une femme de devoir, dit-il en s'inclinant devant Georgette.

Je ne sais plus ce qu'elle répondit, mais on n'entendait pas résonner le *Cantique des cantiques*, tout au plus la chansonnette *croon* façon XXe siècle qui promet les plaisirs. Georgette accueillit avec un sourire radieux Mr. Bross qui s'approchait. Il ne fallut que quelques minutes à cet homme intelligent pour comprendre qu'il ne serait pas de la partie qui s'engageait. William était de ceux qui ne s'amusent vraiment que dans leur métier, aussi soutenait-il une intense discussion à l'autre bout de la pièce. Georgette planta ses jalons sans perdre son mari de vue car elle connaissait exactement la marge de manœuvre dont elle disposait et Gustave, entre ces deux Européennes, laissa celle qui était déjà décidée conduire les opérations. Il pensait qu'après Georgette la belle Mrs. Badureau serait encore là et qu'il avait le temps. Les autres femmes se formèrent moralement en file d'attente. Moi, je m'appliquais à ce que les verres fussent toujours pleins et les jaloux discrets. À 2 heures du matin, Charles et moi accompagnions les derniers invités à leur voiture. Je fis le tour de la maison pour m'assurer qu'il ne traînait nulle part d'ivrognes endormis car j'avais déjà pris la mesure de ce qu'on nomma plus tard l'alcoolisme mondain, et allai me coucher. J'avais adopté la solution de me conduire en épouse consentante deux soirs par semaine, ce qui me paraissait un compromis généreux entre l'ardeur d'un mari et les devoirs d'une épouse : ce soir-là, j'étais libre de me consacrer au manque, c'est-à-dire de me rouler en boule, les dents serrées, la gorge nouée, laissant l'absence et la désolation s'emparer de moi.

Léopold m'écrivait de petites lettres toujours malhabiles, car il était du pinceau, ni du verbe ni de la plume. Il disait qu'il travaillait, que je lui manquais et que j'étais folle d'être partie. Je ne les ai pas gardées. Il ne gardait pas les miennes. Il les terminait par les mots « Bons baisers » ce qui, malgré la douleur, me faisait rire : tel était le discours enflammé de l'amant ! Étendue seule dans la chambre d'ami dont Charles souhaitait opiniâtrement qu'elle devienne chambre d'enfant, je haletais de désespoir, je haïssais Blandine, mon bon sens et toute l'Amérique. Pendant quelques semaines je pus tenir en laisse la douleur et ne m'y livrer qu'à des moments calculés, le soir, avant de m'endormir en espérant voir l'amant en rêve, ou sur les routes au volant de la voiture, comptant sur la nécessité de rester attentive pour moduler la souffrance. Je fus peu à peu envahie. Dès que les obligations que je m'étais faites ne me requéraient pas, je crois que je devenais folle. Je ne tenais pas en place, j'étais prise de frissons glacés, je tremblais à faire peur. Il arriva plus d'une fois que le serveur d'un drugstore ou le pompiste d'un garage me regarde attentivement et me demande si tout allait bien. Tout à coup, dans le silence d'une bibliothèque, j'entendais sa voix, je croyais le voir dans la foule des étudiants qui quittaient un cours. J'étais prise d'un mouvement qui me soulevait tout entière, un bond prodigieux me jetait vers lui et puis je retombais couverte d'une sueur froide. Toujours raisonnable, je cherchai ce qui pouvait m'aider dans les mœurs américaines, ce qui me conduisit aux tranquillisants, mais ils me faisaient dormir debout sans ôter la douleur qui me taraudait, où je souffrais deux fois, une de ne pas le voir, l'autre de ne pas dormir. Je me mis à maigrir, ajoutant au chagrin la vexation de ne plus bien contrôler mon corps. J'étais blessée partout. J'écrivis à Léopold que je ne pouvais pas me passer de le voir. Alors, qu'attends-tu pour revenir ? me répondit-il. Je m'imaginais courant à l'aéroport, me jetant dans l'avion puis dans ses bras. Mais ensuite ? Je ne pouvais pas cesser de raisonner. Chaque avion qui passait me parlait de Léopold, j'en vins aux battements de cœur quand j'entendais un vrombissement. Le printemps arrivait, il me vint enfin une idée : je pris les renseignements nécessaires et j'écrivis à Léopold pour lui donner rendez-vous à Rome, dans un hôtel discret, à une semaine de là.

– Je suis épuisée, dis-je à Charles. J'ai eu trop froid, pendant trop longtemps, cet hiver. Je vais passer quelques jours au bord des lacs.

Il fut effaré :

– Et tes cours ?

– Est-ce qu'une femme a besoin de faire carrière dans ce pays-ci ?

Ce qui était tout à fait déloyal. Je haussai les épaules et partis pour New York. À Rome, je fus étonnée de ne pas voir Léopold à l'aéroport, mais peut-être le train arrivait-il trop tard. Il n'était pas à l'hôtel. Je défis ma valise, pris un bain, puis, comme j'étais fatiguée, je me couchai pour dormir en l'attendant. Je m'éveillai en sursaut à 10 heures du soir : il n'était pas là.

Je sombrai d'un coup dans quelque chose à quoi j'ai toujours peur de penser, et dont je ne sais comment parler. Je dirais bien que la nuit tomba en moi, c'est une image facile et qui vient vite sous la plume, mais ce n'était pas la nuit, c'était le *rien*. Là où j'avais l'habitude d'être se trouvait une absence. Je me suis toujours souvenue avec précision de ce brusque changement d'état : je me pétrifiai, je fus sans émotion et sans pensées, un corps sur un lit et le temps qui passe. Je ne comptais pas les heures, elles se déroulèrent, le jour se leva. Il ne me semble pas pouvoir dire que j'étais angoissée, je ne me posais pas de question, j'étais en suspens entre la constatation stupéfiante qu'il n'était pas là et le geste suivant, dont je ne savais rien et dont je n'avais jamais l'impression qu'il avait été décidé par moi. Je ne dirai pas que je m'entendis demander un taxi, cela eut lieu et il me conduisit à Fiumiccino. Sans doute y avait-il deux choses à ne pas penser : que Léopold, soudain indifférent, ne s'était pas soucié de venir, ou qu'il était mort, et le plus simple était d'arrêter toute activité mentale. À 2 heures de l'après-midi, je me trouvais dans l'avion qui repartait pour New York.

En atterrissant, je vis des cabines téléphoniques et, toujours selon le même mécanisme, il arriva que j'entendis la voix de Blandine :

– Mon mari est à Rome. Je peux prendre un message.

Je revins à moi et raccrochai. J'avais donc été tout à fait folle ? Deux minutes plus tard, Léopold criait presque :

– Mais où es-tu ?

C'est tout juste si je ne regardai pas autour de moi pour m'en informer. Je m'expliquai comme je pus, il voulait que je le rejoigne, mais je n'avais plus assez d'argent. Nous fîmes nos comptes et prîmes rendez-vous à Reykjavik.

– Pourquoi n'étiez-vous pas à Rome ?

– Il y avait une grève des postes. Je n'ai eu ta lettre que ce matin.

Il avait foncé à l'aéroport sans repasser par chez lui, en emportant dans un sac en papier le rasoir et les pantoufles qu'il gardait toujours à l'atelier.

– Pars, et cette fois-ci, attends-moi, dit-il.

– Mais où ?

Nous avions failli ne pas le préciser. Je me vois l'attendant dans quelque hall mal éclairé, assise sur mes paquets comme une émigrante et, sûre qu'il viendrait, j'y serais restée des jours.

– Va à l'hôtel le plus proche. De toute façon, je les ferai tous s'il le faut, mais je te trouverai.

Il arriva le premier, il m'attendait et je m'abattis contre lui, retrouvant l'air, la terre ferme et la vie.

Je ne suis jamais retournée à Reykjavik. Peut-être mon souvenir a changé la ville, l'aéroport, l'hôtel. Si je ferme les yeux, je retrouve Léopold et l'éblouissement, la nostalgie me poignarde et je pleure. C'est là, dans le tintamarre incessant des avions qui décollaient ou arrivaient, parmi la foule agitée qui courait vers les quatre coins du monde, dans la clameur des haut-parleurs qui perçait tout et venait jusqu'à notre lit, assourdis par les hurlements des sirènes de police ou d'ambulance, c'est dans cet hôtel de luxe international aux meubles en faux Louis XVI, dans le faux bois, les couvertures de fausse fourrure, c'est dans le toc, le bruit, au bord de la nuit polaire, à quelques kilomètres des déserts de neige et du silence, enfermés dans les excès de lumière, dans le déferlement des phares, des lampes, des projecteurs, des néons, tirant les rideaux, fermant les volets, chuchotant, ne nous quittant pas des yeux dans la pénombre et ne pouvant pas cesser de nous toucher, c'est là que pour la première fois nous passâmes trois jours d'affilée ensemble. Il avait fallu pour cela mon mariage et l'Amérique, avant nous n'avions pas osé rêver plus que nos demi-heures volées. À mon arrivée, Léopold mit le bras autour de mes épaules et il me semble qu'il ne le retira pas. Mes années de raison s'envolèrent, tout à coup j'étais libre, le carcan où j'avais vécu immobile se dissipa comme un mauvais rêve que le jour interrompt. J'attendis mon sac de voyage à la douane puis nous courûmes jusqu'à l'hôtel et j'étais si légère qu'à chaque pas je bondissais en plein ciel. Pendant ces jours-là j'ai ri sans cesse, en mangeant, en dormant, en faisant l'amour. Je suppose que c'est cela que l'on nomme le bonheur. J'eus mon content. Pendant trois jours il ne me manqua rien. Je l'avais sans doute deviné à onze ans: cet homme-là était à ma mesure exacte, il donnait ce qu'il me fallait, quand je le voulais, il me saturait avec précision par le simple fait d'exister. Après douze ans, pour la première fois nous fûmes ensemble sans garder l'œil sur la montre.

L'avidité qui nous avait toujours jetés l'un vers l'autre se calma quand nous nous disposâmes à dormir côte à côte. À plusieurs reprises, je fus éveillée par la voix de Léopold qui m'appelait sauvagement en me serrant si fort que d'un autre cela m'aurait fait mal. « Je suis là », lui disais-je. D'autres fois, c'est lui qui me caressait le visage en m'assurant qu'il était là. Mais au matin déjà nous dormions calmement en nous tenant la main pour le plaisir, comme des enfants qui se promènent dans un jardin sans danger. Nous ne sûmes pas à quelle heure nous nous réveillions : sa montre marquait 10 heures et la mienne 4, car il était encore réglé sur Rome et moi sur New York.

Nous avions passé plus de vingt heures à voler dans un sens puis dans l'autre, et nous étions au bord de la nuit polaire, quand j'ouvris les rideaux je vis un ciel faiblement rougeoyant mais je ne pus discerner si c'était le reflet des projecteurs ou le jour qui l'éclairait. Était-ce l'heure des lève-tôt ou des couche-tard ? Nous avions faim, je ne compris pas tout de suite pourquoi Léopold ne voulut pas de la salle à manger luxueuse de l'hôtel, nous allâmes à la cafétéria de l'aéroport où, selon le lieu d'où ils venaient, des gens dînaient, déjeunaient ou soupaient. Nous étions hors du temps, là où les amants ne sont plus régis que par l'amour, et je ne sais plus ce que nous avons mangé : sans doute des pommes, qu'y a-t-il d'autre au paradis ? Léopold grelottait en revenant vers l'hôtel : il était vêtu pour Bruxelles en avril, qui peut convenir à Rome mais pas en Islande. Nous prîmes un taxi pour aller en ville. Je ne savais pas encore qu'acheter un chandail et une veste chaude peut être le bonheur même et j'appris sans inquiétude que nous avions très peu d'argent et que nous allions avoir à compter nos dépenses. Léopold paya les habits, fronça les sourcils puis se mit à additionner et à soustraire avec une maîtrise qui me stupéfia : il retrouvait ses habitudes d'adolescent qui suppute combien de repas représente la vente d'une table de chêne sculpté et s'il peut à la fois payer son loyer et son inscription à l'Académie. Pendant la guerre, il avait vécu avec moins de cinquante francs par jour, il pouvait encore convertir le kilo de pain en tubes de peinture. « Je me suis habitué à être vigoureux en mangeant très peu, me dit-il pendant que nous revenions à pied pour économiser le taxi. Je crois que je me suis appris à métaboliser très soigneusement la moindre miette de nourriture, j'ouvrais les tubes de peinture avec une lame de rasoir pour ne pas en perdre un atome. » L'idée qu'il avait lui aussi travaillé à prendre le contrôle de son corps m'enchanta et je lui racontai la psyché d'Ostende. Nous avions toujours été tellement occupés à nous rejoindre que nous n'avions jamais eu le temps de faire ce par quoi les couples commencent, qui est se raconter, comme pour faire aimer ce qu'on a été autant que ce qu'on est. La mémoire que j'ai de moi commence au premier regard que j'ai posé sur lui, il était dans tous mes souvenirs, ce qui lui plut. Moi, je ne connaissais presque rien de son histoire. Je le vis, quand il ôta son chandail neuf et peu coûteux dans la chambre bien chaude, le regarder attentivement, il en examinait les coutures. « C'est que ma mère aimait à tricoter », me dit-il. Il se souvenait que, tout petit, il la regardait faire, étonné de voir le fil se transformer en une sorte d'étoffe. Il lui demandait comment cela se pouvait : « Mais tu vois bien ! » disait-elle, et elle ralentissait son geste pour qu'il eût le temps de l'observer. Si intensément qu'il s'y prît, il ne parvenait pas à comprendre le mouvement du fil. Pour finir, elle lui donna deux aiguilles et une pelote sur quoi il s'acharna. Il tricota dix rangs de vingt points et les défit, puis recommença, étudiant comment le fil s'entrelaçait sur lui-même en restant toujours libre, fasciné de voir les mailles se prendre les unes dans les autres sans se nouer, ce que voyant son père l'emmena à l'atelier de menuiserie parce que le tricot n'est pas une affaire d'homme. Il resta vaguement intrigué, comme si le mystère des mailles n'était pas tout à fait résolu. Je promis de lui faire un chandail. Le moment vint où dormir de nouveau, pour la première fois nous vivions ensemble l'alternance du sommeil et de la veille, nous pouvions satisfaire le désir quand il venait et la soif qui toujours nous jetait l'un vers l'autre nous laissa du répit. Nous fûmes nonchalamment étendus côte à côte, oubliant l'heure, et le temps s'enfuyait, seconde après seconde, mes larmes coulent quand j'y pense, nous étions calmes, constamment comblés, nous ne savions plus rien de la séparation. Mon corps avait sa forme réelle puisque j'étais contre son corps, nous voguâmes doucement dans la nuit, portés par le même courant aux oscillations paisibles. Au réveil, nous étions face à face et nous nous souriions. Ce jour-là, nous fîmes une longue promenade dans un vieil autobus qui traversait les terres enneigées, pendant la brève période de jour le soleil était éblouissant. Nous avions emporté du pain et du lait, nous mangeâmes assis sur les fauteuils de cuir usé en tanguant doucement entre les lacs gelés. Pendant la troisième nuit notre sommeil fut très léger mais nous ne voulions pas laisser le regret s'emparer de nous, je regardais avidement le beau visage de mon amant, je le caressais pour que sa forme s'imprimât dans mes mains, je m'appuyais tout entière contre lui, comptant que mon corps se prolongeât en lui et chaque fois qu'un sanglot montait je disais que c'était le tremblement du désir, que je voulais être parcourue par l'orage, qu'après le plaisir je serais lisse, étale comme une eau calme pour l'éternité. Nous faisions l'amour sans fermer les yeux, tentant chaque fois de nous enraciner l'un dans l'autre et de devenir inséparables comme des siamois emmêlés, au matin nous serions un seul être accolé ventre à ventre, nos peaux seraient soudées, il faudrait bien qu'on nous laisse ensemble car nous écarter serait nous tuer, Blandine et Charles appelés par les témoins épouvantés s'inclineraient devant le destin accompli, ils s'assoiraient à nos côtés et consacreraient le restant de leur vie aux soins qu'exigeait le monstre sans forme et sans limite où se dérouleraient indéfiniment l'amour extrême, l'exaltation vertigineuse de l'univers qui se déploie, le cri. Nous avions fermé les rideaux pour ne pas voir paraître le jour, parfois des serviteurs silencieux se glissaient à notre chevet, ils nous tendaient le boire et le manger que nous prenions sans nous quitter des yeux, nourrissant nos corps pour qu'ils n'entendissent pas d'autre exigence que celle du désir et, quand nous tombions endormis, je suis sûre que nous respirions exactement au même rythme, que mon cœur battait en concordance complète avec celui de Léopold.

– Quand reviendras-tu ? me demanda-t-il au moment du départ.

Je ris.

– Dès que j'aurai de quoi me payer l'avion.

– Tu ne vas pas rester éternellement là-bas avec cet homme ?

– Que voulez-vous que je fasse ?

Il eut cet air torturé qui me faisait mourir de douleur.

– Nous n'y pouvons rien, lui dis-je. Vous le savez bien. J'ai été forcée par vous et vous avez été forcé par moi.

Il me serra contre lui. L'hôtesse de l'air attendait que j'entre dans l'avion pour fermer la porte.

– Je rentrerai dès que je pourrai, vous le savez.

– Oui, dit-il. Tu rentreras. Dépêche-toi.

– Où étais tu ? demanda Charles.

– Aux lacs.

– J'ai téléphoné à vingt hôtels.

– Eh bien ! j'étais dans le vingt et unième.

Il me harcela pendant deux jours. Nous allâmes à un cocktail chez Georgette, Gustave était là, je lui souris.

Avais-je passé d'une folie à une autre ? Pendant l'hiver, le manque m'avait presque tuée, à Rome je ne pouvais plus penser, et me voilà dans ce salon, regardant Gustave dans les yeux en sachant que je le clouais, alors que j'étais amputée, que je saignais de partout, que j'aurais dû, roulée en boule sur le tapis, gémir de douleur ou, rassemblant mes dernières forces, courir, rentrer, avouer ma défaite et que je n'étais pas capable de vivre loin de Léopold. Mais l'orgueil m'égarait, je ne pouvais pas tolérer de penser à Blandine au bras de mon amant, il me fallait lui opposer quelque chose et, sotte comme on ne doit pas le rester au-delà de vingt ans, je ne voyais qu'un mari. J'étais ivre de fureur, je crois que j'étais belle comme un ciel de tempête quand les éclairs éclatent partout, qu'on voit les nuages courir à la dissolution et le vent briser les arbres. Charles m'était nécessaire, ce qui me le rendait haïssable. Il était bien mis, l'air sérieux, flanelle grise et bonne coupe de cheveux, sa vue me tuait car Blandine, à six mille kilomètres de là, pouvait porter le regard sur l'homme qui m'appartenait, dont j'étais la chair et le sang, qui coulait dans mes veines comme une drogue mortelle pendant que Charles, me tenant légèrement par le bras, s'avançait vers Georgette, souriant, hypocrite, rongé par les questions stupides qu'il me posait sur ce que j'avais fait la semaine précédente. Je ne voulais pas qu'il devinât où j'étais allée, « Tu l'as donc revu ! » aurait dit ce sot qui m'avait épousée en feignant de croire que j'avais cessé d'en aimer un autre et qui prétendait avoir droit à la jalousie. Il voulait le rôle de mari trompé ? Il l'aurait et serait trompé même sur son rival. Gustave portait un verre à ses lèvres quand mon regard se posa sur lui : c'était le regard d'une folle, mais je lui souriais droit dans les yeux, il oublia de boire et ne vit que le sourire, il ne comprit pas que j'étais dangereuse comme une arme chargée à laquelle on a ôté le cran de sûreté. Il soutint mon regard : l'imprudent ! ce n'était pas à faire, on n'écoute pas le chant des sirènes.

– *You look fine*, me dit-il.

Georgette m'accueillit en tendant les deux mains, je les pris, élevai les bras dans un geste dont je savais qu'il me creusait le plus joliment du monde les épaules, lui dis qu'elle était ravissante, me libérai et tendis à mon tour les deux mains vers Gustave qui les éleva l'une après l'autre vers ses lèvres pour y faire glisser sa bouche de façon si subtile qu'on ne pouvait y voir qu'un hommage un peu tendre alors qu'il faisait naître un frisson propre à troubler l'esprit d'une femme qui n'aurait pas été dans les bras de Léopold deux jours plus tôt.

– Vous êtes trop bon, lui dis-je, de façon qu'il pût se demander si je parlais de la qualité du baiser clandestin qu'il m'avait donné en même temps que le baiser visible ou du compliment qu'il venait de me faire.

Il eut un sourire ambigu qui promettait tout ce que je

consentirais à recevoir et je ne détournai pas les yeux. Je n'avais jamais pratiqué l'adultère mondain, mais j'avais observé avec rage les femmes qui voulaient Léopold et je me souvenais de ce que j'avais vu. Gustave se sentit agréé au rôle de soupirant.

– Il vous les faut donc tous ? dit brusquement une voix basse et furieuse toute proche de mon oreille. C'était évidemment Georgette à qui je fis un sourire candide.

– Je ne savais pas que vous étiez sur l'affaire !

Elle fut surprise, c'était la première fois que j'acceptais le combat.

– Tiens ! Vous quittez vos airs d'innocence ?

– De quoi me soupçonniez-vous ?

Elle eut un petit rire sec.

– Laissons cela. Ne touchez pas à celui-ci ou vous irez en Australie. N'oubliez pas que j'ai eu le pouvoir de vous faire venir ici.

L'Australie ? Certes, je n'irais pas jusque-là !

– Je ne doute pas de votre pouvoir, lui dis-je gaiement, et je ne demande qu'à en profiter.

Elle sembla déconcertée mais n'eut pas le temps de réagir car Charles et Mr. Bross s'approchaient de nous.

– J'adore vos soirées, lui dit Mr. Bross. Les femmes y sont plus belles que partout ailleurs.

– C'est à cause des hommes : ils donnent la fièvre, ça fait briller les yeux. Vous devez savoir cela ?

Elle n'avait pas l'air naïf et Mr. Bross eut un rire où rôdait de la complicité.

– Qui connaît les femmes ? dit-il.

– Un homme honnête et marié, comme vous, n'en doit connaître qu'une.

Ils continuèrent un échange qui les charmait. Charles m'écarta pour m'assurer, à voix basse, que ma conduite avec Gustave avait été inacceptable, ce qui ranima ma colère. Je cherchai du regard l'homme qu'on me défendait : il n'attendait qu'un signe et vint m'inviter à danser. Sous les yeux de l'époux, Gustave s'abstint de me serrer contre lui. Au retour, Charles me fit une si grande scène de jalousie que, excédée, je m'en allai dormir dans la chambre d'amis. Il tambourina pendant deux minutes sur la porte : pas davantage, à cause de sa bonne éducation.

– Je saurai où tu étais, dit-il quand il s'éloigna.

Je m'endormis en ordonnant à mon corps, pour une fois complaisant, de me dispenser l'illusion d'être couchée à côté de Léopold.

Georgette avait-elle parcouru avec Gustave le cycle complet des plaisirs et de la rupture ou avais-je interféré dans ses projets ? Si quelqu'un le sut, c'est Mr. Bross, qui se consolait des hommes qu'il ne pouvait pas avoir en devenant le confident des maîtresses. Georgette le consola souvent, ce dont il ne pouvait que lui savoir gré. Il était assez beau, destiné à devenir gros, mais il n'avait pas encore dépassé la robustesse et sa femme le regardait avec indulgence jouer l'attentif auprès des épouses plaintives. Le matin qui suivit le cocktail de Georgette, il téléphona.

– Charles vient de partir. Vous le manquez de peu.

– Qu'importe, je le verrai à son arrivée. Mais puisque je vous ai au bout du fil, j'aimerais prendre de vos nouvelles. Êtes-vous heureuse à Detroit ?

Je l'assurai que je baignais dans la béatitude. La conversation ne fut pas très longue, j'appris qu'un directeur avisé se soucie du bonheur de ceux qu'il emploie et que le bonheur d'un jeune ingénieur passe par celui de sa femme. J'affirmai que je m'occupais assidûment du bonheur des ingénieurs, il glissa un : « Tous ? » qui me fit rire. Il n'alla pas plus loin, estimant sans doute que, si j'entendais bien, ce petit salut suffirait et je fis de mon mieux pour paraître ne rien remarquer, comme il semblait convenable.

Gustave attendit l'après-midi pour me téléphoner. Je l'accueillis avec ce long rire dont je savais qu'il fait frémir les hommes.

– Je n'ai pas dormi, dit-il.

– Vraiment ? Il faut prendre des somnifères.

Je me demande où j'avais appris ce ton-là ? Je parle d'Émilienne rieuse et enragée et je cherche l'amante silencieuse de Genval. Ai-je vraiment été cette femme-là ? Moi, je regarde Léopold et je défaille doucement, je ne ris pas ainsi, la nostalgie de l'amant me fait pleurer…

– Ne vous moquez pas de moi. Vous m'avez rendu fou.

Je crois que la rébellion de ma jeunesse si sage et des années d'attente explosait en moi. Je me souviens d'une impression de vivacité extraordinaire, que tous mes gestes me semblaient violents, une puissance effrayante m'habitait, je me sentais sauvage et méchante. Il semble que je voulais qu'un homme souffre.

– Je veux vous voir.

Mais certainement ! Je lui dis que je donnais à dîner le lendemain soir et que je serais ravie qu'il se joigne à mes hôtes. Je ne sais plus ce qu'il répondit car on entendait surtout un assez beau rugissement de fureur. Cet homme avait de la fougue. Il vint au dîner et se montra fort galant envers Georgette à côté de qui je l'avais placé. Elle ne fit pas l'erreur de croire que je levais le drapeau blanc.

– Vous êtes si belle que vous ne craignez aucune femme, n'est-ce pas ? me dit-elle.

Elle m'avait attirée en Amérique : il me convenait de lui ôter Gustave, même si la perte d'un Gustave ne paie pas pour l'éloignement que je subissais. Son imprudence fut de me montrer où frapper pour me venger, la mienne d'entrer dans le combat.

Il est certain que je jouais avec des forces que je ne mesurais pas. Charles, l'homme bien élevé, ne m'avait pas fait connaître qu'un partenaire pût échapper au contrôle. Je le manipulais sans y penser, dosant distraitement le rejet et les consentements, il était et, sauf une fois, fut toujours si parfaitement régi par son sens des convenances que je n'avais jamais rien d'imprévu à craindre. Malgré ses allures de boy-friend et de play-boy, Gustave s'avéra nettement moins civilisé. J'aurais pu m'en douter, on ne joue pas le rôle d'amant pour femme mariée en ayant un respect sans nuance pour les institutions. Pour lui, le mariage était une chose bien commode qui rend les femmes partiellement disponibles, sans obliger à les prendre tout à fait en charge, on les renvoie au mari quand elles deviennent encombrantes. Il se disposa volontiers à ce que je devienne encombrante et fut désarçonné quand il constata que je continuais à lui lancer des sourires étincelants sans qu'il fît le moindre progrès dans sa conquête. Moi, je ne pensais à rien.

Je suis incrédule devant mes propres souvenirs mais je ne peux pas dénier ce qu'ils me disent : j'excitais sciemment cet homme et, dès qu'il était sorti de mon champ visuel, je n'y pensais plus du tout. J'avais de nouveau ce nœud de douleur en moi, l'absence de Léopold me rongeait le dedans, je ne me divertissais qu'en voyant Georgette furieuse, Gustave enflammé et Mr. Bross émoustillé par le plaisir de l'intrigue. Leur tempête m'ôtait la mienne et je les regardais s'agiter en oubliant parfaitement que j'étais l'enjeu de la partie. La passion et la colère se déployaient sous mes yeux, le spectacle était beau, j'en jouissais.

– Vous êtes donc une garce ? me dit Gustave.

– Moi ? Tout au plus une femme mariée !

Sa voix était basse et grondante.

– Voilà dix semaines que vous vous moquez de moi.

Il y avait donc déjà dix semaines que j'étais revenue de Reykjavik ? Le souvenir des plaines blanches me déchira. Là-bas, le printemps commençait à se déployer. On nous avait dit que, sous la neige, la terre était noire et stérile, à peine si une herbe maigre a le temps d'y pousser avant le retour de l'hiver, et aussi qu'on y trouve les plus beaux lacs qui soient, gris d'argent sous le ciel qui reste toujours pâle. Je sentis les larmes m'envahir et, comme j'avais acquis l'art de les transformer en fureur, j'éclatai d'un rire insolent qui fit se tourner vers moi tout le monde. Alors Georgette se déchaîna.

Je la regardais. Elle parlait avec Mr. Bross et mon rire la fit tressaillir. Elle se redressa, fouettée par la colère. Pendant quelques secondes elle fut blême, puis elle eut un sourire terrible et prit feu. Là on vit qui était Georgette et que le destin s'était trompé. Elle aurait dû avoir des combats à mener, elle était faite pour la grandeur, pour les victoires sauvages qu'on remporte à l'aube quand l'ennemi fatigué par les marches de la veille dort pesamment, et pour les défaites terribles où l'on tombe exsangue, l'arme encore à la main, l'âme désespérée. Une vibration la parcourut, un long tremblement qui aurait pu être mortel mais qui la galvanisa. Ses yeux d'émeraude étincelèrent, sa chevelure sombre devint l'essence même de la nuit, elle fut d'une grâce fulgurante. Je vis Mr. Bross frappé de stupeur lever la main et la porter devant son visage comme pour se défendre. Elle fit trembler ceux qui la regardaient car elle avait l'éclat sombre de la tragédie et il est certain qu'elle désirait me tuer. Elle aurait fait deux pas, le poignard levé, m'aurait percé le cœur sans que personne ose l'arrêter et je serais morte en lui jetant une malédiction terrible qui aurait épouvanté ses partisans les plus fidèles. Mais le siècle ne lui avait donné pour champs de bataille que les lits des motels et les living-rooms à cretonne des suburbs, pour butins que des amants faciles à oublier, sauf un qui la tuait, et pour gloire qu'une réputation incertaine dans un temps où on commençait à se moquer des réputations, car elle était née après les conquêtes, quand l'Amérique était domptée, tous les Indiens morts et les rois découronnés. Nous étions dans une petite société bourgeoise, sous le règne des néons, les infractions y sont punies par des amendes, jamais par le trépas.

Elle eut un rire rauque, une bête dangereuse feulait dans l'ombre, elle chercha sa proie, ceux sur qui passait son regard reculaient car c'était la mort qui les jaugeait, puis la réalité ricanante reprit son empire, et Georgette ne fit, cela est désespérant, que ce qu'elle pouvait.

Elle alla vers Charles, le prit par la main, l'entraîna vers moi :

– Vous ne devriez pas laisser Gustave seul avec votre femme. C'est un homme dangereux.

Le pauvre Charles hésita entre pâlir et s'empourprer. Gustave s'inclina devant lui.

– Je crois que Mrs. Smithson veut un combat. N'est-elle pas trop belle pour qu'on lui refuse quoi que ce soit ?

dit-il, tentant ainsi de tromper l'assistance sur l'enjeu du conflit.

– Messieurs, la loi américaine défend le duel, dit Mr. Bross d'un ton enjoué.

– Les femmes américaines sont bien malheureuses si on ne peut plus mourir pour elles, dis-je.

– On meurt en vous voyant. Vous êtes toutes les deux effrayantes de beauté.

Je savais qu'en ce moment Georgette m'éclipsait. Comme Léopold n'était pas là, cela ne me troublait pas. Je lui fis donc une petite révérence.

– Vous êtes la plus belle, lui dis-je. Aucune femme de bon sens ne rivaliserait avec vous.

Puis je fis demi-tour, marquant mon retrait avec autant d'impertinence qu'il m'était possible. Gustave m'emboîta le pas, Charles fut retenu par Georgette.

– Ne les suivez pas, voyons ! Vous auriez l'air de les surveiller.

Ce qui le cloua sur place, mais il nous regardait nous éloigner et comprit que son mariage était sans espoir. Sa femme s'en allait, rieuse, à côté de l'homme qui la convoitait, il fut traversé par la douleur. Il ne savait pas que Gustave admonestait :

– Vous êtes insensée ! Votre mari, Georgette, tout le monde croit maintenant que je suis votre amant.

– Sauf vous : nous avons donc un secret en commun.

– Je ne veux pas qu'on me croie votre amant : je veux l'être.

Il tremblait et, d'où j'étais, je pouvais voir Charles souffrir.

– Pourquoi me traitez-vous ainsi ? demandait Gustave.

– Je ne vous traite pas, mon cher, vous faites tout cela tout seul. Cessez de rêver à mon sujet, je ne suis pas une femme salutaire.

Je ne me souvenais pas que, lui aussi, j'avais tenté de l'avertir.

– Je vous aurai.

Mr. Bross nous rejoignit.

– Ma femme a besoin qu'on l'aide à servir le gâteau, dit-il à Gustave. Voulez-vous la seconder?

Et, dès que nous fûmes en tête-à-tête:

– Etes-vous vraiment heureuse à Detroit?

– Non, lui dis-je, en aurais-je l'air?

Il n'eut pas l'air étonné.

– Vous désirez partir?

– Oui, mais pas pour l'Australie.

– Le climat est meilleur qu'ici.

– On dit que le soleil tourne à l'envers.

– Il ne faut pas croire tout ce qu'on dit.

Georgette riait très haut.

Charles commença sa scène de jalousie dès que nous fûmes dans la voiture. Quand je voulus me réfugier dans la chambre d'amis, il y entra derrière moi, retira la clef de la serrure et la jeta dans le jardin. Il parlait sans arrêt, disant toutes les choses qui sont de règle dans ce genre de situation de sorte que à 3 heures du matin, excédée, je me rhabillai, montai en voiture et pris la route de la ville. Il essaya de me suivre, mais l'exaspération me rendit habile et je lui fis rapidement perdre ma trace. Je descendis dans le plus grand des hôtels, celui où la °°°Company logeait ses invités, je faillis ne pas avoir de chambre car il était plein de Hollandais mais on m'ouvrit la suite qu'on ne nomme pas royale en Amérique, j'ai oublié ce qu'on dit. Je m'endormis sitôt la tête posée sur l'oreiller. J'avais demandé qu'on m'éveille à 8 heures car je donnais cours le matin. Les hôtels de luxe américains étaient admirablement pourvus de tout ce dont on peut avoir besoin, les femmes de chambre m'apportèrent une culotte propre, un peigne et une brosse à dents. Je déjeunai d'excellent appétit. Je traversais le hall pour sortir quand je croisai Gustave qui venait chercher une fournée d'ingénieurs enthousiastes. Il fut si étonné qu'il me regarda passer sans rien dire. Je courais car j'étais en retard. À midi, il m'attendait à la sortie de mon cours et me demanda à quelle heure je rentrais à l'hôtel.

– Maintenant, lui dis-je.

Il m'y suivit et nous déjeunâmes dans la salle à manger en faux Louis XVI qui ressemblait ridiculement à celle de Reykjavik où Léopold et moi n'avions pas voulu aller.

Il avait dit : « Je vous aurai » et le répéta des hors-d'œuvre au dessert. Je pouvais voir la scène dans un miroir au tain artificiellement vieilli : une jeune femme qui mangeait avec appétit, certes, mais on sentait qu'elle forçait son intérêt pour les mets qu'on lui servait, et un homme aux paroles pressantes, visiblement amoureux et sourdement menaçant. J'évaluai aussi mal que possible la situation, je me croyais protégée parce que nous étions en public, on nous connaissait, le maître d'hôtel m'avait saluée par mon nom : je ne connaissais pas Gustave. Sans doute Charles, avec sa passion pusillanime, m'avait mal préparée à la fermeté. Quand, le déjeuner fini, je dis que je retournais à ma chambre, Gustave se leva et me suivit. Son allure déterminée m'alarma et je fis la sottise de feindre de croire qu'il m'accompagnait galamment jusqu'à l'ascenseur. Il y entra avec moi. Je fus aussi paralysée par les convenances que Charles l'aurait été et la présence du liftier m'empêcha de renvoyer sèchement mon prétendant. Des femmes de chambre allaient et venaient dans le couloir. Devant ma porte, je tendis la main à Gustave pour un *shake-hand*, il la prit et la porta à ses lèvres, rien n'évoquait le baisemain.

– Laissez-moi, lui dis-je à mi-voix.

Il sourit d'un air méchant.

– N'y comptez pas. Pour vous débarrasser de moi il faudra appeler au secours. La belle Mme Badureau importunée par un collègue de son mari dans un couloir du Hilton ? Ah ! Mais que diable faisait-elle là ? Il ne tient qu'à vous de ruiner la carrière de votre mari et la mienne d'un seul coup.

On ne fait pas cela, n'est-ce pas ? Je crois que je ne réfléchis même pas et m'inclinai automatiquement devant la menace. Il me suivit dans la chambre.

Ici, j'arrive au pire. C'est la pierre d'achoppement, le moment que je souhaite ôter de ma vie pour qu'elle me ressemble mieux et soit ce que je sens, une vie où seul Léopold a eu du pouvoir. Depuis mon retour de Reykjavik, je n'avais fait que quelques sottises mineures : quand Gustave, la porte refermée, se planta devant moi, les coins de la bouche retroussés par un sourire sauvage et disant : « Criez si vous l'osez », j'avais le choix. Je suis sans excuses et je ne comprends rien. Il était beau, furieux et sûr de lui, cela est vrai. Et alors ? Il me voulait avec férocité : Yseult sait-elle si d'autres hommes l'ont désirée ? Joncheraient-ils sa route, elle ne verrait encore que Tristan, moi, je ne pus empêcher que je voie Gustave et ma mémoire, compagne détestable de la solitude, n'a pas consenti à tout effacer. Oh ! je peux plaider qu'un piège s'était refermé, reconnaître honnêtement que je l'avais tendu moi-même, la vérité dont j'ai horreur est que, quand Gustave posa les mains sur mes épaules, je ne fus pas parcourue par un frisson d'épouvante. S'il était advenu, lorsque je recevais Charles, que mon corps ne restât pas silencieux, je m'en étais toujours excusée par mon excellente santé et je n'y pensais pas, puisque je ne me considérais pas comme libre de le refuser.

L'émoi m'envahit si vite que je fus comme une ville assaillie, après que les remparts ont cédé et que la soldatesque se rue dans tous les sens, saccageant au hasard, brisant l'ordonnance tranquille des rues et des parcs, l'incendie éclate partout, les maisons sont éventrées, les objets précieux sont brisés et les jeunes filles affolées courent sans trouver d'asile pendant qu'on tue leur père et leurs frères. J'étais sur le lit, ouverte, Gustave triomphant me regardait céder, il recevait les premiers gémissements de la reddition quand, dans un effort terrible, je repris le gouvernement de mes sens. Je me mordis les lèvres ou serrai violemment les poings, je ne sais plus, mais je trouvai le moyen d'arrêter l'invasion et de n'être plus, bras et jambes écartés, qu'un corps inerte qui se laisse faire. Il était si emporté par sa propre tempête qu'il ne s'en aperçut pas et, quand il s'abattit exaucé, il ne se doutait pas que je n'étais plus à ses côtés. Je supportai son poids sans broncher. En quittant la maison de Charles je n'avais pas emporté l'arsenal de la prudence car je ne comptais pas être imprudente et, même si Gustave m'avait laissée libre de courir à la salle de bains, je n'aurais rien pu y faire d'utile. Pendant qu'il reprenait son souffle, je faisais des calculs, qu'il sembla deviner.

– J'espère que je vous ai fait un enfant, dit-il. Vous quitterez Charles.

Vraiment ?

Je restai silencieuse. Le combat que j'avais mené m'avait épuisée, mais il dut croire que c'était le plaisir, mon silence l'enchanta.

– Vous voyez bien que vous m'aimez !

Puis il fut étonné :

– Je n'ai jamais demandé à une femme de quitter son mari !

Et je vis qu'il était ébloui. J'en ressens quelque gêne. Il est sûr que cet homme n'avait jamais aimé, il découvrait un univers inconnu et il fut envahi par l'émerveillement. Il me regarda avec émotion, le délice fondait sur lui.

– Mais je vous aime ! dit-il, stupéfait.

Il apercevait le pays admirable où tout n'est qu'ordre et beauté, ce n'était qu'un mirage, il croyait me tenir par la main et que nous y entrerions du même pas, mais il était seul, sa main n'entourait que le vide et quand, dans un instant, il allait resserrer son étreinte, les ongles lui entreraient dans la paume et il souffrirait. Je vis Émilienne à Genval si Léopold ne s'était pas tourné vers elle, une vague de douleur me traversa. Je sentis le déchirement de cet amant trompé par l'amour, des larmes mouillèrent mes yeux.

– Je ne savais pas, dit-il.

Exactement les mots que Léopold avait répétés si souvent dans cet après-midi de brume et d'illumination ! Est-ce que ce sont les mots mêmes de l'amour ? Est-ce que toujours les amants étonnés découvrent le monde en découvrant l'amour ? J'avais pitié de lui, en même temps il me faisait mal en ravivant Léopold en moi, son absence et ma détresse.

– Arrêtez, lui dis-je.

Tout à coup, je ne voulais plus qu'il souffre. Je m'étais moquée de ce qui pouvait se passer en lui : c'est en y découvrant Émilienne désespérée que je mesurai ma cruauté. Mais il ne voulait pas m'entendre, il était tout à son émerveillement, il était incapable de se détourner de soi, de l'épanouissement exquis de l'amour, et moi je voulais l'arrêter avant l'éclosion, comme si dans ces matières il y avait des degrés, espérant qu'il souffrirait moins s'il ne m'aimait pas tout à fait quand je savais si bien qu'il y a une ligne de passage, comme pour la mort, on est avant ou après, on n'est jamais à mi-chemin. Je vis Gustave passer de l'autre côté sans pouvoir le retenir, entrer dans le pays où pour lui tout serait désolation, stérilité, désespoir, lente dissolution du mirage, et je cherchais à l'empêcher, mais il ne m'écoutait pas. Dans une minute, dans une heure, il m'entendrait lui crier, désarmée et coupable, qu'il était seul, qu'il n'y avait pas de source, pas d'oasis, pas de soleil radieux ni de brise légère où balancent les arbres, mais le sol sec du désert, le sable qui absorbe toutes les larmes, la douleur où rien ne pousse. Je lui pris la tête à deux mains, le secouai sauvagement en lui répétant d'arrêter, de ne pas se risquer davantage, qu'il allait à l'abîme. Il fut déconcerté.

– Qu'y a-t-il ?

– Je ne vous aime pas, Gustave. J'ai été mauvaise, inconséquente, je me suis jouée de vous.

Il fronça les sourcils, cherchant à comprendre, car il était déjà si engagé dans le rêve qu'il avait oublié m'avoir forcée. Je devais avoir l'air hagarde et il me posa la question bien américaine :

– *Is it something wrong ?*

– Je vous en prie. Écoutez-moi.

Il essaya. Il eut l'air d'un homme ivre qui cherche à se concentrer, mais il avait tellement envie de rester dans les contrées radieuses auxquelles je tentais de l'arracher qu'il ne put maintenir son effort. Je lui tenais encore le visage, il prit mes mains, les baisa, les posa sur mes seins.

– Tu es si belle, dit-il, tu as les yeux gris comme un ciel d'hiver.

Non ! Gris comme le lac ! Gris comme le lac ! De nouveau je fus traversée par une douleur aiguë.

– Depuis que je t'ai vue, j'ai envie de toucher tes cheveux. Mais tu as toujours l'air si méchante. Les femmes ne sont jamais méchantes avec moi.

– Je suis méchante, perfide, calculatrice et infidèle. Je me suis servie de vous. J'ai été sans scrupules.

Il n'entendait pas. Je compris qu'il ne percevait ma voix que comme une musique, quoi que je dise il baignait dans l'amour, tout lui était drogue et ses sens obscurcis ne recevaient plus la réalité. Le découragement me gagna, je me mis à pleurer. Quand il vit mes larmes, il eut d'abord un sourire heureux, comme si je lui proposais un philtre de plus, il mit les lèvres sur mes paupières et but mes pleurs. L'eau salée tue les terres qu'elle inonde et l'illusion commença de se défaire. Un peu de perplexité vint embrumer son regard, il voulut la chasser mais la réalité un instant écartée l'assiégea, il résista, il était couché nu sur moi qui étais nue, cela n'est-il pas l'amour et que faisaient là mon air de détresse et les sanglots qui me secouaient ? Il hocha vigoureusement la tête, il tentait de chasser des souvenirs trop récents pour ne pas être tenaces, Émilienne insolente qui se moquait de lui, ma froideur provocante, mes lèvres serrées à la fin de l'amour, pour retrouver mon visage un instant défait et l'accueil facile de mon corps quand il avait échappé à mon contrôle, mais je pleurais, j'avais un air de compassion, la dissonance l'atteignit enfin, il frissonna, il regarda autour de lui et vit qu'il était allé seul dans le domaine où on ne va qu'à deux, que j'étais restée de l'autre côté de la frontière et que je le rappelais comme je pouvais avant qu'il s'égare tout à fait. Il se figea. Le mirage tremblait, les prairies vertes se dissipaient, l'aridité reprenait son empire et je vis la conviction déferler en lui. Il fut comme un arbre qu'on abat, le tronc crie quand il casse, c'est un immense mouvement, une chute irrémédiable, les branches se brisent, il y a un long froissement de feuilles qui se réduit peu à peu et puis c'est le silence, tout se tait, les oiseaux effrayés, qui se sont envolés pour aller se poser plus loin, sont immobilisés par la peur, et la mort qui rôdait établit lentement son pouvoir.

Il s'écarta de moi et ce qui suivit fut si triste que je veux ne plus jamais y penser. Il ne me demanda pas de me justifier, je l'aurais fait tant il était désemparé. Peut-être pendant les quelques minutes dont il avait disposé avait-il aimé de la seule manière que je peux comprendre, la mienne.

Quand il me quitta, je pensais sombrer dans le chagrin, mais j'avais dormi trois heures, donné un cours en anglais et lutté férocement contre un corps indocile : je m'endormis. À 6 heures, Charles fit irruption dans ma chambre.

Il ne s'était pas couché. Il avait sillonné la ville en tous sens pour me retrouver, après quoi, comme c'était un homme sage, il s'était rasé et changé pour arriver à temps à son bureau où il recevait les congressistes hollandais, en flamand qu'il parlait fort bien. Gustave les accompagnait comme il était prévu, à la fin de la visite il avait disparu. Le soupçon assaillit Charles rivé à ses devoirs. Il suivit ses hôtes, qui allaient déjeuner en se réjouissant bruyamment de la récréation. Mr. Bross vit que Charles avait le teint gris et l'air désespéré, et s'enquit avec sollicitude de sa santé.

– Je vais bien, dit Charles.

– Mais je ne vois pas Gustave Henderson ? Il devrait être avec vous.

Charles se décomposa :

– Je ne sais pas où est ma femme.

Mr. Bross se retint avec fermeté d'avoir l'air émoustillé.

– Mon pauvre garçon, vous semblez à bout. Allez vous reposer, dans cet état, vous ne m'êtes d'aucune utilité.

Il est évident que je n'ai interrogé personne, mais quelques paroles jetées de-ci de-là m'ont donné à imaginer Georgette tentant d'ourdir ma perte.

La veille, Charles et moi avions été parmi les premiers invités à quitter son cocktail. William reconduisait des gens dont la voiture était en panne, elle eut l'occasion d'un tête-à-tête avec Gustave. Elle était toujours folle de rage et voulait savoir si elle pourrait le détourner de moi. Ils eurent une conversation longue et compliquée qui se ramène à deux répliques :

– Patientez, chacune aura son tour.

Et :

– Cette femme est dangereuse, n'y touchez pas.

La muflerie du séducteur que le piège de l'amour n'a pas encore blessé et les soins hypocrites de la rivale étroitement contrôlée formèrent, j'en suis sûre, un charmant duo.

– Elle a des secrets.

– À Detroit ? Cela est impossible.

– Non. Je ne vous en dirai pas davantage.

Ce qui lui donnait les gants de paraître vouloir me ménager devant le soupirant impatienté et permettait qu'elle ne se batte pas avec des armes qui la diminueraient dans sa propre estime.

Il pensait qu'un amour en Europe ne serait pas un bien grand obstacle et s'apprêtait à trouver le moyen de me rencontrer en tête-à-tête quand il me croisa au Hilton.

William ne déjeunait pas avec les congressistes. Il rentra chez lui et, avec un léger dédain, conta à sa femme la détresse visible du malheureux mari maltraité.

– Vous ne pouvez donc pas divorcer à temps, dans ton pays ?

Certainement elle n'imagina jamais que j'étais amoureuse de Gustave, elle portait trop durement la trace de Léopold pour faire une telle erreur, mais elle voulait frapper. Elle alla trouver Charles effondré dans son living-room à cretonne.

– Mon pauvre Charles.

– Savez-vous où elle est ?

– Non, mais nous pouvons y réfléchir.

Il avait surtout envie de pleurer.

– Je n'aurais peut-être pas dû la harceler comme j'ai fait. Après tout, elle était peut-être aux lacs ?

– La question n'est pas de savoir où elle était, mais où elle est. Que devait-elle faire ce matin ?

Elle le fit téléphoner à l'université, ils apprirent que j'avais donné mon cours comme d'habitude. Donc, j'avais dormi quelque part ? Je n'avais de relations intimes avec personne, j'avais dû aller à l'hôtel.

– Chez lui ! Elle a passé la nuit chez lui !

– Pas si vite, mon cher, une femme ne se précipite pas ainsi.

– Il y a cent hôtels à Detroit ! dit Charles affolé et qui se souvenait des téléphones aux hôtels des lacs.

– Plus que ça. Commençons par le plus évident.

Ce que j'avais fait moi-même et ils me trouvèrent tout de suite. Charles s'y rua, elle le suivit en voiture et pensa vingt fois qu'il se ferait tuer dans un accident. Il voulait courir à ma chambre, elle le retint et interrogea le maître d'hôtel dont la discrétion professionnelle ne résista pas à une quantité décente de dollars. On sut que Gustave était monté en même temps que moi. Charles souhaitait s'écrouler.

– Il n'en est pas question. Vous allez la ramener chez vous.

Un mari défait et vaincu ne faisait pas son affaire, elle voulait qu'il s'interpose entre Gustave et moi. Elle l'entraîna au bar, le fit boire deux whiskies, le piqua, le provoqua et le cingla jusqu'à ce qu'il se mît en colère, ce qui ne fut pas facile, on a vu qu'il avait le caractère doux. Quand il fut aussi échauffé qu'elle pensait pouvoir l'obtenir, elle l'envoya chez moi qui fus réveillée en sursaut.

– Nous rentrons, me dit-il.

Je ne comptais pas vivre à l'hôtel.

Pendant le trajet, il ne dit pas un mot. Il ruminait les estocades de Georgette. Elle lui avait montré que les plaintes du jaloux ne font pas son bonheur et qu'il faut prendre de force les femmes qui ne se donnent pas.

– Je ne suis pas un soudard, répondait-il.

Elle lui avait fait entendre, plus délicatement que je ne vais le dire, que, quand on épouse une femme qui n'aime pas, il faut être soudard ou cocu, idée qu'il digérait mal.

Il conduisait avec des gestes nerveux, il fut discourtois envers les autres automobilistes : il s'exerçait à la violence et me fit plusieurs fois aussi peur qu'à Georgette. À l'arrivée, il fit le tour de la voiture pour m'en ouvrir la porte, ce fut le dernier îlot de la bienséance, la rancune et la frustration allaient l'emporter pendant quelques heures sur les bonnes manières. Il me jeta fort brutalement sur le lit de la chambre conjugale. J'y fis la morte. Il fit donc le soudard. La chose devait convenir mieux qu'il ne l'avait imaginé à son tempérament car il me soudardisa trois fois, je n'étais pas dans un jour de chance. Jeune, on m'avait appris que l'élégance est de se vêtir – ou de se comporter – en concordance exacte avec les circonstances, je fus victime de mon éducation : il me semblait hors de propos d'interrompre un homme en humeur de viol pour aller installer un pessaire. Quand il s'abattit, épuisé, je regardai ma montre : si je n'avais pas été engrossée à 3 heures de l'après-midi, je l'étais à 8 heures du soir. Je n'ai plus jamais couché avec lui.

Je pris quand même la peine d'aller à la salle de bains accomplir des formalités inutiles. Je me vis dans le miroir : blanche, l'air fatigué, mais redevenue moi-même. La folie qui m'avait tenue pendant six semaines m'avait quittée, je vis que j'étais guérie, je n'avais plus cette expression de sauvage ni ces éclairs de fureur dans le regard. J'avais maigri et brusquement j'eus très faim, là je fus sûre de bien me reconnaître, et je n'eus pas besoin d'aller à la cuisine pour savoir qu'il n'y avait à peu près rien à manger dans la maison puisque je ne m'étais plus souciée de l'intendance. J'enfilai quelques vêtements et allai manger trois grands sandwiches en ville. À mon retour, Charles affolé faisait les cent pas dans le salon.

– D'où viens-tu ?

Même dessoulée de ma rage, je ne pus prendre sur moi de lui répondre. Je le regardai : il s'était rhabillé, peigné et passé à l'after-shave comme pour effacer les traces de son inconduite, il était debout, l'air incertain, au milieu des fauteuils recouverts de cretonne à fleurs, dans cette pièce médiocre d'une maison médiocre, avec des rideaux vert pâle, un cadre d'argent pour les photos de famille sur une commode de chêne sculpté style rustique, il y avait une cheminée d'un côté et un poste de télévision de l'autre. Je haussai les épaules.

– Je t'ordonne de me répondre.

Sans aucun doute, il ordonnait.

Je poursuivis mon chemin vers les escaliers pendant qu'il disait encore des choses et j'allai dans la chambre d'ami. Elle n'avait plus de clef, il n'essaya pas d'entrer. Je calculai en me couchant qu'il me faudrait quatre semaines pour savoir où j'en étais.

Après tout, j'aurais pu ne pas être enceinte et quand, au bout de mes quatre semaines, je descendis de la table d'examen avec les félicitations du gynécologue qui venait de m'explorer le dedans, je me sentis parfaitement sotte. La gamine culbutée dans une encoignure de porte, la secrétaire sautée à côté de sa machine à écrire ou, dans un ton moins moderne, la paysanne dans le foin ne s'en tirent jamais sans payer leur dû à la morale, ou plutôt le dû du culbuteur : jeune bourgeoise violée deux fois le même jour par sa faute, je les rejoignais. Je remis de l'ordre dans mes vêtements et allai vers le médecin assis devant son diplôme en reboutonnant mon manteau.

– Pratiquez-vous l'avortement ?

Il se mit à discourir mais je n'étais pas d'humeur à me laisser envahir les oreilles après le ventre et je le plantai là. Comment trouve-t-on à se faire avorter dans une grande ville américaine où l'on ne fréquente que des historiens et des ingénieurs ? Je ne voyais qu'une personne qui pût m'informer et allai sonner chez Georgette.

Elle sembla surprise, ce qui ne l'empêcha pas de m'accueillir de façon parfaitement courtoise. Gustave avait été muté en Australie, la guerre était finie. Elle m'offrit un verre de whisky, dont je ne buvais jamais, elle se servit et s'assit devant moi en laissant un peu remonter sa jupe comme faisaient en général les femmes de ce pays, puis haussa les sourcils d'un air interrogateur.

– Vous avez besoin de moi ?

– Je n'ai aucune idée sur la façon de trouver un avorteur.

Elle eut aussitôt l'air très sérieux.

– Ne faites pas cela. C'est cinq cents dollars chez un

médecin, la faiseuse d'anges est abordable, mais l'ange est souvent la mère, j'ai entendu de vilaines histoires. À Bruxelles ou à Paris, cela ne présenterait aucune difficulté, je connais des adresses à dix mille francs, ce qui est peu, ces choses-là sont hors de prix partout. Ici, nous sommes dans un pays puritain, on paie pour ses péchés. Allez en Europe, Londres est excellent, c'est moins dangereux qu'ici.

Je fis de rapides calculs : l'avion, un séjour à l'hôtel, l'opération et depuis Reykjavik je n'avais presque plus d'argent. Je me rendis compte que j'allais rester enceinte le temps ordinaire et donner un enfant à Charles.

– Je suis désolée, me dit Georgette.

Je sentis qu'elle l'était vraiment. Georgette avait gardé ses opinions sur la condition féminine, je suppose qu'en allant chez elle je marquais que je n'en doutais pas. Il n'y eut pas un mot sur Gustave et elle ne me demanda pas pourquoi je voulais avorter : nous étions entre gentilshommes et nous n'avions pas à donner d'explications sur nos choix. Le respect des trêves témoigne de l'estime mutuelle des adversaires : on verrait bien s'il fallait reprendre le combat. Je bus mon jus d'orange, elle son whisky et je crois que nous regrettions l'obligation d'être ennemies.

Je la revois si bien, j'en ai comme une nostalgie. Sa beauté n'avait pas encore chancelé quoiqu'elle bût déjà beaucoup trop. Quelques mois plus tard je compris que, ce jour-là, elle aussi était enceinte, elle n'en parla pas. Elle était toujours lumineuse, elle arrivait toujours dans les réceptions en tendant les deux bras pour tout étreindre, mais elle vivait définitivement dans un monde où sa beauté ne servait à rien puisque Léopold n'y était pas. Je concevais bien qu'après lui tout homme ne fût qu'une ombre indistincte. Elle était belle pour rien. Personne ne pouvait lui donner quoi que ce fût et je sais qu'elle m'aurait aidée si elle avait pu.

– Je n'ai pas du tout d'argent, me dit-elle, je dépense tout ce que William me donne et, pour la première fois, je le regrette.

Si elle en avait eu, aurais-je su l'accepter ? J'étais bien jeune… Je ne pouvais pas avorter avec l'argent de Charles. Il me semblait impossible d'en demander à mes parents. Oh ! ils l'auraient donné, mais avec quelle désolation puisque cela aurait montré que mon mariage avait raté. L'idée me traversa que, s'il en avait eu, j'aurais pris l'argent de Léopold car j'étais enceinte par sa faute, mais je la rejetai rapidement et, en la retrouvant aujourd'hui, je sens mes joues s'enflammer, je rougis, je suis furieuse.

8

L'EXIL

Peut-être ces six semaines de folie m'avaient purgée, ou bien les modifications hormonales que provoque la grossesse me firent une humeur léthargique : je ne me souviens ni de Charles ni de moi pendant ces mois-là, seulement de ma grand-mère.

L'automne arriva. Je faisais de longues promenades dans la campagne roussie, soumise à mon corps qui accomplissait aveuglément une tâche que je ne reconnaissais pas pour mienne, les feuilles tombèrent, l'hiver blanc et gris, tel que Léopold l'aimait, s'installa. Les dernières feuilles mortes tournoyèrent lentement dans l'air calme, chacune me rapprochait de la liberté. Je marchais beaucoup, dans une sorte de silence intérieur qui m'ouvrait aux bruits de la nature. Je découvris le cri tragique des choucas et leur envol lourd comme le chagrin. Quand je revenais de l'université, je quittais souvent la route et je longeais à pied la lisière d'un petit bois. Les grands froids furent tardifs. Je m'asseyais sur un talus et j'attendais que les animaux sauvages aient oublié ma présence. Dans les contes, les biches viennent consoler la princesse malheureuse, elles s'offrent à ses caresses et recueillent ses larmes. Elles ne vinrent pas, tout au plus si je vis parfois des écureuils et rarement un lièvre hâtif, mais j'avais perdu la pureté de l'âme et je ne pleurais pas. D'autres fois, je marchais à travers les labours, j'écoutais le chaume crisser sous mes pas, il me semblait entendre le temps s'écouler avec une terrible lenteur. À la fin de février, quand le gel est le plus profond, je serais délivrée. Je ne m'appartenais plus, j'étais le lieu d'un phénomène semblable à l'hiver, aux premières pousses quelque chose se détacherait de moi et je poursuivrais ma route un moment interrompue, je ne savais pas comment, seulement qu'elle me conduirait à Léopold, fût-ce avec cinq mille francs par mois car je ne ferais plus la sottise de prétendre que je pouvais vivre ailleurs qu'où il était. En attendant, je vis tomber les premières neiges, les flocons glissaient posément dans l'air calme et le sol se couvrit peu à peu d'innocence. Les lacs gelèrent et je me détournai de la nature dont rien ne peut précipiter le rythme. Je vécus enfermée dans le salon de cretonne ou dans les bibliothèques, consultant des documents qu'on n'avait plus dépliés depuis un siècle ou deux, déchiffrant les écritures ornées qu'avaient tracées des mains depuis longtemps passées poussière. Je regardais ma propre main qui recopiait dans un cahier ce qui me serait utile et je me disais que je vivais, que cela est court et que, dans l'inexorable chaîne des générations, je n'étais qu'un maillon. L'enfant enfermé dans mon ventre et qui me tenait ainsi prisonnière vivrait au-delà de moi. La chaîne s'enroulait éternellement, jetant dans les temps révolus chaque instant, chaque désir, chaque espoir, et cependant j'aurais voulu courir vers l'avant, vers les bras de l'amant et l'immobilité exquise du bonheur.

J'arguai de mon état pour ne plus fréquenter les réceptions et je ne donnai plus de dîner. Charles m'entourait de soins que je recevais poliment. Je ne cachais plus mon indifférence, mais, comme il s'était mal conduit, il était en droit d'avoir des remords. Il avait voulu prétendre que je me conduisais à la façon des épouses, il changea de mensonge et se mit en mari coupable. Il y retrouva la discrétion de bon ton à laquelle il m'avait habituée.

Léopold me demandait pourquoi je ne revenais pas en Europe. Je lui disais que je n'avais pas encore assez d'argent, ce qui était plus exact que vrai : je ne voulais pas qu'il me voie enceinte. Sans doute savait-il, mes parents avaient dû répandre la nouvelle, mais nous n'en parlions pas dans nos courtes petites lettres. Comme nous avions la plume maladroite ! Il disait : « Je t'aime, tu me manques, le temps me dure », et je lui répondais qu'il me manquait et que cela n'en finissait pas. Au printemps, il exposait à Paris : il vendrait et m'enverrait de l'argent, je répondais que j'en serais ravie, mais que d'ici là j'en aurais car je ne dépensais rien de ce que je gagnais, je gardais tout pour les compagnies aériennes. Ma mère me donnait des nouvelles détaillées de toutes nos relations. Philémon, Baucis et leur enfant se portaient bien. Blandine aussi, décidément mon éloignement convenait à sa santé. Colette eut son premier enfant en septembre et me raconta les joies de la maternité sans me convaincre. J'avais envoyé des vœux de nouvel an à Mme van Aalter qui m'avait très poliment répondu et je reçus une carte pour mon anniversaire de mariage, elle y souhaitait que mon bonheur dure. Je chargeai Charles de lui répondre.

En novembre arriva un télégramme qui me rappelait d'urgence : ma grand-mère avait eu une attaque et les médecins ne répondaient pas de sa vie.

Je fus secouée par le chagrin. C'était la première de ces morts que l'ordre des choses impose…

Une enfant qui n'avait pas encore onze ans s'affolait, elle disait : « Oma ! Oma ! », le mot flamand dont je me servais dans mes premières années quand grand-mère était trop difficile à prononcer, elle tendait les bras vers le vide et je donnais vite un sens à ses gestes, il fallait courir à ma chambre, jeter quelques objets dans une trousse de toilette, choisir une tenue de rechange. Je n'avais pas besoin de téléphoner à l'aéroport pour connaître les horaires de vol, je les savais tous par cœur.

Charles était à son bureau, j'avais failli partir sans le prévenir. Comme je sanglotais au téléphone, il commença par ne pas me comprendre et crut que je perdais son enfant. Il cria qu'il arrivait, raccrocha et, quand j'eus rappelé, sa secrétaire me dit qu'il était parti en courant. Je m'assis à côté de ma valise en me disant, pour faire patienter la petite fille, que l'avion de New York ne s'envolait que dans deux heures. Charles fut surpris de me voir en bonne santé et, pour couper court aux exclamations, je lui tendis le télégramme.

– Prépare-moi une valise, dit-il en prenant le téléphone, et le spectacle d'un jeune cadre supérieur dans l'exercice de toute sa capacité d'organisation fut si stupéfiant que j'en oubliai de pleurer.

Mon père nous attendait à l'aéroport de Bruxelles.

– Tu arrives à temps, me dit il.

Nous allâmes tout de suite à l'hôpital. Il raconta comment la crise était survenue : ma grand-mère recevait à dîner quand elle avait senti poindre le malaise, elle avait fait appeler un médecin et mon père. À leur arrivée, le diagnostic d'Esther était fait :

– Je meurs. Heureusement j'ai toujours tenu toutes mes affaires en ordre.

On l'avait mise dans une petite chambre vitrée, au bout de la salle commune, en face du bureau des infirmières. Je sus plus tard que c'était là qu'on installait les gens dont on n'escomptait pas qu'ils vivent longtemps. Des oreillers la soutenaient, tout son corps penchait vers la gauche, l'hémiplégie avait épargné son visage. Elle me vit de loin et son sourire s'accentuait à mesure que je me rapprochais.

– Viens vite, dit-elle, viens vite ! Il me reste peu de temps. Es-tu bien belle ? J'y vois si mal.

Elle posa sur mon ventre la main dont la paralysie lui laissait la disposition.

– Tu n'es pas encore bien grosse. L'enfant est en bonne santé ?

– En tout cas, je reçois des coups de pied très vigoureux.

– Alors c'est une fille. Les filles se disputent avec leur mère avant même de naître. Ta mère m'a fait perdre connaissance deux fois.

– Voyons ! Maman ! dit ma mère assise au pied du lit.

Je lui souris de loin. Esther tâtait toujours mon ventre.

– Et elles sont contrariantes. Elle pourrait bouger, pour me faire plaisir et que je la sente, mais non ! C'est bien une fille !

Puis elle se tut, si brusquement immobile, les yeux tout à coup clos, que je fus saisie. Ma mère se pencha vers elle, mon père posa la main sur mon épaule.

– C'est ainsi que ça se passe, dit-il à voix basse. Elle est toute vive, comme tu l'as vue, puis elle s'arrête.

Nous restâmes un moment silencieux. Ma grand-mère poussa un long soupir.

– J'ai dû dormir. Au point où j'en suis, c'est un peu bête de passer du temps à dormir, mais il ne semble pas que je puisse en décider.

Anita et moi restâmes à ses côtés pendant l'après-midi. Mon père et Charles s'absentaient parfois et il me semble que c'était les moments qu'elle choisissait pour s'animer, bavarder, me questionner. Elle me fit raconter Detroit et, connaissant ce qui lui plaisait, je fus aussi moqueuse et mordante qu'il m'était possible devant cette femme que, par intervalles, un sommeil de quelques minutes venait arracher à elle-même. Vers 9 heures, elle dit qu'il était temps que j'aille me reposer. Je ne voulais pas, mais :

– Ce n'est sans doute pas cette nuit que je mourrai et tu dois veiller sur toi. Comment veux-tu que je sois tranquille si je te vois te fatiguer ? Mon arrière-petit-enfant dépend de toi, va dormir. Ta mère me tiendra compagnie.

Je crois qu'elle me préférait à sa fille, mais Anita n'en sut jamais rien.

Ma mère avait les yeux pleins de larmes et n'essayait même pas de dire à sa mère qu'elle s'en tirerait, qu'il fallait être optimiste. Mon père, debout derrière elle, lui tenait fermement les épaules.

– Emmenez-la, Charles, dit ma grand-mère.

Il se sentit investi de ces rôles de père et d'époux qu'il aurait tant aimé tenir.

– Viens, me dit-il, ta grand-mère a raison.

Je me devais à son enfant et au descendant d'Esther. J'en avais encore pour trois mois à être le lieu où croissait le rêve des autres et, ce soir, je voulais contenter ma grand-mère. Tant pis pour Charles s'il y nourrissait ses illusions.

Elle mourut au petit matin. Ma mère crut d'abord qu'elle

était de nouveau tombée dans un de ces brefs sommeils qui l'avaient tant effrayée au début mais auxquels elle s'était déjà habituée. Puis elle s'inquiéta et mon père appela une infirmière. Le cœur ne battait plus.

À 9 heures, ma mère était devant sa coiffeuse, bassinant ses yeux gonflés par les larmes avec des compresses à l'eau de rose, tout en continuant à pleurer.

Comme ça, tu n'y arriveras pas, lui dis-je.

– Je ne peux pas me montrer à ton père dans cet état !

Je l'imaginai passant sa journée à pleurer en se mettant des gouttes de collyre. Il fallait la distraire et j'en avais les moyens : j'entrepris de lui parler de la chambre d'enfant qu'on préparerait bientôt à Detroit et nous nous engageâmes dans une discussion poussée sur les couleurs qui conviennent aux bébés. Parfois, elle retombait dans la détresse :

– Maman aurait tant aimé le voir !

Mais, à midi, elle avait les yeux dégonflés.

J'étais terrifiée à l'idée d'être vue par Léopold. Il ne pouvait pas ignorer que j'étais à Bruxelles. Je ne sortais de la maison que pour m'engouffrer dans une voiture et ne mis pas les pieds en ville. Ma mère en larmes écrivait les adresses sur les enveloppes des faire-part. Je me rendis brusquement compte que Léopold viendrait à l'enterrement : mon père lui avait ouvert sa maison, avait acheté ses tableaux, il se devait de rendre ses respects aux Balthus. Je fus prise de panique, la tête me tourna, je sentis monter l'évanouissement et le malaise qui m'envahissait me fournit la solution : je me sentirais mal, je resterais avenue du Haut-Pont, on comprendrait que Charles doive me tenir compagnie, je ne paraîtrais pas.

Léopold savait, naturellement, et s'il ne marqua rien, c'est qu'il s'en remettait à ma décision. Mais être à Bruxelles et ne pas le voir ? Dans l'avion du retour j'eus vraiment la faiblesse que j'avais feinte. D'autant plus que, chez le notaire, où je ne m'attendais pas à devoir me rendre, j'avais appris que j'étais libre. Ma grand-mère avait fait de moi son héritière :

« Ton mariage m'a toujours semblé louche, me disait-elle dans une petite lettre qui accompagnait son testament, plus personne ne pratique le mariage de convenances : à qui ou à quoi convenait-il ? Je suppose que tu divorceras, c'est pourquoi j'ai demandé à ta mère si elle consentirait que tu hérites directement de moi, sans passer par elle. Ainsi, tu auras un peu d'argent, après les droits de succession qui sont toujours désagréables. Le modern style revient à la mode, étudie bien le marché avant de vendre la maison de la Cogelslei. Cela t'aidera à faire ce qui te plaît. Je suis furieuse de mourir avant de connaître la suite de ton histoire et encore plus furieuse de ne croire en aucune survie d'où je pourrais me donner le plaisir de te suivre des yeux. Amuse-toi bien, petite. »

Et ma mère, après les funérailles, m'avait donné une enveloppe qui contenait un écrin ainsi qu'un autre message :

« Ces quatre diamants sont pour toi. C'est tout ce qui reste de la bijouterie de ton grand-père, sa générosité, puis la guerre ont tout mangé. Regarde-les bien : dans la société où tu vis ils sont l'image de la liberté. »

À Detroit, Georgette avait eu un fils. Je lui rendis visite. Pendant que Charles et William se penchaient sur le berceau en disant les choses d'usage, nous échangeâmes un long regard. Décidément, la guerre était finie.

Je mis enfin au monde l'enfant que deux hommes avaient voulu et je crois que, si j'eus l'accouchement le plus facile qui soit, c'est que mon corps tout entier ne demandait qu'à s'ouvrir pour laisser sortir l'intrus. Quand l'affaire fut terminée, que je me retrouvai dans une chambre, rhabillée, lavée, peignée, une infirmière me mit la petite fille dans les bras et fit entrer Charles rayonnant.

– Ma grand-mère a demandé, si c'était une fille, qu'elle porte son nom. Mais c'est *ta* fille, c'est à toi d'en décider.

Il affichait un parfait bonheur. Il jura qu'Esther serait un excellent prénom et fit tout ce qu'il put pour ne pas entendre que je ne voulais pas de cet enfant qu'il m'avait fourré dans le ventre contre mon gré. Une fois rentrée, je m'installai dans la chambre d'amis qui n'avait toujours pas de clef, il n'en parla jamais, il n'essaya pas de m'y rejoindre. Apparemment il était prêt à poursuivre ce mariage désormais blanc aussi longtemps que je serais restée. Il aimait éperdument Esther. Peut-être pleurait-il quand il était seul, le soir, dans le grand lit.

Aujourd'hui, on parle de mère porteuse : fort bien, j'en fus donc une. Comme j'étais en bonne santé, j'eus du lait de bonne qualité et la fille de Charles prospéra. Je ne m'étais jamais beaucoup interrogée sur son géniteur : dès les premiers jours de sa vie, la ressemblance était frappante. Elle eut tout de suite la même abondante chevelure blonde et ces délicats modelés du visage qui donnaient à son père un air de fragilité mais qui convenaient bien à la féminité. Je savais que je ne l'aimais pas et qu'elle n'y pouvait rien. Au mieux, j'avais pitié d'elle. Comme ma grand-mère, ma mère et moi, elle serait fille unique, mais nous avions toutes les trois été désirées. Elle avait les yeux d'un bleu intense, lumineux comme la mer en été, et de longues mains fines et déliées. Dans les contes de fées de mon enfance, les bonnes fées couvraient la princesse nouvellement née de dons et de talents, mais Carabosse qu'on avait oubliée venait tout gâter par un présent empoisonné : j'étais Carabosse. Est-ce que la beauté et un père qui l'aimait compenseraient cela ? Je ne lui voulais que du bien, mais je savais que ce bien ne lui viendrait pas de moi. Il advint peut-être que je fusse tentée de m'émouvoir devant son regard attentif quand je la nourrissais, mais je lui disais non, aussi doucement que je pouvais car j'avais déjà vu les désastres nés des promesses d'amour non tenues. J'étais naïve : je croyais que je pouvais empêcher qu'elle s'attache à moi alors qu'une image se formait définitivement dans son esprit, mais j'avais cru conquérir Léopold et je fus longue à comprendre que personne ne conquiert personne, que simplement on reconnaît l'objet qu'on attendait, l'image que nos rêves ont construite, le souvenir d'un visage qu'on n'avait pas encore vu. Quand Esther était heureuse dans mes bras, je sais aujourd'hui que le drame s'inscrivait en elle. J'étais prise dans ma propre histoire et je n'y compris rien. C'était une petite fille vigoureuse, ardente à vivre, et je voulais qu'elle appartînt à Charles. Nous n'appartenons qu'à ceux à qui nous décidons de nous donner, elle était en train de faire son choix, le mien était fait depuis longtemps : nous étions incompatibles.

Je n'étais plus empêchée d'aller voir Léopold par le manque d'argent. J'avais formé le projet d'attendre six mois après mes couches pour ne me montrer à lui que toutes traces effacées : après trois mois, les examens les plus attentifs devant les miroirs les moins complices ne montraient plus rien. J'avais pris grand soin de mon corps et l'enfantement était passé sur moi sans me marquer. Depuis un an, aucun homme ne m'avait touchée, j'avais oublié les empressements de Charles et le bref bonheur de Gustave. Le pédiatre me conseilla de donner des mélanges de viande et de légumes passés à Esther qui s'en montra ravie. Mon lait se tarit. Je sentis l'âpre blessure de l'attente se fermer, un nœud d'angoisse se défit, tout à coup je respirais librement. Il y a des rivières dont on entrave le cours, on y met des retenues, des barrages, l'eau cherche péniblement son chemin, il faudrait remonter le flanc des montagnes, elle stagne, se débat contre des digues de béton et puis c'est l'embouchure, le delta, l'océan, avec les grandes vagues, les marées et le rire des orages. Léopold était à Paris : je compris que j'y allais.

– Je vais passer quelques jours à Bruxelles, dis-je à Charles qui écarquilla les yeux.

– Mais… tu n'y penses pas !

Il usait souvent de cette expression bizarre avec laquelle on dit à quelqu'un qu'il ne pense pas ce qu'il vient de dire, et qu'il avait donc dû penser avant.

– J'ai mon billet d'avion. Je pars demain.

– Mais tu ne peux pas ! Et Esther ?

– Tout est organisé. J'ai déjà payé la baby-sitter.

Je voyais la lueur d'effroi dans son regard, mais je n'y pouvais rien.

– On ne fait pas des choses comme ça !

Mon Dieu ! Comme cet homme était ennuyeux ! J'entrevis la conversation qui menaçait : il ne m'était pas possible de l'endurer. Je me levai, rassemblai les assiettes, les portai à la cuisine : c'était le genre de choses dont il pensait qu'on peut les faire. Il me suivit en continuant à parler, je ne répondis plus. J'avais téléphoné à Léopold qui m'attendrait à Orly. L'argumentation agitée de Charles faisait un bourdonnement à peine gênant, j'éprouvais déjà le tarmac sous mes pieds, ma course à travers la foule pour rejoindre Léopold et comment je m'arrêterais à deux pas de lui pour le voir, abreuver mes yeux depuis si longtemps privés avant de m'abattre dans ses bras.

Je fermai la porte de ma chambre sur Charles indigné.

– Tu ne te conduis ni comme une mère ni comme une épouse.

Je ne songeais pas à en disconvenir.

La tempête rageait sur l'Atlantique, les trous d'air se succédaient, les hôtesses circulaient avec des expressions si rassurantes qu'on sentait l'enfer s'ouvrir sous les pieds, mais j'étais portée par les ailes de l'amour, les éléments ne pouvaient rien sur moi, il me semblait que j'aurais fait la traversée sans avion, aspirée par l'avidité de le revoir, et puis, au moment d'atterrir, je fus traversée par l'épouvante. Et si j'avais changé ? On se voit tous les jours : j'avais été enceinte pendant des mois, me souvenais-je bien de moi ? Étais-je encore la fille ocre et grise de Genval ? Et si je voyais son regard errer d'une femme à l'autre, cherchant vainement l'amante ? Et si je ne me ressemblais plus ? Qu'avais-je, sinon mon image, pour me faire reconnaître de lui ? Qu'est-on d'autre que son apparence ? Une terreur me glaça, je crus ne plus pouvoir bouger, mais déjà il venait vers moi et l'univers un instant ébranlé se remit en place. L'excès d'émotion fut presque insupportable, je suffoquais, nous nous regardions, muets, quasiment engourdis, les gens nous bousculaient car nous restions sur place, cloués, souriants, ivres. Je suppose que nous parvînmes à faire les choses nécessaires comme reprendre la valise, atteindre la sortie, entrer dans un taxi, traverser Paris, monter dans une chambre d'hôtel : je le suppose, je ne sais qu'une chose, c'est que j'étais reconstituée, l'amputation intolérable était finie, j'habitais de nouveau mon corps tout entier qui était fait de Léopold et Émilienne réunis. Nous nous engloutîmes l'un dans l'autre, il nous fallut de nouveau toute la nuit pour apaiser l'affolement, calmer la terreur de Léopold sans Émilienne, d'Émilienne sans Léopold, rassurer les amants séparés, gagner la grève, reprendre souffle, nous reposer sur le sable après la terrible tempête où nous avions failli mourir noyés dans l'absence.

Le vernissage avait eu lieu avant mon arrivée. Blandine, toujours aussi intuitive, n'y était pas venue, elle avait la grippe – elle en faisait au mois de mai, si j'étais dans les parages, puisque j'étais son virus. Léopold devait encore voir quelques journalistes. J'ai souvent plaint les gens qui avaient à l'interviewer : il était fort aimable et à peu près muet. Quand on lui demandait où il était né, il répondait :

– À Wechelderzande.

Où il avait fait ses études :

– À Gand.

Comme Mme van Aalter avait cent fois levé les bras au ciel en lui expliquant à quel point il était décourageant, il faisait un immense effort et ajoutait spontanément :

– Comme interne, au collège.

Puis, s'il était d'humeur tout à fait généreuse, il recourait au pléonasme :

– Au pensionnat.

Après quoi, il éprouvait le sentiment d'avoir été bavard.

Heureusement, l'imagination des professionnels palliait sa sobriété et quand, le petit déjeuner pris, il fut parti, je lus dans *Paris-Match* une émouvante description de son enfance solitaire parmi les jésuites, dans les grandes salles glacées du Palais des comtes, des longues heures de prière à genoux sur les dalles de marbre de Sainte-Gudule où, quand il était distrait pendant les exercices de piété, son regard explorait longuement la *Ronde de nuit* accrochée au mur de gauche. Ces intéressantes révélations me mirent en joie et je partis gaiement au lèche-vitrines où je me rendis compte que mon héritage ne ferait pas long feu si je m'habillais à Paris. Je le rejoignis à la galerie Berggruen, nous allâmes déjeuner à une terrasse de café. *Paris-Match*, qui est partout, traînait sur une table : je lui en fis la lecture, qui lui plut beaucoup. Il m'expliqua que Wechelderzande était si petit qu'on n'y trouvait qu'une école primaire et me parla de ses parents, personnes paisibles qui lui avaient transmis le goût du calme. Dès que Léopold avait eu un crayon en main on leur avait parlé de son talent, ce qu'ils avaient reçu avec placidité. Ils n'étaient pas gens à tirer des traites sur l'avenir d'un enfant, Léopold avait grandi sans impatience. Le pensionnat était inévitable : M. Wiesbeck conduisit son fils dans celui où il avait passé son adolescence parmi de vieux curés aimables qui ne croyaient pas aux mérites des éducations spartiates. Il est exact qu'il allait à la messe tous les matins, mais les enfants s'agenouillaient sur de petits coussins brodés par les demoiselles du voisinage et un gros poêle chauffait la chapelle. Personne ne savait plus qui avait peint les scènes religieuses qui ornaient les murs. On ne lui inculqua pas la peur de l'enfer. Je crois que les fées qui s'étaient assemblées autour de son berceau étaient d'humeur particulièrement douce.

Je n'avais plus vu Gérard Delbecke depuis des années, de sorte que, quand il s'approcha de nous, je ne le reconnus pas. Il embrassa affectueusement Léopold, s'excusa d'avoir très vite quitté le vernissage, il avait une générale, puis me regarda.

Léopold fit les présentations et, comme le nom de Badureau n'évoquait visiblement rien pour Gérard, il précisa que j'étais la fille des Balthus.

– Ah ! Je croyais que vous viviez aux États-Unis ?

– Je suis de passage, dis-je.

En me nommant, Léopold avait mis la main sur mon épaule. Il l'y laissa, ce que Gérard remarqua fort bien. Delbecke ne resta que quelques minutes avec nous. Quand Léopold se fut rassis :

– Vous m'affichez ? lui demandai-je.

Il eut un petit sourire.

– Tu ne veux pas ?

Je sentais que je voulais bien.

– Gérard est-il cancanier ? Cela arrivera-t-il à Bruxelles ?

– Nous verrons cela, dit-il gaiement, en attendant, allons nous promener.

Nous nous trouvions aux Champs-Élysées, un des pires lieux communs du monde pour la promenade, mais cela nous était égal et nous les parcourûmes de bout en bout. L'air était frais et vif, le ciel animé de petits nuages joyeux comme nous. Des enfants jouaient dans le jardin des Tuileries. Ce soir-là, Léopold m'emmena dîner chez Lipp, mais nous n'y vîmes personne qui nous connût, c'est le lendemain que les parents de Colette entrèrent dans le restaurant où nous nous trouvions. En me voyant, Mme Lacombe eut un sourire surpris :

– Ah ! Tu es en Europe !

Puis elle chercha Charles du regard, mais elle trouva Léopold qui se levait et la saluait avec une parfaite urbanité. Alors elle chercha Blandine et, ne voyant pas les conjoints prescrits, elle devint perplexe. Il passa dans le regard de M. Lacombe un : « Ho ! Ho ! » grivois qui fut vite remplacé par un air de désapprobation discrète et je vis s'envoler les derniers vestiges de l'amitié qui m'avait liée à Colette. Quelques paroles furent échangées sur l'état de santé des uns et des autres, personne ne se déclara embarrassé et les Lacombe allèrent à leur table. Nous en étions aux fromages quand nous vîmes entrer les Geilfus sur qui il ne fallait pas compter pour répandre les ragots, mais ils étaient accompagnés d'Isabelle André. Léopold eut un petit sourire triomphant :

– Après cela, je ne vois pas comment tu resterais en Amérique.

Je le regardais et je ne voyais pas comment j'avais eu le courage d'y aller. Il étincelait. Il était victorieux, il avait gagné contre Charles, contre Blandine, mais aussi contre l'acharnement que j'avais mis à me faire une vie ordinaire. Je devins amoureuse de lui, comme il m'est arrivé tant de fois depuis la première fois, il me semble que je n'ai jamais cessé de tomber amoureuse de lui. Je fus sans défense, livrée au destin qu'il lui conviendrait de me faire et il reçut sans crainte son assujettissement. Nous regagnâmes lentement l'hôtel, parmi la foule exubérante des premières belles soirées. Tous les panneaux d'affichage parlaient de son exposition : Paris proclamait mon bonheur. Léopold me tenait par les épaules, j'avançais au milieu des alléluias.

Nous nous trouvâmes pris dans une bousculade, des garçons et des filles rieuses couraient dans tous les sens et nous écartèrent l'un de l'autre. Je restai sur place, deux jeunes gens s'arrêtèrent pour s'approcher de moi, il les regarda me tenir je ne sais quels propos engageants que j'écoutai avec calme. Comme j'étais avec lui, j'étais certainement belle à en mourir et, avec toute leur gaieté, la folie de l'été qui venait et leurs vingt ans, ils perdirent leur témérité en quelques secondes, leur parole s'embrouilla, ils se turent. Alors Léopold s'avança, leur sourit et mit la main sur mon épaule.

Désormais, il n'allait plus cesser d'affirmer que je lui appartenais. J'ai commencé mon récit en disant qu'en le voyant j'avais su qu'il m'appartiendrait : c'est de cela que je parlais, de Léopold posant la main sur mon épaule et disant : « Elle est à moi » car c'est quand on est réclamé comme bien propre par quelqu'un qu'on sait qu'il est à soi. Je me sentis nimbée de gloire, j'étais couronnée par l'amour et les garçons saisis d'étonnement reculèrent. Nous passâmes entre eux, ils étaient la garde d'honneur, l'escorte royale, le cortège émerveillé qui accompagne les héros.

Il fit beau pendant toute la semaine. Je m'endormais et je m'éveillais à ses côtés, nous mangions ensemble, nous nous promenions, j'étais enfin entrée dans la vie réelle. Nous écartâmes temporairement Charles et Blandine de nos esprits, ils regagnaient ainsi leur place naturelle, celle où ils eussent pu être heureux s'ils ne nous avaient pas croisés. Léopold acheta un carnet de croquis et des crayons, je trouvai une édition complète de Tocqueville dont j'avoue, à ma honte, que je n'avais encore rien lu, ce qui montre qu'on peut être licenciée en Histoire et ignorante, et nous passâmes de paisibles après-midi au Bois. Le temps nous appartenait encore plus qu'à Reykjavik car nous étions tous les deux sûrs que je rentrerais bientôt. Je pensais peu à la façon d'organiser ma vie, je n'étais pas pressée, je me connaissais, le moment venu je ne laisserais rien au hasard. Le dimanche après-midi Léopold rentrait à Bruxelles, moi j'avais un avion le soir. Je ne l'accompagnerais pas à la gare, si assurés de mon retour prochain que nous fussions je ne me sentais pas capable de le regarder s'éloigner. Nous restâmes toute la matinée couchés côte à côte, nous regardant et nous souriant comme nous aimions le faire. Je caressais lentement son visage en fermant les yeux pour que mes mains prissent en elles la forme de ses joues, du front large, pour qu'elles possèdent à jamais la sensation des cheveux épais et bouclés comme la laine drue des moutons. Puis ce fut l'heure de s'habiller.

– Blandine doit savoir, lui dis-je.

Et Charles ? Avait-il téléphoné chez mes parents ?

– Elle sera malade.

Il rit.

– Tu es mauvaise comme une teigne. Peut-être trouvera-t-elle autre chose ?

– Vous faire une scène ? Prendre un amant et être au lit avec lui quand vous arriverez ?

Il s'assit près de moi.

– Elle fera ce qu'elle voudra. Je ne m'opposerai à aucune décision.

Elle ne voulut rien, bien sûr.

Il quitta l'hôtel vers midi. Je devins songeuse. Il me parut absurde de rentrer à Detroit sans avoir commencé à préparer mon retour et, au lieu de l'avion, je pris le train de 5 heures pour Bruxelles. Mes parents dînaient quand j'entrai dans la salle à manger de l'avenue du Haut-Pont. Ils furent stupéfaits. Lorsque leur étonnement et les abois des chiens furent apaisés :

– Ai-je de quoi vivre ici ? demandai-je à mon père.

Nous allâmes dans son bureau où il fit mes comptes.

– Médiocrement. Tu peux payer un petit loyer, manger et te chauffer. Les femmes de ta génération travaillent.

– Voyons, Émilienne, et ton mari ? disait ma mère.

– Il veut rester à Detroit.

– Alors ? Cela revient à le quitter ?

Je fus frappée de voir à quel point elle avait vieilli. Elle était toujours belle, mais à la façon des femmes qui ont renoncé à séduire, ce qui lui donnait un air de sérénité, de sorte que j'eus moins peur de l'inquiéter.

– Je ne veux plus rester là-bas.

Elle hocha la tête.

– As-tu les relations qu'il faut pour que je trouve un poste à l'université ? demandai-je à mon père. Je peux ramener d'Amérique de quoi faire une thèse de doctorat.

– Et ta fille ? dit ma mère.

Je ne pouvais pas lui répondre.

Que ce fût par colère ou par crainte d'apprendre la vérité, Charles n'avait pas téléphoné. À mon retour, il resta fort silencieux. Il m'observait. Je repris mes habitudes. J'avais si bien organisé la maison et la vie qu'on y menait que mon absence ne se remarquait pas, l'intendance était parfaite. C'était une machine bien huilée qui tournait souplement sans moi, toutes les semaines on livrait l'épicerie qui était payée d'avance, une femme venait nettoyer et une autre garder Esther. Bientôt je ne pus plus supporter de voir Charles souffrir. Il ne parvenait pas à cesser de m'aimer, j'étais le poignard qui le frappait sans cesse. J'avais recommencé à le suivre dans les soirées, on parla devant nous de Gustave qui faisait merveille en Australie, je le vis blêmir et je compris qu'il croyait que j'étais allée là-bas.

– Gustave n'est rien pour moi, lui dis-je au retour, dans la voiture.

Il ne répondit pas. Il refusait toute conversation sur ce qu'il se passait entre nous. Après un moment, il dit :

– Je ne te pose pas de questions.

Comme si cela devait m'interdire de lui donner des réponses. Cependant je n'insistai pas, puisque lui dire la vérité sur Gustave n'était jamais que lui mentir sur Léopold.

Un soir, n'y tenant plus :

– Ne croyez-vous pas que je vous ai assez fait souffrir comme ça ? lui dis-je impulsivement.

– Tu me vouvoies ?

Décidément, cet homme-là n'était jamais où il fallait !

Je vois bien que tutoyer et vouvoyer ne sont plus aussi chargés de sens que dans ma jeunesse. Je venais de vivre pendant deux ans en anglais : en fait, j'en avais profité, quand je parlais à Charles, pour lui dire vous. Il avait exigé le tu au lendemain de notre mariage et je n'avais pas vu comment m'y dérober, de sorte que j'avais tutoyé Charles pour affirmer une intimité qui n'existait pas et Léopold pour la masquer. Tout cela s'opposait toujours à mon mouvement naturel. Je m'étais dissimulée dans la grammaire anglaise où mon mari ne pouvait pas savoir que je reprenais mes distances. Le vous qui m'avait échappé me révélait brusquement ma décision : je partais. Je ne dis rien : le pauvre Charles était à ma merci, le coup allait être porté, pourquoi diable lui aurais-je dit : « C'est demain, à 5 heures, que je frappe », puisqu'il ne pouvait rien éviter ? Il dormirait cette nuit comme il dormait ces temps-ci : mal, sans doute, car il avait les traits tirés tous les matins, mais ce serait sa dernière nuit d'incertitude.

Je n'ai jamais cherché d'excuses pour ce que j'ai fait car je ne crois pas qu'il y en ait. Il n'y a que des explications. Quand, les soirs d'insomnie, je considère ma vie, je vois bien que j'ai cessé d'être libre à onze ans. Je sais que j'ai fait souffrir Charles et peut-être que la seule fois où j'ai tenu compte de son chagrin est ce soir où, sachant que je partais, je n'ai rien dit pour qu'il n'entre dans le plus aigu de la douleur que le lendemain. Dans ma chambre, j'étais calme, délivrée des chaînes que je m'étais forcée à porter et j'étais navrée pour cet homme que la tempête allait ployer. J'espérais qu'il se redresserait. Je n'avais rien d'autre à lui donner que la compassion inutile du bourreau. Maintenant que moi aussi je suis entrée dans la nuit de la solitude, je puis me tenir quelques minutes au côté de Charles qui reste éveillé à dix pas de la femme qu'il désespère de conquérir et hocher doucement la tête avec la sagesse vaine des vieilles femmes. Il regarde la pénombre de la chambre, il cherche à évoquer les moments heureux qu'il y a passés mais il sait bien que tout n'était que fraude et il n'a pas de refuge. Seule sa fille l'aime, elle rit dès qu'elle le voit, elle tend les bras vers lui, il dit qu'elle ressemble à sa mère, cette jolie femme blonde morte quand il était très jeune. Il se souvient qu'il en était aimé et, si j'étais sûre de ne pas le leurrer de nouveau, peut-être que je caresserais doucement ses cheveux clairs d'enfant fragile, j'essuierais ses larmes et je tâcherais de ramener son sourire. Je ne peux pas, car il lèverait aussitôt vers moi le regard éperdu de l'amant. Je ne peux pas le consoler et le soir où j'ai pitié de lui est le soir où je le frappe pour la dernière fois.

Plus tard, quand je lus des commentaires étonnés sur Julien Sorel quittant Paris comme un somnambule pour aller tuer Mme de Rênal, je songeai souvent à mon départ, à ces douze heures sans pensées où j'avais le geste d'une précision et d'une efficacité parfaites. Je mis dans les valises exactement ce dont j'avais besoin, jamais il ne m'arriva de dire : « Ah ! j'ai laissé ça là-bas ! » Je fis une caisse avec les documents que j'avais rassemblés sur la fondation de Hill Town, triai mes vêtements pour abandonner ceux que je ne porterais plus, mis en évidence sur une table l'émeraude que Charles m'avait offerte lors de mon accouchement avec deux mots : « Pour Esther ». J'annulai mon rendez-vous chez le dentiste, retins la baby-sitter pour le soir afin que Charles fût libre de se consacrer à lui-même sans que l'enfant en fût dérangée et ajoutai à la liste d'épicerie l'une ou l'autre chose qui m'étaient venues à l'esprit pendant la semaine. Il ne fut jamais question d'emmener Esther, ce que ma mère ne comprit pas. Deux hommes avaient voulu me rendre enceinte, tout m'assurait que cette petite fille était à Charles, je sentais bien qu'elle n'était pas à moi. J'aurais eu le sentiment de la kidnapper. Si je m'ôtais à cet homme, au moins je lui laissais sa fille, je crois que ce que j'ai fait de mieux est de ne pas la jeter dans le tête-à-tête avec une femme à qui on l'avait imposée. Le peu de réflexion de ce jour-là fut consacré à la façon d'avertir Charles. Je n'envisageai pas un instant de l'affronter : mon histoire avec lui était finie, je ne voulais pas voir ses larmes, le spectacle de sa douleur m'eût semblé une indiscrétion. Je lui écrivis une courte lettre qui serait remise après mon départ, pendant un moment qui faisait charnière dans sa journée, il passait toujours une demi-heure seul, qu'il occupait à de petites mises au point avant de rentrer à la maison. Ainsi pourrait-il choisir la compagnie qui lui convenait : c'était ma dernière politesse envers cet imprudent qui avait voulu entrer dans ma vie, que j'avais prévenu de se méfier de moi et à qui je me retirais comme je lui avais dit qu'il risquait.

La lettre déposée et l'ordre d'aller à l'aéroport donné au chauffeur de taxi, je ne pensai plus à lui. Je regardais l'Amérique défiler et je ne lui disais pas adieu car je ne l'avais pas choisie pour compagne pendant ces deux années. Je sentis tout à coup sa beauté, la sauvagerie du faubourg crasseux que je traversais, la violence des tours d'acier, la candeur des filles et des garçons aux cheveux bien lavés et je me dis que, plus tard, quand j'aurais oublié le temps de l'exil, je reviendrais.

Je ne l'ai pas fait.

9

RUE RODENBACH

Je n'avais prévenu personne. Je descendis seule dans l'aéroport silencieux de l'aube. Il faisait froid malgré juillet, un crachin léger aurait pu être triste, mais les lumières du tarmac en faisaient une brume étincelante, je me sentis avancer dans un univers de diamant, je marchais sur un sol scintillant et je fus heureuse, les années de contraintes s'étaient envolées, j'étais libre et je rejoignais Léopold.

La maison de la rue Rodenbach n'était plus louée. J'y arrivai à 5 heures du matin. Elle était glaciale et humide, je mis la chaudière en route, puis je me fis du café, pris un bain et allai dormir. À midi, il faisait chaud, le soleil était apparu, j'appelai un taxi qui me conduisit à Molenbeek. Léopold m'accueillit sans surprise.

Isabelle André avait accompli son office auprès de Mme Wiesbeck. C'est qu'elle n'aimait, dans la vie, que jouer Schubert et cancaner. Sous ses doigts, l'andante de la sonate en *si* bémol majeur durait une heure et demie : les premières mesures la faisaient verser des larmes, qu'elle essuyait entre deux notes, elle souriait, s'excusait et recommençait, mais les pleurs continuaient. Quand l'émotion se calmait et qu'elle pouvait s'écouter sans être débordée par les mouvements de son âme, elle demandait à son auditoire s'il ne souhaitait pas réentendre une telle merveille et personne n'osait dire non. Malgré tout, elle arrivait au moment de dépasser l'exposé du thème principal et l'idée de le quitter lui était insupportable, elle hésitait, faisait une mine confuse et revenait au point de départ. En général, après une heure d'andante, Mme van Aalter ordonnait qu'elle achevât et enchaînât le scherzo. Il y eut des élèves à qui elle fit passer un an sur dix mesures et qui ne s'en plaignirent pas, ils disaient qu'après cela ils pouvaient aborder tout Schubert. Elle essaya la musique de chambre et les trios avec piano : ses partenaires s'excusaient poliment après trois mois passés sur les premières mesures de l'adagio en *si* bémol.

Il semble qu'un ragot bien scandaleux lui fît autant de plaisir à répéter que Schubert, aussi les distribuait-elle avec la même générosité. Quand elle raconta à Blandine comment Léopold dînait avec moi à Saint-Germain-des-Prés, rien ne permet d'imaginer qu'elle avait le moindre méchant projet.

Léopold était arrivé à l'heure du thé. Blandine l'avait reçu calmement en lui tendant la tasse et le sucrier :

– Tu te doutes que cela me fait horreur : on m'a rapporté des ragots. Je ne veux rien savoir. Je refuse toute conversation là-dessus.

Elle tint huit jours avant de s'aliter, abattue par une crise de polyarthrite avec poussée de fièvre, les articulations rouges et gonflées.

Ma mère fut bouleversée par mon retour. Elle répétait :

– Et ta fille ! Ta fille ! Comment as-tu pu ne pas emmener ta fille ?

Il lui avait fallu trois petits chiens difficiles à soigner pour s'adapter à mon mariage, je crois qu'elle me voyait amputée comme elle l'avait été et ne pouvait pas se faire à l'idée qu'Esther ne me manquait pas.

– Enfin ! Que reprochais-tu à Charles ?

– Rien, Maman, rien. Il serait un mari parfait pour n'importe quelle femme, sauf moi. J'aurais dû être très heureuse avec lui.

Après quinze jours, elle rencontra enfin l'idée inévitable :

– Y a-t-il quelqu'un d'autre ?

Je fis signe que oui. Je vis une tornade de pensées défiler sur son front.

– Mais alors ! Tu es partie depuis deux ans : cela datait donc d'avant ?

Elle fronça les sourcils, ce qui plissait terriblement son front.

– Qui est-ce ?

Je tournai un regard suppliant vers mon père.

– Voyons, Anita, dit-il, n'as-tu rien entendu ? On ne parle que de ça depuis un mois.

– Un mois ! Émilienne est rentrée il y a quinze jours !

– Nous l'avons vue il y a un mois.

– Ah ! C'est pourtant vrai ! Que faisais-tu en Europe ?

Il me semblait bien difficile de répondre.

– C'est incroyable ! De quoi parle-t-on depuis un mois ? Que me cachez-vous tous les deux ?

Elle nous regardait avec affolement. Il y avait dix ans que je n'avais plus rougi, mais devant ma mère égarée par l'incompréhension je me sentis devenir brûlante.

– Je t'en prie, Papa, explique-lui.

– Tu as fait des confidences à ton père et à moi tu ne dis rien ?

– Elle ne m'a fait aucune confidence. Ne me dis pas que, ces jours-ci, on ne te parle pas deux fois plus que d'habitude de Léopold Wiesbeck ?

– Mais pourquoi me parlerait-on de…

Et, comprenant, elle s'interrompit. Elle resta un moment en suspens.

– Tu le connais depuis toujours…

Puis elle réfléchit de nouveau :

– Et il est marié ! Il ne peut pas divorcer de cette pauvre Blandine qui est si souvent malade.

Elle secoua la tête et répéta :

– Il ne peut pas divorcer.

Elle nous regarda l'un après l'autre. On voyait qu'elle

pesait et pesait encore ces concepts nouveaux qui étaient venus se loger dans son esprit.

– Tu le connais depuis toujours, répéta-t-elle.

Puis :

– Il ne peut pas divorcer.

Comme mâchouillant les idées avec soin, longuement, à cause des difficultés, des aspérités inconnues, du goût bizarre qu'elles avaient. Pour la première fois il me vint de penser qu'en répétant elle se familiarisait peut-être avec ce qu'elle venait de dire, qu'elle en neutralisait l'étrangeté pour digérer à son rythme.

Au bout d'un moment :

– Et que vas-tu faire ?

– Papa me cherche un poste à l'université.

– Non. Je veux dire : pour Léopold.

– Rien, Maman, rien du tout.

Mes parents n'étaient pas gens à se lancer dans d'inutiles discussions et nous n'étions pas une famille à scènes, mais une mère se doit, semble-t-il, de dire certaines choses. Après quelques jours :

– Quel avenir cela te fait-il ?

– Un avenir de professeur, Maman.

– Je veux dire par rapport à lui ?

– Je sais bien. Par rapport à lui, rien.

Et plus tard :

– Du moment que tu arrives à être heureuse...

Je vis bien qu'elle se demandait comment on fait cela sans le mariage, l'époux qui rentre, le thé du dimanche et les gestes qu'elle connaissait.

Charles se conduisit avec la dignité et l'élégance des maris américains : il me donna régulièrement des nouvelles d'Esther, il fit don à sa fille de la rue Rodenbach et m'en assura l'usufruit, il me proposa même une pension alimentaire que je déclinai poliment. Je fus nommée assistante en Histoire et, grâce à la prévoyance de ma grand-mère, je dépassai les cinq mille francs par mois qui m'avaient fait si peur. Je ne les dépassais pas de beaucoup. Lors de mon mariage, je ne m'étais pas souciée du lieu où j'allais vivre avec un homme que je n'aimais pas, je m'en repentis au moment d'y vivre seule. Tout m'y déplaisait, les murs couleur pastel, les meubles d'acajou et les tapis d'Orient. Je fis ce que je pus avec des couches de peinture et une moquette brun foncé, mais les fenêtres étaient petites, elles n'ouvraient pas sur un lac et quand j'eus accroché des mètres de voile blanc, la brise ne vint pas agiter les rideaux car on avait construit en face de chez moi un grand immeuble qui l'arrêtait, ce qui était indifférent à Léopold. Il me regarda avec indulgence m'échiner et, pour me consoler du peu d'effet de mes efforts, il m'offrit deux tableaux qu'il avait faits au retour de Reykjavik. Il est vrai que quand il était chez moi la maison semblait changer de proportions, elle devenait aussi spacieuse et aérée qu'il convient pour loger l'amour.

Je fus pendant un moment l'objet des curiosités. J'étais partie jeune épouse dont on ne parlait pas plus que d'une autre, je revenais avec tout l'éclat du scandale. On me demandait des nouvelles de ma fille. Henri Chaumont me dit qu'il courait deux versions de l'affaire : dans l'une, Charles m'avait emmenée aux États-Unis pour m'arracher à l'adultère, et avait donc échoué, l'autre proposait un coup de foudre à Paris, lors de ce vernissage où je n'avais pas mis les pieds. Je pense qu'il espérait des confidences. J'ai toujours éludé : la fille de quinze ans qui traversait la maison endormie pour rejoindre son amant n'a pas été vue, on n'a connu que la belle Mme Balthus nouvellement divorcée, dont la beauté étincelait comme une armure et que seul Léopold pouvait approcher.

Et, devant elle, cette pauvre Blandine. Qui s'épaississait, atteinte dès les trente ans par la couperose, et qui se retirait de plus en plus profondément dans la maladie. Je fus parfois tentée par la pitié, ce qui est absurde : elle ne partit pas, elle vécut mal, mais selon son choix. Cette façon-là de voir ne fut évidemment pas admise, on préférait me décrire en briseuse de ménage et quelques personnes crurent bon de me tourner le dos pendant un certain temps, mais Colette vint me voir dès qu'elle sut mon retour et m'interrogea :

– Tu l'aimais déjà avant de partir ?

Je ne sais pas pourquoi je gardais si jalousement le secret : j'étais libre, l'enfant mineure n'avait plus rien à craindre, ni l'amant à l'aube de sa carrière. Je ne voulais peut-être pas dire à Colette combien je l'avais trompée. Avec son teint clair et son air empressé, elle gardait quelque chose de la petite fille, il me semblait que je lui aurais fait peur.

Elle essaya de comprendre. Elle butait toujours sur Esther laissée à Charles, mais elle ne voulait pas être injuste et disait qu'elle-même n'avait rien eu à surmonter, que tout avait été facile.

– Mais souviens-toi de toi ! Tu pensais que l'Église interdisait le mariage entre cousins et tu n'en dormais pas la nuit !

– C'étaient des craintes de gamine.

– Et alors ! En étaient-elles moins fortes ?

Je crois que si elle avait admis de retrouver ses peurs d'enfant j'aurais raconté au moins une partie : mais que pouvait comprendre cette jeune femme sage à la petite fille en proie à une décision qui s'était emparée d'elle comme une folie et qu'elle avait servie comme une vocation ? Colette avait épousé le garçon dont elle était amoureuse et, si le cours de sa vie avait comporté quelque remous, aujourd'hui c'était une rivière calme entre de belles rives droites.

– Dès que j'ai trouvé le courage de m'informer, j'ai été rassurée. Ça ne se compare pas à…

– Tu as connu la crainte, tu as eu peur toute seule, tu ne savais pas ce qu'il adviendrait de toi !

Elle répéta qu'elle était une gamine et n'en démordit pas. Je me demande si je le suis restée ou si c'est elle qui s'est reniée. Il n'y eut pas de brouille entre nous, pendant des années nous continuâmes à nous inviter, mais nous cessâmes peu à peu de nous voir en tête-à-tête. Au début, nous disions que c'était bien triste, que nous étions surchargées d'occupations, puis nous n'en parlâmes plus. Elle aurait dit, un jour, que c'est Léopold qui nous a séparées.

Blandine ne pouvait pas éviter de me rencontrer. Ce fut

en automne, au vernissage d'Albert Delauzier. Elle arriva au bras de Léopold et trébucha quand elle me vit. J'étais venue avec Henri Chaumont qui grommela :

– Elle savait pourtant que vous seriez là. Je l'en ai avertie moi-même.

Je tremblais aussi, mais je comptais bien que personne ne s'en aperçoive.

– Tout le monde prend grand soin d'elle, me semble-t-il, lui dis-je.

– C'est qu'elle ne peut pas le faire.

Léopold la tenait par le coude. Quand il me vit, il eut ce sourire aveuglant qui n'appartenait qu'à moi et, dans le brouhaha du cocktail, parmi les regards tous tournés vers nous, à côté de Blandine blême et qui se soutenait à peine, il se créa autour de nous cette zone de silence qui nous isolait, où nous étions seuls à pouvoir séjourner, ce royaume que nos regards définissaient. Debout dans cette assemblée dérisoire où chacun était venu pour être vu par des gens qui voulaient qu'on les voie, parmi la broussaille des paroles ineptes, dans le mouvement désordonné de la vanité, des petites ambitions, des projets médiocres et d'un maigre snobisme, je fus parcourue par le vent, l'océan déroula ses marées en moi, je me sentis, radieuse, l'élue de toute terre promise et je souris à Léopold.

Blandine, parcourant la salle d'exposition, répondant aux politesses qu'on lui adressait, rougissant vite comme toujours quand elle était émue, entourée par l'indiscrétion et la médisance, arriva devant moi et ne sut pas si elle devait me saluer ou pas. Aucun livre de savoir-vivre ne prescrit ce que fait l'épouse et son imagination rétive ne lui dictait jamais rien. Je la vis si maladroite, déconcertée, une petite fille un peu sotte jetée aux adultes comme on l'est aux lions, souriante, gênée et hors d'haleine, que, avant d'y avoir pensé, je fis le geste qui l'aidait, je pris, comme les autres, le parti de la sortir d'affaire et lui adressai quelques paroles courtoises dont je ne me souviens pas. Sa rougeur s'accentua. Léopold, parfaitement calme, attendit qu'elle m'eût répondu et puis l'entraîna plus loin.

Son : « Je ne veux pas savoir » avait enfermé Blandine et Léopold était libre. Je me suis parfois demandé pourquoi elle avait agi ainsi : elle aurait pu vouloir se battre, elle fit l'autruche sans penser que, la tête dans le sable, elle exposait ses membres mal protégés aux courants d'air et aux rhumatismes. Cette femme m'est toujours restée incompréhensible. Fut-elle simplement lâche et passa-t-elle son temps à se rendre malade pour apitoyer ? On pouvait lui faire ce qu'on voulait, elle prenait tous les coups sans réagir et pour finir on était obligé de retenir ses forces.

Léopold resta toujours parfaitement correct avec elle. Je pensais que c'était à la façon des Allemands au début de la guerre, dont on disait aussi qu'ils étaient corrects : ils avaient envahi le pays, mais ils aidaient les vieilles dames à traverser la rue. Dès le soir de mon retour, puisqu'elle savait, il ne se cacha pas et lui téléphona qu'il rentrerait fort tard, qu'il allait à une réunion imprévue.

– Mais de quelle réunion pourrait-il s'agir ?

– Elle ne me le demandera pas. Elle ne pose pas de questions.

Ainsi, au vernissage d'Albert, elle était déjà installée dans son rôle d'épouse à mi-temps. Léopold était assidu à ses soirées et l'accompagnait toujours quand elle sortait. Il passait souvent la nuit chez moi. Après l'exposition, comme elle était fatiguée, il la reconduisit chez elle. Tout le monde alla dîner dans un petit café des environs où Albert se soûla, ce qui le rendait toujours disert et indiscret. Comme il venait d'être quitté par son institutrice pour un professeur de secondaire, il parla beaucoup d'être cocu et chacun essayait de l'empêcher de dire trop de sottises. Il s'assit en face de moi :

– Et ton mari ? Comment s'appelait-il donc ? Charles ? Tu l'as plaqué, n'est-ce pas ? Qu'est-ce que vous avez donc, toutes ?

– Mon pauvre Albert, demain vous allez vous ruiner en coups de téléphone pour vous excuser, ce sera affreux, vous avez déjà vexé trois personnes qui habitent en province.

– Tu ne pouvais pas te trouver un amant là-bas et rester

avec ton mari ? Une belle petite comme toi, ne me dis pas que tu n'avais pas le choix ?

Je ne pus me retenir de rire. Je rassemblai mes affaires. Henri Chaumont tenta de le calmer :

– J'emmène Émilienne avant que vous l'ayez mise hors d'état de vous pardonner, dit-il.

Comme je passais devant Laurette Olivier, elle se leva brusquement :

Je vous ai déjà vue, dit-elle.

Elle était toujours pâle et silencieuse. Soudain, un regard acéré perçait le brouillard des neuroleptiques.

Son mari eut l'air alarmé. Henri me tenait fermement par le bras.

– Vous m'avez pris Léopold.

Tout le monde se tut. Jacques Olivier était blême.

– Voyons, Laurette !

– Il m'aimait. Il n'aurait aimé que moi.

Ses yeux s'agrandirent. Pendant une seconde, elle fut transfigurée et je sais qu'elle regardait le domaine admirable de l'amour, elle entendait chanter les sirènes, les feux du bonheur éclairaient un ciel de tempête, mais les portes se refermèrent aussitôt, elle fut frappée d'exil. Elle eut l'expression désespérée d'un enfant qu'on déçoit, ses yeux se remplirent de larmes et elle chancela. Son mari la fit asseoir. Elle pleurait, le regard fixe, en laissant son nez couler, sans essuyer ses larmes. Jacques Olivier prit un mouchoir, tamponna les joues mouillées, les pleurs s'arrêtèrent peu à peu, elle resta figée, vide, déshabitée, redevenue fantôme.

Léopold m'attendait chez moi.

Le lendemain, Albert me téléphona, soucieux d'apprendre ce qu'il m'avait dit. Je le lui répétai, il resta perplexe.

– Ma foi, cela n'est pas plus qu'une femme comme vous ne peut endurer. Il me semble pourtant qu'il y a eu un drame.

– C'est Laurette, lui dis-je, elle délire à nouveau.

Après l'exposition, Albert m'offrit un tableau.

La défense de ma thèse fit un excellent événement

mondain : on y vit, en plus du corps professoral, Isabelle André qui complimenta à s'en soûler, Mme van Aalter qui connaissait naturellement tout le monde et Léopold Wiesbeck que tout le monde connaissait, on n'y vit pas Blandine qui était à Plombières. La réception qui suivit mêla les sciences humaines et les arts plastiques à leur satisfaction mutuelle. On put y entendre les peintres expliquer les écritures anciennes aux paléographes enchantés. L'un d'eux décoda pour Albert Delauzier la toile qu'il m'avait offerte et il fut émerveillé d'y découvrir tant de choses dont il ne savait pas le premier mot. Mme van Aalter y retrouva une compagne d'école, elles rirent pendant deux heures en évoquant des histoires de copiage et de boules puantes, un collectionneur tenta pour la dixième fois d'acheter *La Plage d'Ostende* à mon père.

– Je ne peux plus la vendre. J'ai le projet d'en faire don à ma fille.

– Ah ! Madame ! Voulez-vous m'épouser ?

Ce fut la plus plaisante demande en mariage qu'on m'ait adressée.

Je devins rapidement professeur ordinaire et, hors les moments où j'étais avec Léopold, il advint que la vie que je menais me sembla routinière.

L'exécution attentive de ses devoirs sociaux envers sa femme ne lui prenait qu'un temps raisonnable dont je n'admettais pas que j'eusse envie de discuter mais, certains soirs où il jouait le rôle d'époux, recevant à dîner dans la maison de Blandine et souriant à ses hôtes, je n'étais pas fréquentable, même si je savais parfaitement que Mme Wiesbeck ne régnait ni sur son mari, ni sur sa table, ni sur soi-même. Mme van Aalter réglait l'ordonnance des repas et, quand Blandine prévoyait un potage Crécy et du saumon, elle lui disait qu'il y aurait trop de rose. Au départ, elle avait deux menus : le bœuf ou le veau en rôti, avec des légumes, et le poisson, si elle recevait le vendredi. Elle apprit peu à peu. Elle ne contrôla jamais son corps que pour mal se porter. De malaises en maladies, elle vieillit vite, les bouffissures apparurent tôt. À trente-cinq ans elle avait la peau molle et ne mangeait presque plus tant elle grossissait vite. La gymnastique ne lui donnait pas de muscles et les massages ne la raffermissaient pas : son âme était molle, le corps ne pouvait que suivre. Si assidu qu'il fût, le recours à ces mauvaises pensées ne colmatait pas toute mon impatience et il m'arriva deux ou trois fois de prendre un somnifère à 9 heures du soir car je ne supportais plus le grignotement sournois de la nervosité. J'en fus outragée. J'examinai ma vie : je sortais normalement, on m'invitait de tous côtés. À l'université, je m'étais fait quelques nouvelles relations, j'allais toujours dans la société où j'avais grandi, Henri Chaumont qui, décidément, ne se mariait pas m'y servait de cavalier : il me sembla que je piétinais.

Aurais-je aimé l'Histoire ou vécu avec Léopold, il est certain que l'idée de devenir une femme en vue ne me serait pas venue. Je pense que je fus un peu folle, comme au retour de Reykjavik. Je me sentis menacée par l'obscurité. Il y avait un frisson d'excitation lorsque j'apparaissais et que Blandine trébuchait : on s'habituerait à mon calme et à son embarras, les feux de la rampe un instant braqués sur moi s'éteindraient l'un après l'autre. Je ne pouvais rien dire à Léopold de ces sombres pressentiments car il était prompt à penser qu'il avait gâché ma vie et je l'aimais glorieux, proclamant que je lui appartenais. Après tout, dans sa robe d'innocence tachée par le sang du sacrifice, Blandine ne l'avait jamais séduit, je n'enviais pas une vêture qui sert si mal une femme.

Les somnifères avaient été provoqués par des coups de téléphone de femmes seules :

– Je m'ennuie, si nous allions au cinéma ?

Cela me terrifia. J'observai les célibataires : certes, elles gardaient leur coquetterie mais, à force de se défendre contre la jalousie, il me sembla qu'elles prenaient une roideur qui menaçait leur grâce. Les épouses pouvaient grossir comme Blandine, prendre de la couperose, avoir la voix grinçante à force d'appeler les enfants indociles comme Colette, si dévouée et qu'un fond de colère rentrée défigurait lentement, elles gardaient leurs positions, et les maîtresses faisaient les cent pas en attendant les amants mariés qui ne venaient pas toujours au rendez-vous, à cause des enfants, des belles-mères, des maladies. Alors elles téléphonaient, cherchant une amie pour aller voir un film où l'amour triomphe. Certes, Léopold n'aurait pas d'enfants et une infirmière s'occupait de Blandine malade, mais je vis Henriette Carlier revenue veuve et pathétique du Congo passé Zaïre être entourée pendant trois mois puis oubliée. Oh ! je resterais sur les listes d'invitation :

– Si Wiesbeck vient, il ne faut pas oublier Mme Balthus, on voit bien qu'il s'ennuie quand elle n'est pas là.

Cette position de satellite me faisait frémir d'horreur. Il me fallait le premier plan, qu'une chaire d'Histoire ne dispense pas. Comment l'obtient-on ? Je regardai autour de moi, on y voyait Mme van Aalter, qui était riche et recevait beaucoup.

– Il me faut de la fortune, dis-je à mon père. Sans argent et sans mari, dans deux ans je me retrouve dînant dans des restaurants bon marché avec des femmes et cherchant une amie pour aller au cinéma les soirs où Blandine reçoit. C'est une époque où on fait des fortunes, j'en entends parler.

Il soupira.

J'étais fort troublée, je sentais que je ne trompais pas et qu'on ne se fait une place dans la société qu'en titillant le snobisme.

– Ceux qui comptent sont ceux chez qui on aspire à être invité. Bientôt on sera habitué à ma position et on remarquera qu'en venant chez moi on n'acquiert pas toujours le lustre d'avoir dîné avec Léopold Wiesbeck, ce n'est sûr que chez Blandine. Ou je suis une femme en vue, ou je risque le ternissement.

Mon père et moi relûmes ensemble *Le Côté de Guermantes* pour nous instruire sur les règles de la mondanité, nous supposions naïvement que cinquante ans ne les avaient pas changées. Nous discutâmes longuement à propos du principe qu'il faut avoir les *hommes* chez soi. Ce fut lui qui eut l'idée :

– Ouvre une galerie d'art !

– Mais je n'y connais rien !

– Pour avoir un style de réception qui fasse venir les gens chez toi indépendamment de ceux qu'on y rencontre, il te faudrait une fortune fabuleuse. Tu dois viser à ce qu'on vienne pour voir ceux qui seront là et qu'on veuille faire partie de ceux qui y étaient. Il s'agit d'être un lieu de rencontres utiles, c'est-à-dire qui rapportent de la réputation, donc de l'argent.

– Je suis sûre que je n'aurais pas acheté Modigliani quand il fallait.

– C'est une question d'information. D'après ce que j'ai compris, tes études t'ont appris à récolter et à traiter l'information.

– Dans les bibliothèques.

– Tu utiliseras la presse, les cours du marché de l'art et les catalogues d'exposition. Il ne s'agit jamais que d'appliquer des méthodes scientifiques à l'étude du goût. Tu verras ce qu'on a commencé à aimer dans les trois dernières années et tu déduiras ce qu'on va aimer l'année prochaine, combien de temps dure une mode et comment on la fait naître. D'ailleurs, tu ne devras rien faire naître : seulement prévoir et répondre. Les abstraits sont dans le vent : pourquoi et pour combien de temps ? Avec la réponse à ce genre de question, tu pourras acheter avec pertinence et revendre avec bénéfice.

– Je ne pourrais jamais exposer Léopold Wiesbeck, dis-je en riant, on penserait que j'utilise la célébrité de mon amant, je n'acquerrais aucune crédibilité.

Ma mère nous regardait avec terreur :

– Tu vas te ruiner.

– Moi ? Jamais !

Je me sentais pousser des griffes et des crocs.

Je deviendrais donc marchand d'art. Mme van Aalter trouva l'idée tout à fait folle, donc fort bonne. L'attitude de Blandine l'avait découragée. Aujourd'hui, on parle d'*anticlimax*, elle exprima cela autrement :

– En dix ans, pas un éclat, pas un mot plus haut que l'autre, elle ne m'a même jamais reproché son mariage.

– Peut-être ne se doute-t-elle pas qu'il est votre œuvre ?

– Elle est si modeste qu'elle a renoncé depuis longtemps à l'idée que Léopold ait pu l'épouser pour autre chose que sa fortune. Elle dit qu'elle ne lui en veut pas, qu'elle aurait dû s'en douter, et que, d'ailleurs, elle est heureuse d'avoir pu contribuer à son épanouissement.

Elle changea donc de protégée.

– Avec moi, vous réussirez, dit-elle, ravie d'avoir quelque chose de nouveau à faire, car maintenant que Léopold était acclamé partout elle craignait de s'ennuyer.

Je me plongeai donc dans l'étude scientifique de la vogue en peinture et je vis bientôt que mes goûts personnels n'auraient pas à intervenir dans mes jugements.

– Je dois apprendre à repérer ce qui se vendra dans un an parmi ce qui ne se vend pas encore parce que je n'ai pas les moyens d'acheter ce qui se vend déjà. Je peux prévoir que ce pauvre Albert Delauzier ne se vendra jamais très cher : il fait une excellente peinture sans éclat qui ne choque personne, et je suis sûre d'une chose : il faut choquer, ce qui devient de plus en plus difficile. La nuance est qu'il ne faut pas scandaliser, car on déplaît. Je vais marcher dans un sentier étroit.

Je vendis le premier de mes quatre diamants. Léopold resta perplexe devant mes acquisitions.

– Qu'est-ce que c'est que cela ?

– Des anchois pour faire commerce ! dis-je joyeusement.

Pendant que j'étudiais mes documents, Mme van Aalter regardait le plan de la ville pour choisir l'emplacement de ma galerie.

– Il faut que ce soit audacieux, agréablement choquant comme les tableaux : mais où diable trouver cela ? Il est d'usage qu'on vende les choses coûteuses dans les quartiers où vient l'argent, disait-elle. Rien de plus banal que de faire des expositions avenue Louise et montrer de la peinture moderne à la Grand-Place serait un lieu commun. Où aller ?

Léopold m'apprit que le cinéma de la rue Ransfort était à vendre. Je pris feu :

– Une rue populaire, un quartier où personne ne va, avec des étals de fruits, de petits cafés propres et laids, des baraques à frites et une marchande de caricoles ! Il faut dix personnes lancées qui trouvent cela une idée géniale.

– Non, il n'en faut pas dix, il en faut trois, et je sais qui, déclara Mme van Aalter. Je vous garantis deux Rolls-Royce et des robes de Jacques Fath pour votre inauguration.

J'allai donc voir les hommes d'affaires avec mes trois autres diamants et devins propriétaire d'un entrepôt construit à la fin du XIXe siècle, transformé en salle de cinéma et redécoré dans les années trente. Il y avait des moulures de stuc, des cornes d'abondance géométrisées tenues par d'athlétiques jeunes filles, des grilles de fer forgé devant de fausses fenêtres où des vasques de plâtre en forme de coquille masquaient les lampes électriques.

– Quelle horreur ! Il faut casser tout ça ! dit ma mère.

Une partie des rangées de fauteuils de velours rouge à clous dorés était renversée, en y passant nous dérangeâmes tout un peuple de souris.

– Bah ! me dit le vendeur, le quartier est plein de chats affamés qui régleront cela pour vous.

Mon père m'observait :

– Venez, dit-il, laissons Émilienne réfléchir et allons prendre un café à côté.

C'est que, en me voyant à la tête de ce hangar minable, je ne pouvais empêcher un petit mouvement de frayeur, car, malgré mes quatre diamants, je m'étais fortement endettée et je ne voulais pas être vue tremblante. On n'accorde la victoire qu'à celui qui se présente en vainqueur et je n'ai guère montré mes doutes : si peu, en fait, que j'en ai oublié la plupart. Et cependant, cependant... j'ai été une enfant, j'ai eu onze ans, et là, je n'en avais pas trente. Mes parents, Mme van Aalter et l'architecte se retirèrent en disant qu'ils m'attendraient et je restai un moment seule sur le terrain de mon prochain combat. Il faisait glacial. Je me serrai dans mon maigre manteau de lapin, il ne me défendait pas de ce que je voyais. Une vieille peinture verte s'écaillait le long des murs, la plupart des lampes avaient sauté, la pénombre avait l'air hostile. Une odeur mêlée de moisissure, de saleté rancie et desséchée évoquait la pauvreté du quartier, on entendait les galops furtifs des souris : voilà où, dans quelques semaines, je comptais m'emparer de la mondanité. Il ferait chaud et clair, la peinture serait à peine sèche, on entendrait le grand vacarme des cocktails et je serais l'amphitryon d'une cérémonie ridicule dont j'aurais attentivement réglé les moindres détails. Je tremblais de froid. Je sentais en moi la petite fille qui avait vu Léopold pour la première fois chez Isabelle André, elle était déconcertée, elle regardait autour d'elle en disant : « Et c'est pour Léopold qu'il faut faire tout ça ? Je n'y comprends rien ! Quel rapport cela a-t-il avec l'amour ? » Et je tentai de la calmer car elle avait un peu peur. Je me sentais vigoureuse, sûre de moi, mais quel travail ! Je pensais à ces femmes qui se déclarent vaincues, à Blandine qui n'avait jamais pris une arme, à Georgette encore dressée mais soûle, à Laurette figée par les neuroleptiques, révoltées ou résignées, mais battues, défaites par la passion qui les avait possédées. Je me dis : « Et s'il ne m'avait pas aimée ? » C'est, bien sûr, le refrain de ma vie. J'ai tout fait par amour : j'aurais pu le faire par rage. La violence de Georgette ou la folie de Laurette furent comme la faiblesse de Blandine : de la lâcheté. Seule dans mon cinéma désert, debout parmi les gravats, grelottante, je crois que je me suis comprise et je me suis promis fidélité.

Quand Léopold arriva dans le petit café, on lui dit où j'étais et peut-être que j'avais voulu rester seule pour rêver. Il me rejoignit. J'entendis son pas résonner, je reconnus son rythme lent, cette marche posée qui traversait ma vie, il me semblait qu'il marchait au-dedans de moi comme sur ses propres terres et je suspendis mon souffle. Il poussa les portes de bois au vernis pelé et apparut lumineux, irradiant dans la pénombre morne, la poussière et les débris. Étais-je moi aussi une statue de lumière et, quand nous avancions l'un vers l'autre, étions-nous nimbés de gloire ?

Il me prit par la main et nous fîmes ensemble le tour de mon royaume. Il fallait enjamber des morceaux de planches en évitant les clous rouillés, des barres de fer tordues, de vieilles caisses en carton et des piles de journaux dont je ne sus jamais comment elles étaient arrivées là. Nous allions lentement, il me tenait la main, et mon souvenir est d'un long parcours difficile, un champ de bataille après la victoire, avec tout le désordre des combats, les débris, les morts et les projets qu'il faut faire.

Le rideau de scène à demi décroché traînait devant nous sur le sol. Léopold en prit un coin, tira, et, dans une tempête de poussière, des mètres de lamé doré s'abattirent.

– Regarde, dit-il, cela est resté beau, brillant, souple.

– Tout sera comme ça, dis-je, et je sentis une sauvagerie s'emparer de moi. Il y aura des lumières partout, du bruit et de la musique, des femmes élégantes qui ne verront que vous, je régnerai et vous cesserez peut-être d'imaginer que vous avez détruit ma vie.

– Je suis un sot, dit-il gaiement.

10

L'HÔTEL HANNON

Sans Mme van Aalter je n'y serais pas arrivée. Il est vrai que je choisissais bien mes peintres, mais elle avait le pouvoir d'amener chez moi les gens qu'il faut avoir. Je n'ai jamais compris ce qui jette les uns dans la gloire et les autres dans l'ombre. Je sais que je nomme cela le pouvoir mondain et que pendant vingt ans je m'en suis servie. Mme van Aalter en usa pour moi, sans elle, personne ne serait venu rue Ransfort. Mais pourquoi l'avait-elle ? Il y a d'autres femmes riches, avec une grosse voix et le goût des arts. Bien sûr, elle devina Léopold, après quoi tout le monde, ayant regardé un tableau, tournait les yeux vers elle pour voir ce qu'elle en pensait, mais elle avait le pouvoir avant lui, il ne fit que la confirmer. Peut-être en est-il de cela comme de l'amour, on voit un homme, on dit que c'est lui : les lois de la renommée sont sans doute aussi obscures que celles de la passion.

Je fus consacrée dès l'inauguration. J'ai jeté les dossiers de presse, les lettres, les articles, mais j'ai gardé une photo. On m'y voit debout dans la grande salle encore vide, entourée de plusieurs chats gras et paisibles, ces chats affamés que les enfants du voisinage m'avaient apportés et qui avaient mangé les souris. L'assainissement accompli, ils étaient restés là, gardiens vigilants des plinthes, et je m'étais prise à les aimer. Ils firent souche, deux de leurs descendants vivent encore avec moi. Ceux de la photo sont morts.

On vit les gloires du moment, le grand peintre à la chevelure beethovenienne qui avait le même regard glauque que les femmes de ses tableaux, toujours largement dépoitraillé car il avait trop chaud au plus cru de l'hiver, l'écrivain de fantastique vêtu aussi dignement que pour la grand-messe, qui parlait du diable comme d'une relation de palier et qui rougissait au moindre décolleté, des célébrités de passage et des célébrités d'un jour, les tonitruants et les discrets. Les collectionneurs étaient passés la veille, il y avait déjà une honnête quantité de points rouges à côté des tableaux et les acheteurs prenaient des airs mystérieux pour refuser de dire ce qu'ils avaient choisi. Blandine ne vint pas. Il pourrait paraître inutile de le préciser mais elle était si assidue aux devoirs sociaux, quand elle n'était pas malade, suivant si constamment son mari que je n'aurais pas été surprise de la voir. Elle resta chez elle. Peut-être prit-elle un somnifère à 9 heures ?

Léopold passa la nuit chez moi, puis il alla à l'atelier. Le soir, nous dînions chez Mme van Aalter où on ne parla que de mon vernissage, ce que Mme Wiesbeck endura sans commentaires. Je n'allais pas chez elle, elle ne venait pas chez moi, hors quoi nous nous rencontrions partout. Quand elle recevait, Léopold était toujours là et dormait ensuite dans sa maison : une femme combative eût reçu tous les soirs, mais elle avait une si mauvaise santé... Parfois des maîtresses de maison maladroites plaçaient Léopold à côté de moi, la pauvre Blandine commençait par pâlir, puis elle avait des plaques rouges sur les joues et le cou.

– Est-ce qu'on ne pourrait pas lui conseiller de se poudrer ? dis-je à Henri Chaumont.

Un soir, Jacqueline Harpman, qui était bonne fille, trouva le moyen de l'emmener dans sa chambre et de la maquiller. Elle reparut le teint bien égalisé, le regard animé par un peu de rimmel, presque belle : pas tout à fait, elle gardait l'air timide et le maintien emprunté. On l'entoura de compliments. Elle ne pouvait pas se reconnaître dans une femme à qui on dit qu'elle est belle, aussi ne se maquilla-t-elle jamais plus, témoignant avec fermeté qu'elle tenait à son rôle habituel.

Mais pouvait-elle en concevoir un autre ?

Albert Delauzier ne guérissait pas de son mariage manqué. Il tenait des propos amers sur les femmes et la futilité, il avançait dans un nuage de lieux communs qui s'épaississait à chaque whisky. Nous étions plusieurs à veiller sur lui : au troisième verre il devenait insultant, il fallait le protéger.

– Je devrais boire de l'absinthe, me disait-il parfois en refusant les glaçons qu'il détestait car ils diluent. Les femmes ne vous quittent plus, même, elles se jettent par la fenêtre après votre mort.

Le désespoir grognon qu'il pratiquait épargnait sa peinture. Quand il exposa chez moi, on fut intrigué par le titre qu'il avait donné à un grand paysage du Brabant wallon : *Les Noces de Cana*. « Où est Cana ? » lui demandait-on en riant. Un critique remarqua deux chiens à l'avant-plan, l'un couché et l'autre debout :

– Mais ce sont exactement ceux de Véronèse !

Ce qui enchanta Albert. Il montra la construction de son tableau, le fouillis très étudié de la verdure arrêté par une barrière de planches espacées et les lignes de fuite des grands arbres qui guidaient le regard vers un ciel clair.

– On ne fait plus de grandes compositions, et moi, j'aime ça. Vous pouvez vérifier, les buissons correspondent exactement aux personnages.

Cela plut beaucoup, mais le succès sembla exaspérer sa mauvaise humeur. Il s'accrochait à ses lieux communs et grommelait qu'il était trop tard et qu'on ne lui rendrait pas sa femme. C'est là qu'on vit Blandine s'émouvoir.

Elle allait s'asseoir à côté de lui et engageait de longues conversations où on devinait qu'elle s'échinait à le raisonner. Il s'apaisait peu à peu, adouci par la gentillesse pressante qu'elle déployait, et, sensible aux soins dont il était l'objet, il s'attachait à redevenir aimable. Alors Blandine contente le ramenait dans le cercle et l'y regardait reprendre sa place comme une mère assiste les premiers pas de son enfant convalescent. Cette scène se répéta vingt fois avant d'étonner, c'est quand on les rencontra bras dessus bras dessous en ville que leur intimité dans les salons suscita une perplexité qui ne dura, naturellement, pas longtemps. Les regards se tournèrent vers Léopold qui eut l'air effaré :

– Je ne peux pourtant pas jouer les maris offensés, je la trompe depuis dix ans !

Pendant que Blandine s'ouvrait à Mme van Aalter de son souci pour Albert :

– Il devrait se remarier, disait cette femme aux idées courtes.

– Elle est pourtant bien placée pour savoir que ça n'arrange rien ! grognait Mme van Aalter qui maintenait son attitude aimable envers Mme Wiesbeck mais confiait parfois sa nervosité à mes oreilles attentives.

On vit Blandine et Albert au cinéma, dans les cafés élégants, les boutiques, et elle riait. Elle passa plusieurs mois sans être malade.

« Ne devrais-je pas lui proposer le divorce ? » se demanda Léopold.

Ma foi...

Il est certain que je suivais l'affaire avec le plus grand intérêt. L'adultère, le flagrant délit et Léopold divorçant l'âme en paix ? J'y ai pensé, bien sûr, c'était inévitable, je n'y ai jamais cru. Peut-être certaines nuits, quand personne ne pouvait m'entendre, ai-je crié que sa place était à mes côtés et que Blandine devait disparaître puisque Léopold devenait blanc comme un mort quand il pensait à la quitter. Je la regardai prendre soin d'Albert : que savait-elle du désir, du cri, de la sauvagerie ? Elle a toujours dit qu'elle aimait Léopold : qu'est-ce que ce genre de femme nomme aimer ? Moi, parfois, je voudrais ne plus m'en souvenir, ne plus avoir en moi la trace du manque, le creux, le trou, l'absence, la forme même de Léopold inscrite dans mon âme et qu'il ne vient plus jamais occuper, le souvenir de la rencontre parfaite, de la complétude, je voudrais que le feu ne se rallume plus et ne pas être exposée, terre desséchée, à connaître qu'il n'y a plus de pluie, plus d'orage, que la tempête est finie et le bien-aimé mort.

Elle entrait rieuse dans les boutiques au bras d'Albert et ne comprenait rien aux regards étonnés qui la suivaient. Elle achetait ses bonbons, saluait aimablement les gens qu'elle connaissait et n'eut jamais l'air troublé d'une femme surprise avec son amant. Une autre fois, au cinéma, on l'entendit rire tout haut. Elle paraissait joyeuse, ce qui convient à des bonheurs innocents, et, déçue, je me détournai des jaseurs.

Georgette vint en Europe. On la vit, offerte comme toujours, qui reparaissait les deux mains tendues. Elle ne parla plus de rester, de sorte que Mme van Aalter l'accueillit sans arrière-pensée, elle raconta l'Amérique chez Isabelle André et demanda à Blandine de l'accompagner à Gand, Bruges et Anvers, elle voulait revoir les musées et pensait avoir oublié comment s'y rendre. Mme Wiesbeck s'en montra ravie. Elle rentrait du Gruuthuse et du Middelheim aussi rose et contente que des après-midi passés avec Albert. Cette soudaine amitié avec une ancienne maîtresse de son mari enchanta les âmes cancanières. Peut-être la fréquentation d'une femme que Léopold avait cessé d'aimer lui était agréable et faisait espérer qu'un jour il se déprendrait de moi ?

Albert allait mieux. Il pouvait boire plus que de raison sans devenir déplaisant. En fait, il lui fallait deux femmes pour panser ses plaies et, curieusement, deux femmes liées à Léopold : il négligea Blandine, Georgette passait les après-midi dans la grande maison un peu délabrée où il avait installé son atelier. Cela se sut et Blandine retourna dans son lit faire une crise d'arthrite.

Georgette vint me voir à la galerie.

– Vous vous débrouillez bien, dit-elle en regardant les cimaises de mon cinéma.

L'intonation contenait une malveillance délicatement dosée. Je n'ai jamais eu l'esprit de repartie, ce que je regrette beaucoup, j'ai souvent remplacé la réplique cinglante par un air de hauteur. Je restai donc silencieuse pendant qu'elle faisait le tour des tableaux.

– Pas un Wiesbeck, dit-elle. C'est élégant.

Puis :

– Comment va Charles ?

Là, tout de même, j'eus un faible réflexe :

– J'imagine qu'il va aussi bien que William.

Elle rit, ce qui me sembla généreux pour un si maigre effet.

– Vous vous débrouillez vraiment bien. Offrez-moi à boire, j'ai envie de faire des confidences, et à qui se fier sinon à une ancienne ennemie ?

Nous montâmes vers mon bureau qui était installé dans l'ancienne cabine de projection. Elle fut surprise : autant la salle d'exposition était blanche, lumineuse, autant ici régnaient la pénombre et les couleurs sombres.

– Je ne suis pas mécontente de moi : on se fait honneur en choisissant bien ses adversaires, vous êtes une réussite. Pour finir, j'ai été vaincue, mais ce n'est pas déshonorant. Et je ne parle pas de Gustave.

– Je m'en doute, dis-je. J'ai du gin et du whisky.

– Pas de bourbon ? Je suis américaine, maintenant.

J'en avais, ce qui la fit de nouveau rire. Elle s'assit, rejeta son manteau. Elle portait une robe fourreau noire un peu courte à mon goût, on voyait le haut d'un genou menacé par l'empâtement. Je sentis son regard peser sur moi pendant que je remplissais son verre : elle me jaugeait, comme je venais de le faire. Il m'arriva alors une chose étrange, je me sentis belle, comme si j'étais sous le regard de Léopold. Je revis la psyché d'Ostende, la petite fille rivée à sa résolution, elle était en moi veillant sur mon maintien, attentive à chacun de mes gestes, fidèle, et un frémissement me parcourut.

– Vous avez l'air d'être heureuse.

– Je suis contente, dis-je, appréciant pour mon propre compte les nuances de la langue.

Elle hocha doucement la tête.

– Vous avez Léopold.

Nous gardâmes le silence pendant quelques instants. Puis elle sourit :

– Je ne sais pas comment elle fait, mais, avec les traits de son père, votre fille vous ressemble. Elle a le même port de tête que vous, ce petit air d'insolence. Elle n'a pas dix ans, elle mène la vie transparente des enfants, elle a l'air secrète, comme si elle cachait quelque chose.

Deux fois par an, Charles m'envoyait de ses nouvelles et Esther joignait toujours quelques mots à la lettre : « Ma chère Maman, j'espère que vous allez bien, j'ai eu de bons résultats à l'école. » Ce vouvoiement m'étonnait, c'était comme si, cent ans trop tard, Charles avait essayé de comprendre qui j'étais pour le transmettre à sa fille, au lieu de se crever les yeux à tenter de voir ce que je n'étais pas.

– Peut-être cache-t-elle quelque chose ?

– Sa mère ?

Peut-être... J'étais devenue moins ignorante, je savais que la mémoire est une caverne obscure où rien ne se perd et où tout se transforme.

Charles s'était remarié.

– Est-il heureux avec Jenny ?

Apparemment il traînait quelque remords dans mes cavernes.

– Ils vivent calmement, en bon ordre, ils sont souriants. Ils vont au ski en hiver, à la mer en été et les enfants travaillent bien à l'école. Croyez-vous qu'on puisse être heureux après le désastre ? Il a compté ses pertes et s'accommode de ce qui lui reste.

Elle avait l'air sombre et je vis bien qu'elle parlait d'elle-même. J'aurais préféré refuser la confidence, elle ne me laissa pas le choix.

– Charles et moi, chacun à notre manière, nous bricolons comme nous pouvons. Il avait rêvé d'un bonheur tranquille, je crois qu'il a compris la sottise de s'être adressé à vous pour cela. N'empêche ! Sous les pansements, on saigne toujours. Moi, j'ai rêvé de passion. Je n'ai que des amants, autant que je peux. Vous douteriez-vous que j'ai quarante-sept ans ? Les instituts de beauté américains sont les meilleurs du monde, mais les amants vont se raréfier. Et à quoi me servent-ils ? Cent amants ne valent pas un homme qu'on a voulu et qu'on n'a pas eu, sans doute ne savez-vous pas cela.

– En effet, dis-je.

Et je fus surprise par mes paroles suivantes :

– Moi, je serais morte.

Ainsi, je n'avais qu'un destin. J'avais oublié que j'avais dit cela.

– Mourir ? Il faut pouvoir. J'ai cru longtemps que je le reconquerrais. Quand j'ai compris que je n'y arriverais pas, je suppose que j'avais pris l'habitude de vivre sans qu'il m'aime. J'ai continué.

Elle essayait de garder le sourire, mais on voyait qu'elle tremblait.

– Vous me haïssez ?

– Oh ! la haine s'use comme le reste. Il y a dix ans, je vous aurais volontiers tuée. Je me moquais de Gustave, mais cela ravivait Léopold. Je suis fatiguée. Vous avez bien fait de partir, Émilienne. S'expatrier est une folie, on y perd son âme. J'ai préjugé de mes forces, je meurs d'ennui. Là-bas, la vie est impossible.

Je pensais qu'elle aurait su se faire une vie impossible n'importe où dans le monde. Où était la Georgette radieuse dont j'avais eu peur à treize ans ? Suffit-il d'un amour déçu pour détruire une femme ou était-elle déjà menacée, rongée par un mal que Léopold avait révélé, mais qui l'eût tuée sans lui ? Parfois je me moque de moi et de toutes ces questions sans réponse qui jalonnent mes heures, à d'autres moments je m'écoute plus attentivement. Je regarde Georgette dans mes souvenirs : peut-être était-elle trop belle et ne sut-elle pas quoi en faire. La beauté promet tout à une femme et lui fait croire qu'elle peut choisir son destin. À vingt ans, Georgette coupait le souffle, mais elle n'avait pas de projet. Elle partit pour l'Amérique : tout le monde voulait y aller, c'était le pays de Cocagne. Elle avait eu le tort d'y rester.

Mais à Bruxelles, professeur de dessin dans un lycée, se mariant après Léopold, car de notre temps il fallait en passer par là ?

– Et si vous aviez eu Léopold, lui demandai-je, pensez-vous que vous auriez été heureuse ?

Elle me regarda longuement.

– Le bonheur ? C'est la carotte devant le nez de l'âne, ne croyez-vous pas ? C'est toujours pour demain, et on avance, pas à pas, jusqu'à sa mort.

Je ne la revis pas. William vint la chercher plus tôt qu'il n'était prévu, on a dit qu'il avait été averti des visites à l'atelier. Il ne la laissa pas revenir en Europe. Quand il divorça, il ne lui fit qu'une très petite pension. Je sus quelques détails par Esther, plus tard : Georgette resta à Detroit où son fils, qui l'aimait comme il pouvait, venait régulièrement la voir. Il la contraignit plusieurs fois à des cures de désintoxication, mais elle se soûla sous Antabuse. Elle avait eu le cœur trop longtemps sollicité par le chagrin et ne le supporta pas : il la trouva suffoquant. Ce fils avait été nommé Léopold, elle mourut dans ses bras.

À Noël, le lac gela. Mes parents étaient en Italie. Nous allâmes à Genval et je montrai à Léopold les promenades qu'il n'avait pas faites. Il vit la petite Vénus du jardin Cordier. On avait démoli la maison en ruine qui nous avait servi de refuge pour y construire un restaurant. Nous logions dans la chambre d'angle où il avait peint *La Plage d'Ostende*, nous y avions descendu le grand lit qui nous avait accueillis le premier après-midi et nous y dormions en paix, tranquilles comme des enfants heureux. Il installa son chevalet dans le salon, devant le lac, je travaillais auprès de lui sur la même table que lors de mes quinze ans.

La nuit, je rencontrais parfois dans le couloir une fille qui marchait silencieusement, se glissant entre les ombres vers l'amant. Je m'écartais pour la laisser passer, je lui souriais d'un air rassurant car elle avait un peu peur, mais je savais qu'elle ne me voyait pas parce que je n'existais pas encore et parce qu'elle ne pouvait voir que l'amour. Elle s'évanouissait doucement dans l'obscurité, elle allait vers aujourd'hui, vers moi, vers Léopold.

Au détour d'une conversation, mon père m'apprit que, à cinquante mètres de chez lui, l'hôtel Hannon était à vendre. Je n'avais jamais connu cette grande demeure qu'abandonnée. Enfant, j'avais parfois rêvé de l'explorer en escaladant les hauts murs du jardin, mais je ne le faisais pas, j'ai expliqué que j'étais constamment sage. Un jour où, je ne sais pourquoi, la porte d'entrée était largement ouverte, je n'avais même pas osé la franchir. Il m'était resté de tout cela une petite curiosité nostalgique qui me fit interroger mon père : une succession embrouillée se résolvait après des années, on ignorait encore le prix de vente. Si sale qu'elle fût, la maison était probablement restée saine, car les héritiers, malgré leurs disputes, avaient toujours assuré un entretien élémentaire.

Ce soir-là, la maison de la rue Rodenbach me sembla plus ennuyeuse que jamais. Je l'avais améliorée au cours des années : en mettant les choses au mieux, on pouvait tirer d'elle une atmosphère d'intimité, elle était raisonnable et de bon goût. La raison et le bon goût, quand on les allie, me semblent encore aujourd'hui ne conduire qu'à la médiocrité. Je trouvai difficilement le sommeil, j'étais agitée de pensées inachevées.

Quelques jours plus tard, mon père me téléphona : il connaissait le prix de l'hôtel Hannon et Genval avait trouvé un acquéreur.

La décision de vendre Genval lui avait été imposée par le bruit. Depuis quelques années, les abords du lac avaient été transformés en lieu de divertissement pour le week-end, on y louait des canots et le tintamarre des juke-boxes avait détruit le silence des eaux grises. Ma mère avait dû renoncer à y donner le thé du dimanche, qui était revenu avenue du Haut-Pont. Elle recevait assise car elle avait de l'insuffisance cardiaque.

– Va voir, dit mon père. Peut-être en auras-tu envie et il faudra bien que je fasse quelque chose de cet argent.

J'eus comme une bouffée de fièvre.

L'après-midi même, j'y étais avec Léopold. Le propriétaire empêché de nous accompagner nous avait donné les clefs. En ouvrant, j'avais la main qui tremblait. Nous entrâmes dans un vestibule sombre, resserré, sur lequel donnaient plusieurs portes hautes et étroites, nous montâmes quelques marches et ce fut un déferlement de lumière, à la fois grise et éblouissante. Il n'y avait presque pas de murs mais des vitres enchâssées dans de gracieuses arabesques 1900 en bois moulurê. Sous la poussière, on devinait des parquets de marqueterie et les pas avaient la même forte résonance qu'à Genval. Je sus tout de suite ce que cette maison exigeait. Il y aurait des lustres de cristal et des femmes vêtues de soie fluide, le dos nu, qui se déplaceraient avec grâce, des serviteurs en frac glissant parmi les invités avec des plateaux d'argent, des meubles de bois poli, luisants comme des miroirs, des vitrines aux carreaux biseautés, une grande table de douze couverts et la musique légère des conversations futiles. Il y avait de la folie dans cette maison, on avait l'impression qu'elle n'avait été conçue que pour l'apparat, on y entrait n'importe comment, personne ne se souciait des abords, j'avais le sentiment d'avoir cherché mon chemin parmi des broussailles serrées avant de déboucher sur la clairière bien dégagée et les salles de bal du palais dans une profusion d'espace et de lumière qui agrandissait tout. La maison de Genval et moi nous étions reconnues sœurs et égales : ici, je me sentais provoquée. Les années de silence où je m'étais tenue dans l'ombre de Léopold, invisible et patiente, avaient-elles laissé en moi plus d'amertume et de colère que je ne le pensais ? Je marchais dans les grandes pièces comme on monte au combat.

Le premier étage était plus sobre. Je vivrais là, seul Léopold y aurait accès. Je jetterais des fourrures blanches sur des tapis blancs, les murs seraient tendus de tissus sombres comme la nuit polaire, il y ferait chaud et silencieux. En descendant, nous fûmes intrigués par de grandes feuilles de papier qui masquaient les murs de l'escalier : j'en arrachai un morceau, le mur était peint à fresque. Nous fîmes tout tomber et vîmes apparaître des anges musiciens, une jeune fille assise à côté d'un poète rêveur, la grande composition de Baudouin qui est redevenue célèbre. Léopold ouvrit toutes les portes pour l'éclairer le plus possible.

Parfois le désespoir me vainc et je me dis que ma vie n'a été, comme cette fresque, qu'une folle dépense de talent pour rien. Puis je revois Léopold rieur, faisant tomber les papiers à demi desséchés, Léopold amoureux de toute peinture avant même d'avoir vu ce qu'elle représentait, admirant l'habileté du pinceau et s'asseyant sur les marches, conquis et essoufflé, jurant que j'étais la seule femme au monde qui pourrait le faire dormir sans rêves auprès de telles jeunes filles, qu'elles étaient l'image même de la vertu qu'on lui décrivait au collège et que tout homme qui les avait vues devait se faire moine ou aller en enfer – et je pleure, je pleure de ne pas croire en l'enfer, j'y courrais brûler jusqu'à la fin des temps car, si c'était à ses côtés, nul supplice ne serait assez aigu pour me distraire de lui.

Le temps ne l'a pas touchée, on peut encore la voir, avenue Brugmann, et s'arrêter devant la vigueur du trait, la fermeté d'un tracé bien accentué qui chante une rêverie fade. Le poète est ému par des muses bien élevées qui n'ont, de toute évidence, à lui proposer que l'éloge des sentiments reçus. J'imaginais le peintre, un homme au génie encagé, bon fils, bon père et bon époux, dont la main n'avait jamais trouvé d'audace que pour tracer sur un mur l'élan vertical du roseau. Chaque fois que je monterais l'escalier, je longerais des jeunes filles étonnées de planer la cithare à la main, et je penserais à un homme qui avait peur de penser des choses libres alors qu'il faut être sage et orner avec goût et pondération la demeure d'un riche ingénieur amoureux de photographie, colonisateur avisé, ami des arts et des lettres. Toute la maison était ainsi, la grâce et la folie avaient été dépensées pour servir les projets modérés d'un homme soucieux de bienséance, on sentait une perpétuelle retenue et des élans avortés. Brunfaut l'architecte, Baudouin et Hannon semblaient s'être accordés pour faire, à mi-voix, allusion à des rêves de grandeur. Il y avait des sous-entendus, des sourires complices et des accords tacites, on savait jusqu'où on pouvait aller, quelle dose exacte de provocation est une audace de bon ton et comment s'arrêter avant d'effaroucher. Je connaissais bien cela, je me souvenais de ma grande-mère disant qu'on s'amuse mieux en compagnie que seul et qu'il ne faut pas faire fuir. Cette maison était faite pour moi, j'avais toujours vécu à la limite exacte de la bienséance sans me laisser jouer par le goût de l'outrance. Je n'avais pas dit à Blandine qu'elle devait disparaître, j'avais été polie avec Charles, je n'avais pas tué Georgette à treize ans, je n'avais jamais brandi ma fureur devant ce qui s'opposait à mes vœux. Cette maison avait la même folie secrète que moi, elle me trahirait à qui se donnerait la peine d'entendre mais je la démentirais toujours par mon air de sagesse.

Léopold avait enduré la rue Rodenbach sans y penser, il se moquait du lieu où nous étions. Je crois que mon antipathie pour la maison de Charles a toujours exagéré sa médiocrité et sans doute ne lui ai-je jamais pardonné le temps de mon mariage. En vérité, deux pièces par étage et deux étages ne font ni une masure ni un palais, je sentais que l'hôtel Hannon m'allait, comme on le dit d'une robe. Il me paraissait fou et fastueux : avec quatre pièces à chaque étage et deux étages, il n'était jamais que le double de la rue Rodenbach, il me parut immense et l'est resté dans mes souvenirs. Léopold allait d'une fenêtre à l'autre, les lieux lui seyaient autant qu'à moi. Je sentis que tous les endroits où nous avions passé du temps auparavant n'étaient que des étapes vers cette maison ouverte sur la rue, presque impudique. Je sus que, quand elle serait pleine de monde, éclatante de lumière, je ne fermerais pas les rideaux, je laisserais la fête déborder dans la rue, envahir le quartier, les passants s'arrêteraient sur le trottoir et regarderaient, étonnés par le privilège qu'on leur accordait, les dieux danser. Puis les invités s'en iraient l'un après l'autre, la musique se tairait lentement, on verrait encore briller les lustres de cristal pendant un moment, les serviteurs fatigués ramasseraient les verres, effaceraient, sous l'œil attentif des curieux, les traces indiscrètes du mystère qui s'était déroulé, enfin toutes les lumières s'éteindraient d'un seul coup et, fascinés par ce qui était montré, les spectateurs ne penseraient pas à nous, retirés dans le secret des chambres bien closes, qui nous regardions et nous souriions, et qui entrions dans l'ailleurs où personne ne pouvait nous suivre, dans l'empire obscur que son existence créait en moi, que mon existence créait en lui.

Léopold me regarda aller et venir avec un sourire tendre et moqueur qui lui plissait le coin des yeux :

– Il te la faut, je crois ?

Je fis signe que oui. Je n'osais pas parler, je sentais de la férocité en moi et que ma voix aurait résonné comme un feulement de prédateur. Il vint vers moi, mit les mains sur mes épaules.

– Tu veux avoir la plus belle maison ? Être la plus étonnante ?

Bien sûr, il savait tout de moi.

– Et vivre au loin, en silence, ne plus voir personne ?

– Tout de suite, dis-je sauvagement, à l'instant, si vous me le demandez, je n'ai rien à emporter, je suis prête !

Je n'aurais pas dû répondre avec tant de violence. Je vis une vague de douleur traverser son regard, mais pourquoi me poser une question si terrible, pourquoi me montrer ce que je voulais et dont je ne lui parlais jamais ? Il me serra plus fort sans me quitter des yeux, nous étions face à face, il enfonçait si fortement les doigts dans mes épaules qu'il me faisait mal.

– Je ne peux pas, dit-il, je ne peux pas.

Je vis la souffrance le faire trembler, il était pâle, ses yeux furent comme une eau grise où on peut se noyer, un tourbillon l'entraînait.

– Nous n'y pouvons rien, dis-je.

Il fit un petit hochement de tête. Je lui souriais, il savait bien que, si calme que fût ce sourire, je me l'imposais, que moi aussi je voulais partir, quitter le jeu des faux-semblants, ne plus être une femme en vue mais me taire, m'asseoir à ses côtés, rêver en paix au bord d'un ruisseau, dormir dans une campagne silencieuse, on n'entendrait que nos souffles et parfois un seul cri d'un oiseau de nuit. Il relâcha peu à peu son étreinte.

– Nous n'y pouvons rien.

Sa voix était moins tendue. Il rit :

– Alors, je vais t'aider. J'ai de l'argent, maintenant, plus qu'il ne m'en faut et tu en auras besoin pour faire ce que cette maison demande.

– Beaucoup, dis-je gaiement, plus que je n'en ai.

Si la galerie me permettait d'occuper la position que je voulais, j'y dépensais tout ce que j'y gagnais.

– Je ne peux pas te donner ce que je veux, ni ce que tu veux, je vais te donner ce qui t'amuse.

Je redevins grave.

– Vous croyez vraiment que je n'ai pas ce que je veux ?

– Non, dit-il. Non.

Mais je ne l'ai jamais eu, n'est-ce pas ?

Jamais.

11

LES MORTS

Je connus quelques mois de grand amusement et d'agitation. Je jouais.

Je dirigeais une bonne galerie de peinture contemporaine, un peintre exposé chez moi se vendait dans les deux ans. J'étais par ailleurs un professeur d'Histoire sans éclat, mais sérieux. Je servais fidèlement mes deux métiers, j'étais assidue aux grands vernissages internationaux et aux discours du recteur lors des séances de rentrée à l'université : c'est en aménageant Genval et en décorant l'hôtel Hannon et mon cinéma que je me suis amusée. Peut-être ce métier-là m'aurait plu ? Les trois fois où j'ai eu à le faire, j'ai aimé me laisser porter par un lieu, l'écouter, traduire ce que j'entendais. Sans doute ne m'y sentais-je pas distraite de Léopold, et je n'ai jamais voulu avoir que lui en tête. En vérité, je serais bien incapable de me souvenir des raisons qui m'avaient fait choisir la licence d'Histoire, c'est pourquoi je n'en ai pas parlé, je m'en aperçois à l'instant. Je crois que ces études avaient la réputation d'être faciles et qu'au lycée les cours d'Histoire ne m'avaient pas trop ennuyée. Mais décorer m'amusa, il me faut le reconnaître même si je déteste m'être plu à autre chose que Léopold.

Le soir de la crémaillère je fus contente de mon œuvre. J'avais souvent vu Léopold s'arrêter devant une toile en marmottant doucement :

– C'est ça. C'est exactement ça. C'est comme ça que ça devait être.

La maison était comme elle devait être, étincelante de lumière, pleine de miroirs, de cristaux, d'argenterie. Les serveurs en frac alignés devant le buffet attendaient les invités, le maître d'hôtel nous regardait avec fierté, satisfait lui aussi de ce qu'il avait fait.

– Tu es contente, me dit Léopold.

Mme van Aalter arriva la première, avec ma mère et Isabelle André, comme je le leur avais demandé. Ces trois femmes avaient tissé mon destin. Elles étaient très belles, Anita en velours gris pâle aux reflets d'argent, Mme van Aalter en tailleur parme à jupe longue, Isabelle dans une de ses éternelles robes de gitane. Elles avaient les cheveux blancs car elles avaient renoncé aux teintures, le temps les avait durement marquées, on voyait que bientôt la mort poserait sa main froide sur leur épaule, mais elles souriaient, bien droites, fières et futiles, elles se consacreraient jusqu'au bout à ce qui avait peuplé leur vie, la dérisoire parade de la mondanité, le raffinement absurde des gestes et des paroles, héroïnes courageuses de rien du tout, passagères dociles d'une traversée incompréhensible qui commence par un cri et se termine dans le silence.

Mme van Aalter fit le tour des salons, examina les tables, signala, pour le principe, une cravate qui n'était pas nouée assez strictement à son gré, puis me prit solennellement par les épaules :

– Tout est parfait, ma petite Émilienne, je dois le reconnaître, bien que vous n'en fassiez jamais qu'à votre tête.

Et me donna l'accolade.

Isabelle André roucoula très longuement. Ma mère dit elle aussi que tout était parfait et que, sans aucun doute, j'avais raison d'en faire à ma tête, car cette tête était bien faite.

Presque tout le monde était là quand je me rendis compte que mon père n'arrivait pas.

– Ne t'inquiète pas, me dit ma mère d'un air mystérieux.

Mme van Aalter riait doucement.

Il fut précédé par deux ouvriers qui portaient un de ces

grands emballages où on met les tableaux, il les dirigea vers le salon principal et on fit cercle autour d'eux. Les cordes furent dénouées, des papiers et de la sciure tombèrent sur le parquet, on vit apparaître *La Plage d'Ostende*.

– Voilà, dit mon père, c'est ton cadeau.

Léopold souriait.

– Je n'avais rien de plus beau à lui offrir.

– Je suis très honoré, dit-il.

J'avais, évidemment, les larmes aux yeux. Je me souvenais de la digue, du froid terrible et de la mer gelée : ce soir-là, Léopold avait demandé à Blandine de l'épouser, mais, trois ans plus tard, quand le tableau était né, c'est moi qu'il avait prise dans sa vie. J'embrassai mes parents et m'appuyai sur Léopold car je tremblais un peu. Isabelle André applaudit doucement et fut suivie, il y eut une longue et discrète acclamation, ce fut le couronnement secret des amants, le sacre clandestin de l'amour.

Plus tard, je vis Anita seule dans la petite salle d'angle. Partout, la fête bruissait gracieusement, ma mère me sembla pensive. Elle m'appela.

– Viens t'asseoir près de moi. Je t'attendais.

Je pris place sur le canapé d'apparat, fait pour des femmes dont on exigeait qu'elles se tiennent bien droites, les genoux parallèles, l'éventail à la main.

– Laisse-moi te regarder. Tu es belle. Tu t'es toujours admirablement habillée. Comment fais-tu pour trouver, à travers toutes les modes, des tissus qui aient exactement la couleur de tes cheveux ?

Je ne répondis pas, je sentais qu'elle avait autre chose à dire. Elle lissa mes tempes.

– Tu ne les mets plus derrière l'oreille. T'ai-je assez ennuyée avec ça ! Au fond, cela me faisait plaisir de venir les dégager.

Je ris et glissai une mèche derrière l'oreille : je me sentis émue, sans y penser j'avais retrouvé le geste de mon enfance, machinal, intact dans mes mains qui ne l'avaient plus fait depuis vingt ans. Ma mère dégagea doucement mes cheveux.

– Comme ça, dit-elle. Ils sont si beaux. Laisse-les bien libres.

Elle avait l'air troublé.

– Es-tu heureuse, Émilienne ? Cette drôle de vie que tu t'es faite te convient-elle ? Ne me réponds pas. J'ai beaucoup pensé à toi, vois-tu. Je crois que tu aimais déjà Léopold quand tu étais petite et que tu tenais ses crayons. Tu te souviens que je t'ai demandé si tu étais amoureuse de lui ? Tu m'as bien trompée, hein ! Tu as eu raison. Je ne vois pas comment nous en serions sorties si tu avais dit la vérité.

Elle se tut un instant, rêveuse.

– Évidemment. Tu étais une petite fille. Tu ne pouvais pas dire la vérité.

Elle avait le regard vague. Je vis peu à peu s'effacer le sourire. Elle devint grave.

– Tu ne pouvais pas, répéta-t-elle.

Je vis qu'elle écoutait venir ses idées.

– Voilà. Maintenant, je vais te donner le collier. Tu te souviens de ma mère, du moment où elle t'a donné les boucles d'oreilles ? Elle disait toujours que les bijoux doivent passer tout chauds d'une femme à l'autre, sinon, on porte la parure d'un cadavre. Ah ! elle n'avait pas peur des mots ! Moi, je crois qu'ils me font un peu peur. Il y a tout un temps que je veux te le donner, c'est pour ça que je le porte chaque fois que je te vois. J'attendais que tu aies le cou dénudé. Ce soir, je me suis arrangée pour avoir la complicité de Léopold.

J'avais été étonnée qu'il me dissuadât de porter les topazes brûlées qui s'accordaient si bien avec la couleur de ma robe.

– Il est dans la famille depuis des générations, reprit-elle. Ma mère l'a reçu de sa mère, qui le tenait de Hannah et elle de Shoshanna. Tu le passeras au cou de ta fille. Ce ne sont que de très petits diamants, il a peu de valeur, heureusement, comme ça on n'a jamais de raisons de le vendre.

Elle détacha le collier de son cou et le passa au mien. Puis elle me prit par la main, nous nous levâmes et elle m'entraîna dans le grand salon, devant Léopold et mon père.

– Regardez comme elle est belle, leur dit-elle.

Nous nous fîmes face, tous les quatre.

– Voyez-vous, Léopold, je n'ai jamais su comment m'adresser à vous : vous n'êtes pas mon gendre, mais vous êtes quand même l'homme de ma fille. Prenez-en bien soin.

Il s'inclina :

– Elle est ma vie, madame.

– Je sais, dit-elle, je sais. Ces choses-là, je les comprends bien.

Puis elle se tourna vers mon père :

– Je crois que je suis un peu fatiguée, Édouard. Est-ce que nous pourrions rentrer ?

Je fis un signe au maître d'hôtel qui alla chercher la grande cape assortie à la robe grise, et mon père la déposa doucement sur les épaules d'Anita. Ils sortirent. Je m'approchai de la fenêtre pour les suivre du regard.

J'entendis des exclamations et des rires derrière moi. Isabelle André, n'y tenant plus, s'était approchée du piano, un fort bel Érard qu'elle ne connaissait pas. Elle souleva le couvercle, effleura les touches, égrena le thème de l'adagio. La voix de Mme van Aalter s'éleva :

– Isabelle, je sais que rien ne pourra vous empêcher de jouer, mais, au nom du ciel, ni Schubert ni Schumann, ou nous en aurons jusqu'au matin. Si vous essayiez Beethoven ?

– Je le connais si mal.

– Justement. Justement.

Et les vastes accords de la *Marche pour la mort d'un héros* retentirent. Les conversations cessèrent, une gravité soudaine se déploya, les voiles noirs du deuil flottèrent. Il avait plu, la chaussée était luisante, je vis paraître ma mère ; le velours gris traînait sur l'asphalte mouillé mais elle n'était pas femme à s'en soucier, elle avançait, droite et royale au bras de son amant, mon père. Ils traversèrent lentement, comme portés par le rythme solennel des dernières célébrations. Sur le trottoir ils s'arrêtèrent, échangèrent quelques paroles, mon père rajusta le capuchon orné de fourrure blanche sur les cheveux de ma mère. Je fus parcourue par un frisson. Léopold était à mes côtés, il mit le bras sur mes épaules et nous les regardâmes tourner le coin, disparaître dans la brume et la nuit. Il resserra doucement son étreinte. La pluie qui tombait sur l'avenue déserte fut comme les sombres apparats du chagrin et des larmes.

Mais Isabelle André mourut la première.

Elle avait souvent dit qu'elle voulait achever sa vie en jouant Schubert parce qu'elle avait aimé cela par-dessus tout. Quand le malaise la prit, vers 3 heures du matin, elle appela la vieille amie qui vivait avec elle, lui demanda de téléphoner au médecin et de la soutenir jusqu'au piano.

– Il faut rester couchée !

– Je retournerai au lit si ce n'est pas grave.

Le médecin arriva en quelques minutes. Sitôt le moteur de la voiture arrêté, il entendit, dans le silence profond de la nuit, les notes claires de l'andante qu'elle préférait. Isabelle jouait d'une main si ferme qu'il sourit et pensa qu'on l'avait appelé pour peu de chose. Il avança calmement. La plainte pudique planait sur les jardins endormis, une âme disait ses regrets à mi-voix, il eut envie de rester sur place à écouter. Comme c'était un homme consciencieux, il accéléra le pas. Il allait sonner quand la musique se tut.

Anita avait passé un hiver difficile, elle espérait que le printemps lui rendrait sa vivacité et fut vexée de voir qu'elle gardait le souffle court. Un matin, elle s'éveilla avec de vives douleurs dans la poitrine. Elle n'avait pas l'habitude de la maladie et crut pouvoir se parer comme tous les jours avant d'appeler mon père, mais elle perdit connaissance devant sa coiffeuse. Elle fit, heureusement, tomber des objets, ce qui alerta la maisonnée. Elle avait une double pneumonie et fut transportée en ambulance vers une clinique où, dûment perfusée, son état s'améliora très rapidement.

– Ne vous y fiez pas, me dit le médecin.

La pneumonie n'était rien, les antibiotiques en étaient venus à bout, cependant il ne pensait pas que son cœur très affaibli pût encore longtemps soutenir sa vie. Il avait averti mon père.

Dès qu'elle fut lucide, elle s'inquiéta : elle n'avait ni sa trousse de maquillage ni sa boîte à bijoux, on n'avait pensé qu'à la bonbonne d'oxygène. Elle me demanda d'aller chez elle rassembler les instruments essentiels de la beauté pour les lui apporter.

– J'espère que ton père ne m'a pas vue dans cet état, dit-elle.

La mort voilait déjà son regard.

– Vois comme j'ai le teint frais ! J'ai moins de rides.

Un léger œdème tendait sa peau. Elle se poudra longuement, posa une rangée de faux cils sur chaque paupière.

– Il me semble que je n'ai pas été si bien depuis des années. Ma mère le disait toujours, on est mieux quand la maladie est sortie. Ça purge.

Elle resta un instant en suspens. Je compris que, comme elle avait fait toute sa vie, elle attendait l'idée suivante.

– Ça purge.

Puis elle prit le coffret où tout était mélangé, diamants, perles en plastique, strass et platine.

– Est-ce que je mets le collier bleu ou les perles de culture ?

Elle s'agita car elle ne trouvait pas les boucles d'oreilles assorties. Je les vis, accrochées à l'envers d'une broche.

– Voilà, me dit-elle en souriant. Comment me trouves-tu ?

La poudre était trop pâle et faisait ressortir le bleu terni des yeux, l'enflure légère du visage lui donnait un air de noyée, elle flottait entre deux eaux, encore vivante et déjà bercée par le flot montant des ténèbres.

– Tu es très belle, dis-je.

– Je le crois. Je suis un peu fatiguée. Appelle Papa avant que je m'endorme.

Il était dans le couloir. Il y avait trente ans qu'il ne pouvait la rejoindre que quand elle se jugeait suffisamment parée, il l'aimait trop pour transgresser. Il entra rapidement dans la chambre : souriant toujours, prête et parfumée, elle avait l'air de dormir. Elle était morte.

Mon père vendit la maison du Haut-Pont après m'en avoir fait faire le tour pour que j'y prenne ce qui me convenait, puis traversa la rue pour aller habiter dans l'hôtel qu'on avait construit en face de chez lui.

– Que ferais-je de toute une maison ? me dit-il en défaisant sa valise. Et puis, je sais que tu ne pousseras pas de cris stupides, mais je n'ai pas envie de vivre très longtemps.

Ainsi passa-t-il de l'hôtel à l'hôpital où il mourut pendant une opération dont il avait dit aux médecins qu'elle serait inutile.

– Ces gens-là, vois-tu, croient dur comme fer qu'il suffit d'ôter au corps l'organe qui est malade pour guérir, alors que c'est l'âme qui renonce. J'ai un bout d'intestin qui n'en peut plus de vivre. Avec ta mère à mes côtés, je crois que j'aurais galopé fringant jusqu'à mes deux cents ans. Mais, tout seul, je me pèse. Je ne m'inquiète pas de toi, tu as Léopold.

Nous ne savions pas que je ne l'avais plus que pour dix ans.

Pendant quelque temps, j'eus toujours froid. Genval n'avait pas été détruit mais on avait loti le terrain et le cabinet de verdure où je regardais Léopold dessiner avait disparu. Avenue du Haut-Pont, on construisait un immeuble à appartements là où j'étais née. J'allais de pièce en pièce dans l'hôtel Hannon et il me semblait que je n'avais plus de maison. J'avais le cœur serré et je ne pouvais pas pleurer. La nuit, Léopold me parlait doucement, mais je restais roide, figée, incapable de tristesse, dure, sauf pour l'accueillir dans mon ventre et le laisser faire éclater l'orage en moi. J'avais l'impression que cela durerait toujours, que je ne sortirais plus de ce silence glacé qui me faisait horreur. J'étais devenue semblable au dernier sourire figé de ma mère et à mon père immobile, pâle, absent, j'étais leur fille, ils m'avaient passé ce qu'ils tenaient de leurs ascendants, le teint doré des Portugais, les yeux gris des ancêtres flamands, l'esprit précis des marchands, le caractère entêté des Juifs qui survivent à tout, et maintenant la rigidité de la mort, la leur d'abord et puis celle de tous ceux qui les précédaient, de siècle en siècle, longue procession qui commence au début des temps et qui traverse chacun de nous pour se poursuivre à l'infini, à travers nos enfants et les enfants de nos enfants, les générations roulent silencieusement et s'oublient les unes les autres, les passions passent poussière même si la passion demeure, et les souvenirs disparaissent, peu à peu engloutis. Il m'avait semblé que seules les larmes feraient fondre l'étau qui m'enserrait, je ne pus pas pleurer et cependant il se dissipa.

Mais la mort régnait. Parfois je m'étonne de l'ardeur qu'on met à vivre, une humeur mélancolique s'empare de moi, je me regarde avec stupeur m'agitant jadis et m'acharnant aujourd'hui à faire ce récit, puis je suis reprise au jeu. Après nous les mouches, sans aucun doute, mais comme vivre a été joyeux...

Entre tous les clichés sur l'âme des artistes qu'elle pratiquait assidûment, Mme van Aalter tenait particulièrement à celui de leur imprévisibilité, elle adorait qu'ils fissent des caprices. Léopold n'en faisait pas, ce qui la troublait. Il en fit un, qui la rassura. Il était ponctuel, fidèle à ses engagements, d'humeur égale. Nous revenions d'Amsterdam où il avait exposé et où j'avais couru les ateliers, cherchant les jeunes talents. Nous avions rempli nos tâches professionnelles avec le plus grand sérieux et nous arrivions en vue d'Anvers où le paysage se gâte. La campagne s'arrête, on va de faubourg en faubourg, cela se nomme, m'a-t-on dit, une conurbation et la chose est aussi laide que le mot.

– Je n'ai pas envie de traverser tout ça, dit Léopold, il y en a pour cinquante kilomètres et ça me fait mal aux yeux.

Il rangea la voiture le long de la route, se tourna vers moi et me sourit. Je crois que pas une fois il ne m'a souri sans que j'en sois tout entière éblouie. Ses yeux pétillaient de gaieté.

– Alors, nous ne rentrons pas. Nous allons voler deux jours à la vie raisonnable. Est-ce que tu as des cours demain ?

– Pas avant mercredi.

– Nous allons à la campagne. Il y a un village où mon oncle et ma tante m'emmenaient en vacances, je suis sûr de pouvoir le retrouver. Nous logions dans un tout petit hôtel, peut-être existe-t-il encore. On y mangeait du poulet dégoulinant de sauce et de la salade à la mayonnaise, c'était incroyablement bon.

Nous retrouvâmes l'hôtel. J'ai toujours eu une excellente digestion et je ne crains aucune sauce. Le poulet était aussi gras qu'il convenait, la mayonnaise généreuse, et la tarte aux pommes fit monter les larmes aux yeux de Léopold. Moi, j'avais été élevée par une femme soucieuse de diététique dans un milieu où les nourritures trop fortes étaient mal vues, manger y était une activité tellement sophistiquée que le lien avec les besoins physiologiques ne semblait plus tellement évident, on y craignait plus l'anorexie que la famine. Léopold me parla de son grand-père et d'un temps où on ne mangeait de viande que deux fois par semaine, à cause du prix qu'elle coûtait. Ce grand-père avait été bien heureux d'avoir un fils qui souhaitait s'instruire, et le père de Léopold fut d'abord excellent ébéniste, puis bon sculpteur sur bois. Il ornait les armoires de guirlandes de fleurs.

– N'en aviez-vous pas une ? demanda Léopold à l'hôtelier.

– Si, mais j'ai dû la vendre pendant la guerre, un bon prix, je vous jure, elle nous a fait vivre pendant six mois. Ah ! votre père était un artiste !

L'émotion de Léopold devant la tarte toucha si fort notre hôte qu'il nous en offrit un second morceau – où j'eus à user de quelque discipline car je n'avais plus faim, mais il ne serait pas dit que la femme que le fils Wiesbeck s'était choisie avait une petite nature – puis un verre de goutte pour favoriser la digestion. Je fis appel au souvenir de ma grand-mère avalant son genièvre d'un trait et je n'eus même pas les larmes aux yeux, ce qui suscita un hochement de tête approbateur.

– *Gij hebt ne goeie vrouw, hier, jongske*, dit l'hôtelière.

Ce qui nous mariait.

Et, bien sûr, je ne mange plus jamais de tarte aux pommes car elle serait amère, sans le regard de Léopold ravi qui me regarde goûter à son passé. Il était une heure quand nous allâmes nous coucher, je crois que j'étais un peu ivre, je serrais fortement la rampe d'escalier pour assurer mon équilibre, et nous ne monterons plus jamais vers une chambre minuscule pour nous étendre côte à côte dans un lit immense, royal, tendu de toile blanche brodée pour d'anciennes princesses flamandes, et glisser dans les eaux profondes de l'amour avant de nous endormir face à face jusqu'à la fin des temps, jusqu'à la fin des temps.

Nous n'avions avec nous que les habits de la vie mondaine, qui ne convenaient pas à la Campine, et notre premier souci, le lendemain, fut de trouver des vêtements. Nous allâmes, comme à Reykjavik, fouiller les rayons d'une mercerie de province, ce qui nous enchanta. Puis, dûment bottés, nous cherchâmes les landes grises entrecoupées de dunes oubliées par la mer quand elle était partie, et Léopold s'immobilisa, possédé par ce qu'il voyait. Il fut comme devant la mer gelée, à Ostende, regardant à s'en soûler, infatigable, muet sauf pour le même petit grognement qu'il avait parfois en peignant. Il montait et descendait les collines, s'arrêtait longuement pour regarder les plages de sable blanc, une touffe d'oyats et un buisson d'épineux. Parfois, il me demandait si je ne m'ennuyais pas.

– Tu vois, me dit-il, ici, c'est chez moi. C'est ma maison.

Les faibles ondulations d'une terre aride s'étendaient jusqu'à l'horizon, de hauts nuages gris recouvraient complètement le ciel et un vent qui venait de très loin ployait les arbres rares. C'était un pays d'hiver éternel. Parfois, notre passage faisait s'envoler des bandes d'oiseaux qui formaient dans le ciel de longs rubans noirs souplement portés par la brise. J'étais heureuse. Nous nous étendîmes sur le sol et nous fîmes l'amour. Après, nous restâmes tellement silencieux et tellement immobiles que tout un vol de mouettes se posa à quelques mètres de nous.

– J'aurais dû revenir ici plus tôt.

Il avait parlé si bas que les mouettes ne bougèrent pas.
– Plus tard, dit-il, plus tard.

À la maison, Madeleine, la servante de Genval qui vivait avec moi depuis des années, me tendit un télégramme : Charles était mort d'un infarctus, Esther réclamait la présence de sa mère.

Vingt ans plus tard, elle me dit :

– Une fois mon père mort, qu'avais-je à faire de sa femme, qui ne m'était rien, et de ces deux garçons qui n'étaient pas mes frères ?

Je pris le téléphone pour savoir quand partait le premier avion.

– Je vais sans doute revenir avec elle, dis-je à Léopold.

Il s'assit auprès de moi en me regardant attentivement.

– Ça va changer ta vie.

– Et la vôtre.

Il souriait.

– Seulement si ça te change. Ma vie, c'est toi.

J'avais peur, à cause d'une petite fille qui m'écrivait deux fois par an et qui avait des droits sur moi. On ne se dérobe pas deux fois : la mort de Charles me rivait à ce rôle de mère dont je n'avais pas voulu, et je sus tout de suite que je le remplirais au mieux de mes moyens, quels qu'ils fussent.

– Rien ne peut me changer, dis-je à Léopold, je suis vous et je ne suis rien d'autre.

Il n'y avait pas de place dans les avions, je ne pouvais partir que trois jours plus tard. Je téléphonai à Detroit, ce fut un des garçons qui me répondit, je l'entendis appeler Jenny :

– *Mummy! It's Terry's mother!*

Y avait-il toujours des rideaux vert pâle dans le living ? La voix de Jenny était calme. Les funérailles avaient lieu le lendemain, Esther était impatiente de me voir, elle serait désolée de m'avoir manquée, elle faisait des courses avec... Jenny faillit dire « sa grand-mère » elle se reprit et dit « ma mère ». Nous arrangeâmes que nous nous retrouverions à

New York, où habitaient les parents de Jenny. J'étais soulagée d'échapper à l'obligation d'aller à Detroit, l'idée de revoir la maison de Charles était insupportable.

– Voilà, dis-je à Léopold quand j'eus raccroché.

Ce soir-là, il y avait un dîner chez lui, il ne manquait jamais à ce qu'il considérait comme ses obligations envers Blandine. Quand il fut parti, je trompai ma nervosité en entamant une longue concertation avec Madeleine : quelle chambre donnerions-nous à Esther ?

Terry !

J'ai toujours pu compter sur mon sens pratique et sur mon mauvais caractère pour me soutenir dans les moments difficiles. Le Terry me faisait grincer des dents, il me rappelait les Emmy, Millie et autres gracieusetés que j'avais endurées sans broncher pendant deux ans. Madeleine était enchantée par l'arrivée d'une petite fille, elle m'avoua qu'elle espérait depuis dix ans que, bien que nous ne fussions pas mariés, Léopold et moi aurions des enfants.

– De nos jours, madame, on est beaucoup moins regardant pour ces choses. Je lui ferai de la mousse au chocolat pour son arrivée. Est-ce que vous croyez qu'ils connaissent la mousse au chocolat en Amérique ?

Je crois qu'elle les voyait encore en chariot d'émigrants, avec des casseroles qui bringuebalent et des poules dans une cage. Nous décidâmes de préparer le lit de la chambre d'ami, sans rien y changer, peut-être Esther préférerait-elle une des pièces mansardées du deuxième étage, et des meubles plus modernes que mes chênes et mes palissandres ?

– Comme ça va nous changer, madame !

Certainement !

Le peu que je savais sur Charles et Jenny m'avait été rapporté par mes parents. Ils étaient allés plusieurs fois à Detroit, où ils avaient rencontré Jenny qu'ils trouvaient charmante. Sa gentillesse les rassurait. Esther les accueillait avec plaisir, enchantée d'avoir des grands-parents qui venaient de l'autre côté du monde pour la voir, et curieusement peu questionneuse sur leur fille, sa mère, la première femme de son père que les conversations apparemment les plus libres laissaient dans une ombre discrète. Ils rentraient contents et je recevais une lettre :

« Ma chère Maman, j'ai eu la visite de mes grands-parents, ce qui m'a fait grand plaisir. J'espère que vous allez bien. »

Elle n'y parlait pas de me voir. Je suppose que Charles lui dictait ses lettres, mais il n'avait pas pu dicter l'exigence que je vienne la chercher.

Il était mort à son bureau, en quelques minutes, sans signes avant-coureurs, devant sa secrétaire terrorisée, et Mr. Bross avait eu des difficultés pour trouver Jenny qui faisait des courses avec ses fils. Les garçons étaient un peu plus âgés qu'Esther. Jenny était devenue veuve une première fois de façon particulièrement tragique : une grande mésentente régnait dans son ménage, son mari qui la trompait souvent lui faisait des scènes aux retours d'adultère. Elle pleurait donc beaucoup, il disait qu'on ne peut pas rester dans une maison quand une femme y pleure, et repartait en claquant la porte. Un soir d'énervement excessif, il engagea imprudemment sa voiture sur la grand-route et fut tué par un camion. Jenny pleura d'abord beaucoup, puis moins. Charles était son voisin, il la soutint attentivement. Ils s'aperçurent qu'ils étaient moins malheureux à deux que seuls et se marièrent un an après mon départ. Ils s'attachèrent à se rendre heureux. Mes parents me disaient qu'ils prenaient grand soin l'un de l'autre et j'imagine en effet que, pendant les dix années que dura leur mariage, ils ne cessèrent jamais d'être convalescents.

Les trois jours qui précédèrent mon départ furent étranges. Je me sentais en sursis. Je regardais Bruxelles comme si j'allais la quitter : la ville allait changer, j'aurais d'autres trajets, je ferais d'autres gestes. Il fallait inscrire Esther dans une école. À onze ans, elle avait à finir son primaire, mais elle parlait principalement l'américain. Je téléphonai à Colette pour lui demander conseil. Elle apprit la mort de Charles avec l'émotion qui convenait et je pense que son mouvement naturel eût été de dire que c'était un bonheur de retrouver sa fille, mais elle se retint de tout commentaire et réfléchit rapidement au genre d'endroit où une petite fille peut passer d'une langue à l'autre sans trop de difficultés. J'annonçai l'arrivée d'Esther à mes familiers. Mme van Aalter fut aussi directe qu'il appartenait à son caractère :

– Comment Léopold prend-il cela ?

Et Henri Chaumont :

– Ma pauvre Émilienne ! On est toujours rattrapé par son histoire !

Denise Geilfus me regarda longuement :

– Changer de monde à onze ans ? Ce ne sera pas facile.

Ainsi fut-elle la seule à penser à Esther.

À New York, je cherchai Jenny du regard parmi la foule de gens qui attendaient les voyageurs en me disant, fort mal à l'aise, que je ne savais pas comment la reconnaître quand une petite fille fonça vers moi et se jeta dans mes bras. Je sus plus tard que, avec l'accord discret de Charles, mes parents lui avaient régulièrement envoyé des photos de moi. Esther me serra sauvagement, elle prenait possession d'un rêve et le plus souvent les rêves nous crèvent entre les doigts comme des bulles de savon. Quand elle leva le visage vers moi, je vis qu'elle avait toujours les yeux bleu sombre comme la mer en été. Elle ne souriait pas. Elle me prit par la main et me guida vers une petite femme qui souriait, mais qui avait les yeux rouges.

– Voilà ma mère, dit-elle à Jenny.

C'était une de ces femmes qui ne sont belles que quand elles sont heureuses et qui ne savent pas retenir le bonheur. On voyait d'emblée qu'elle avait toutes les qualités du monde, elle était patiente, attentive, aimante, comme Charles et, de la même façon qu'il n'aurait pas dû m'aimer, elle n'aurait pas dû aimer Esther. Sans doute n'avait-elle pas pu résister au regard intense de l'enfant déjà quittée une fois, elle l'avait élevée comme sa propre fille et Esther la nommait Mummy comme faisaient les deux garçons. *This is my mother*. On entendait, de très loin, résonner les accents de la victoire. Je vis Jenny frémir.

Je dis les paroles de condoléances qu'exigeait la situation. Elle ne chercha pas à cacher ses larmes en détournant le visage, mais baissa les paupières avec beaucoup de dignité. Il était clair qu'elle pleurait deux fois et qu'Esther ne voulait rien savoir du chagrin qu'elle causait. Elle me tenait la main et ne la lâcha pas pendant le trajet en taxi.

La mère de Jenny m'accueillit froidement. Elle pria Esther d'aller faire du thé, conseilla à Jenny de prendre un peu de repos dans sa chambre et, sitôt le tête-à-tête assuré, me demanda si je comprenais quelque chose à l'attitude de la petite :

– Quand elle a appris que son père était mort, elle n'a pas pleuré, pas une larme, elle a dit : *I want to go home. Home !* Mais tout de même, elle y était, à la maison ! Jenny l'a élevée comme sa fille, elle devrait l'aimer comme sa mère. Personne n'y comprend rien. Elle a fait pleurer les garçons. Vous emmenez une ingrate. Vous risquez des surprises avec une enfant comme ça !

Je ne savais que dire à cette femme indignée.

– Et on ne peut même pas vous soupçonner de lui avoir monté la tête, vous ne vous êtes tout simplement jamais souciée d'elle. Quand elle avait ses maladies d'enfant, ma fille l'a soignée, entourée, elle passait ses nuits à côté d'elle comme à côté de ses propres fils. Elle n'a pas mérité ça.

Elle était petite, comme sa fille, avec des cheveux très blancs. Je me rendis compte qu'elle était plus déconcertée et triste que fâchée, sa colère lui servait de rempart contre le chagrin et elle attendait confusément quelque chose de moi. Je l'aurais bien donné, mais je ne savais pas ce que c'était.

Nous partions le lendemain. L'appartement était trop petit pour que j'y loge, on m'avait retenu une chambre dans un hôtel du voisinage et je vis bien qu'Esther aurait voulu m'y suivre. Je la vis aussi se maîtriser avec une fermeté dont j'aurais dit qu'elle n'était pas de son âge si je ne m'étais souvenue de moi-même. Je bus mon thé, alléguai la fatigue du voyage et promis à Esther de venir la chercher le lendemain à 10 heures pour les courses que j'avais à faire en ville. Une fois seule, je téléphonai à Léopold.

– Comment est-elle ? me demanda-t-il.

– Ravissante, têtue et cruelle.

– Ma foi, c'est ta fille.

– Il ne fera pas bon l'aimer si elle ne le veut pas.

Il m'avait chargée d'un pli à porter au musée d'Art moderne, Esther m'y accompagna et regarda avec intérêt les tableaux.

– Lesquels sont de ton mari ?

Je compris qu'on avait voulu simplifier les choses. Je lui montrai les Wiesbeck.

– Mais nous ne sommes pas mariés.

– Tu ne l'aimes plus ?

Seigneur !

– Si. Seulement il est marié avec quelqu'un d'autre et, pour des raisons qui lui appartiennent, il ne souhaite pas divorcer.

Peut-être moi aussi simplifiais-je ? Elle regardait attentivement les toiles.

– En vérité, je ne connais rien aux beaux-arts. C'est bien ainsi qu'on dit, n'est-ce pas ?

Elle parlait excellemment le français, avec une certaine raideur dans la construction des phrases, on sentait qu'elle réfléchissait à sa grammaire, et avec un accent américain assez marqué dont je me rendis compte qu'elle serait attentive à le corriger.

– Pas bioux-arts, lui dis-je, beaux, comme dans eau, chaud, château.

Elle ne faisait pas les fautes deux fois. Georgette m'avait dit qu'elle était intelligente et je n'avais pas douté de son opinion : elle me sembla brillante. Son visage avait une structure harmonieuse, elle avait gardé le regard profond qui m'avait frappée jadis. Ses cheveux étaient plus foncés et plus abondants, mais encore blonds et elle avait de longs cils noirs comme ma mère. J'étais étonnée qu'un assemblage aussi peu convaincant que celui des gènes de Charles et des miens ait pu produire quelque chose d'aussi réussi.

Apparemment, les âmes et les corps n'obéissent pas toujours aux mêmes lois.

Jenny ne retint pas ses larmes jusqu'au bout. Quand vint le moment des adieux, elle serra violemment Esther et s'enfuit sangloter dans sa chambre.

– Je vais m'occuper d'elle, vous m'excuserez de ne pas vous accompagner, dit sa mère qui embrassa froidement Esther.

– *Bye, bye America*, dit ma fille dans le taxi et, même moi qui ne suis pas tentée par la sensiblerie, je fus un peu choquée.

Je n'avais aucune idée sur la façon de traiter une fille de onze ans, mais quelques souvenirs d'avoir trouvé les grandes personnes faciles à tromper : il suffisait de deviner ce qu'elles souhaitaient qu'on soit et d'en prendre les apparences. Quand nous fûmes dans l'avion, Esther se consacra à s'émerveiller de tout ce qu'elle voyait d'une façon charmante et qui donnait du prix aux choses. On ne lui avait apparemment jamais offert bonbon aussi exquis que ceux qu'on distribuait au décollage, le mode d'emploi de la ceinture de sauvetage était une lecture admirable, elle partait pour un voyage inouï et entendait y prendre grand plaisir. J'étais attentive : j'allais avoir à vivre avec cette petite fille-là. Elle venait de traiter avec une parfaite cruauté des gens qui s'étaient crus aimés d'elle. Était-elle tombée amoureuse d'une mère lointaine comme on l'est d'une actrice célèbre ou d'un personnage de roman ? La mort de son père avait-elle été le *deus ex machina* qui matérialise un rêve ? Il ne s'était pas passé une semaine, et je ne voyais aucune trace de chagrin. Elle ne parla pas du tout de lui, mais, pendant les longues heures du voyage, elle me demanda de lui raconter en détail la mort de mon père et celle d'Anita. Elle semblait fascinée par cette femme qui n'avait voulu mourir que parée comme pour une fête.

– Jenny n'aimait pas que je sois trop coquette.

Je sentis la proposition d'alliance contre une mère raisonnable et je fus embarrassée.

Elle savait qu'elle portait le même prénom que son arrière-grand-mère maternelle et me questionna longuement.

– Mais alors ? Moi aussi, je suis juive ?

J'avouai ne pas savoir grand-chose là-dessus et que toute pratique religieuse s'était perdue dans la famille depuis trois générations.

– Si cela t'intéresse, il faudra questionner mes cousins d'Anvers. Après la guerre, ils sont redevenus pratiquants, comme l'ont fait beaucoup de Juifs, par principe et sans croire en Dieu.

– À Detroit, nous allions à la messe tous les dimanches. Mummy y tenait beaucoup et mes frères sont croyants. Mais si je suis juive, je ne dois plus aller à la messe. Que font les Juifs ?

Hélas ! Je ne savais même pas cela !

– Oh ! moi, tu sais, ça m'est égal, me dit-elle. Si l'usage est de ne rien faire du tout, je ne veux pas me singulariser.

En somme, elle était charmante. Je comprenais qu'une femme qui ne refusait pas d'avoir des enfants et qui ne s'était pas vouée comme je l'avais fait pouvait l'avoir tendrement aimée.

– Il faudra écrire très régulièrement à Detroit, lui dis-je.

– Certainement. J'aime beaucoup Jenny et mes frères. Je veux dire : ses fils. Parce que, en fait, je n'ai aucun lien de parenté avec eux, n'est-ce pas ?

Elle y mettait un acharnement un peu effrayant. Dix fois, elle me donna à connaître qu'elle avait fait passer Jenny et ses fils par-dessus bord. Spontanée, sagace et gracieuse : elle prenait possession de moi, à qui elle avait bien droit, puisque j'étais sa mère, OK ? Elle ne fit aucune allusion à mon départ de Detroit, dont elle ne devait me parler que bien plus tard, et ne me questionna pas sur ma vie, mais sur celle qu'elle mènerait à mes côtés. Je lui dis qu'elle était déjà inscrite dans une école qui avait l'habitude des enfants transplantés et que son adaptation se passerait probablement très bien.

– En général, je suis bonne élève. Je comprends vite et j'ai une bonne mémoire.

Elle me fit décrire Bruxelles :

– Je sais bien que j'y serai dans quelques heures, mais je suis si curieuse !

Bref, elle travaillait à me séduire.

Quand l'avion commença la descente et qu'on entendit la voix confidentielle et pressante de l'hôtesse de l'air nous prier d'attacher les ceintures, j'eus un brusque afflux de souvenirs. Dix ans plus tôt, j'étais rentrée seule. Je ne m'étais pas annoncée à Léopold car je voulais voir sa surprise quand j'arriverais à l'atelier et pouvoir, dès l'instant où nous serions réunis, me jeter dans ses bras et y rester, sans passer par l'attente, les bagages, les taxis de mes précédents retours. Je revis cette aube froide sur l'aéroport à demi endormi, je retrouvai en moi l'exaltation qui avait paré la bruine de diamants. Aujourd'hui, c'était le matin, le ciel était bleu et l'amant m'attendrait, dont je n'avais été séparée que deux jours, mais l'impatience me portait mêmement, j'étais avide de mon éblouissement devant ce visage familier qui me surprenait toujours. Il serait là, si fermement campé que rien ne semblait pouvoir l'ébranler, et je ne pourrais pas me jeter dans ses bras à cause d'Esther. Je tremblais, j'étais possédée par sa présence imminente, j'essayais de répondre à la voix insistante de la petite fille qui voulait prendre sa place dans ma vie, j'étais enfin devant lui, nous nous souriions, envahis l'un par l'autre, disant quelque part, dans un autre monde, les paroles qu'il fallait, masquant comme nous pouvions notre folie devant l'enfant que sa propre folie et le destin accrochaient à notre histoire.

Ainsi accueillis-je Esther. Puis-je dire que je fis de mon mieux ? Il me semble que je serais hypocrite, je fis ce que je ne pouvais pas éviter.

– Vous vous êtes conduite de façon honorable, m'a un jour dit Henri Chaumont.

Peut-être. Ce n'est pas l'amour maternel qui m'a régie, mais une sorte de courtoisie envers cette enfant que je ne souhaitais pas faire souffrir. Je fus attentive, ce qui ne veut pas dire que je la compris.

La maison lui plut et l'idée de choisir entre plusieurs pièces celle où elle installerait sa chambre l'enchanta. Au déjeuner, elle fut étonnée de ne pas trouver la laitue coupée en lanières et elle étonna Madeleine en demandant un verre de lait. Elle connaissait la mousse au chocolat. Quand nous ouvrîmes sa valise, je ne fus pas surprise de n'y trouver aucun jouet, car je n'avais guère fréquenté d'enfants. Tous ses biens tenaient dans les vingt-cinq kilos de bagages: deux pantalons et leurs sweat-shirts, deux jupes plissées, des chemisiers et une robe couverte de volants, de dentelles, de collerettes et de froufrous.

– Je crois qu'ici on ne la trouvera pas jolie, dit-elle montrant son adaptabilité.

Elle n'avait qu'un objet personnel, une petite pochette de cuir usé qui contenait un stylo, deux crayons mordillés, quelques lettres mal pliées et l'émeraude de Charles. Elle me la tendit:

– Jenny m'a dit que c'était à toi.

– Ton père souhaitait qu'elle t'appartienne. Je la rangerai jusqu'à ce que tu sois d'âge à la porter.

– Je suppose que j'aimerai les bijoux, dit-elle tranquillement.

Peut-être est-ce parce que dix ans plus tôt moi aussi j'étais partie en n'emportant presque rien que cela me parut si naturel, mais j'eus tort. Quittant Detroit, je ne quittais rien, Esther quittait ce qui avait fait sa vie. On voyait bien qu'elle refusait tout chagrin, sans doute en voulait-elle à Charles d'être mort comme d'une infidélité. Elle eut une réaction d'orgueilleuse qui se détourne de l'infidèle et cherche un nouvel amour. Elle avait en réserve une mère inemployée, elle m'avait réclamée, je crus donc que j'étais l'objet qu'elle avait choisi.

Après quelques jours, nous étions en vitesse de croisière. L'école conseillée par Colette lui plut et elle y plut. Je ne l'oubliais jamais dans l'organisation de ma vie, j'étudiais avec soin ses bulletins et je la félicitais assidûment car elle travaillait fort bien. J'ai toujours été une femme ordonnée: je fus une mère ponctuelle. Elle ne posa plus de questions naïves sur la place que Léopold occupait dans ma vie. Certains matins, il paraissait au petit déjeuner, elle ne fit pas de commentaires quand il n'y était pas. Elle eut très vite sa vie personnelle. Après 5 heures, le second étage de l'hôtel Hannon grouillait de petites filles et le dimanche elle était souvent invitée dans des maisons de campagne. L'été, nous allions à la mer, je louais une villa à la même plage que les parents de ses amies et me retrouvai fréquenter une société très proche de celle que je voyais au début de mon mariage. Il n'avait passé qu'une douzaine d'années, mais les idées avaient changé aussi vite que l'avait prévu mon père et ma liaison avec Léopold ne troublait pas. On se plaisait, quand on venait prendre l'apéritif chez la maman d'Esther, à y rencontrer un homme aimable, peu bavard, apparemment attentif, et qui se trouvait être un grand peintre. Tous les ans, il conduisait Blandine à Plombières – la notion de tempérament arthritique avait été abandonnée par les médecins, mais elle avait toujours ses crises d'arthrite et elle était persuadée que les eaux lui faisaient du bien – et il me rejoignait à Knokke. J'aurais préféré Ostende. Comme le bon ton avait changé de plage et que j'allais à la mer pour Esther, je me résignais. Pendant qu'elle jouait avec ses amies sous l'œil maternel de Madeleine, Léopold et moi montions vers la Hollande où il faisait des esquisses devant la mer grise. À Groede, le sable est balisé de gros pieux de bois noircis par les intempéries, qu'on nomme *meerpalen*. Ils arrêtent la montée des trop fortes marées et, l'après-midi, leurs ombres tracent de grandes rayures sombres sur les ondulations du sable. À Veere, de petits voiliers blancs filent sur la mer qui reste toujours grise, même par grand soleil. Parfois, Léopold était pris d'un besoin intense de voir des tableaux et nous allions à Bruges où il s'asseyait devant un Van der Weyden au musée Groeninge.

À quinze ans, Esther demanda la Côte d'Azur et je ne dus qu'à ma volonté tenace de bien la traiter d'endurer calmement les élégances de Saint-Tropez. Le grand soleil ennuyait Léopold. Heureusement, cela ne dura que deux saisons, dès ses dix-sept ans elle passait l'été au théâtre, répétant. Je m'attendais à beaucoup d'amoureux : ils vinrent en effet rôder, mais elle ne les agréait jamais. Nous n'étions pas sur un pied d'intimité tel que je me sentisse en droit de m'en étonner auprès d'elle. À dix-huit ans, elle annonça qu'elle se mariait. Elle épousait Louis Séverin, un jeune banquier un peu terne mais très évidemment éperdu d'amour. J'étais sûre qu'elle ne l'aimait pas, je pensais qu'elle retrouvait l'amour inconditionnel de son père. Elle fut parfaite avec lui et semble toujours l'être. Elle avait sans doute tellement besoin d'être aimée qu'elle pouvait aisément se passer d'aimer. Pour ce que j'en voyais, Esther était heureuse. Je ne fus pas tout à fait dupe car, à son âge, pour ce que j'en donnais à voir, j'étais une fille sage.

Anita avait rêvé de théâtre : Esther est comédienne. Tous les ans, le lycée montait une pièce, les rôles étant attribués aux meilleurs élèves du cours de français. Il ne lui restait rien de son accent américain, elle jouerait Louison dans *Le Malade imaginaire*. Pendant deux mois, on ne fit pas un pas dans la maison sans entendre « Non, mon papa ». Elle passait des heures seule dans le grand salon, assise par terre devant un des fauteuils qu'elle avait tiré près du miroir et disait « Non, mon papa » d'une voix si claire, haute et douce, qu'on se demandait par où elle faisait passer tant de fine hypocrisie. Je ne pris pas son assiduité à la légère, mais je fus quand même surprise lors de la représentation. Les élèves jouaient convenablement, ils connaissaient bien leur texte, le professeur de français avait réalisé une mise en scène sérieuse et honnête, quand Esther parut, disant « Qu'est-ce que vous voulez, mon papa ? » on ne regarda plus qu'elle. Elle avait les cheveux masqués par un bonnet, une robe grise parfaitement terne et une présence extraordinaire. Le père d'une des élèves, qui était directeur de théâtre, m'ordonna de l'inscrire au Conservatoire et l'engagea pour la saison suivante.

Mais je m'aperçois que j'ai foncé à travers les années et le destin d'Esther sans tenir correctement compte de la chronologie. Elle n'avait pas quinze ans quand Laurette Olivier puis Mme Van Aalter moururent.

Le grand brouhaha de fin d'année était tombé sur la ville, on avait allumé des arbres de Noël à tous les carrefours, mais il tombait un crachin glacial et les gens qui couraient les magasins pour préparer la fête avaient l'air pressé et grognon. À l'atelier, Léopold assis devant un chevalet appliquait un fond clair sur une grande toile et je corrigeais des travaux d'étudiants. Il faisait chaud, nous étions paisibles, un concerto pour piano de Mozart parlait avec pudeur d'espérance et de déception quand la porte s'ouvrit en coup de vent. Nous nous retournâmes du même mouvement et vîmes Laurette Olivier entrer, dans une grande agitation de manteau mouillé et de parapluie qui ne se laissait pas refermer. Elle fit une foule de petits gestes inutiles.

– Ah ! excuse-moi d'être en retard, dit-elle, il y a un monde fou en ville, le taxi n'avançait pas.

Elle renonça à fermer le parapluie, le jeta sur le sol, secoua ses cheveux et retira son manteau qu'elle lança sur le fauteuil bancal où, plus de vingt ans auparavant, ma mère s'était assise. Léopold la regardait avec stupéfaction.

– En revanche, je suis libre jusqu'à l'heure du dîner et même au-delà, on sait bien que je suis toujours en retard.

Elle s'approcha de lui, posa les mains sur ses épaules et lui baisa légèrement la joue.

– Tu as l'air si étonné de me voir ? Tu as oublié que nous avions rendez-vous ?

Puis elle virevolta et alla vers le grand miroir.

– Je suis toute décoiffée, dit-elle, j'ai une tête à faire peur.

C'était vrai, mais pas à cause de sa coiffure. Elle effrayait par la discordance entre les gestes d'oiseau nerveux qui étaient réapparus, comme si vingt-cinq ans n'avaient pas passé, et son air de vieille femme. Les neuroleptiques font grossir, Laurette était devenue épaisse, elle avait une démarche pesante, mal assurée, et la vivacité de jadis plaquée sur ce corps alourdi donnait l'impression qu'elle allait mal poser le pied, trébucher. Elle me vit et resta un instant immobile. Du moins, elle marqua qu'elle me voyait car j'étais assise au milieu de la pièce et elle avait dû me contourner pour s'approcher de Léopold.

– Tiens ! Qu'est-ce que tu fais ici, petite ?

Je faillis répondre normalement, je ne sais quelle intuition me fit taire. Peut-être sa folie était-elle si puissante qu'elle me saisissait aussi et m'entraînait ailleurs, hors du temps, là où les amants veulent toujours retourner, quand l'amour était jeune et qu'on était aimé.

– Elle est en visite, dit Léopold, aussi fou que moi.

– Ah ! c'est vrai, elle a une flamme pour toi, n'est-ce pas ? Les petites filles ! Elles sont toutes comme ça ! Il ne faut pas venir ici sans tes parents, Émilienne, un atelier d'artiste n'est pas un endroit pour les enfants.

Elle se pencha vers Léopold et lui chuchota quelque chose à l'oreille qui le fit rougir et qu'il ne me répéta jamais car c'était un homme délicat, puis elle se redressa, virevolta, et son geste éveillait l'écho des colliers, des écharpes qui jadis amplifiaient tous ses mouvements, je crois que je vis briller les perles du long sautoir et danser les franges de soie.

– Tu dois partir, maintenant. Où est ton manteau ?

La tête me tournait. Si souvent, jadis, j'étais partie à 4 heures et demie, courant dans l'escalier et me glissant dans la foule de la rue Ransfort en craignant d'être vue et voilà que Laurette dans son délire reconstituait la vérité. Cela me donna un choc qui me ramena à la réalité.

Laurette avait vu mon manteau accroché à une patère près de la porte qui donnait sur le couloir des chambres. Elle le prit, me le tendit.

– Maintenant, dis au revoir à Léopold et rentre chez toi.

– Je vais prévenir son mari, dis-je à voix basse en passant devant Léopold.

J'allai téléphoner dans le petit café où jadis je retrouvais Léopold. Ce fut comme si le délire de Laurette me poursuivait : rien n'avait changé, ni la table au marbre ébréché, ni la couleur des murs, ni le carrelage où, furieux, il avait jeté un verre.

Jacques Olivier fut tout de suite effrayé. Il inspira si fort que c'était presque un cri :

– Qu'est-ce qu'elle fait ?

Lui dire qu'elle s'était perdue dans le temps, qu'elle tentait d'annuler vingt ans de sa vie, de détruire la déception, d'ôter de sa tête le brouillard des neuroleptiques et de la folie, de recommencer l'amour ?

– Il faut que vous veniez. Elle ne fait rien. Mais...

– Je sais. Je viens.

Je remontai à l'atelier. Laurette était assise devant Léopold qui dessinait.

– C'est pour mon portrait, me dit-elle.

Nous attendîmes Jacques Olivier pendant près d'une heure, à cause de la foule et des embouteillages, et Léopold fit sept esquisses. Toute l'histoire de Laurette y est racontée, telle qu'on pouvait la lire sur ses traits possédés par la folie. Elle posait, mais ne resta jamais immobile : son visage changeait comme la surface d'une eau sans cesse effleurée par le vent. On la retrouvait sur le carnet de croquis telle qu'elle avait été, mutine, coquette ou bien le visage figé par l'Halopéridol, l'air obtus, avec une colère sournoise. Celui des dessins qui lui prit le plus de temps représente Laurette telle que je suis sûre ne pas l'avoir vue cet après-midi-là : elle sourit, calme et contente, elle regarde au loin on ne sait quoi qui la charme, peut-être cet avenir dont elle avait rêvé et qui a crevé avant qu'elle le touche, bulle de savon, mirage, beauté fabuleuse du rêve évanoui au réveil, il n'en reste que la larme qui sèche sur la joue et une nostalgie qui fait gémir de chagrin.

Jacques Olivier arriva à 6 heures. J'avais laissé la porte entrouverte : il entra encore affolé et nous vit, tranquillement assis, une femme qui posait, une qui regardait et Léopold possédé.

– Viens, dit-il, il est l'heure.

Elle se leva sans protester.

Le soir, Léopold ne pouvait pas s'endormir.

– Elle recommencera.

Je pensais qu'il avait raison. Nous restâmes longuement silencieux, pensant à cette femme dépossédée de soi.

Laurette, Georgette, les autres, elles avaient toutes été si belles et si consentantes, il les avait accueillies en souriant, enchanté par leur grâce, l'amour était une danse légère, un pas de deux bien ordonné où on allait de fille en fille et il pensait, c'est sûr ! que quand il les quittait, elles l'oubliaient comme il les oubliait, partenaire éphémère d'un jeu qui continuait ailleurs.

Depuis quelque temps, Mme van Aalter se fût sentie fatiguée si cette idée ne lui eût semblé inacceptable.

– À vivre comme j'ai fait, il y a soixante ans que je serais éreintée si j'avais eu une constitution à fatigues, dit-elle au médecin qui n'avait jamais eu à lui prescrire que des aspirines pour ses rhumatismes.

Elle l'avait appelé car le matin, au lever, elle avait eu un si grand étourdissement qu'il lui avait fallu se recoucher. Il exigea quelques examens qu'elle consentit à faire en haussant les épaules :

– J'ai une santé de fer et je suis forte comme un cheval. Je tomberai morte d'un coup, puisqu'il paraît qu'il faut y passer. Ne comptez pas sur moi pour faire des maladies.

Mais, deux jours plus tard, elle ne tenait toujours pas debout et commençait à être en colère. Les résultats des examens arrivèrent et le médecin se mit à dire des choses confuses : elle n'avait rien de grave, mais elle devait se reposer, prendre des médicaments, faire des radios.

– Qu'est-ce que c'est que « rien de grave » avec tout ce que vous exigez ? Parlez français, mon ami, je veux bien qu'on me soigne mais je veux savoir ce qu'on soigne.

Il bafouilla si lourdement qu'elle se fâcha tout de bon.

Elle ne se calma que quand il parla de leucémie.

– Leucémie ? Vous rêvez ! C'est une maladie de jeune femme, ça !

– C'est bien cela qui me faisait hésiter. On n'en voit pratiquement jamais à votre âge.

– C'est que cela a déjà tué les petites natures.

Elle prit le téléphone et annonça joyeusement sa mort prochaine. Je vins la voir : Blandine était assise à son chevet, l'air consterné, et Mme van Aalter lui dit que deux visites à la fois la fatigueraient trop et qu'elle rentre veiller au dîner qu'elle donnait le soir.

– Et pas d'huîtres, Blandine. À mon avis, le waterzooi se présente sans entrée.

Blandine s'en alla en se demandant ce qu'elle ferait de ses huîtres.

– Elle me tue ! Pensez qu'elle voulait m'apporter de la tisane !

– Ma mère avait la passion des tisanes.

– Elle l'aimait beaucoup. Blandine est ce genre de femmes qui cherchent toujours une mère. Peut-être cela vient-il de ne pas trouver d'amant ? Quand elle était malade, Anita venait lui faire des infusions, elle en avait les larmes aux yeux. Mais moi ! Je n'ai aucun régime à suivre, et je n'y consentirais pas : j'ai quatre-vingt-six ans, je ne veux pas davantage m'ennuyer à la veille de mourir que je n'y ai consenti pendant ma vie. Il y a des gens qui ne gardent pas leur caractère jusqu'au bout de leur vie. Le mien m'a toujours plu, j'aime mes défauts, qui ne sont jamais mesquins. La tisane est une boisson pour des âmes faibles, je prendrai du café fort et du cognac jusqu'au bout.

Elle se plaisait visiblement à ronchonner. Je compris qu'on lui faisait plaisir en la contrariant, elle en était divertie du désagrément de mourir. Il était peu dans mon personnage d'insister pour la tisane mais je fus bientôt tirée d'embarras par la femme de chambre qui annonçait la visite de Mme Olivier.

– Laurette ? Comme c'est curieux ! Je n'ai à peu près aucune relation avec elle. Sans doute veut-elle voir quand va sonner l'hallali.

Cette fois-ci, elle n'avait pas de parapluie, mais trouva le moyen de s'agiter beaucoup autour d'un sac et d'une écharpe de gros tricot. Elle me fit un petit signe de tête indifférent et s'assit sur le bord du lit, ce qui fit reculer Mme Van Aalter.

– Allez dans le fauteuil, Laurette. Je déteste qu'on m'envahisse.

– Je dois vous parler en secret. Faites sortir cette dame. Faudrait-il de nouveau appeler Jacques Olivier ?

– Vous rêvez, ma petite !

– Léopold trompe Blandine. J'ai des preuves. Il faut la prévenir.

– Il y a vingt ans qu'elle le sait. Rentrez chez vous et mettez-vous au lit. Vous avez certainement de la fièvre.

Laurette fronça les sourcils. Elle eut un air de grande perplexité. Mme Van Aalter s'inséra avec autorité dans la faille que le doute ouvrait.

– Emilienne, appelez un taxi pour Laurette. Prenez-vous vos médicaments ces temps-ci ? Vous aurez une rechute si vous ne faites pas attention.

– Je déteste ces médicaments. Ils me font du brouillard dans la tête.

– Au moins, on ne voit pas le désordre, marmonna Mme Van Aalter de façon à n'être entendue que de moi.

Le taxi arriva en dix minutes. Laurette fut hospitalisée dès le lendemain et se pendit dans sa chambre quelques heures plus tard. Jacques Olivier a rajeuni de dix ans.

Mme Van Aalter refusa la clinique. Elle voulait mourir chez elle, dans le confort coûteux où elle avait aimé vivre, mais une nuit elle fit des hémorragies multiples et on l'emmena d'urgence à l'hôpital. Les médecins ne pensaient pas qu'elle se rétablirait, malgré les transfusions.

– Je m'accroche, me dit-elle quand j'arrivai. J'ai la moelle osseuse ou je ne sais quels autres organes bizarres dont je n'avais jamais entendu parler qui flanchent, le reste tient bon.

Elle achevait de se poudrer, malgré quoi elle était assez rouge.

– Il faudra donc que j'aie mauvais teint jusqu'au bout ! J'avais espéré la consolation d'être pâle pour mourir, c'est plus élégant, et, à cause de mes péchés sans doute, cela m'est refusé.

Elle s'évertuait à garder le ton sonore qu'elle avait toujours eu, mais le souffle lui manquait, la voix avait des ratés, les syllabes ne passaient pas bien.

– Asseyez-vous, petite. Je devrais perdre l'habitude de vous nommer ainsi, vous avez bien quarante ans, maintenant ?

– Ils viennent.

Comme j'allais m'installer dans le fauteuil qu'elle avait désigné :

– Non ! Vous seriez dans l'ombre. Allez de l'autre côté, je veux vous voir. Êtes-vous bien belle ?

– Je fais de mon mieux, dis-je.

Elle soupira.

– Il y a si longtemps que j'envie les femmes qui sont belles ! Moi, je n'ai eu que la grâce de la jeunesse et puis, pendant un moment, la mode m'a servie. Mais vous ! Et cependant, quand vous aviez dix ans, je m'en souviens bien, vous ne promettiez pas.

– Je n'avais pas encore de raisons.

Elle rit.

– C'est vrai ! Comment va Léopold ?

– Il peint.

– Maintenant qu'il va être riche, pourquoi ne divorcerait-il pas ? Il serait tellement plus simple que vous viviez ensemble.

– Je crois que vous vous moquez de mourir, mais ne plus pouvoir régir la vie des autres, quel regret ! dis-je en riant.

– Il y a si longtemps qu'il n'y a plus rien à régir dans la mienne ! Si je ne m'étais pas mêlée de ce qui ne me regardait pas, je serais assise toute seule dans un salon désert depuis cinquante ans. À votre âge, j'avais de la couperose, il ne me restait que la curiosité. Je me suis bien amusée. Heureusement que je n'avais aucun tempérament, j'aurais souffert.

Brusquement, elle ferma les yeux et se tut. Je frissonnai. Dans cette chambre d'hôpital blanche et aseptisée, le silence prenait tout de suite une résonance glaçante.

– C'est fatigant de mourir, dit-elle. Tant que je peux penser, je veux parler, et je n'en ai plus tout à fait la force.

– Ne dites pas cela. Vous risquez les tisanes.

Je compris qu'elle voulait faire son grand rire de jadis mais qu'elle n'y arrivait plus.

– Au fond, dit-elle, nous n'avons été ennemies que parce qu'il a bien fallu. Passé l'urgence, nous nous sommes bien entendues.

– J'ai bon caractère.

– Vous êtes une extraordinaire menteuse. Vous avez trompé tout le monde pendant dix ans. Sauf moi. Dieu ! que vous m'avez fait peur !

– Je serais morte plutôt que de nuire à Léopold.

– Je ne le savais pas encore.

De nouveau, elle ferma les yeux.

– La faiblesse me prend de plus en plus souvent, et quand la vigueur revient, c'est si peu de chose ! Les médecins sont des sots. Celui qui me soigne me dit que je dois être patiente, que je suis très malade. Je lui réponds : « Mais, monsieur, je ne suis pas malade, je meurs ! Ne confondez pas », et il ne sait pas où se mettre. C'est un homme qui a trente ans de carrière et il ne reconnaîtrait pas encore la mort sur le visage d'une vieille femme ? S'il n'est pas incompétent, il est hypocrite, je déteste l'un comme l'autre. Voulez-vous me donner à boire, j'ai tout le temps la bouche sèche.

Je lui tendis le verre d'eau, mais elle ne pouvait pas le prendre et je dus le porter à ses lèvres. À peine si elle avait la force de soulever la tête et je vis que l'effort d'avaler la fatiguait.

– Blandine voulait venir, je lui ai fait dire que je suis trop lasse pour les visites. Ne lui dites pas que je vous ai reçue.

Je haussai les sourcils.

– Je n'en ai jamais fait ma confidente, dis-je.

– Je ne pouvais pas supporter l'idée de sa petite voix timide et de ses encouragements. En partant, elle me souhaiterait une prompte convalescence, alors que j'en suis à dresser la liste d'invités pour mes funérailles. Je veux le « Dies irae » du *Requiem* de Verdi. Mozart est trop élégant pour moi, Verdi a ce qu'il faut de vulgarité pour exprimer la colère d'être morte. Pensez que tout le monde sera là, sauf moi !

– J'espère que vous avez réglé les places dans l'église.

– Dans les moindres détails. Blandine et Léopold porteront le grand deuil comme s'ils étaient mes enfants, et recevront les condoléances. Tout l'hôpital a trouvé cela d'un goût épouvantable, mais j'ai fait venir les pompes funèbres et choisi mon cercueil sur catalogue. Il paraît qu'on n'avait jamais vu ça, c'est qu'on ne voit plus grand-chose, mon père en avait fait autant. Je n'aurai pas été une mondaine toute ma vie pour ne pas me soucier de la dernière cérémonie dont je serai la vedette ! Il paraît qu'il faut laisser l'héritier s'occuper de tout ça : je ne veux pas mettre ces corvées sur le dos du pauvre Léopold et puis, si bon peintre qu'il soit, je ne me fierais pas à lui pour une affaire de ce genre. D'ailleurs, je n'avais encore jamais réglé de funérailles, je n'aurai pas d'autre occasion, je ne vais pas renoncer à mon dernier plaisir pour respecter la pusillanimité des médecins et des infirmières qui vivent à côté de la mort et ne la regardent pas en face.

Je riais beaucoup et plus je riais, plus elle était contente. Je voyais ses yeux briller et la force lui revenir.

– Demain, on portera chez vous mes fourrures et mes bijoux, car je veux qu'ils vous appartiennent. Vous devriez mettre lc manteau de petit-gris, il ira parfaitement à votre teint. Surtout pas de noir, laissez cela à Blandine. Elle aura les yeux rouges, elle ne peut pas s'empêcher d'éprouver les sentiments que les bonnes manières demandent seulement de feindre. Veuillez à être très belle, les regards seront braqués sur vous.

– J'y veille toujours.

– Je sais. Je sais. Vous ne décevez pas.

Elle se tut, haletante. Une ombre passa, ou une pâleur, la mort était à nos côtés, attendant patiemment que Mme van Aalter achève de tout régler pour l'emmener.

– Maintenant, partez, Émilienne. J'attends Léopold. Je veux reprendre des forces avant de lui dire adieu.

Sa voix était tout à coup si faible que je l'entendais à peine.

– Il me semble que je vais dormir, dit-elle.

Elle était, enfin, très pâle.

– Je veux que vous soyez la dernière personne à qui je parle, dit-elle plus tard à Léopold.

Elle était blanche. Elle avait passé le point où elle aurait pu s'en réjouir. Sa voix n'était plus qu'un murmure rauque, elle ne tentait même pas de lui donner de la force. Il avait les larmes aux yeux.

– Pour finir, peut-être que vous m'aimiez bien ? dit-elle avec étonnement.

Puis elle rit. Faiblement.

– Vous ai-je assez mené à la baguette ! M'en voulez-vous ?

Il n'a jamais été homme de langage. Que pouvais-je lui dire ? me demanda-t-il. Il lui prit la main, la porta à ses lèvres, puis il y posa la joue.

– Je vous ai tant aimé, dit-elle doucement.

Et, à ras de la mort, elle laissa tomber toute feinte.

– Je n'ai aimé que vous, Léopold, comme la petite Balthus, mais cinquante ans trop tard. Mon histoire était mal synchronisée.

Elle le regarda longuement sans rien dire. Je crois que pour la première fois elle osait le regarder tout son soûl, comme moi à Genval, et qu'elle voulait mourir l'âme pleine de ce visage-là.

– Vous étiez si beau. Vous irradiiez. J'ai toujours compris Laurette et Georgette. Peut-être était-ce une chance que je sois trop vieille, cela m'a épargné de vous perdre. Vous les quittiez toujours. Moi, vous m'avez gardée.

Il serra plus fort la main qu'il tenait toujours contre sa joue.

– Je me nommais Delphine, dit-elle en souriant. Croiriez-vous cela d'une femme qui est vieille depuis si longtemps ? Un nom de jeune fille, cela a un mouvement de robe blanche, une odeur de prairie.

Et, tout à coup, me dit Léopold, je l'ai vue quand elle avait quinze ans. Elle avait un sourire timide et charmé, une fillette étonnée levait les yeux vers lui, regardant apparaître son destin, nulle exigence ne pesait sur elle, elle était ronde et douce, le temps ne masquait plus la jeunesse exquise du visage, on voyait à nouveau la ligne aiguë du nez, les lèvres roses et le tendre modelé des joues ; la grâce égarée se posa un instant sur l'enfant qu'elle avait abandonnée pendant si longtemps. Ils restèrent ainsi, l'homme encore jeune et la très vieille femme qui profitait de la mort pour avouer son amour. Elle respirait parfois difficilement, à d'autres moments son souffle était léger. Je crois qu'elle aurait voulu mourir là, au côté du bien-aimé, au lieu même que l'amour assigne, et ne plus connaître le passage dévastateur de la séparation, être auprès de lui pour toujours quand toujours, enfin ! lui devenait accessible. Mais si pressée que son âme fût de s'évader, elle n'y parvenait pas et son cœur donnait encore un battement, ses poumons indociles à ses vœux reprenaient de l'air. Alors elle rouvrait les yeux, souriait, et c'était chaque fois le sourire tremblant d'une petite fille furtive qui apparaissait un instant et s'effaçait, écrasé par la dure cohorte des années qui était venue alourdir son corps et ternir son regard.

– Vous étiez si beau, répéta-t-elle, que cela faisait naître le désespoir. Que fait-on avec ça ? Elles ont trouvé à mourir d'amour, à devenir folles, moi j'ai compris tout de suite que vous étiez dangereux, alors j'ai décidé d'être votre guide, comme on devient dompteur par peur des lions. Vous avez sans doute cru que je vous tyrannisais, je ne faisais que me préserver de vous.

Elle parlait par phrases entrecoupées, disant quelques mots, se taisant, revenant.

– Delphine... Il y a si longtemps de cela. Plus personne ne le savait.

Puis :

– Dites à Émilienne de bien faire attention à sa beauté. Il est terrible de la perdre. On s'agite, on court, on oublie les miroirs. Un matin, on ne se reconnaît plus et l'amour est fini.

Elle lui demanda pourquoi il m'avait aimée et, comme en cet instant il ne voulait rien refuser de ce qu'elle pouvait encore demander, il tenta de répondre :

– Parce qu'elle est moi, dit-il.

– Voilà. Voilà.

Et je suppose qu'il y avait une vibration de désespoir dans sa voix, mais aussi du rire, la résonance lointaine de ce grand rire joyeux avec lequel elle avait traversé la vie, comme on porte une armure.

– Voilà. Il fallait être Léopold et moi je n'ai pu être qu'une vieille femme qui évite le ridicule d'un amour insensé. Mais je vous ai guidé vers la gloire : c'était plus intelligent que de faire une dépression comme Laurette, ou un alcoolisme comme Georgette.

Elle fermait les yeux par épuisement, puis se forçait à les rouvrir pour le voir encore.

– C'était en 1944. Vous étiez beau et maigre comme un chat de gouttière.

Il resta jusqu'à ce qu'elle s'endormît. Elle entra dans un sommeil qui s'approfondissait d'heure en heure. L'infirmière qui la veillait rapporta que, comme elle n'entendait plus sa respiration, elle avait posé les doigts sur son pouls et senti les battements du cœur ralentir, faiblir et s'arrêter. J'espère qu'elle rêvait qu'elle avait quinze ans et qu'elle était dans les bras de l'amant. Cette femme bruyante eut une mort silencieuse qui ressemblait sans doute au chagrin lointain, étouffé, dont on n'avait rien su.

Léopold fut averti chez moi. Il déposa le téléphone et resta longtemps immobile.

– Je crois, me dit-il, qu'avec le temps, je m'étais mis à l'aimer.

Ce fut une belle et grande cérémonie. La cathédrale Sainte-Gudule était tendue de noir et le cercueil couvert de fleurs rouges. Il y eut quatre Rolls-Royce et des robes de Jacques Fath. Le « Dies irae » retentit dans toute son ampleur, puissant comme elle avait voulu que fût sa voix, mal élevé, insistant, criard, et des larmes coulaient sur le visage de Léopold.

12

LA MORT

En 1982, il y eut une exposition Wiesbeck à Moscou et Léopold survola l'hiver russe. Il fut reçu dans des salons rouge et or, dormit dans un hôtel de style international et vit autant de macadam que dans n'importe quelle ville du monde. Quand il parla d'aller dans la toundra enneigée, il provoqua des sourires embarrassés et des promesses confuses. Il revint agité, rêvant d'un voyage en Sibérie, mais il y faisait trente degrés sous zéro.

– Allez en Finlande, dit Henri Chaumont, à Pâques, c'est supportable.

Il nous trouva un village tranquille, sans sports d'hiver, avec une vieille auberge dont on pouvait attendre tout ce qu'il faut de confort. Nous prîmes l'avion pour Helsinki, puis pour Oulu où une voiture vint nous chercher et nous roulâmes deux heures à travers des plaines blanches. Léopold immobile regardait comme on se soûle. Plusieurs fois il demanda au chauffeur de s'arrêter, il aurait voulu marcher dans la neige, mais elle montait aux genoux et il fallait attendre l'hôtel, les raquettes et le guide. Quand nous arrivâmes, le jour finissait. La chambre était petite et basse de plafond comme en Campine, avec un feu de charbon dans l'âtre et un énorme édredon. Nous nous équipâmes comme il convenait et nous fîmes une première promenade dans la nuit tombante.

La neige éclairait le ciel. Nous suivîmes la route jusqu'au

sortir du village, laissant les maisons illuminées derrière nous, et nous entrâmes dans le silence. C'était une autre Terre, qui roulait lentement parmi les étoiles, un monde où on peut oublier le temps et son déferlement implacable. Léopold me parla des peintres qui ont montré la nuit. Il disait qu'il était un diurne. Je ne sais pas ce que je lui répondis, qui le fit beaucoup rire. Je ne le sais pas. Je ne me souviens pas exactement de tous les mots que nous avons dits, de tous les gestes que nous avons faits. Il me semble aujourd'hui avoir été d'une légèreté incroyable, j'aurais dû engranger comme une avare, comptant sans cesse mon trésor, déposant minutieusement chaque instant dans ma mémoire, mais je dépensais inconsidérément, comme si j'avais la libre disposition de l'éternité, moi qui avais connu les demi-heures volées, je traitai les instants avec négligence, je me conduisis en parvenue et j'ai perdu une partie de mes biens. Je veux retourner dans les plaines de Laponie avec Léopold qui exulte. Le jour se lève tard et tout est blanc, le sol, le ciel avec son soleil pâle, le ventre des rennes qui galopent. Je veux rester là-bas, car dès le retour il s'affaiblira, déjà à l'aéroport il aura cet air de fatigue qui ne le quittera plus et là-bas il fait beau, il fait froid, il est heureux, il rit, il me tend les bras, il est jeune, je ne vois pas ses cheveux gris, ni ces rides profondes qui lui traversent les joues, ni les cernes, et je n'entends pas qu'il est vite essoufflé car il rit tout le temps. Nous marchons dans la neige, nous buvons du vin blanc glacé qui échauffe la gorge, je dors contre lui sur des oreillers de plume et je n'ai pas peur. Car je n'avais pas peur. J'avais la tête sur sa poitrine, nous parlions nonchalamment de la promenade que nous avions faite, d'un chien de traîneau aux yeux bleus, nous tenions les propos légers de l'amour content, peu à peu le sommeil nous gagnait et, sous mes oreilles de sourde, sans doute son cœur battait déjà mal, mais j'étais tout occupée par le bonheur, goûtant l'inusable étonnement d'être avec lui, il caressait mes cheveux et les heures passaient, lent défilé, paisible cortège que je regardais en souriant, elles étaient belles comme les jeunes filles dans les tableaux préraphaélites, avec leur voile de mousseline et leur couronne de fleurs. J'étais calme.

Il me proposa de divorcer.

– Au point où en sont les choses, ça ne fera plus de différence pour elle, dit-il naïvement.

Il se trompait, bien sûr. Elle n'avait pas eu l'homme, elle tenait au mari.

– Nous nous marierons, me dit-il. Nous ferons une grande fête à ta galerie, et puis tu la quitteras et nous irons habiter en Campine, là où il y a encore de grandes plaines vides avec des arbres rabougris. C'est mon pays. Nous cesserons de sortir, nous vivrons comme ici, loin de tout. J'exposerai tous les deux ou trois ans, ça suffira.

Nous étions dans la voiture qui nous conduisait vers notre lieu de promenade, je retenais mon souffle.

– Nous vivrons sans horaire. Je ne veux plus porter de montre. Il n'y aura plus de cocktails, plus d'interviews, je ne dirai plus de bêtises sur la peinture contemporaine ni sur mes propres tableaux. Je vais enfin profiter d'être riche et célèbre : je vais vivre en ermite avec toi.

Il rêva sur une maison, des chiens. Naturellement, Blandine était allergique à tous les poils d'animaux. Il prendrait deux bergers allemands, il irait se promener avec eux, il rentrerait fatigué et content, nous boirions du thé très fort.

– Je ne veux plus de ces singeries, les vernissages, les dîners en ville, je n'ai jamais aimé cela et je n'en ai plus besoin. J'ai joué le jeu trente-cinq ans.

Il me faisait presque peur.

– Je ne crois pas que vous quitterez Blandine. Elle aura un accès de fièvre ou une crise de douleurs et vous céderez aux remords.

– Peut-être pas. Je comprends de moins en moins ce que je fais dans sa maison.

Il me regarda longuement.

– Tu es si belle. Sais-tu que j'ai cinquante-huit ans et que je vais commencer à vieillir ?

– Ne vous pressez pas, lui dis-je en souriant.

La voiture s'arrêta. Nous entreprîmes de chausser les raquettes. Le soleil était au plus haut de la journée, nous allions traverser des bois peu touffus, descendre des plaines en pente douce. Le chauffeur nous tendit de petits sacs à dos où se trouvait notre pique-nique et nous regarda nous éloigner avant de repartir.

– Je devais épouser, me dit-il. Mme van Aalter avait raison : je tournais mal. Au prix que je pouvais demander pour les leçons, à cette époque-là, il en fallait deux pour payer la nourriture d'une journée, ajoute le loyer, le charbon et les souliers. Je devais vendre et je vendais tout ce qu'on voulait bien acheter. Moreau était sur le point de passer à la retraite, j'étais le meilleur élève qu'on ait vu à l'Académie depuis sa fondation, je savais qu'on pensait à moi pour lui succéder. Six mille francs par mois. Je voyais des poulets rôtis dans mes rêves. J'ai été hypocrite envers moi-même, je me suis fait croire qu'elle me plaisait, je n'y pense jamais sans dégoût.

Je pensais à mes cinq mille francs quelques années plus tard.

– Quand nous étions sur la digue, à Ostende, et que je tenais la térébenthine, les chiffons et les tubes, vous m'auriez demandé qui vous aimeriez, je vous aurais dit que c'était moi.

– Oui, et je crois que je t'aurais crue, même si ça me faisait peur, mais j'aurais encore épousé Blandine. Tu vois, ce jour-là, j'ai senti ma peinture. Je ne peux pas expliquer ça. Je n'avais pas idée de ce que je ferais avec ces couleurs, et quelque part un tableau s'était mis à exister. C'est à partir de là que j'ai su, quand je terminais une toile, si elle était bonne ou pas. En fait, je devrais dire : si elle était de moi ou pas. Il y a eu des tableaux qui étaient bons et qui n'étaient pas de moi. Je les ai détruits. Vois-tu, je suis un virtuose, un excellent pasticheur, j'espère que personne ne le sait. Je peux peindre une nature morte du XVIIe, tu n'y vois que du feu, et je te fais un Matisse en un après-midi. Mais il y avait *ma* peinture. Il me fallait le temps de la trouver. Ça, c'était l'argent de Blandine. Sur la digue, pendant que je mélangeais les couleurs, je me suis rendu compte qu'il n'y avait que ça à faire, des tableaux, et que j'allais l'épouser pour peindre, ne plus faire que peindre, tout le temps, du matin au soir, nuit et jour car je crois que je peins dans mes rêves. Je suis entré en peinture comme on entre au couvent, sans retour.

– J'ai jeté le désordre dans votre vie.

– Oui, dit-il calmement. Tu n'étais pas prévue. Sans toi, la femme de Léopold Wiesbeck aurait eu un époux indifférent, poli et fidèle. Je n'ai pas failli à l'indifférence ni à la politesse, mais j'ai été infidèle. Je croyais que je n'allais jamais aimer que la peinture.

Nous sortions du bois. Nous marchions depuis une heure, déjà, et ces quelques lignes – oh ! si peu ! – sont ce que je peux reproduire d'une conversation longue et rêveuse. Devant nous, une pente douce menait à un petit lac encore gelé. Nous savions que la voiture qui nous ramènerait à l'hôtel nous attendait de l'autre côté.

– Et sans toi, je n'aurais rien aimé d'autre, dit-il.

– Auriez-vous préféré ?

Il rit.

– Blandine aurait préféré. Moi, que veux-tu que j'en pense ? Je ne peux pas comparer ma vie à une vie que je n'ai pas eue.

Nous rentrâmes lentement. Le chauffeur finlandais faisait des commentaires, dans un anglais à peine compréhensible, sur les villages que nous traversions. J'étais heureuse.

– Nous verrons bien si vous quittez Blandine, dis-je. Je peux de toute façon chercher une maison.

Il croyait qu'il partirait.

– J'ai toujours pensé à elle en termes de dette à payer.

Et il n'acheva pas son idée. Je crois qu'il aurait dit qu'il avait remboursé pendant trente ans.

Nous ne parlâmes plus beaucoup pendant le retour. La nuit tombait, et c'était, en vérité, un des derniers soirs de ma vie. J'étais assise à côté de l'amour, j'entendais vibrer sa voix, je baignais dans la chaleur de son corps, ma main touchait la sienne, pour le voir, à peine si je devais tourner la tête. Nous avancions parmi les vallées de neige que le crépuscule bleuissait, nous étions calmes, rien ne nous pressait. Sauf la mort, postée à quelques jours de là. Nous étions un peu fatigués, juste ce qu'il faut pour jouir d'un retour confortable, Léopold dit qu'il mourait de faim et le chauffeur lui tendit un cruchon d'alcool blanc en assurant que cela calmerait au moins l'impatience. Et je n'ai rien pressenti, je n'ai rien pressenti! J'imaginais la maison en Campine, les chiens bondissants quand nous arriverions, je referais comme à Genval une demeure aux murs blancs, sonore, avec des poêles qu'on entend ronfler la nuit, de grands meubles de chêne sombre, je trouverais un large lit carré que je tendrais de toile blanche et nous y dormirions jusqu'à la fin du monde. Mes joues sont baignées de larmes car le temps ne s'est pas arrêté, nous sommes arrivés à l'hôtel, nous avons dîné avec appétit et nous nous sommes couchés tôt pour passer plus de temps au lit, nous regardant et nous touchant, toujours incrédules et ravis comme la première fois, jusqu'à ce que le sommeil nous surprenne toutes lumières allumées, au milieu d'une phrase ou d'un geste, un sommeil d'enfant qui ne voulait pas encore dormir, mais ses yeux se sont fermés tout seuls, sa main est retombée au milieu des jouets, il dort entre deux rires.

On ne retourne pas en arrière, on ne réhabite pas son passé, les sanglots qui me poignardent ne ramènent pas la chaleur tranquille de la chambre, plus jamais, quand j'ouvre les yeux, je ne le trouve, proche, occupant tout mon champ de vision, qui me regarde en souriant comme si c'était la première fois qu'il me voyait. Je suis comme un enfant sans mère, je n'ai plus rien et je meurs si lentement et depuis tant d'années que je sais tout de ma mort. Je veux rester dans les plaines de Laponie mais, irrésistiblement, je me retrouve toujours le samedi matin dans la voiture qui nous conduit à l'aéroport et nous ne sommes même pas tristes de rentrer car nous parlons de cette maison en Campine comme si nous la possédions déjà. J'y mettrai ce qui reste des meubles de Genval, ceux dont Esther n'a pas voulu quand elle s'est mariée, nous ouvrirons des fenêtres dans le toit pour qu'il ait la lumière du nord qui lui convient et je trouverai une pièce bien ensoleillée pour en faire mon bureau. Madeleine qui me suit depuis longtemps sera contente d'y venir, elle a envie de retrouver la campagne et de planter des légumes. Nous n'y installerons pas de chambre d'amis, il y aura bien un hôtel dans un village proche pour ceux qui tiendront à venir nous voir et il n'est pas sûr que je garderai mon poste de professeur puisque désormais Léopold a autant d'argent qu'il le faut.

Le dimanche matin, dans la maison de Blandine, il est pris de faiblesse en se levant, il ne peut pas atteindre la porte de sa chambre, il doit attendre le passage d'un domestique dans le couloir pour demander du secours.

Je ne fus pas avertie tout de suite. Je ne devais le voir que le lundi soir car il donnait le dimanche à Blandine alitée. Je déjeunais dans la grande cuisine blanche, discutant paresseusement avec Madeleine de saumon fumé et de surtout de table en argent pour le dîner du lendemain, où il y aurait deux jeunes peintres d'avenir, un critique, un acheteur et quelques jolies femmes choisies pour leur valeur ornementale, quand le téléphone sonna.

– Ne t'inquiète pas, me dit Léopold, ce qui me figea de terreur.

Je me forçai à l'écouter calmement. Le médecin appelé d'urgence ne s'était pas alarmé. La tension était très basse, mais le cœur, quoique faible, avait un battement régulier. Quelques jours de lit et il n'y paraîtrait plus. Une fois seul, Léopold dûment médicamenté se sentit parfaitement rassuré.

– Et je me suis souvenu de la raison pour laquelle je m'étais levé. Je n'avais pas compris que je ne devais pas me lever du tout, j'ai entrepris d'aller aux toilettes.

Il n'atteignit pas le bout du lit, heureusement le médecin n'était pas encore sorti de la maison. Recouché, il s'était senti tellement épuisé qu'il avait préféré attendre de retrouver un peu de vigueur pour m'appeler.

– Je ne sais trop ce qu'il m'a donné, mais je n'ai envie que de dormir. Ne t'inquiète pas. Je te rappellerai ce soir.

Je voulus d'abord être raisonnable, c'est-à-dire que je raccrochai posément, expliquai à Madeleine que j'allais annuler le dîner du lendemain car je n'aurais pas le cœur à recevoir s'il était malade et c'est en entendant trembler ma voix que je me rendis compte que j'étais épouvantée. Je me levai brusquement. Je ne pouvais pas aller là-bas. Je fis le numéro d'Albert Delauzier, il n'était pas chez lui. J'atteignis Henri Chaumont qui me jura qu'il partait tout de suite. Après quoi, j'eus une minute entière de calme, puis il m'apparut que Léopold habitait au sud de la ville, Henri au nord, et que j'étais à cinq cents mètres de la rue de l'Échevinage. Je courus à ma voiture.

Je sonnai comme une folle à la grande maison blanche où je n'étais plus allée depuis vingt ans. Une femme en tenue d'infirmière m'ouvrit et s'apprêta à me demander ce que je voulais, mais je la bousculai et bondis au premier étage où je me rendis compte que je ne savais pas dans quelle chambre logeait Léopold.

– Où est-il ? criai-je.

Et j'ouvris la première porte parce que, pétrifiée, la femme ne bougeait pas. C'était un petit salon de velours bleu clair et, si folle que je fusse, j'eus le temps d'y reconnaître le goût mièvre de Mme Wiesbeck. Je claquai la porte et entendis Léopold rire.

– Deuxième porte à gauche, dit-il.

Il était étendu, le torse légèrement redressé soutenu par plusieurs oreillers. Il avait le teint pâle et il se moquait de moi. Je m'abattis sur le lit, sanglotante.

– Mais qu'avez-vous ?

– Calme-toi, calme-toi. Ça s'appelle de l'insuffisance cardiaque, j'en ai pour quelques jours.

– Ne me dites plus jamais de ne pas m'inquiéter pour vous. C'est terrifiant.

– Je crois que le dîner de demain est fichu.

– De toute façon, vous n'y teniez pas, et si nous devons nous retirer de la vie mondaine, pourquoi attendre ?

Il rit et voulut se redresser pour me serrer dans ses bras. Je le vis blêmir, des gouttes de sueur perlaient à ses tempes.

– Je crois vraiment que je suis affaibli, dit-il en retombant sur ses oreillers.

Il avait l'air crispé. Il resta immobile.

– En bas, j'ai vu une infirmière.

– C'est celle de Blandine.

Il leva un peu la main droite et s'arracha un sourire. Je compris qu'il voulait que j'attende sans le questionner. Ses traits se détendirent lentement, il ferma les yeux.

– C'est une sensation désagréable, me dit-il enfin. Je suis bourré de médicaments, je dois attendre qu'ils agissent en restant tranquille. Je suis content que tu sois venue.

– Comment aurais-je pu rester chez moi ? Mais je crains que ma présence dans cette maison soit assez scandaleuse.

– Non, dit-il, c'est la mienne qui est scandaleuse, et depuis toujours.

On frappa à la porte. Léopold ne bougea pas, il me parut poli d'aller ouvrir. C'était l'infirmière, qui avait un maintien embarrassé. Elle hésita, s'adressa de loin à Léopold.

– Madame souhaite savoir qui est venu.

– Dites-lui que c'est Mme Balthus, dit Léopold d'une voix nette.

Il y eut un petit silence. La pauvre fille avait rougi. Elle se retira. Léopold avait de nouveau les yeux fermés, je compris que ces quelques mots l'avaient fatigué. Deux minutes plus tard, l'infirmière revenait.

– Madame m'a demandé de vous dire qu'elle ne souhaite pas que Mme Balthus reste dans sa maison.

– Fort bien, dit Léopold. Aussitôt que nous aurons trouvé un moyen de transport, nous partirons, Mme Balthus et moi.

– Et, je vous en prie, ne revenez pas toutes les deux minutes, cela fatigue M. Wiesbeck.

Il sourit doucement. Quand la fille fut sortie, nous restâmes silencieux. J'étais assise sur le rebord du lit, à côté de lui. Je m'inclinai et posai la tête sur son épaule. Il mit la main sur mes cheveux. Je ne bougeais pas. J'avais peur, je ne disais rien. Du temps passa, puis nous entendîmes sonner à la porte d'entrée. Ni Léopold ni moi ne bougeâmes.

– Cela pourrait être Henri Chaumont, dis-je.

Il ne me demanda pas d'explication et j'en restai là car j'avais l'impression que même écouter le fatiguait. Il y eut un pas rapide dans l'escalier, puis l'écho lointain d'un conciliabule. De nouveau des pas et la porte de la chambre qui s'ouvrait. Je restai comme j'étais.

– J'étais furieux, me raconta Henri Chaumont des années plus tard. Je trouvais que vous aviez dépassé toutes les bornes. J'ai toujours considéré qu'il appartenait à votre position de détester Blandine et su qu'en plus vous vous moquiez violemment d'elle, mais vous aviez une conduite correcte. Alors, forcer sa porte ! Je m'apprêtais à tempêter, et puis je vous ai vus. Vous étiez comme tombée à côté de lui. Jetée en travers, n'importe comment. Il y a ces images dans les films, de corps abattus, effondrés. Et lui. Lui. J'ai compris tout de suite qu'il allait mourir. Les jours suivants, on a cru qu'il récupérait, mais, sur le moment, ce teint plombé, les traits creusés. J'ai eu le souffle coupé. Je n'ai rien pu dire. Aucun de vous n'a bougé, j'ai reculé, j'ai refermé la porte le plus doucement possible et je suis allé chez Blandine. Elle était folle de rage. Je crois que ses trente ans de silence et de bonnes manières explosaient, elle ne se possédait plus. Seigneur ! Je n'aurais jamais imaginé qu'elle connût autant de paroles grossières, elle a été ordurière. J'étais choqué. Je suis sûr d'être un homme calme, pondéré, mais je suis sorti de mes gonds après cinq minutes et je lui ai dit : « Est-ce que vous vous rendez compte que Léopold va mourir ? – Comment ça, mourir ? – Mais allez voir, ai-je dit, un seul coup d'œil et c'est l'évidence, il se meurt. » Elle est devenue plaintive : « Je ne peux pas me lever. » Je vous jure qu'avec la vigueur qu'elle venait de déployer, on ne pensait pas qu'elle était hors d'état de se lever. « Et puis, je ne peux pas aller chez lui quand cette femme y est. » Alors je pense que j'ai été cruel, car je lui ai dit que cette femme était celle qu'il avait aimée toute sa vie, malgré lui et peut-être malgré elle. « Il a toujours essayé d'être correct avec vous, ce qui était certainement ridicule car la seule manière d'être correct avec une femme qu'on a épousée est de ne pas en aimer une autre, en tout cas, il veut mourir auprès d'Émilienne. » Elle est devenue blanche : « Vous n'êtes pas sérieux ? – Si, tout à fait sérieux. » Elle a ergoté : « Il a parlé de quitter la maison avec elle, quand il aura trouvé le moyen de se faire transporter. » Je le savais, l'infirmière me l'avait dit. « Laissez-le tranquille, Blandine, dans la chambre où il a ses habitudes. » Elle a grogné que le médecin était passé la voir, qu'il n'avait pas dit que Léopold était en danger. Je me suis souvent demandé, d'ailleurs, si ce médecin n'avait pas été fou, s'il n'aurait pas fallu mettre Léopold en clinique. J'ai répété à Blandine qu'elle aille le voir, qu'il était perdu.

Je ne sus rien de tout cela. J'entendis Henri repartir. Il semblait que Léopold somnolait, mais, au moindre mouvement que je faisais, il resserrait la main sur ma tête. Nous restâmes ainsi jusqu'à la nuit tombée, où la cuisinière vint apporter à dîner sur un grand plateau. Il y avait deux couverts.

– Mais c'est infect ! dit Léopold surpris.

Elle eut l'air navrée.

– Je n'ai pu mettre ni sel ni beurre. J'essaierai de m'y faire, Monsieur, je n'ai pas l'habitude.

Puis elle me regarda, rougit un peu.

– Madame a ordonné qu'on dresse un lit de camp dans la chambre de Monsieur.

En vérité, le lit de Léopold était bien assez large pour qu'on y dorme à deux, mais Blandine se rendait et elle avait droit aux honneurs de la guerre.

– Vous serez assez bonne pour y faire mettre plusieurs oreillers, dis-je, je dors mal à plat.

J'hésitai, fis taire ma vieille malveillance.

– Et remerciez-la de ma part, achevai-je.

Vers 10 heures, le médecin revint. Il ausculta longuement Léopold, lui dit qu'il retrouverait bientôt son cœur de vingt ans et, au moment de sortir, me fit un petit signe très discret que je compris d'autant mieux que je souhaitais lui parler. Dans le couloir, il me regarda avec intérêt.

– C'est donc vous, dit-il avec un petit sourire.

Je répondis que, depuis que je savais parler, je disais en effet que j'étais moi.

– Ouais, marmonna-t-il. Les histoires de famille, j'en vois tous les jours. Mais la maîtresse au chevet du mari à deux pas de l'épouse invalidée, ce n'est pas très fréquent.

Puis, sa curiosité satisfaite, il changea de mine :

– Comptez-vous dormir cette nuit ?

– Pas s'il faut qu'on le veille.

– J'aurais préféré le conduire en clinique, mais il avait déjà l'air si effrayé. Dans les histoires cardiaques, la peur est toujours dangereuse. Seriez-vous capable de faire une piqûre ?

– Pourquoi pas ? J'ai vu faire ça cent fois.

– Et en intraveineuse ?

Je sentis le sol vaciller sous mes pieds.

– Je suis habile. Si vous m'expliquez clairement, je dois pouvoir y arriver.

Il le fit, et avec tous les détails : quels symptômes l'exigeraient, que je n'aurais pas le temps d'appeler l'infirmière. Il avait convoqué une garde de nuit, qui allait arriver, mais il pensait que ma compagnie serait plus salutaire à Léopold que celle d'une inconnue déployant une amabilité professionnelle. Peut-être Henri Chaumont a-t-il raison et qu'il eut tort de ne pas hospitaliser Léopold. Nous prîmes des dispositions précises : la seringue serait prête sur un petit plateau, avec le tampon d'ouate et le désinfectant, il me montra sur son bras comment utiliser le garrot.

– Vous ne paniquerez pas ?

– Telle que vous me voyez, je panique déjà. Je ne suis pas une personne nerveuse. Il est donc en danger ?

Il me regarda longuement, comme font les gens quand ils pèsent leurs paroles et évaluent si on pourra les recevoir.

– Je ne sais, dit-il. Il me semble que non.

J'avais espéré qu'il dirait simplement non et j'entendis sonner le glas. Puis je devins sourde. Il avait dit qu'il lui semblait que non, n'est-ce pas ? Il n'avait pas dit oui. Je fis appel au mensonge qui pendant tant d'années avait été mon protecteur et il vint me soutenir, compagnon fidèle. Il jeta des voiles partout dans mon esprit, brouilla ma vue pour me dissimuler sur quel chemin j'étais, il suffisait bien que je le parcoure pas à pas, prenant appui comme je le pouvais sur un sol crevassé car je ne pouvais pas m'arrêter. Les secondes m'entraînèrent, innombrables, irréductibles, grain après grain elles mangèrent le temps et ma vie commença à mourir.

Léopold dormait d'un sommeil qu'on sentait fragile. Je me dévêtis sans bruit, mis son peignoir et m'étendis doucement à ses côtés. Il posa la main sur moi sans parler et la première des cinq nuits qui restaient commença. J'écoutais. Sa respiration était régulière, la chambre tiède, parfois je somnolais. À un moment donné, je sentis que ma joue était mouillée de larmes : je les essuyai sans y penser, je ne voulais pas comprendre ce qu'elles disaient. Vers l'aube, il s'éveilla.

– Va chercher l'infirmière de Blandine, dit-il d'une voix nette.

La terreur explosa en moi.

– Qu'avez-vous ?

Il rit :

– N'aie pas peur ! J'ai que je ne peux pas me lever, je l'ai bien vu hier, et je ne veux pas faire de sottises, je suis le malade le plus docile du monde. Mais, ma chère âme, je dois pisser, il me faut l'urinal, et pas devant toi.

Il continua à être somnolent pendant toute la journée du lundi et cela ne m'inquiéta pas car le médecin avait dit qu'il lui donnait des tranquillisants. Le matin, j'eus à téléphoner pour organiser mon absence et demander à Madeleine de m'apporter quelques effets.

– Ne parle pas si doucement, me dit-il. Tu vas faire croire que je suis mourant.

Mais je savais que le bruit le gênait. Heureusement, personne ne l'appelait jamais à ce numéro que j'étais seule à connaître. À une heure, la cuisinière qui apportait le déjeuner lui remit une liste de vingt personnes qui demandaient de ses nouvelles et voulaient savoir s'il recevrait des visites.

– Non, dit-il. Personne.

Nous nous engageâmes dans un après-midi silencieux. Vers 5 heures, il eut envie de musique et je mis des concertos de Mozart si doucement que, quand on respirait fort, on n'entendait plus que son propre souffle.

Je ne distingue pas bien ces trois jours les uns des autres. Sans doute est-ce le lundi que le médecin vint avec un spécialiste et un assistant pour faire un électrocardiogramme. On me pria de quitter la chambre. Henri Chaumont qui était dans le couloir me tint compagnie.

– Vous avez l'air épuisée, me dit-il.

– Au fond, entre Blandine et moi, vous n'avez jamais pu décider qui choisir ?

– Je n'ai jamais eu à choisir. J'ai pitié d'elle. Et aurais-je négligé de vous dire que je suis amoureux de vous depuis que je vous ai vue aux fiançailles de Colette Lacombe ?

– Non, non ! Rassurez-vous. Vous êtes d'une fidélité méritoire.

Mais je me rendais compte que j'étais incapable de garder le ton de badinage gracieux qui plaisait à Henri, quand je voulais rire, il montait un sanglot. Je m'assis dans l'espèce de petit salon formé par deux fauteuils et un guéridon sur le palier. Je ne tenais plus debout.

– Ce n'est pas pour une nuit sans sommeil, dis-je à Henri, mais je suis malade de peur.

– Il faut que vous soyez secondée. Je resterai, si vous voulez.

L'électrocardiogramme ne présentait rien d'alarmant. Le spécialiste n'avait aucune explication pour cette crise, chez un homme qui paraissait vigoureux. Il répéta que quelques jours de repos, etc. Mais, tout de même, il était bon que quelqu'un restât éveillé et attentif. Je me sentais capable de rester huit jours sans dormir, ce qui lui fit hausser les épaules.

– Puisque votre ami se propose, acceptez-le. Vous n'avez pas très bonne mine.

Nous organisâmes que je dormirais sur le lit de camp et qu'Henri veillerait dans un fauteuil. Léopold approuva l'arrangement. Comme ni lui ni moi n'étions gênés par la lumière dans notre sommeil, Henri pourrait lire. Nous allâmes en bas lui chercher un livre, pendant que l'infirmière de Blandine et la garde de nuit donnaient les soins du soir. Je n'étais plus entrée dans la grande salle à manger blanche depuis mon départ pour l'Amérique. Je me souvins tout à coup du dernier dîner, de ma rage, de Charles blond et doux qui était mort et de mes parents qui étaient là tous les deux. J'eus un frisson, je dis qu'il faisait froid.

Mais je ne dormis pas sur le lit de camp. Dès que Léopold eut plongé dans le sommeil, je vis sa main s'agiter et me chercher. Je le rejoignis et m'étendis doucement à son côté. Si Henri Chaumont a éprouvé quelque malaise à passer la nuit devant ce couple endormi, il n'en a jamais rien dit.

La troisième nuit, le médecin me dit que le cœur était plus vigoureux, qu'il ne faudrait pas veiller. J'avais confiance en la légèreté de mon sommeil et je savais que la moindre variation de son souffle m'éveillerait. Je m'étendais à côté de lui, sur la couverture, et, par délicatesse, tous les matins je chiffonnais le lit de camp. La cuisinière trouva le moyen de rendre les plats sans sel comestibles. Ma présence dans la maison était connue de tous nos intimes, Esther vint m'y voir et Léopold accepta qu'elle passât quelques minutes dans la chambre. Le mercredi soir, il parut plus vigoureux et me dit qu'il entendait à peine la musique, et le jeudi il s'éveilla le premier, quand j'ouvris les yeux, son visage était proche du mien, il me souriait.

– Mais tu as dû t'ennuyer à mourir ! me dit-il.

Il me sembla que je respirais mieux. Sa somnolence se dissipa. Il passa une heure à dépouiller une montagne de courrier, il jetait les invitations pour les vernissages.

– Ça, c'est fini. Tout au plus, j'irai aux miens.

L'après-midi, il lut un peu, mais il se sentait vite fatigué. Il fermait le livre, je m'étendais auprès de lui. Il demanda Schubert et nous écoutâmes plusieurs fois la sonate en *si* bémol majeur. Brendel la jouait d'un bout à l'autre sans s'interrompre, ce qui, après Isabelle André, surprenait toujours. Vers 5 heures, il éclata de rire :

– Émilienne, je m'ennuie ! J'ai les doigts qui fourmillent, il me faut de la couleur et des pinceaux. Je suis en manque, il y a quatre jours que je n'ai plus peint.

Mais ni l'huile ni la gouache n'étaient possibles au lit, en restant à demi étendu, et il se contenta de crayons. L'infirmière apporta une de ces tables d'hôpital qu'on peut redresser et il me guida pour trouver, au fond d'une armoire, une vieille boîte de pastels un peu desséchés.

– Assieds-toi devant moi, dit-il. Au XVIIIe, j'aurais été un excellent portraitiste. J'aurais vécu à la cour d'un prince allemand époux d'une femme très laide qui m'aurait inspiré des chefs-d'œuvre. Toi, tu es belle, je n'ai qu'à copier.

– Voulez-vous que j'appelle la cuisinière ? Elle a le nez busqué et un intéressant jeu de rides.

– Certainement, mais plus tard. Il ne faut pas la déranger à quelques heures du dîner, j'ai faim.

Il s'arrêta, le crayon en l'air.

– Mais c'est vrai ! J'ai très faim ! Que peut-on manger entre les repas, où il n'y ait ni sel ni graisse ?

Cet appétit et l'envie de travailler enchantèrent le médecin.

– Bientôt, vous pourrez vous lever. Mais ce ne sont pas vos forces qu'il faudra consulter pour cela, c'est moi. Je veux que vous vous comportiez encore en grand malade pendant deux ou trois jours, par prudence.

Le soir, quand Albert Delauzier téléphona pour prendre de ses nouvelles, Léopold lui fit dire de passer. Avant qu'il arrivât, je rangeai les dessins dans une grande enveloppe : personne ne les a vus et je ne les ai plus jamais regardés. Je ne le ferai qu'au moment de mourir, quand je serai sûre qu'il ne me restera, pour la douleur, que quelques minutes. Ce n'est pas mon portrait qui m'effraie : mais il m'a demandé d'approcher un miroir et il a fait le sien.

Il annonça à Albert que, sitôt rétabli, il quitterait la rue de l'Échevinage pour aller vivre avec moi.

– Eh bien ! tu auras pris le temps de la réflexion ! dit Albert. Blandine est avertie ?

– Non. Je suppose que c'est à elle que j'aurais dû en parler en premier lieu, mais je ne peux pas me lever et, bien sûr, elle ne veut pas venir dans cette chambre quand Émilienne y est. Elle t'aimait bien : je compte sur toi pour la soutenir.

Albert fit la grimace.

– Elle m'a moins aimé après l'affaire Georgette !

Il partit vers 10 heures.

– Voulez-vous dormir ?

– Je ne me sens pas fatigué. Je n'ai pas cessé de dormir depuis dimanche.

Il me sourit et je fus aveuglée.

– Je crois que c'est fini. Ne crains rien, je ne me lèverai pas avant que le médecin l'autorise, mais je ne sens plus aucun malaise. Je vais bien.

J'y ai cru ! J'y ai cru !

– De toute façon, nous partirons demain. Je ne serai pas imprudent : tu appelleras une ambulance, ils m'emporteront sur une civière, je ne veux plus rester ici. Maintenant que je vais mieux, je ne supporte pas de savoir qu'elle est à quelques mètres de nous. J'irai loger chez toi en attendant la Campine. Je ne retournerai pas à Molenbeek : l'idée de six étages sans ascenseur ne me plaît plus. Me trouveras-tu un coin dans ta maison ?

Avait-il jamais habité ailleurs ?

– Demain, quand le médecin viendra, tu sortiras et je lui demanderai si je peux faire l'amour. Réfléchis avant de t'engager : s'il dit que non, tu devras être chaste.

– Ça me rendra mes onze ans. L'activité sexuelle fait monter la pression sanguine, tout le monde sait cela, et votre problème est qu'elle soit trop basse.

– Tu as toujours été une optimiste.

– Sans quoi comment vous aurais-je attendu quatre ans ? Je serais morte.

Je m'étendis et nous nous fîmes face, couchés sur le côté, comme nous avions toujours fait, jusqu'à ce que le sommeil nous surprenne, parlant et nous taisant en nous regardant, tard dans la nuit. Nous jouâmes avec les projets et les souvenirs.

– Il est temps que je vive selon le bon sens, qui est d'être tout le temps avec toi.

Nous évoquâmes le salon d'Isabelle André, quand j'étais une petite fille silencieuse, vêtue d'une robe blanche.

– J'étais si naïf ! je croyais que j'étais amoureux chaque fois qu'une femme était belle. Je n'imaginais pas, pourtant, lorsque je ne pouvais pas détourner les yeux d'un arbre ou d'un nuage tant je les trouvais beaux, que je voulais les mettre dans mon lit. Je faisais volontiers l'amour et les filles semblaient en avoir tellement envie, tout était facile, sauf d'avoir assez à manger. Je crois que c'est pour ça que je suis devenu si assidu à toutes les invitations : on était nourri.

– J'avais remarqué que vous préfériez les sandwiches aux petits gâteaux.

– J'adorais les dimanches. Mme van Aalter fourrait ce qui restait dans un sachet qu'elle donnait à Gérard en lui disant de partager avec Albert et moi.

– C'était l'amour.

– Je ne me posais pas de questions. Je savais que, quand j'avais trop faim, je n'arrivais pas à me concentrer sur le travail, mais le temps qu'il fallait perdre pour manger dans les réceptions ! C'est ton père qui a eu l'idée admirable que je prenne mon bloc à dessin pour faire des croquis de ta mère le dimanche. Je pouvais donc dessiner et me nourrir en même temps, je n'avais pas de rêve plus ambitieux !

Léopold se racontait, il mettait ses sentiments en mots, il s'amusait à parler ! Cela aurait dû me faire peur, je ne m'en rendais même pas compte, j'étais bien, l'éternité nous appartenait enfin.

– J'étais tellement furieux que tu te sois mariée ! dit-il plus tard. Je n'ai plus touché Blandine. Il a fallu que je t'imagine dans les bras de Charles pour me demander ce que tu pensais de moi dans les bras de Blandine.

La nuit où il était parti pour Venise me revint à l'esprit, je ne dis rien. Il y a là une obscurité que je ne veux pas lever, quelque chose m'y fait horreur dont je me détourne toujours. Je dis que c'est le versant noir de l'amour, mais je préfère ne pas savoir ce que j'entends par ça.

– Et pendant tes deux années d'Amérique, j'ai eu des envies de meurtre. Elle était si calme et si contente.

– C'est que j'étais loin.

– Mais elle ne savait rien de nous !

Je lui rappelai que le premier soir à Genval elle n'avait pas digéré ses tasses de chocolat et qu'elle avait ensuite passé trois jours au lit.

– Elle a commencé à être malade quand nous avons commencé à être amants.

Il rit, avec une cruauté tranquille.

– Pauvre Blandine ! Elle n'aurait pas dû m'épouser !

Il revint vite à la seule chose sérieuse :

– Les pastels, c'est très bien, mais je n'ai plus touché un pinceau depuis dimanche. Il faudra arranger quelque chose chez toi.

– Demain. J'irai rue Ransfort avec des déménageurs, demain soir il y aura des ateliers partout dans ma maison.

Tout était si facile, n'est-ce pas ? J'appellerais des ouvriers pour dégager les salles de l'hôtel Hannon, je savais exactement quels meubles j'enverrais directement en salle des ventes, à Molenbeek on descendrait les chevalets, je mettrais les tubes et les pinceaux dans des caisses et je ferais venir mon transporteur habituel pour les toiles. Tout serait prêt à 2 heures, ah ! j'allais oublier quelques mètres de moquette pour qu'il n'ait pas à se soucier des parquets de marqueterie ! Madeleine nous préparerait un repas sans sel et il oublierait qu'il avait vécu ailleurs que dans cette maison. Plus tard, nous irions en Campine vivre sur une lande battue par les vents, avec de grands chiens joyeux et des chats, et nous serions toujours heureux.

Nous nous endormîmes face à face, souriants, pendant les dernières notes de l'adagio en *mi* bémol.

Puis ce fut le matin.

Je m'éveillai la première. Il dormait calmement, le visage paisible, et j'attendis sans bouger qu'il ouvrît les yeux. Il sentit que je le regardais, sourit et m'attira contre lui. Il me caressa longuement le visage, cela me faisait trembler, mais il rit et me dit de me lever, que nous attendrions l'avis du médecin. Je pris le téléphone intérieur pour avertir la cuisinière qu'elle pouvait monter le petit déjeuner et j'allai ouvrir les rideaux.

– Le temps est gris, lui dis-je, avec du soleil derrière les nuages, lumineux comme vous l'aimez.

J'entendis une sorte de halètement rauque. Je me retournai et bondis auprès de lui. Il était blême, crispé, il avait un air d'épouvante, il tenait les poings serrés sur le thorax. J'avais déjà le garrot en main. J'ai si souvent repensé à ces minutes, il me manque une partie de mes gestes, je sais que le plateau était sur la commode, je ne me souviens pas de l'avoir approché, tout de suite je serre fortement le garrot autour de son bras, je fais sortir une goutte de médicament de la seringue pour m'assurer que l'aiguille est pleine et mes gestes ensuite sont incroyablement lents et précis. Je trouvai la veine du premier coup, je vis le sang remonter dans le liquide et j'injectai, ni trop vite ni trop lentement, comme le médecin avait dit.

– Voilà, dis-je à Léopold, c'est fait. Quelques secondes et ça se régularisera.

Je crus déposer la seringue sur la table de nuit : j'ai vu, plus tard, qu'elle était par terre, brisée, je ne l'ai pas entendue tomber.

Léopold serrait violemment mon bras. Il me regardait, les yeux dilatés, sa main droite agrippa la mienne.

– Quelques secondes, dis-je.

Je vis passer une lueur d'adhésion dans son regard. Il essayait de sourire, mais ses traits ne pouvaient pas se détendre. Il tira mon bras et je rapprochai mon visage du sien, c'était ce qu'il voulait. Sa respiration faisait un bruit rauque et faible. Il me regardait les yeux dans les yeux, sans ciller, et je n'ai pas cillé non plus, comme si je savais déjà, comme si j'avais peur de perdre ce dixième de seconde où je le voyais encore vivant. Il eut un très léger spasme, pas même un hoquet, et me serra plus fort. Son regard se fit plus aigu, j'y sentais une question, je dis : « Non, non, juste le temps que la piqûre agisse », mais alors il eut un râle et fut effrayé. Je le vis vaciller et je criai : « Non, non ! restez là ! »

Il parvint à me sourire, mais tout de suite la douleur augmenta et un nuage passa dans le fond de ses yeux. Je l'appelai :

– Tenez-vous à moi !

Il ne me quitta pas du regard et je savais bien qu'il faisait tout ce qu'il pouvait, mais il était entraîné. Je voulais plonger au fond de ses yeux, retenir la vie qui s'enfuyait.

– La Campine, dit-il, la Campine…

Et il se mit à partir, emporté à une vitesse folle, tourbillonnant vers le dedans de lui-même. Je compris qu'il se noyait dans l'eau grise de ses yeux et je criai, je criai, pour le rappeler, qu'il reste avec moi, je lui serrais sauvagement les épaules et je vis bien qu'il tentait de s'accrocher à moi, désespérément, qu'il faisait tout ce qu'il pouvait pour résister à la houle qui l'emportait, il me regardait droit dans les yeux, il tendait l'oreille pour recevoir mes appels, j'en suis sûre, mais le bruit des vagues était trop fort, il était assourdi et je criais encore plus fort pour que ma voix arrive jusqu'à lui, il était déjà trop loin, il tournoyait dans les remous, un voile passa sur son regard, il fronça les sourcils, je vis l'effort terrible qu'il faisait car il voulait rester avec moi comme il l'avait toujours voulu, il luttait contre l'assaut de la dislocation, il ne sut pas qu'il succombait, il devint de plus en plus lointain, la pression de ses mains se desserra, je le vis entrer dans l'opacité et il cessa d'être là, mes yeux ne voyaient plus que des yeux sans regard, je fus sans voix devant un muet.

Je voudrais ne pas me souvenir de ces moments-là, pouvoir écrire en toute vérité que j'ai perdu connaissance, que l'émotion a jeté un tel désordre dans mon âme que tout y est confusion, mais je me souviens. Encore penchée sur lui, l'appelant la seconde d'avant et c'est comme si mes poumons avaient su avant mon esprit, j'étais sans souffle, je regardais avec terreur le visage soudain figé, je disais : « Non, non », tentant de barrer la route à ce qui déferlait en moi, je fus jetée dans l'horreur d'être sans Léopold, on montre les femmes s'abattant sur le cadavre de l'amant, l'appelant par son nom, mais je ne le fis pas. Je restai immobile. La tension de la lutte avait quitté ses traits, ses paupières étaient retombées, masquant définitivement l'eau grise où il était noyé. Il était très pâle, quelques mèches collaient à son front mouillé de sueur. Depuis plusieurs années, ses cheveux bouclés étaient devenus gris et l'entour de ses yeux était marqué par les rides du sourire, mais il était beau, aussi beau que jadis, à vingt-cinq ans, quand je l'avais vu et n'avais plus vu que lui. Je crois que j'ai pensé à m'étendre sur lui de tout mon long, comme j'avais fait tant de fois, corps sur corps, torse, ventre, jambes exactement superposés, mais je ne le fis pas. Je ne fis rien. Je restai assise à ses côtés, le regardant, prenant, peut-être, connaissance de sa mort. Il me semble que pendant quelques minutes je fus anesthésiée et la première pensée claire dont je me souviens est que j'ordonnais à mon corps de mourir. Il m'avait obéie pour la beauté, je crus qu'il m'obéirait pour la mort et je m'attendais à ce que mon souffle cesse de soulever ma poitrine, à ce que mon cœur s'arrête. J'avais toujours les mains posées sur ses épaules, sans doute je lui souriais, dans un instant je glisserais doucement vers l'avant, ma tête se poserait sur le bien-aimé, telle que j'étais placée je voyais bien qu'elle arriverait à la racine du cou, là où plus aucune artère ne battait. Je n'avais pas de pensées, comme le rejoindre dans la mort ou crier : « J'arrive ! », je ne les eus que plus tard, quand il s'était passé tant de temps sans lui que j'étais devenue folle, mais puisqu'il était mort il était naturel que je cesse de vivre. Je fus surprise par l'indocilité de mon cœur qui ne cessait pas de battre. Yseult, pourtant ! glisse morte à côté de Tristan ?

Et je compris lentement ce qu'il se passait. Ça ne mourait pas. J'étais trahie, ça vivait, ça ne voulait pas s'arrêter. J'avais aimé ma bonne santé, elle avait été mon alliée : je vis que j'avais nourri une ennemie et que mon corps irait son train sans se soucier de mes désirs, qu'il vivrait car tout y fonctionnait bien, les rouages étaient finement ajustés, ma volonté qui l'avait construit ne savait pas comment le détruire. La douleur ne commença qu'alors.

La douleur.

Son visage immobile, pâle comme il avait toujours été, les paupières closes qui ne se rouvriraient pas sur son regard d'eau gelée, la douleur qui s'installait en moi comme si elle y avait enfin trouvé sa demeure, qui se déployait dans le royaume qui avait appartenu à Léopold, je voulais crier, frapper son cœur pour qu'il reprenne ses battements et la douleur me taraudait déjà si fort que je ne pouvais pas bouger. La brève crispation qui avait tordu ses traits avait disparu, on n'entendait plus le halètement rauque, c'était Léopold calme, le visage radieux de ma jeunesse, j'étais éblouie par l'amour, dans un instant il me verrait et la terrible appartenance allait commencer, mais j'étais déjà dévorée, j'avais beau essayer de devenir folle, de croire qu'il allait ouvrir les yeux, me regarder, tendre la main vers moi pour m'attirer à lui et ne plus jamais me lâcher, mon ventre était labouré par cette douleur qui me disait la vérité. J'apprenais tout le temps d'elle que Léopold était mort, qu'il était passé sous un autre règne, il était livré au froid et aux ténèbres, il m'avait quittée, il continuait à me quitter malgré tout infidèle et je restais immobile tandis qu'il s'éloignait, emporté par la mort qui le voulait pour elle seule, semblable à toutes les femmes qui l'avaient aimé mais seule à pouvoir me vaincre. Je voulais m'incliner lentement vers lui, le suivre tout naturellement partout où il allait, la mort se moqua de moi, mon souffle resta régulier, j'entendis le sang bruire dans mes veines, l'ennemie resta seule avec l'amant et je fus abandonnée.

13

LA DÉPLORATION

Albert Delauzier fit venir Frédéric Geilfus qui leva l'empreinte du visage et des mains de Léopold. Je n'étais plus là. Henri Chaumont me dit qu'ils pleuraient.

Deux jours plus tard, j'étais chez moi quand j'entendis Madeleine protester et Henri parler d'un ton furieux :

– Elle me recevra et elle m'écoutera, qu'elle le veuille ou non. Elle ne peut pas se dérober.

En les entendant monter, j'eus le vieux réflexe de tourner les yeux vers le miroir, mais je ne reconnaissais pas la femme grise et figée qui m'y regardait.

Il était accompagné par Albert. Il entra d'un pas vif et se planta devant moi.

– Qu'est-ce que c'est que cette histoire selon laquelle vous ne viendriez pas à l'enterrement ?

– Que ferais-je là ? dis-je étonnée. Pour une fois, je laisse sa place à Blandine.

– Blandine est au lit. Elle passe de crise de nerfs en crise d'arthrite. Elle en est à cinquante milligrammes de Valium par jour et, quand elle ne se roule pas par terre en poussant des cris inarticulés, elle est hébétée.

– Que voulez-vous que ça me fasse ?

– Et d'ailleurs je ne suis pas sûr que ce serait *sa* place. C'est vous qu'il a aimée.

– Il ne peut pas partir seul, Émilienne, dit Albert d'une voix rauque.

– Il *est* parti, dis-je. L'enterrement est une cérémonie mondaine. J'en ai fini avec ces choses-là.

Puis je compris qu'ils discuteraient et argumenteraient jusqu'à ce que je cède et n'eus pas le courage d'endurer cela. Ils disaient que c'était un devoir, que Léopold n'avait aucune famille et que je ne devais pas être lâche, mais c'est par lâcheté que je cédai. Je sortis donc le manteau de petit-gris que j'avais porté dix ans plus tôt pour Mme van Aalter, le secouai et le mis à l'air dans le jardin. Je fis ce que je pus pour être belle, mais la beauté ne m'obéissait plus. Elle ne m'avait servie que pour Léopold. Quand il vivait.

Henri Chaumont vint me chercher et me conduisit à la levée du corps. Je détournai le regard du cercueil car j'avais une peur terrible de sentir vraiment que Léopold était enfermé entre ces planches. Je me tins droite et je voulais être sans larmes, mais au cimetière je ne pus empêcher mes yeux de se tourner vers la fosse et j'entendis crier en moi tous les moments de ma vie : la petite fille de onze ans, Genval, Reykjavik, le papier à fleurs mauves et le lit trop étroit, Paris, mon retour à l'aube quand j'avais enfin quitté Charles, Léopold faisant tomber le rideau de lamé d'or, la Laponie, les grandes plaines blanches et la décision d'aller en Campine voulaient s'élancer, choir à plat ventre sur le cercueil de chêne et que les pelletées de terre les recouvrent et ensevelissent aussi le corps inutile que Léopold avait déserté, mais je restai immobile, les yeux secs. Henri Chaumont me tenait le bras, je crois qu'il sentit tout, car il me serra très fort et soutint ainsi mon orgueil.

Je ne veux pas parler des premiers mois. Certes, la douleur n'a pas décru et le monstre qui me ronge le dedans est toujours aussi vorace, mais j'y suis habituée. J'ai souvent pensé au suicide – mais l'amante de Léopold, un verre de Gardénal à la main, portant un toast au désespoir ?

Puisque je vivais, il fallait m'organiser, c'est une chose où j'ai toujours excellé. Je vendis la galerie et l'hôtel Hannon et retournai rue Rodenbach. Je n'aime pas plus cette maison que je ne l'aimais à vingt ans, mais comme je n'aime plus ma vie, il m'est indifférent qu'elle se déroule dans un cadre qui me déplaît. Dans le mouvement, j'aurais bien quitté ma chaire à l'université : je fis mes comptes et je vis qu'il fallait la garder.

J'entends parfois parler d'amours qui meurent, de passions qui s'éteignent. De quels maigres feux s'agit-il là ? Il paraît qu'il y a des amants qui se font des reproches : je n'en veux même pas à Léopold d'être mort car j'ai bien vu qu'il n'y pouvait rien.

– C'est elle qui l'a tué, dit Blandine à Henri Chaumont, il n'était pas fait pour ce genre de vie.

Elle ne lui survécut que deux ans, ce que je lui envie tellement que je dirais bien qu'elle n'est pas morte de cha grin, mais d'arthrite. Elle s'enferma, on me rapporta que, même quand elle allait mieux, elle ne quittait plus la chambre. Plombières ne la vit plus, mais souvent des cliniques où tous les traitements échouaient. Trente ans d'anti-inflammatoires lui bouchèrent les artères, il fallait choisir entre les douleurs et l'urémie. Comme elle n'avait jamais pu régir sa vie, c'est l'urémie qui décida. Il y eut des crises aiguës, des hospitalisations d'urgence et ces airs rassurants des médecins qui ne trompent pas tous les malades.

Quand je tiens l'un ou l'autre propos vipérin sur Blandine, Henri Chaumont hoche la tête et dit que, maintenant, je pourrais peut-être abandonner ma colère. Je suppose que c'est au nom de la morale, qui prescrit le pardon des offenses.

– Mais c'était vous l'offenseur ! me dit-il en riant. Elle était l'épouse légitime.

Elle me fit savoir qu'elle souhaitait me rencontrer.

Je l'avais vue pour la dernière fois quelques jours avant le départ pour la Laponie, à un de ces vernissages où nous ne pouvions pas nous éviter. Je fus étonnée : elle avait maigri, la bouffissure avait disparu. Je voyais un visage raviné, pâle, où les yeux bleus avaient pris de la présence. Elle avait l'air d'une vieille femme, il ne semblait pas qu'elle eût jamais été une jeune fille blonde et douce, elle me parut même revêche.

L'infirmière avançait un fauteuil.

– Voulez-vous retirer votre manteau ?

Je dis que non. Je n'allais tout de même pas m'installer là pour l'après-midi.

– Vous pouvez nous laisser, dit Blandine à l'infirmière.

Ce n'était plus la même que deux ans plus tôt.

– Vous devez vous demander pourquoi je…

– Je suis venue.

Elle eut le petit sourire timide de jadis.

– Je sais que cela a l'air tellement…

De nouveau elle n'acheva pas sa phrase. Nous n'avions guère conversé ensemble pendant ces trente ans, mais il me sembla que, en effet, elle ne devait jamais conduire sa pensée jusqu'à son terme.

– Sans doute ce que vous avez à me dire ne s'accommode pas d'une lettre ?

– C'est ça ! C'est ça ! Enfin, le notaire aurait pu suffire, mais Henri m'a dit que ce serait… J'ai fait mon testament. L'œuvre de Léopold vous appartient.

Je n'avais pas pensé à ça. En vérité, je n'avais pensé à rien, je ne m'étais consultée que pour savoir si j'irais et j'avais tellement envie de ne pas répondre à sa lettre que j'en avais été choquée. Lui accordais-je encore tant d'importance ? Sans Léopold, que m'était Blandine ? Je décidai d'être polie comme envers n'importe quelle femme malade qui requérerait ma visite.

– Vous comprenez, je n'ai aucun héritier.

Henri et Albert lui avaient expliqué ce qui advient des objets en déshérence et que les tableaux devaient appartenir à quelqu'un qui prenne soin d'eux.

– Pourquoi pas le musée d'Art moderne ?

Elle resta silencieuse, les yeux baissés. On voyait qu'elle était en proie à un combat et je me souvins de Blandine écumant de rage le jour où j'avais forcé sa porte, telle que Henri Chaumont l'avait dépeinte.

– Oui, dit-elle, vu ce qui s'est passé… ça aurait l'air plus… Ils disent que vous l'aimiez.

La stupeur me laissa, heureusement, sans voix. Je sentis rôder l'envie de rire avec insolence, puis il me vint de nouveau cette folie de dire la vérité qui m'a si souvent harcelée depuis mes années de mensonge.

– Pourriez-vous comprendre que je vous envie de pouvoir mourir parce que vivre sans Léopold m'est insupportable ?

Elle me fit une réponse si pertinente que j'en fus stupéfaite :

– Eh bien ! pour une fois, ce sera moi qui aurai ce que vous voulez !

J'eus une seconde d'hésitation puis j'éclatai de rire.

– Juste retour des choses, poursuivit-elle.

J'ai toujours tellement aimé ces instants de proximité au cœur de la bataille que je me suis parfois demandé si ce n'est pas pour eux que je me suis si volontiers fait des ennemis.

– Je vous ai tant détestée, dit Blandine, prise malgré elle au même plaisir.

– Nous avons chacune proprement joué notre partie dans l'histoire, ce dernier coup est élégant.

Elle eut un petit geste d'impuissance.

– C'est Henri et Albert. Ils disent que l'œuvre de Léopold passe avant les...

On lui avait expliqué ce qu'elle devait faire, elle obéissait. Sans doute ne comprenait-elle pas bien, mais on lui avait appris que les enfants ne discutent pas les décisions des grandes personnes et il semble qu'on avait omis de lui signaler le moment où elle passait adulte.

– Il y a la question des droits de succession. Le notaire a tout prévu. Vous n'aurez aucun embarras.

Elle n'osa pas me dire toute la vérité et qu'elle me léguait, en plus des tableaux, sa maison qui les contenait, ainsi qu'une somme qui dépassait largement les droits de succession. L'argent de Blandine a parcouru mon histoire. Léopold était mort intestat, de sorte que la fortune de Mme van Aalter était allée à Mme Wiesbeck. Il avait pensé à me la léguer, il m'avait dit qu'il ne pouvait pas, qu'il sentait la vieille dette le harceler et qu'il rendrait tout à Blandine. Je ne lui avais pas dit qu'il ne lui rendrait pas sa vie manquée, il le savait. Me donna-t-elle les tableaux et la maison parce qu'elle sentait obscurément qu'elle aurait dû se retirer, quitter Léopold et, tentant d'être heureuse ailleurs, apurer la dette ? Certes, aux yeux du monde, Léopold s'est mal conduit en faisant un mariage d'argent : et elle, en retenant par le remords un homme qui aimait ailleurs ? Je suis prête à soutenir vaillamment la thèse que je suis la seule innocente de cette affaire : après tout, moi je n'ai fait que commencer à aimer plus tôt qu'il n'est d'usage !

– Et détruire sur votre route tout ce qui s'opposait à vous ! dit Henri Chaumont qui sait qu'il me plaît en ne se laissant pas duper.

Blandine et moi nous dîmes poliment adieu. En la quittant, j'avais à passer devant la chambre de Léopold. À mon arrivée, j'étais parvenue à ne pas regarder cette porte-là. aussi je fus prise au dépourvu par mon geste, j'avais ouvert avant de me l'être défendu. Je me trouvai devant l'incompréhensible : dans cette maison où tout était propre et rangé, le lit n'avait pas été refait, la seringue vide traînait encore au pied de la table de nuit, une épaisse couche de poussière ternissait tout. La femme de chambre qui me raccompagnait sursauta :

– Oh ! Madame interdit qu'on aille dans cette pièce !

Je refermai. Je compris que, pour Blandine, Léopold et Émilienne étaient encore là, couchés côte à côte dans le tête-à-tête qui la tuait. Pendant une seconde, je voulus me trouver dans son esprit, là où les amants vivaient encore, se regardant, éblouis l'un par l'autre, captifs d'eux-mêmes pour l'éternité. Seule une porte qu'on ne fermait même pas à clef la protégeait d'eux. Elle mourrait, ivre de désespoir, à quelques mètres de l'amour.

La maison convint à Esther, qui y vit. Je m'y rends donc parfois. Sa fille occupe la chambre où Léopold est mort, c'est une grande pièce claire sans fantôme.

L'usage se répand tellement que les femmes gardent leur nom de jeune fille dans la vie professionnelle que personne, aujourd'hui, n'hésite à penser qu'Émilienne Balthus était l'épouse de Léopold Wiesbeck, alors que Blandine, qui ne se fit connaître que comme Mme Wiesbeck, disparaît doucement des mémoires. Je n'ai pas le moindre souvenir de son nom. Isabelle André, qui était sa cousine, est morte depuis vingt ans et Henri Chaumont à qui j'ai posé la question a paru surpris. Si je me mettais vraiment en tête de le savoir, je devrais aller à l'hôtel de ville, consulter les registres communaux où est inscrit le mariage de Léopold. Elle n'aura eu comme identité qu'un prénom et, quittant le nom de son père, qu'un nom emprunté que la renommée lui retire pour me le donner, rétablissant ainsi la vérité par erreur, puisque, si Léopold n'épousa qu'elle, il n'aima que moi.

L'an dernier, il y eut une grande rétrospective Wiesbeck, tous les journaux parlèrent de lui et, une fois sur deux, quand j'apparaissais sur les photos, j'étais nommée Mme Wiesbeck. J'écrivis dix fois pour rectifier, puis je me lassai et cela continue. Blandine disparaît. Mme van Aalter s'était trompée, qui croyait que l'histoire se souviendrait de l'épouse. Je la laisse s'enfoncer dans l'oubli : comment retiendrait-on cette femme qui n'a jamais su se défendre ? Au Palais des Beaux-Arts, quand on me présenta au ministre de la Culture comme Mme Wiesbeck, je fis un discret signe de tête négatif et m'en tins là.

– C'était un grand peintre, me dit le ministre.

J'accueillis cette information avec tout le respect qu'on doit aux paroles des hommes d'État.

– Après tout, me dit Arlette, tu es l'héritière de son œuvre, on t'a vue mille fois à ses côtés et on sait bien qu'il est mort dans tes bras, cela a fait un excellent scandale : laisse-les tranquilles.

Elle est une des rares personnes dont j'admets qu'elles me tutoient. Sans doute est-ce parce qu'elle n'exige pas la réciprocité et se moque du vouvoiement qui m'est naturel. Je ne l'ai connue qu'après la mort de Léopold, quand elle eut succédé à Albert Lechat. Nous nous sommes liées d'une petite amitié sans passé. À notre âge, cette amitié a peu d'avenir.

Blandine fut enterrée au cimetière d'Uccle. Il y avait peu de monde aux funérailles, on me l'a dit car, bien sûr, je n'y suis pas allée. Albert Delauzier, Henri Chaumont et Colette s'étaient fait un devoir de la suivre jusqu'à la fosse. Je pense qu'il n'y aura personne aux miennes : avec l'excellente santé dont je suis affligée, je me vois survivant à tous ceux que j'ai connus, emportée dans un cercueil sans ornement par un corbillard sans fleurs vers le crématoire où les employés me pousseront dans les flammes sans interrompre tout à fait leur conversation sur le prochain match de football, ou celui de la veille, mais en observant quand même, on a du respect humain, une seconde de silence au moment où les portes se refermeront et, dans cinquante ans, mon arrière-petite-fille confiera ces cahiers à un historien qui écrit la biographie de Léopold Wiesbeck et qui les emportera en tremblant de bonheur car il pensera qu'il tient la vérité en main. Pendant les quelques heures qu'il consacrera à les lire, la petite fille qui aima avant l'âge, l'épouse adultère, la mère indifférente et l'amante que je fus revivront pour lui, la passion, l'angoisse et la félicité brilleront de tous leurs feux, l'amour ne sera pas mort, Émilienne et Léopold se retrouveront.

Je pensais n'avoir plus rien à raconter quand deux événements se sont produits : Gustave est venu me voir et Esther a parlé.

Les médias qui vont partout étant arrivés en Australie, Gustave y vit ma photo et resta rêveur. Je rentrais chez moi par une fin d'après-midi glaciale, quand je vis un homme assis sur le pas de la porte, la tête appuyée au mur et qui semblait somnoler dans la bruine. Il avait l'attitude d'un clochard, mais on remarquait vite les vêtements très Regent Street. En m'entendant approcher, il ouvrit les yeux, se leva d'un bond et c'est à sa grâce de grand animal agile que je reconnus le beau joueur de tennis vêtu de blanc qui était entré dans le living-room à cretonne de Detroit et qui, plus tard, avait pleuré dans la chambre d'hôtel.

– Ah ! J'étais décidé à vous attendre autant qu'il faudrait, mais je suis bien content que vous rentriez tôt.

– Je ne sors presque jamais le soir. Vous auriez dû téléphoner au lieu de vous installer sous la pluie.

– J'avais peur que vous ne me receviez pas.

– Oh ! Pourquoi ? dis-je innocemment, et c'est devant son air gêné que je me souvins que, la dernière fois que je l'avais vu, il m'avait vigoureusement violée.

– Mon pauvre Gustave ! Ne me parlez pas de choses qui

sont arrivées, il y a des siècles, à une jeune femme en colère ! Vous voyez bien qu'il ne s'agit plus de moi et que ce serait indécent.

Je mis son manteau à sécher sur un radiateur, il me regardait :

– L'enfant n'était pas de moi, n'est-ce pas ? dit-il.

Je hochai négativement la tête.

– Je me suis marié, j'en ai eu trois, et puis je suis devenu veuf. Mais c'est au vôtre, celui que je n'ai pas eu, que j'ai le plus souvent pensé.

Je ne dis rien. Je connais ce discours-là. Il examina le petit salon où nous étions : des murs blancs, le plancher sombre bien ciré, les vieux fauteuils de cuir que j'avais rapportés de Genval, puis il vit, sur le mur, *La Plage d'Ostende*.

– C'est ce tableau-là ? dit-il.

Je fis signe que oui.

– Il paraît qu'il figure parmi les tableaux les plus chers du monde. Mais je suppose que cela vous est égal.

Si j'étais cohérente, je le cacherais, car je ne peux pas supporter qu'on m'en parle. Tout de suite le souvenir m'étrangle, Léopold est debout devant son chevalet, je lui tends les couleurs d'Ostende, il a son petit grognement de plaisir, et il m'est difficile de ne pas pleurer.

Je fis l'effort de prononcer quelques mots.

– Oui, cela m'est égal.

– Tout de même, Émilienne, après trente ans, dites-moi la vérité : il était déjà votre amant ?

Je fus stupéfaite qu'il en doutât, puis je compris qu'il n'y avait pas de raisons qu'il le sût.

– Je l'ai connu quand j'avais onze ans, et je l'ai aimé tout de suite. Lui ne m'a aimée que quatre ans plus tard, quand je cessai d'être une petite fille. J'étais sa maîtresse avant d'être la femme de Charles.

– Au fond, je pourrais être fier de vous avoir détournée un instant de cet homme-là, alors, au lieu de toujours penser que je vous ai perdue ?

Je ris un peu. Mais il y avait tant de nostalgie dans son regard que la tristesse me reprit vite.

– Nous traînons tous de l'impossible, lui dis-je. J'ai eu Léopold, mais il est mort.

Il me regarda attentivement :

– Et c'est comme si vous n'aviez rien eu ?

– Je n'ai plus rien, Gustave. Je pourrais pleurer sans m'arrêter jusqu'à la fin de ma vie.

Il fit deux pas, me prit dans ses bras avec une douceur si fraternelle que je me laissai faire.

– On est toujours les naufragés de quelque chose, dit-il. Vous êtes si belle et si fière que je ne m'en serais pas douté.

Et il posa un baiser sur mon front. Je caressai sa joue et nous nous sourîmes. Après quoi, il me demanda de lui donner à boire.

– Toujours du lait ?

Il fut ravi. Il me parla de sa vie : l'Australie lui avait plu, il y avait épousé une femme tranquille et vécu sans drames. Il avait appris mon départ de Detroit et que j'avais laissé l'enfant à Charles :

– C'est pourquoi j'ai pensé qu'elle n'était pas de moi.

Il est le seul à qui j'aie tout dit là-dessus : Léopold ne pouvait pas avoir d'autre postérité que ses tableaux. À seize ans, une orchite l'avait rendu stérile. Il en avait averti Blandine qui l'épousa en sachant qu'elle n'aurait pas d'enfant, et m'en avait parlé dès Genval où je n'y fis pas fort attention. Mais à Detroit je fus folle de rage contre Charles et Gustave, ces deux hommes qui n'avaient aucune place dans mon âme et dont un, que m'importait lequel ! avait laissé sa trace dans mon ventre.

Nous bavardâmes une heure, il me quitta en se proposant de m'écrire et, bien sûr, il ne le fit pas. Je crois qu'il était content : il avait mis le point final à une histoire restée sans conclusion, il n'y penserait plus.

Je rangeais les feuillets où j'écris ceci dans un tiroir du grand secrétaire Napoléon III que j'avais rapporté de la Cogelslei après la mort de ma grand-mère. Je n'avais pas imaginé l'indiscrétion d'Esther et que je la trouverais debout, lisant les premières pages du premier cahier. Cela est survenu si inopinément dans le cours ordinaire des choses que je ne sais plus rien de ce qui a précédé le moment où je l'ai vue. Que faisait-elle chez moi, dans cette pièce où je ne reçois jamais personne, d'où vient qu'elle y était seule depuis un moment? Tout à coup elle est là, lisant, et je pousse une exclamation de colère. Elle dépose le carnet et elle me regarde, elle est blanche, les traits tirés, furieuse :

– Toi aussi, à onze ans ! me dit-elle.

J'avais la parole coupée et mes pensées filaient si vite dans tous les sens que je ne pouvais pas les rattraper. Je remis le carnet sur les autres, refermai le tiroir et l'invitai du geste à quitter le bureau. Je crois que j'aurais voulu qu'elle quittât la maison, mais elle alla s'asseoir au salon. Et dès cet instant-là, elle prit ce ton rêveur qu'elle a pour me parler, depuis des mois.

– Moi, c'est quand je l'ai vu à l'aéroport, à mon arrivée d'Amérique.

Comme au milieu d'un récit qu'on fait pour la centième fois.

– J'étais contente, je rentrais avec ma mère pour vivre auprès d'elle. Et puis il est apparu et tu es devenue une autre. Là-bas, tu avais le ton qui sied, grave, tu respectais la douleur de Jenny et, dès que nous étions seules, tu riais avec moi. J'étais si contente de t'avoir que j'ai cru oublier mon père d'un coup. Tu m'as montré New York, la statue de la Liberté et l'Empire State Building, tu m'expliquais qu'en Europe ces choses ont un grand prestige et qu'à l'école on me demanderait si je les avais vues. Tu étais charmante, gaie. On ne m'avait dit que du bien de toi, mais j'étais restée méfiante, je savais qu'on dit toujours du bien de leur mère aux enfants, c'est une obligation. J'avais vu le fils de Georgette la soutenir ivre et vomissante jusqu'à sa voiture en défiant tout le monde du regard. Mais on ne m'avait pas menti. Comme j'étais contente ! Et puis Léopold est apparu. Tu étais jolie, élégante, je t'ai vue devenir étincelante. On ne peut pas décrire cela, à peine si j'en croyais mes yeux, tout à coup tu étais nimbée de lumière, tu es devenue la beauté même. Ce n'est pas que tu étais belle : tu étais ce qui définissait la beauté. La splendeur a jailli de toi, tu faisais mal aux yeux comme le soleil et quand j'ai cherché ce qui te transformait ainsi, je l'ai vu. J'ai cru mourir sur place car vous étiez deux à briller comme des statues d'or, chacun rendu éclatant de lumière par l'autre, et vous vous regardiez si étrangement, comme si de vous voir vous soudait. Je me souviens de t'avoir appelée : « Maman ? », parce que j'avais peur, tout à coup, et tu m'as parfaitement entendue, tu as répondu : « Oui, ma chérie ? », tu l'as même quitté du regard, ce qui paraissait impossible, pour te préoccuper de moi, tu me voyais, tu me souriais, c'était peut-être pire que si tu avais été tellement occupée de lui que tu ne pouvais plus m'entendre, tu aurais été mauvaise, décevante, détestable. Pas du tout. Simplement, tu continuais à briller parce qu'il était là et ton éclat n'avait rien à voir avec ma présence, lui seul pouvait te le conférer et moi je n'étais rien. J'ai cru qu'on recevait l'existence de son regard : c'était peut-être vrai, mais il n'avait ce regard-là que pour toi. Alors, j'ai voulu l'obtenir. C'était une sottise. Tu as toujours été parfaite. Je crois que si je t'avais dit que je voulais qu'il me donne la vie à moi aussi, tu ne te serais pas départie de ta gentillesse. Mais je n'ai rien dit, je n'étais pas sotte. Il me semble que j'ai compris sur-le-champ pourquoi tu étais partie et que j'ai été, comme toi, infidèle à mon père. Henri Chaumont dit que tu es toujours belle : cet homme est aveugle, la lumière s'est retirée de toi. Et moi, ce jour-là, à l'aéroport, je suis devenue invisible. Tu lui as dit : « Voilà Esther. »

Sans doute. Sans doute. Je me souvenais, en l'écoutant, de ma mère disant : « Voici Émilienne », et de sa manière gracieuse et bafouillante de se répéter.

– Il m'a regardée, il m'a souri, et j'ai bien senti que je restais obscure. Je venais de rencontrer mon destin. Et l'échec. Pourquoi n'ai-je pas renoncé ? J'avais onze ans.

Je l'écoute. Je ne lui dis pas qu'aucune femme n'a jamais renoncé à Léopold. Je regarde la fille obscurcie que toute une salle dressée applaudit tous les soirs, la fille qu'un seul homme n'a pas regardée et qui joue si joliment Célimène que plus personne ne voit Alceste. Elle porte son histoire comme un brassard de deuil. Si elle n'a pas eu l'amour de Léopold, elle veut au moins la douleur, puisque, comme aux autres, il ne lui a donné que ça.

Elle vient tous les jours, et elle parle, elle parle. Elle arrive quand la répétition est finie, ou après le spectacle, je lui donne à souper, elle s'accoude et elle raconte.

– Je le lui ai dit. Après *L'École des femmes*, la première fois que j'ai goûté au succès. C'était prodigieux, il y avait des comédiens confirmés, trente ans de métier, un metteur en scène de premier plan, Molière : on ne parlait que de moi, la gamine, cela me montait à la tête, j'étais soûle. J'avais adoré jouer, je n'avais pas encore compris que ce serait ma vie. On dit qu'il y a des gens qui deviennent toxicomanes après une seule prise de drogue, je crois que j'en suis. J'avais trouvé ma nourriture essentielle : les applaudissements. Je me suis vue dans un miroir, par hasard, car je n'y pensais pas, les regards sur moi suffisaient : j'ai été stupéfaite. J'étincelais. J'irradiais. Mes cheveux formaient un nuage de lumière autour de mon visage, mes yeux brillaient comme des pierres précieuses, le monde était à moi. À la fin de la soirée, je me suis retrouvée dans la voiture de Léopold. Tu étais venue avec Henri Chaumont et vous deviez reconduire Colette et son mari dont la voiture était en panne. Je me souviens de tout. Nous sommes partis parmi les derniers. Il n'y avait pas tellement loin du théâtre à la maison, dix minutes, un quart d'heure, et il ne roulait jamais vite.

C'est vrai. Il n'aimait pas conduire et n'achetait que de petites voitures qu'il gardait jusqu'à ce qu'elles tombent en morceaux.

– Il était tard. Il avait plu. La ville était déjà silencieuse, mais elle brillait encore. Léopold était calme, comme toujours. La pénombre lui allait bien, il était plus beau que jamais, cette nuit-là, conduisant tranquillement avec un léger sourire. Je pensais que mon succès lui faisait plaisir, mais c'était encore une sottise, rien ne lui a jamais fait plaisir que toi.

Et la peinture. Et la peinture.

– J'avais quinze ans, je l'aimais depuis que je l'avais vu et, ce soir, tout le monde m'avait dit que j'étais merveilleuse. On ne comprend jamais rien à l'amour des autres, je suppose, je ne voyais pas pourquoi il ne m'aurait pas aimée. J'en avais tellement envie et c'était le jour où j'avais tout ce que je voulais, n'est-ce pas ? Jamais je n'ai vu un homme aussi beau que lui. Il avait plus de cinquante ans, ses cheveux étaient gris, s'il m'avait regardée une seule fois comme il te regardait sans cesse, je serais morte de bonheur et je ne demanderais pas mieux que de mourir à l'instant puisqu'il ne m'a pas regardée, l'amour n'a pas voulu de moi, et la mort non plus, et me voilà te racontant Léopold, à toi qui crois que tu sais tout de lui, la lumière des réverbères sur ses cheveux bouclés, son front large, son teint pâle qui rayonnait dans la pénombre et cette lueur de malice qu'il y avait toujours dans son sourire et qui donnait l'impression d'être distinguée, choisie, élue à toutes les femmes à qui il souriait, dussent-elles dépérir ensuite, car il éveillait une soif qu'il n'apaisait jamais.

Elle parle toute droite, quasi sans intonation, et des larmes coulent sur ses joues, qu'elle semble ignorer. Esther est une de ces comédiennes qui peuvent pleurer à volonté.

– Et me voici te parlant de Léopold assis à côté de moi dans cette voiture ridicule, toute cabossée, et j'étais une princesse dans un carrosse, il était si beau que j'ai cru qu'il me désirerait. Je ne comprends pas cela, c'est absurde, mais je sais bien qu'il en était ainsi : il était si beau qu'il allait m'aimer. J'avais un miroir de poche. À cause de Bellefroid, mon professeur de l'époque, il disait qu'un comédien doit toujours avoir un miroir sur lui, doit toujours connaître à quoi son visage ressemble. Je l'ai sorti pour vérifier si j'étais toujours belle et, que veux-tu ?, il voyait les choses, il m'a si gentiment dit : « Mais oui, tu es belle ! » que toute la musique du monde m'a chanté aux oreilles, j'ai entendu la mer, le vent sur les campagnes, mille cloches appelant les fidèles à la messe, et j'ai dit que je l'espérais beaucoup, parce que je l'aimais. « J'espère, car je vous aime. » Il n'a pas bronché. Mille fois, ensuite, j'ai repassé cet instant dans ma mémoire : son sourire tranquille ne s'est pas altéré et il a dit calmement qu'il m'aimait beaucoup. « Oui, Esther, je t'aime beaucoup. » Que voulais-tu qu'il dise ? Moi, j'ai fait comme s'il n'avait pas compris, mais je savais déjà que je trichais, j'ai souri et j'ai dit : « Pas d'adverbe. » Alors, il a cessé de sourire. Il m'a regardée, pas très longuement puisqu'il conduisait et il a dit qu'il était très honoré. Comme ça. « Je suis très honoré. » Comme un événement ordinaire. Ça arrive tous les jours, une fille de quinze ans qui se jette à la tête d'un homme, n'est-ce pas ?

Pas tous les jours, non, mais cela lui était arrivé.

– Parfait. Il a été parfait. Bienveillant, calme, il ne m'a pas traitée de gamine, il ne s'est pas moqué de moi. Juste ce qu'il fallait pour me désespérer. C'était un homme qui ne déméritait jamais. Une sottise, une incompréhension : il ne m'a rien donné pour étayer de la rancœur. Il a dit : « Tu sais bien que ça n'a pas de sens, fillette. » Il me nommait parfois fillette et j'aimais ça. Ça lui venait de son flamand, je suppose, *meisje*. J'avais envie de pleurer, mais j'ai pensé à mon maquillage, que je n'avais pas voulu enlever. C'était la première fois que je portais du maquillage et il me rendait si belle. « Pourquoi ? » ai-je dit, comme si je ne le savais pas. Il a répondu : « J'appartiens, vois-tu, je ne suis pas un homme disponible. » Naturellement qu'il appartenait, mais nous étions en 1974, le siècle entrait dans son déclin, les valeurs établies avaient fait faillite et la fidélité n'était plus cotée, il l'avait montré lui-même dans son mariage, il pouvait bien changer de maîtresse, non ? Je savais bien que tout cela était du mensonge, je ne disais rien, je me retenais de pleurer, une minute plus tôt j'avais été la plus belle, il me regardait en souriant, je rêvais, et c'était déjà fini, Léopold l'incorruptible me disait avec douceur que je n'étais rien pour lui et qu'il n'aimerait jamais que cette autre femme, belle, intelligente, calme, qui me traitait avec tant de délicatesse que parfois je croyais qu'elle m'aimait, ma mère, toi.

À présent, elle sanglotait. Cette fois-là, elle se leva brusquement, prit son sac à main et sortit en claquant la porte. Elle revint le lendemain. Elle revient tous les jours, comme le remords.

– Ils sont tous morts, me dit-elle, tes ennemis, tes amants, tes amis. Il y a des tombes autour de toi.

Elle m'en veut tellement. Je crois qu'elle aimerait que je pleure. Pour finir, moi aussi je suis seule et j'écoute les souvenirs se dérouler inlassablement. Il y a si peu de différence, en fin de compte, entre les amours terminées et les amours qui n'ont pas eu lieu, le passé est une illusion déchirante, un jeu d'ombres.

Juliette ou Yseult, toujours l'amante meurt sur le corps de l'amant, je n'y suis pas parvenue, la tombe est à moitié vide.

– Tu es hautaine, tu n'es que morgue et insolence.

Cette idée me plaît, mais je n'y crois pas. Sans doute je n'aime pas regarder vers le bas, mais je pense que je suis de ces gens qui, à force de ne pas regarder le trottoir, mettent le pied dans la crotte.

– Tu n'as jamais prononcé une médisance sur Blandine. Tu ne t'es pas moquée d'elle, tu ne lui as même pas accordé assez de considération pour la détester.

Cela est-il possible? Me suis-je bien surveillée? Il est vrai qu'on m'a appris qu'on ne frappe pas l'ennemi quand il est tombé, et Blandine a vécu couchée.

– Il est humiliant de te détester, car tu ne sembles pas t'en apercevoir. J'ai rêvé cent fois que je te frappais, et jamais le coup ne t'atteignait.

Suis-je responsable de ses rêves?

Parfois, je suis distraite, j'oublie de l'écouter, mais le plus souvent je fais ce que je peux pour être attentive, en attendant qu'elle retourne chez ce mari discret qui l'aime timidement et qui n'ose même pas être jaloux. Pourquoi s'acharne-t-elle à l'inaccessible? Est-ce ainsi que j'ai voulu Léopold, m'est-il apparu comme un mythe, le Graal, la Toison d'or, et ne l'ai-je eu que par erreur, l'amant ne devait pas m'aimer car c'est toujours ailleurs qu'il aime et j'ai forcé la nature des choses? Et la mort est-elle seulement venue remettre de l'ordre et faire de moi une parmi ces amantes solitaires qui regardent éternellement le vide et tendent les bras vers rien?

Il y a peut-être des vies où Léopold ne m'a pas aimée, où il n'est pas venu à Reykjavik, où il s'est détourné de moi à mon retour d'Amérique et je suis entrée dans une souffrance atroce faite pour me tuer. Parfois j'y ai survécu et j'y suis une vieille femme déserte et folle. J'ai peur de ces vies-là et il arrive qu'au moment de m'endormir je sois soudain couverte d'une sueur d'épouvante car je crains, dans mon sommeil, de changer d'univers et me réveiller sans mes souvenirs. Je m'accroche à ma raison qui dit que je délire. Mais je suis comme si, à chaque instant de mon histoire, s'était détachée de moi une autre Émilienne, qu'il n'a pas vue à Genval, ou qu'il a oubliée ensuite, quittée pour Georgette. Celle-là reste au bord de la route, je poursuis mon chemin au bras de l'amant, elle regarde terrifiée son destin qui s'en va, elle meurt éternellement et je n'ose pas me retourner, de peur de me voir, livide, les bras tendus, les yeux fous, qui me regarde l'abandonner. À chaque seconde de ma vie, je laissais derrière moi mon double désespéré, innombrable fantôme qui menace mes nuits. Y a-t-il un monde où il n'est pas mort, où Émilienne vit avec lui ne Campine et l'attend tous les jours à 5 heures, quand il revient de la promenade, il rit, les chiens bondissent, elle est contente et quand je suis ici seule avec mes yeux secs et la douleur qui me taraude, est-ce qu'elle pense à moi avec remords comme je pense à Émilienne quittée à Rome, en se disant que moi j'ai vu Léopold mourir le jeudi matin tandis qu'elle, la piqûre faite, elle l'a vu s'apaiser, la crispation terrible s'est dénouée, il a dit qu'il allait mieux et a continué à vivre ? Est-ce qu'elle m'imagine telle que je suis, dans la maison de la rue Rodenbach quand Esther est enfin partie, vide, ruinée, et qui pense à elle et à Léopold ? Est-ce qu'elle a pitié de moi ? Est-ce que je ronge ses nuits ? Est-ce qu'un jour nous nous retrouverons, étrange cohorte, regardant celle qui continue à être heureuse avec lui, jusqu'à ce qu'elle aussi meure et que nous trouvions enfin la paix, cessant d'envier et de haïr Émilienne qui n'a jamais perdu Léopold ? Léopold et Émilienne peuvent-ils mourir ? Ou ne sont-ils qu'une rêverie désespérante qui accule chacun de nous à connaître que l'amour est ailleurs, qu'il est parti, qu'il est fini, et qu'il faut attendre que la mort nous délivre de l'attendre ?

Puis la voix d'Esther perce ma rêverie :

– Toi, ton air de veuve inconsolable, tes jais, ton crêpe !

Je n'en porte pas, bien sûr, mais elle n'a pas vraiment tort et, dans un siècle qui l'aurait permis, j'aurais adopté le grand attirail du deuil qui déclare au monde qu'on ne lui appartient plus.

Elle pleure souvent et elle dit qu'elle voudrait gâcher mon sommeil. Je ne lui dis pas qu'il est mauvais, elle n'y est pour rien.

Je voudrais rêver qu'il est toujours là, que nous sommes ensemble et, certaines nuits, ce rêve commence mais l'émotion qui me soulève est trop forte, ou bien il reste en moi quelque chose qui veille et que l'illusion ne trompe pas, ou je suis trop avide et je tends trop vite les bras, je suis jetée hors du sommeil, je crie de douleur, je suis chassée des corridors hantés de la mémoire et je reçois, une fois de plus, la nouvelle qu'il est mort.

Ou bien me retirer dans les souvenirs, là où il est vivant, radieux, il me regarde et ce qu'il voit le contente, je suis couchée à son côté, paisible, réunie. Pourquoi ne le peut-on pas ? Quelque part dans mon esprit tout est engrangé : pourquoi ne puis-je parcourir à rebours les chemins de la mémoire, quitter aujourd'hui et me réfugier, aveugle et sourde, dans les temps intérieurs, briser avec ce corps inutile, puisqu'il n'y vient jamais plus, ces yeux aveugles puisqu'ils ne le voient plus, ces oreilles mortes que sa voix ne fait plus jamais vibrer ? Qu'ai-je à faire de sentir, de toucher, si ce n'est plus lui ? Je suis amputée. J'ai mal à Léopold. Mon corps est tranché en deux, une moitié est morte et l'autre crie de douleur.

On a tiré trois bronzes du masque mortuaire. L'un est à New York, l'autre à Bruxelles, place Royale, le troisième fut donné à Blandine et je l'ai laissé à Esther quand elle a pris possession de la maison. Moi, j'ai le moule.

Quand je m'éveille en sanglotant, j'y pose mon visage, dans le creux même du visage de Léopold, les joues dans ses joues, la bouche à l'intérieur de ses lèvres, et le front dans son front. Il fait noir. Je suis dans lui, dans le dedans de sa tête, je n'entends que ma propre respiration, j'attends qu'elle se calme et, quand elle est bien douce, régulière, je perçois un faible bruissement qui est peut-être le battement de mon sang, un murmure au fond d'une caverne, j'ai la tête dans sa tête et je me dis que j'entends le bruit de sa vie. Je fais de très petits mouvements de façon à sentir le long de mon nez les parois de son nez, les méplats de ses pommettes sur les miennes. Son visage était un peu plus grand que le mien, juste assez pour que je me glisse très exactement en lui, là où j'aurais dû passer ma vie, sise à l'intérieur de son corps, ma tête dans sa tête, mes bras dans ses bras, mes jambes dans ses jambes, j'aurais fait ses gestes, pensé ses pensées, je n'aurais eu d'autre existence que la sienne et au moins, ainsi, nous serions morts en même temps et je n'aurais pas eu, amante vidée de l'amour, à être comme un loup hurlant par la plus froide et la plus longue nuit de l'hiver.

Puis j'attends l'aube.

Et, le soir, Esther vient.

Elle me dit que je n'ai pas été une mère. C'est vrai. Je n'en disconviens pas, je me demande de quoi elle parle et je pense à la belle Anita qui m'aimait tellement qu'elle ne pouvait pas s'écarter de moi, à sa mère, Esther Goldstein, si attentive à assurer l'avenir de sa fille, à Georgette morte soûle dans les bras de son fils, à Colette avide de remplir tous ses devoirs, quels qu'ils fussent, et qui ne s'y retrouvait pas toujours bien dans les priorités. Quelle mère voulait cette fille ? Je ne lui pose pas la question, il suffit de savoir que je ne l'étais pas. Je ne cherche pas à me justifier, je ne plaide ni ne m'excuse, je ne dis pas que j'ai fait ce que je pouvais : elle n'a pas eu ce qu'elle voulait et ne se soucie de rien d'autre. Alors, je la laisse prendre ce qui lui convient parmi ce dont je dispose.

Elle ne me quitte qu'épuisée et revient le lendemain. Je ne lui ouvre pas toujours. Je ne sais pas si elle croit vraiment que je ne suis pas là. À travers la fenêtre qui donne sur la rue, je la regarde repartir. Elle marche lentement, en se retournant. Quand Henri est là, je le rejoins au salon. Il me désapprouve, mais ne me le dit pas et nous finissons la soirée en silence. Peut-être pense-t-il lui aussi à son amour manqué. Il dit que c'était moi et je le laisse dire, nous croyons toujours que nous savons qui nous avons aimé.

– Ma vie n'est que pénombre, dit Esther. Louis m'aime, ma fille m'aime, mon public m'aime…

Cette phrase-là, elle ne l'achève pas. Je crois qu'elle veut que je lui dise que je l'aime. Par lassitude, un jour, j'y consentirai. Après tout, pourquoi pas ? Avec le temps, à force de louvoyer avec ma pitié pour cette fille mécontente, puis-je être vraiment sûre de ne pas l'attendre et, si un soir elle ne venait pas, de ne pas être déçue ? On sait si peu de chose sur soi, je n'ai voulu savoir que Léopold. Esther m'impose de la connaître, elle dit qu'elle y a droit, puisque je suis sa mère.

– La pauvre ! dit Henri Chaumont.

Parfois, j'ai un mouvement de nervosité :

– Enfin ! Va-t-elle traîner toute sa vie que je sois partie et que j'aie aimé Léopold !

– Oui, ma chère, on ne se remet jamais de sa mère.

Il a pour dire cela un accent qui me trouble. Je regarde plus attentivement cet homme qui a décidé, était-ce pour se simplifier l'âme ? qu'il m'aimerait toujours. Il semble qu'il se satisfasse de ce que je lui donne. Sa compagnie me convient pour le théâtre, le cinéma et les dîners tranquilles dans les restaurants où on ne me reconnaît plus. Quand il passe la soirée seul avec moi nous faisons une partie de scrabble, où il excelle, puis nous bavardons un moment. Souvent, je reprends mon livre et lui le journal, qu'il commente agréablement. Il m'interrompt, mais cela ne me gêne pas, il est rare, ces années-ci, qu'une lecture me retienne vraiment. C'est une maigre intimité et je ne comprends pas bien qu'il s'en contente.

– Tu aurais dû épouser Henri ! grogne Esther.

Ma foi, il ne me l'a jamais demandé ! Il arrive que j'aie envie de l'interroger, je me retiens, je sens qu'il serait sincère et que je ne saurais que faire de sa sincérité. De quelle mère est-il malade ?

On ne se remet jamais de sa mère ? Ce soir-là, il me resta un agacement dans l'esprit, j'avais quelque chose sur le bout de la pensée, qui se montrait et puis se dérobait. J'allais m'endormir quand un visage a émergé des brumes, doux et gracieux, on disait qu'elle était ravissante, elle allait partout où allait ma mère et, Anita m'y emmenant toujours, je la voyais souvent : Clara Chaumont, la mère d'Henri. Elle portait un éternel demi-sourire, comme d'autres un bijou dont elles ne se sépareraient jamais. Sans aucun doute, elle était particulièrement enchantée qu'on fût là, ou bien on venait de dire une chose exquise ? Il fallait un moment pour s'apercevoir que le sourire ne la quittait pas, qu'il s'adressait indifféremment à tout ce qu'elle voyait, la rue à traverser, sa soupe ou un passant. Si on lui parlait, elle venait à un air de ravissement pur, mais tout s'arrêtait là et après un moment on avait une curieuse impression de vide et on se rendait compte que le sourire se promenait également sur chaque détail qu'il lui était donné de rencontrer. Si bien qu'on en venait à deviner qu'il s'agissait d'un masque. Un jour de lassitude, son mari révéla qu'elle continuait à sourire en dormant et, quand elle enterra sa mère d'abord, son père ensuite, sans changer d'expression, on forma l'hypothèse qu'elle ne pouvait pas se défaire d'une sorte de crispation involontaire qui frappait certains muscles de son visage. Ma mère m'avait raconté que, quand elles étaient enfants, ce sourire l'exaspérait. Il ne quittait pas son visage, même au sein d'une dispute ou au plus vif des remontrances qu'il pouvait lui advenir d'endurer, si bien qu'elle donnait à croire à ceux qui ne la connaissaient pas qu'elle se moquait d'eux. Elle avait toujours l'air d'être sur le point de se répandre en volupté et pour finir jetait la confusion dans les esprits. Peu après la fin de la guerre, elle se tua d'une balle dans la tête sans laisser de lettre, on la retrouva souriant et nul ne sut jamais à quoi. On l'enterra ainsi, et si l'éternité existe, elle y entra telle qu'elle avait toujours été, prête au ravissement pour ne jamais l'atteindre et semer, là-bas, la même perplexité qu'ici.

Ainsi, Henri était voué aux femmes qui regardent ailleurs. J'aurais été différente, je me serais peut-être fustigée, le pauvre ! il ne dépendait que de moi qu'il fût heureux ? pourquoi ne pas lui donner ce qu'il voulait ? Mais c'est qu'il l'avait ! J'avais parfois été vaguement étonnée que cet amoureux déclaré endurât si bien la révélation de Léopold : c'est que je souriais ailleurs, comme sa mère.

Il me dit que je suis encore jeune :

– Quand vous avez voulu être belle, vous l'avez été, cela est sûr, mais vous n'avez pas le pouvoir d'être vieille avant l'âge, il faut vous y résigner.

Mon teint est fané, mes cheveux gris et je suis de ces femmes qui tournent maigres en vieillissant, mais il voit toujours la peau d'ambre et les cheveux dorés de mes vingt ans. Il ne me plaît pas d'être désirée, même au passé, et quand son regard s'attarde, je lui dis de partir, d'aller au bordel, et de ne revenir me voir que quand il saura de nouveau à quoi ressemble une femme, ce qui le fait rougir. Me serais-je jamais souciée d'être belle, sans Léopold ? En tout cas, je ne le veux plus. Je vis en veuve, c'est mon choix, je n'ai désiré que Léopold et le monde ne le contient plus. Il y a une pierre où est gravé son nom. Je n'y vais jamais. Je me regarde vieillir, je suis son seul tombeau, en moi se trouvent son sourire aveuglant, ses caresses et son souffle.

Tout retombe et tout se referme, tous les destins s'achèvent. Ils sont tous morts, dit Esther furieuse, mais ce n'est pas vrai, nous sommes quelques-uns à n'avoir pas fini notre parcours. Nous avançons à pas lents vers le cimetière. Nous oublions peu à peu l'incohérence des passions, nos désirs se réduisent, nos pas se raccourcissent, nous avons le dos qui se casse doucement et le souffle court, nos cœurs insuffisants ont à peine la force de faire circuler le sang, ils ne nous dispensent plus d'émois et, quand nous nous croisons, nous échangeons de petits sourires polis, tellement occupés à ne pas nous tromper de route, à bien rejoindre le tombeau, que nous n'avons presque plus le loisir de nous occuper les uns des autres. Le soir, nous jouons au whist en buvant des tisanes. Albert Delauzier n'expose plus depuis des années. Il peint encore un peu, de petites choses qui lui plaisent et qu'il donne à qui en veut. Il me montre parfois un hareng ou deux pamplemousses :

– C'est bon, hein ! dit-il, et on ne sait pas si c'est bon à voir ou bon à manger.

L'autre jour, il a tout à coup levé les yeux vers *La Plage d'Ostende*. Il s'est tu de façon si brusque qu'Arlette, Henri et moi l'avons regardé. Nous avons attendu qu'il parle, mais il n'a rien dit, il a hoché la tête et il est revenu à la partie que nous jouions.

Le lendemain, à mon retour de l'université, il m'attendait devant la porte. Il n'a pas voulu entrer, il n'avait qu'une question à me poser :

– Croyez-vous que j'ai fait souffrir Blandine ?

Cela m'a tellement étonnée que j'ai cru rester sans voix.

– Blandine ?

– Oui. Blandine.

– Je n'en ai pas la moindre idée.

Puis je n'ai pu me défendre de cette sourde colère dont je ne serai jamais débarrassée :

– Vous savez, moi, je fréquentais surtout Léopold.

– C'est quand même vrai que vous êtes une garce, m'a-t-il dit.

Mais il ne semblait pas fâché. Je ne sais pas pourquoi je ne lui ai pas demandé s'il avait été son amant. Je ne dois pas avoir envie de le savoir.

Nous voisinons sur une route où plus rien ne peut nous arriver. Le temps des blessures est fini. Arlette est la seule qui cherche encore à faire des détours : elle regarde à droite, à gauche, voit parfois un homme et court à l'aventure. Nous l'attendons pour notre partie de whist, elle revient un peu essoufflée reprendre sa place au jeu et, selon son humeur, dit qu'elle est bien sotte ou qu'à son âge un coup tiré ne peut plus être qu'un coup manqué. Après quoi, nous reprenons notre marche régulière vers le silence.

Depuis quelque temps, Albert Delauzier a fort mauvaise mine et la semaine dernière il m'a dit, tristement, qu'il craint de ne plus venir jouer aux cartes longtemps. Il a un cancer. Il a longuement regardé *La Plage d'Ostende* – il fait cela souvent, en somme –, cette description du silence et du froid, la terre comme elle sera dans quelques millions d'années, quand le feu central et le soleil seront éteints, et il a dit :

– Voyez-vous, Émilienne, je l'aimais.

Il avait la voix rauque, comme quand on se force.

– Dès les premiers jours, à l'Académie, quand nous avions dix-huit ans, il suffisait de le voir toucher la toile avec le pinceau, on en avait la gorge nouée. Tout le monde a su tout de suite ce qu'il deviendrait. Il rayonnait.

Je vis qu'il avait les yeux pleins de larmes. Albert a toujours été de ces hommes qui savent pleurer.

– J'ai dû être jaloux. Nous l'avons certainement tous été, mais nous n'y faisions pas attention. À cause de l'amour.

Oui.

– Il était habité. Nous aimions tous la peinture, mais aucun de nous ne pouvait l'aimer autant que lui. La première fois que j'ai regardé un tableau avec lui, c'était à Anvers, le portrait de Philippe de Croy par Van der Weyden. En lui parlant, j'ai tourné les yeux vers lui : il était transfiguré, il était plus beau que le tableau. Alors j'ai regardé le tableau et j'ai compris que je ne pouvais pas voir ce qu'il voyait. C'était comme ces images où on montre quelqu'un qui a une vision, les témoins ne voient pas ce que le visionnaire voit. Moi, je voyais Van der Weyden, lui, je ne sais pas. On avait envie d'avoir son regard, d'être lui.

Ich Tristan. Du Isolde.

Puis il s'est tu et il est parti très vite. À cause de la pudeur, qui reprend vite son empire.

Arlette pense à se marier. Elle a rencontré un homme calme qui n'aime pas vivre seul. Il habite Amsterdam où il enseigne le français. Elle prendra sa retraite et ira le rejoindre.

– Tu me manqueras, me dit-elle.

Bientôt Esther me laissera en paix, elle va tourner un film à l'étranger et puis elle jouera tout l'hiver à Paris. Peut-être m'aura-t-elle tout dit et me rendra-t-elle ma solitude. Je n'enrage même plus quand on me rapporte qu'elle a beaucoup hésité car, disait-elle, elle a peur de me laisser seule. J'espère que les feux de la gloire la divertiront de moi. Le public l'aime, il ne lui reste qu'à céder pour connaître enfin l'amour réciproque, va-t-elle encore longtemps préférer la jalousie ? Si, un soir, elle pouvait s'ennuyer avec moi !

– Me laisseras-tu lire ces cahiers ?

Je fais signe que non. Je sais bien qu'elle en serait consumée.

– Il faudra que je les cache chez un notaire, dis-je à Henri Chaumont. Vous disiez qu'on ne guérit pas de sa mère : Esther s'accrochera donc à moi au-delà du cadavre ?

– C'est étrange, dit-il, quand vous faites quelque chose de décent, vous parvenez à en parler de telle sorte que cela devient abominable.

Je ris.

– Je n'arriverai jamais à comprendre comment je vous supporte ! Au fond, vous êtes aussi convenable que Charles. Peut-être que, si je ne l'avais pas épousé, il vivrait encore et j'aurais avec lui une vieille camaraderie ?

– Seigneur ! Mais alors c'est moi que vous auriez épousé, et c'est moi qui serais mort de douleur à quarante ans ?

Sans doute sommes-nous cyniques. Venu un certain âge, on ne fait plus la fine bouche sur les plaisirs. On faiblit, aussi : moi qui ai vécu sans confident, je lui raconte mes conversations avec Esther – ou, plutôt, son monologue.

– Tu as tout eu, dit-elle.

Oui. Mais je suis ruinée.

– Moi, je n'arrive à rien. J'essaie les hommes, le plus discrètement du monde car je ne veux pas que Louis souffre, mais c'est au premier regard qu'on reconnaît l'Unique, n'est-ce pas ? Enfin, je me dis que je n'ai peut-être pas une bonne vue, qu'il ne faut pas les rejeter trop vite. Ils sont charmants, attentifs, parfois tellement amoureux que je les envie. Je me dis que c'est au prochain baiser que je vais m'éveiller et que tout sera transformé, que je serai l'Amante au bras de l'Amant.

J'admire toujours son art: elle met la majuscule sans changer de ton, on l'entend immanquablement, on ne sait pas comment elle a fait.

– Et je ne me retrouve qu'avec un amant de plus dans un lit de passage. En fait, je devrais mettre tout cela au passé, je dois commencer à perdre l'espoir, voilà des mois que je n'ai plus essayé.

Depuis qu'elle a découvert mes cahiers ?

J'ai fini d'écrire ma vie. Ces plaintes-là sont d'hier soir, je me suis rejointe. Depuis des années la nuit tombe en moi. J'ai été comme une flèche lancée vers la cible : elle l'atteint, vibre un instant, puis s'immobilise. Et je suis là, fichée, inerte, attendant que la mort en passant me ramasse distraitement et m'ajoute au fagot des existences finies. Je suis si triste de ne pas pouvoir me tuer, mais cette idée me fait horreur car Léopold aimait une femme calme qui n'appartenait qu'à lui et pas même à elle. Je reste telle que je me suis construite pour qu'il m'aime, forte et patiente comme je l'ai été jusqu'à Genval, comme je le suis restée et comme je dois me maintenir car si je faiblissais j'aurais le sentiment qu'au-dedans de moi, au seul lieu où il vit encore, il serait effrayé, déçu, et son regard chercherait ailleurs la bien-aimée. Sans ma force je ne me sentirais plus aimée de lui, alors je reste droite, je pleure le moins possible, en espérant qu'il ne me voie pas et, si je dis que la beauté ne m'obéit plus, je suis sûre, pourtant, que s'il était là elle se remettrait à mon service. Je crois que je vivrai très longtemps et que le moment de ma mort sera un de ceux où la mémoire me le restitue et, si vieille, si desséchée et ridée que je sois, à l'instant même je redeviendrai belle et il me reconnaîtra au sourire qu'il aura en me voyant. Il ne pourrait pas me reconnaître dans une femme qui se tue, mais seulement dans celle qui attend autant qu'il faut, comme j'ai fait enfant, comme j'ai fait toute ma vie, jusqu'après la Laponie, jusqu'en Campine où il n'est pas venu et où je me rêve l'accueillant au retour de la promenade avec les deux grands chiens que nous n'aurons pas eus, et j'attends, aussi patiemment que je peux, la mort qui me couchera paisible entre ses bras décharnés, exaucée, calme et je lui sourirai.

Quelle étrange chose que notre propre passé nous soit aussi inaccessible qu'une autre galaxie ! Je déteste ce passage du temps qui éloigne sans cesse de moi Léopold ébloui et l'épanouissement de l'amour. Parfois, j'ai peur que ma mémoire ait défailli, je cherche à retrouver geste après geste, mot après mot, tout ce qui s'est passé et je reste dans aujourd'hui, désespérée, solitaire, naufragée sanglotante de mon histoire. Où est Léopold étonné s'approchant de moi, où est le premier effleurement si léger sur mon front, pourquoi ne puis-je plus le sentir ? C'est parce qu'il ne me touche plus que ma peau s'est desséchée, bientôt je n'entendrai plus car mes oreilles sont lasses de ne plus recevoir sa voix, je serai aveugle car il ne me regarde plus, je perdrai le toucher puisqu'il ne pose plus la main sur moi et je cesserai enfin d'exister.

Alors je repense au rideau de lamé doré qu'il avait détaché d'un coup sec dans le cinéma délabré de la rue Ransfort. Je le revois tombant souplement dans un nuage de poussière, glissant au sol, débris royal, mourant avec la grâce distraite des natures hautaines. J'espère mourir ainsi, dans un froissement, un soupir, le silence et je verrai Léopold radieux, les bras tendus vers moi, et sitôt que j'aurai pu me défaire de ce corps inutile je m'élancerai vers lui, j'aurai onze ans mais il me reconnaîtra déjà, je me jetterai contre lui, il me soulèvera en riant et m'emportera ravie vers une éternité trop courte.

Comme j'étais jeune ! Comme j'étais jeune !

Table

Du même auteur

BRÈVE ARCADIE, JULLIARD, 1959. Prix Rossel.

L'APPARITION DES ESPRITS, Julliard, 1960.

LES BONS SAUVAGES, Julliard, 1966.

LA MÉMOIRE TROUBLE, Gallimard, 1987.

LA FILLE DÉMANTELÉE, Stock, 1990.

LA LUCARNE, Stock, 1992.

LE BONHEUR DANS LE CRIME, Stock, 1993.

MOI QUI N'AI PAS CONNU LES HOMMES, Stock, 1995.

ORLANDA, Grasset, 1996.

IMPRIMÉ EN FRANCE PAR BRODARD ET TAUPIN
Usine de La Flèche (Sarthe).
LIBRAIRIE GÉNÉRALE FRANÇAISE - 43, quai de Grenelle - 75015 Paris.
ISBN : 2 - 253 - 06269 - 3 30/9587/4